国家社科基金
GUOJIA SHEKE JIJIN HOUQI ZIZHU XIANGMU
后期资助项目

国家社科基金后期资助项目（21FWWB014）研究成果

梭罗荒野思想研究

张明娟　著

山东大学出版社
SHANDONG UNIVERSITY PRESS
·济南·

图书在版编目（CIP）数据

梭罗荒野思想研究 ：汉文、英文 / 张明娟著. —
济南：山东大学出版社，2023.12
ISBN 978-7-5607-8067-2

Ⅰ.①梭… Ⅱ.①张… Ⅲ.①梭罗（Thoreau，
Henry David 1817-1862）—文学创作—思想评论—汉、英
Ⅳ.①I712.064

中国国家版本馆 CIP 数据核字（2023）第 254373 号

责任编辑 孙艳凤
美术编辑 王秋忆

梭罗荒野思想研究
SUOLUO HUANGYE SIXIANG YANJIU

出版发行 山东大学出版社
社　　址 山东省济南市山大南路 20 号
邮政编码 250100
发行热线 （0531）88363008
经　　销 新华书店
印　　刷 济南乾丰云印刷科技有限公司
规　　格 720 毫米×1000 毫米 1/16
　　　　 19.25 印张 360 千字
版　　次 2023 年 12 月第 1 版
印　　次 2023 年 12 月第 1 次印刷
定　　价 68.00 元

国家社科基金后期资助项目
出版说明

后期资助项目是国家社科基金设立的一类重要项目，旨在鼓励广大社科研究者潜心治学，支持基础研究多出优秀成果。它是经过严格评审，从接近完成的科研成果中遴选立项的。为扩大后期资助项目的影响，更好地推动学术发展，促进成果转化，全国哲学社会科学工作办公室按照“统一设计、统一标识、统一版式、形成系列”的总体要求，组织出版国家社科基金后期资助项目成果。

全国哲学社会科学工作办公室

目　录

导 论

一、问题缘起

1851 年 4 月 23 日，亨利 · 戴维 · 梭罗（Henry David Thoreau）在他的家乡康科德发表了一场言辞激烈的演讲。在演讲中，他郑重宣布："世界存乎野性。"（In Wildness is the preservation of the World.）这句话也许"当时只道是寻常"，并未引起太大的反响，但对于 20 世纪 60 年代以来的荒野保护主义者而言，无疑是振聋发聩的。很大程度上，正是这句话，使得梭罗在美国文学经典作家身份之外，还被奉为"荒野运动先驱"。荒野对于美国有着特殊的意义。历史学家认为，美国诞生于荒野中，荒野是美国文明的原材料。与荒野的密切关系是美国文学、艺术和思想的土壤。荒野不仅是美国文学的重要主题，也是美国思想史、自然文学、生态批评、环境哲学的重要概念。梭罗、约翰 · 缪尔（John Muir）、奥尔多 · 利奥波德（Aldo Leopold）、加里 · 斯奈德（Gary Snyder）等人有关荒野的思考成为美国思想史的一部分，并形成谱系，其中梭罗首开先河。梭罗被视为荒野思想的源泉，被称为"荒野哲学家""荒野思想家"①。生态哲学家麦克斯 · 奥尔施莱格（Max Oelschlaeger）认为，梭罗对"美国荒野思想的产生至关重要"，并断言："毫不夸张地说，今天的所有荒野思想都源自《瓦尔登湖》。"②历史学家罗德里克 · 纳什认为，就美国人对于荒野

---

① 美国"互联网哲学百科全书"（Internet Encyclopedia of Philosophy）中，有对"美国荒野哲学"（American Wilderness Philosophy）的专门介绍，其中有"荒野思想"（wilderness thought）这一提法。"wilderness thought"一词亦常见于其他学术文章中。生态哲学家麦克斯 · 奥尔施莱格在其著述中也提到"wilderness philosophy"这一术语，同时也用"thought of the wilderness"，并称梭罗为荒野哲学家（philosopher of the wilderness）。罗德里克 · 纳什（Roderick F. Nash）亦称梭罗为哲学家（philosopher）。20 世纪，"荒野哲学"这一术语在美国正式出现。梭罗并不能算严格意义上的哲学家。为与哲学术语相区别，笔者采用"荒野思想"这一术语。

② Max Oelschlaeger. *The Idea of Wilderness: From Prehistory to the Age of Ecology*. New Haven and London: Yale University Press, 1991, p. 171.

的态度而言，梭罗“引领了美国一场思想革命，曾经令人憎恶的荒野被赋予迷人的魅力”①。环境哲学家凯里克特（J. Baird Callicott）为这番评价做了注解。他认为，梭罗是分水岭，此前美国对荒野充满了排斥、贬抑。自超验主义时期尤其自梭罗始，人们开始欣赏、赞美荒野，随后的环境保护主义者约翰·缪尔、利奥波德加入其中，推动了1964年《荒野法案》（The Wilderness Act）的通过。②在流露着强烈荒野意识的自然文学中，梭罗亦是先驱。有学者认为：“缪尔吃透了梭罗的作品，吸收了他的影响。”③美国自然文学作家约瑟夫·伍德·克鲁奇（Joseph Wood Krutch，1893—1970）原为哥伦比亚大学文学教授，在阅读梭罗著作之后，搬迁至亚利桑那州，居住在沙漠中，写就《沙漠岁月》（*The Desert Year*，1952）。爱德华·艾比（Edward Abbey）的自然文学散文集《漂流而下》（*Down the River*，1982）中有一章题为“与梭罗一起漂流而下”（“Down the River with Henry Thoreau”）。由此可见梭罗对这些自然文学作家的影响。

梭罗一直是笔者喜欢的美国经典作家、美国文化偶像，研究者甚众，出于“影响的焦虑”，并不敢轻易触碰。以下三个重要缘由促使笔者最终以梭罗为研究对象。

首先，笔者在研究中发现，尽管梭罗地位如此重要，但国内外学术界对梭罗荒野思想并未给予应有的重视，这与梭罗在荒野思想史上的地位严重不符。这种缺失不能不说是种遗憾，这让笔者产生一种为梭罗书写的冲动。

其次，笔者发现“In Wildness is the preservation of the World”中的Wildness常被误作Wilderness。Wildness是否可以等同于Wilderness?

最后，笔者发现，当今普通读者甚至少部分学者存在一种定型观念：长期以来梭罗一直以“自然之友”“生态哲人”“荒野捍卫者”的形象出现，似乎理所当然地，他也同时成为“厌恶人类者”“遁世者”“逃离文明者”。20世纪50年代，学术界却存在另一极倾向：梭罗并非真正热爱自然，他只是借荒野来表达自我；或者为美国文明寻找原材料，他提出荒野保护归根到底是为了捍卫民族尊严。这两种对立观点交集于荒野，纠结于

① Roderick F. Nash. *Wilderness and American Mind*, 5th ed. New Haven and London: Yale University Press, 2014, p. 95.

② J. Baird Callicott and Priscilla Solis Ybarra. “The Puritan Origins of the American Wilderness Movement.” (Paper for the National Humanities Center). http://nationalhumanitiescenter.org/tserve/nattrans/ntwilderness/essays/puritanc.htm.

③ John R. Knott. *Imagining Wild America*. Ann Arbor: The University of Michigan Press, 2002, p. 6.

梭罗对荒野与文明的态度。梭罗到底是怎样一个人？他对荒野与文明的态度到底如何？这让笔者产生一探究竟的冲动。

如此一来，研究梭罗荒野思想就成为一种必然。荒野这一概念，质而言之，涉及文明与荒野；究其根本，则关乎人与自然。两者皆为梭罗毕生思考的核心。从这个概念出发当有助于全面理解梭罗本人。

二、作为学术概念的荒野

“荒野”是本书研究对象梭罗荒野思想的核心概念。学理意义上的“荒野”概念源于美国，本部分首先探讨“荒野”概念的定义及翻译，进而通过学术史梳理阐明荒野作为学术概念的价值。

（一）荒野概念产生的土壤

1. 荒野在美国文化史、思想史上的作用

与世界上其他国家相比，今天的美国或许是最爱荒野的国家。美国有着世界上最古老的国家公园体系，1964 年美国通过《荒野法案》（The Wilderness Act of 1964），设立荒野区（wilderness areas），目前共有 750 多个联邦划定的荒野区域①，每年数百万人开赴荒野度假休闲。人们喜爱荒野、梦想荒野并赋予其浪漫的想象。这种荒野情结有着深厚的历史积淀。两个多世纪以来，美国人一直着迷于荒野，畏之、恨之、敬之、爱之。17 世纪第一批到达北美的欧洲人就靠拓荒安家，殖民的历史就是变荒野为文明的历史，边疆就是他们要征服的荒野。在欧洲文明的话语中，边疆可能指国与国之间的边界线；在美国，边疆则意味着文明与荒野的边界。历史学家认为美国文化的一个特征就是产生于荒野，早期西部拓居者与西部荒野之间的斗争是美国早期历史的中心。19 世纪中期，哈佛大学历史学家弗朗西斯·帕克曼（Francis Parkman）在其《俄勒冈小道》（*The Oregon Trail*）中表明，他那个时代的核心叙事便是拓居者与荒野的斗争。1893 年 7 月 12 日，弗雷德里克·杰克逊·特纳（Fredrick Jackson Turner，1823—1893）在芝加哥举行的美国历史协会大会上宣读了《边疆在美国历史上的意义》（“The Significance of the Frontier in American History”）一文，该文的中心即“特纳命题”（the Turner Thesis）——

① “National Wilderness Areas.” http://www.thearmchairexplorer.com/national-wilderness-areas.php.

“美国史在很大程度上可以说是对大西部的拓殖史”①。“特纳命题”奠定了荒野在美国思想史与文化史上的地位。

特纳写这篇文章的动因源于1890年一份人口普查报告。该报告显示，到1890年，美国再无边疆可言，从而宣布了美国历史上西进运动的结束。正是这份报告促使特纳回顾并审视边疆运动。特纳认为，美国历史从本质上来说是一部西进运动和扩张史。边疆对美国文明有着重要意义，是美国建立的根本，是社会不断更新之源。就边疆与美国历史的关系而言，特纳认为边疆是美国历史的起点：“起初，边疆是大西洋沿岸，这其实是欧洲的边疆。随着不断向西推进，边疆的美国特征愈加明显。正如一系列的堆石是由冰河不断流过形成的一样，边疆的每一次推进都在其后的开发上留下痕迹，使其在成为拓居点后依然保持着边疆的特征。因此，边疆的开拓意味着逐渐摆脱欧洲的影响，意味着不断增强的独立的美国特征。越向西拓居，离欧洲的影响越远。”因而，在特纳看来，“这个国家历史的真正出发点不是大西洋沿岸，而是‘大西部’(Great West)”。

那么，边疆之于荒野有何关系？在特纳看来，边疆是“野蛮与文明的交汇”。特纳阐述的中心表面上是“边疆在美国历史上的作用”，实则探讨的是“美国荒野变迁的影响”。特纳对此有一段精彩的论述：

> 荒野主宰着拓居的人们。初来时，他的着装、产业、工具、旅行方式以及思维都是欧洲式的。荒野将他从火车车厢拉上树皮筏子，扯掉他文明的外衣，给他换上打猎装和鹿皮靴，让他住在切诺基人和易洛魁人的小木屋里，周围装上印第安人的栅栏。不久，他开始种植玉米，用一根尖木棍犁地；用地道的印第安方式剥下人的头皮。简而言之，最初边疆的环境对移民来说极为严酷。他必须接受那种环境提供的一切条件，否则就会灭亡，因此他要适应印第安人开辟出来的空间，沿着印第安人开拓的小路前行。他一点点改变了荒野，其结果并不是旧的欧洲，也不单单是日耳曼生源(Germanic germs)的发展，甚至最初的现象也不带有日耳曼的印记。事实上，这是一个新产物——美国的。②

---

① Frederick Jackson Turner. “The Significance of the Frontier in American History.” *The Annual Report of the American Historical Association for the Year 1893*. The American Historical Association, 1893, pp. 199-227, at 199.

② Frederick Jackson Turner. “The Significance of the Frontier in American History.” *The Annual Report of the American Historical Association for the Year 1893*, pp. 199-227, at 200-201.

边疆意味着一片广袤的荒野，美国人的生存方式就是拓荒，这也是美国文明发展的独特方式。正是在荒野生存过程中形成了真正的美国人。荒野是美国的重要组成部分，并对美国民族性格的形成有着本质的影响。荒野是个性及民族认同的源泉。据此而言，正是荒野孕育了美国。

亨利·纳什·史密斯（Henry Nash Smith）的《处女地：作为象征与神话的美国西部》（*Virgin Land：The American West as Symbol and Myth*）是继特纳《边疆在美国历史上的意义》后的又一对美国历史、民主等文化遗产进行解释的力作，继续阐述边疆在美国历史发展中的作用。史密斯认为："能定义美利坚帝国特征的，既非过去的一系列影响，也非某种文化传统，亦非其世界地位，而是人与自然的关系——或者更严格地说，是美国人与西部的关系。"①

20世纪60年代，历史学家罗德里克·纳什进一步考察了荒野在历史上的作用。在《荒野与美国思想》中，他提出："荒野是美国文化的基本成分。从荒野的原材料中美国人建立了文明。他们试图用荒野来赋予文明以身份与意义。"②可以说，很大程度上是荒野塑造了美国。

2. 荒野与美国文学艺术的民族性

荒野既是美国重要的自然资产，亦是特有的文化资产。荒野积淀于美国文化基因中，美国作家们似乎总能听到野性的呼唤，并沿着野性之路行走。荒野或为友，或为敌，或为猛兽，或为圣地，传递着美国人惧之、恨之、恋之、爱之、向往之的复杂情感。荒野赋予美国人以强烈的属地意识。荒野既可为荒地（waste land），亦可为奇境（wonderland），美国人对荒野的感情矛盾而复杂。荒野于美国有着特殊意义。荒野是美国脱离欧洲、实现自立的地理资源和文化资源。当时年轻的美国所拥有的区别于欧洲大陆的财富就是荒野："美国在寻求某种独具美国性的事物，能够有效地将处于尴尬境地的乡下人变为骄傲自信的公民……至少在一个方面美国人感到自己国家与众不同：荒野在旧大陆是没有匹敌的。"③

19世纪，爱默生（Ralph Waldo Emerson）、梭罗等呼吁美国人将自

---

① Henry Nash Smith. *Virgin Land：The American West as Symbol and Myth*. Cambridge，MA：Harvard University Press，1950，p. 187.

② Roderick F. Nash. *Wilderness and the American Mind*，5th ed.，p.xx. 本书自1967年问世以来，已先后出版五次。引文最早出自1967年版序言，2014年版序言中重申此言。

③ Roderick F. Nash. *Wilderness and the American Mind*，5th ed.，p. 67. The original text is："American sought something uniquely 'American'，yet valuable enough to transform embarrassed provincials into proud and confident citizens ... In at least one respect Americans sensed their country was different：wilderness had no counterpart in the Old World."

己的土地作为文学艺术的源泉，脱离欧洲文学影响，实现文化独立，荒野成为重要的文化资源。爱默生的《论自然》（*Nature*），梭罗的《缅因森林》（*The Maine Woods*）、《科德角》（*Cape Cod*），威廉·布莱恩特（William Bryant）的《大草原》（"The Prairies"），约翰·缪尔的《加利福尼亚山脉》（*The Mountains of California*）都是对荒野的礼赞。

荒野也滋养了美国艺术。19 世纪美国的风景画派以美国特有的野性自然为资源。荒野作为创作主题，是民族性的载体。相比欧洲风景画厚重的历史感，美国风景画因为缺少历史的支撑而缺乏深度，画家们因此转向能唤起崇高感的壮美的荒野。"哈德逊河画派"（Hudson River School）的开创者托马斯·科尔（Thomas Cole）是将荒野作为美国特征的首位画家，他试图将美国自由的荒野风景作为美国认同的一部分。在科尔看来，"最能代表美国，或许也是最令人难忘的美国风景，就是她的野性"①。科尔不同题材的作品，无论是风景还是基督教题材、历史题材，都以荒野为主题，如《荒野中的龙卷风》（*A Tornado in the Wilderness*）、《荒野中的圣约翰》（*St. John in the Wilderness*），由五幅作品组成的寓言风景画《帝国的历程》（*The Course of Empire*）呈现了帝国由兴盛至衰亡的五个阶段：《野蛮》（*The Savage State*）、《田园》（*The Arcadian or Pastoral State*）、《圆满》（*The Consummation of Empire*）、《毁灭》（*Destruction*）、《荒芜》（*Desolation*），将荒野风景直接绘入历史。

对荒野价值的认可亦使荒野进入审美范畴。1997 年，弗兰克·伯根（Frank Bergon）发表了《荒野美学》一文，从美学角度给予 1804 年梅里韦瑟·刘易斯（Meriwether Lewis）和威廉·克拉克（William Clark）的西部探险以新的评价，认为他们的文本满足了当时的审美期待，从而推动了美国自然史写作中荒野审美趣味的产生。②

（二）荒野的概念及翻译

1. 荒野概念

作为学理意义上的荒野，产生于美国，是自然文学、文学与环境、环境哲学、生态批评领域的核心概念。何为荒野？荒野何为？

作为普通词语，"荒野"（wilderness）是"一片未经开化的、未有人

① Thomas Cole. "Essays on American Scenery." *American Monthly Magazine*. No. 1 (January 1836): 1-12, at 4.

② Frank Bergon. "Wilderness Aesthetics." *American Literary History*. Vol. 9, No. 1 (Spring 1997): 128-161.

类定居的、处于自然状态的土地”①。为便于理解荒野，不妨引入“自然”作为参照。阿恩·卡兰德（Arne Kalland）在对日本自然观的研究中，提出“自然连续体”（the nature continuum）概念。他认为，在日本文化中自然（nature）与文化（culture）并非泾渭分明，而是界限模糊不清。②自然在两极中摇摆：一极是野性自然或荒野状态的自然（nature in the wild），一极是开化、驯化的自然（domesticated，tamed nature）。③依此标准，简而言之，荒野就是野性自然（nature in the wild）。

作为学术概念，美国学界多从生态学和环境学视角界定荒野。1964年9月3日，时任美国总统林登·约翰逊（Lyndon B. Johnson）签署了《荒野法案》，将荒野定义为：“与那些人和人造物占据主要地位的区域相比，荒野通常被认为是这样一种区域，它所拥有的土地和生物群落没有受到人类强加给它们的影响，在那里人是访客而非居住者。进而言之，本法案中所指的荒野区域是指未开发的联邦土地，其依然保持着原始特征和影响力，没有无休止的改良和人类的栖居。”④

纳什将荒野界定为一种心理状态：“从本质上来说，荒野是一种心理状态，是远离文明、远离人类及其技术改造一手宰制的环境时所产生的感觉。”⑤

由此看来，荒野这一概念既指向客观的“野性自然”，又指向由野性自然引发的主观体验，荒野属于文化观念。学界对荒野概念的理解越来越超出生态学及环境学范围，愈加认识到荒野是一种文化建构。凯里克特等认为：“荒野并非如山脉、河流那样，是一个指称大自然容貌的名字，而

---

① The original text is：“Wilderness refers to an unsettled，uncultivated region left in its natural condition，esp. a. a large wild tract of land covered with dense vegetation or forests；b. an extensive area such as desert or an ocean，that is barren or empty；a waste.” See *The American Heritage Dictionary of the English Language*，2nd ed. Boston：Houghton Mifflin，1992，p. 2042.

② Arne Kalland. “Culture in Japanese Nature.” *Asian Perceptions of Nature*：*A Critical Approach*. Edited by O. Bruun and A. Kalland. London：Curzon Press，1995，pp. 243-257.

③ Arne Kalland and Pamela J. Asquith. “Japanese Perceptions of Nature：Ideas and Illusions.” *Japanese Images of Nature*：*Cultural Perspectives*. Edited by Pamela J. Asquith and Arne Kalland. London：Curzon Press，1997，pp. 1-35，at 13，30.

④ 《荒野法案》全文载于 J. Baird Callicott and Michael P. Nelson，eds. *The Great New Wilderness Debate*. Athens：The University of Georgia Press，1998，pp. 120-130.

⑤ The original text is：“Essentially，wilderness is a state of mind. It is the feeling of being far removed from civilization，from those parts of environment that man and his technology have modified and controlled.” Quoted in Roderick F. Nash. “The Value of Wilderness.” *Environmental Review*. Vol. 1，No. 3 (1976)：12-25，at 14.

是一个感知自然的透镜。简而言之，荒野是一种‘社会建构’的思想观念。”①

换言之，荒野尽管建立在地理学意义上，却远远超出了其地理意义。学理意义上的荒野，是一种文化与历史建构。荒野本身就是文明的造物②，在文明发展历程中，人类走出荒野之时就有了“荒野”一词，“荒野”本身就带有人类中心主义色彩。威廉·克罗农（William Cronon）认为：“荒野远非处于地球上人类之外的领域，在很大程度上它是人造之物，是人类历史特定时期、特定文化中创造出来的。它并非未沾染文明气息的原始圣所，尚存有最后一片未被触及、濒临灭绝却依然保持超越性的自然。相反，它正是那种文明的产物。”③理解荒野离不开文明这一参照系。荒野的重要性在于荒野是衡量文明影响之尺度，发挥着对文明过度发展的纠偏功能。纳什如此评论荒野的价值：“在人类的技术活动对环境造成巨大破坏的时代，荒野成为衡量文明影响之重要标准。”④

2. wilderness 概念之翻译

wilderness 的核心意思是“处于原初状态的自然”，体现的是不同文化下自然与人类的关系，隐含着不同文化对野性自然的态度，因此荒野⑤是一个文化负载词。对身处原初自然的人来说，荒野是一个陌生的概念。例如，与白人接触前的美洲土著印第安人，由于他们本身就处在生态友好的环境下，所以没有荒野这一概念。印第安作家路易斯·欧文思（Louis Owens）认为：“荒野是个荒诞的词，只不过是欧洲人想象的产物，一个彻头彻尾的谎言。在欧洲人入侵美洲之前，北美大陆没有‘荒野’，只有

---

① J. Baird Callicott and Priscilla Solis Ybarra. “The Puritan Origins of the American Wilderness Movement.” (Paper for the National Humanities Center). http://nationalhumanitiescenter.org/tserve/nattrans/ntwilderness/essays/puritanc.htm.

② 正如在西方，nature(自然)通常视为 culture(文化)的对立物，在美国学术界，wilderness(荒野)和 civilization(文明)是一对相互对立、互为参照的概念。civilization 与 civilitas(城市)或 civis(公民)有关，指城市化或城市生活方式。现代意义上用于野蛮对立面的 civilization 直到 18 世纪中期以后才开始使用。19 世纪，西欧殖民者开始用一种征服者的心态看待其他民族，称自己的社会为文明社会，civilization 一词也越来越成为 savagery(蒙昧)、barbarism(野蛮)的对立面。美国进化论派人类学家摩尔根(Lewis Henry Morgan)在《古代社会》(*Ancient Society*)中便将人类社会划分为 savagery(蒙昧)、barbarism(野蛮)与 civilization(文明)三个发展阶段。

③ William Cronon. “The Trouble with Wilderness; or, Getting Back to the Wrong Nature.” *Uncommon Ground: Toward Reinventing Nature*. Edited by William Cronon. New York: W. W. Norton & Co., 1995, pp. 69-90, at 69.

④ Roderick F. Nash. “The Value of Wilderness,” at 21.

⑤ 为行文方便，此部分依然使用 wilderness 汉译“荒野”，并探讨这一翻译的合理性。

富饶的大陆和生活在其中的人们。”① 南非祖鲁语中荒野是uchhlati，而其实际意思是“树木”。

对概念的研究往往需要考察该词的历史。通过词源学考察，了解词语的历史根源有助于对该词意义的理解。当然，词源并非总能正确反映词语当下的意义，词义会随时间发生变化，甚至会背离原初意思，但词源为概念理解提供了重要依据。词源学和文化史意义的考察，基本可以全面理解荒野这一概念。

Wilderness是一个古老的词语。在漫长的历史发展中，该词从词形到意义均发生了很多演变。公元前6000年的印欧语中，荒野为welt或uelt，意思是“森林或野生树林”。英语中很多词语来自条顿语(Teutonic)和北欧语。这两种语言中wilderness词根为will，与self-willed相关，wilderness相关的形容词wild一词正源于此，有“迷失，失去约束，无序，迷惑”之义。②加里·斯奈德考察了wild一词的来源，认为北欧语为villr，古条顿语(old Teutonic)为wilthijaz，前条顿语(pre-Teutonic)为gehweltijos，意为“野性的”(wild)，兼有“树林”(wooded)的意思，印欧语词根为ghwer，拉丁语词根为fetus(feral，fierce)③。古代凯尔特语中wilderness指的是“拥有自己意志力的土地”(land that has its own “will power”)。④

古英语中deor表示动物，wilddeor表示wild animal。该词由wilde与deor组成，deor为现代词语deer的古英语形式。wilddeor加上后缀en，就变为形容词wilddeoren，到中古英语时期则变为wildern，一般用来描述某个地方的特征。-en为后缀，用来指某物的成分，故a wildern place就指a place of wilddeor(wild beasts)。wildern加上名词后缀-ness，慢慢演变为wilderness，该词在13世纪首次使用。这样看来，现代词语wilderness实际上是由wild+(d)er(deer)组成，意思是“野兽栖居之地”。⑤

① Louis Owens. “Burning the Shelter.” *The Color of Nature: Culture, Identity, and the Natural World*. Edited by Alison H. Deming and Lauret E. Savoy. Garamound: Milkweed Editions, 2002, p. 142.

② Roderick F. Nash. *Wilderness and the American Mind*, 5th ed., p. 1.

③ Gary Snyder. *The Practice of the Wild: Essays*. San Francisco: North Point Press, 1990, p. 9.

④ Jay Hansford C. Vest. “Will of the Land: Wilderness among Primal Indo-Europeans.” *Environmental Review*. Vol. 9, No. 4 (December 1985): 323-329, at 324.

⑤ Maxine E. McCloskey, ed. *Wilderness: The Edge of Knowledge*. San Francisco: Sierra Club, 1970, pp. 34-37.

就词源而言，荒野以野兽为其特征，其词根为 wild。wild 一词先用于未经驯化或未经人类畜养的动植物，后用于区域、地方。wilderness 的隐喻意义引申至人类，指某种状态或特性，如“不受管束，混乱，危险”。因此 wilderness 一词特征为“人类和人类文明缺席，野生动物在场”。就情感意义而言，荒野让人联想到“失落，恐惧，需要躲避的可怕之地”。文化意义上的荒野一词反映的是人类与自然的冲突。荒野一直是文明的对立面，是“容易引发混乱、无序、危险之地”，因而需要控制。

词义会随时间而变化，作为概念而言，这种可能性就更大，因为概念本身是人为的建构，受特定历史和文化语境制约。荒野作为地理学概念也许意义本身没有多少变化，但学理意义上的荒野是一种文化和历史建构。荒野从地理意义到学理意义，既是概念的转变，也折射出文明对荒野态度的转变。从学术史角度来说，荒野是一个西方概念，缘起于美国。然而，考察人类漫长的历史进程，荒野则是一个普遍性的概念。早期人类历史上的旧石器时代并没有荒野概念，狩猎采集者就栖居于荒野中。《庄子·外篇·马蹄》中的“山无蹊隧，泽无舟梁；万物群生，连属其乡；禽兽成群，草木遂长。是故禽兽可系羁而游，鸟鹊之巢可攀援而窥。夫至德之世，同与禽兽居，族与万物并，恶乎知君子小人哉！同乎无知，其德不离；同乎无欲，是谓素朴”，描述的就是远古时代的淳朴生活。赫西俄德（Hesiod）的《劳作与时日》（*The Works and Days*）、奥维德（Ovid）的《变形记》（*Metamorphoses*）中的黄金时代也反映了人类原初状态：没有战争，无须劳作，物产丰美，生活富足。自然环境也处于最原始状态：“美物一应俱全，饶沃的土地自动出产丰足的果实。他们知足和乐，共享收成丰美的田地，牧畜成群，深受极乐神们眷爱。”[①]奥维德笔下的黄金时代，人类极少改变自然环境：“山上的松树还没有遭到砍伐，做成船只航海到异乡。”[②]

奥尔施莱格在《史前至生态时代的荒野观》一书中，考察了荒野观念的形成。[③]在他看来，荒野与文明之二元对立是一种人类文化的建构。旧石器时代人们实行平均主义，生活闲适富足，不同文化下人们普遍信仰众神之母（Magna Mater），众神之母就是“神圣的孕育万物的野性自然”

① Hesiod. *The Works and Days*, *Theogony*, *The Shield of Herakles*, trans. Richmond Lattimore. Ann Arbor: The University of Michigan Press, 1959, p. 33. 译文参考吴雅凌：《劳作与时日笺释》,北京：华夏出版社,2015 年版,第 5 页。

② ［古罗马］奥维德：《变形记》,杨周翰译,北京：人民文学出版社,1984 年版,第 4 页。

③ Max Oelschlaeger. *The Idea of Wilderness*: *From Prehistory to the Age of Ecology*, pp. 1-97.

(sacred nurturing wild nature)。那时人们无意宰制自然或他人，战争尚未开始，人们的思维还不是机械的、理性的。旧石器时代狩猎采集者并没有家的概念，所需甚少，生活富足，与其他生物和谐相处。图腾、动物崇拜表明史前社会所有自然界的生物之间存在一切亲缘关系。此时人类文化中并没有荒野的概念。新石器农业时代开始之后，荒野与文明正式相分，荒野成为人类征服改造的对象。培根的机械论自然观、牛顿的机械论、笛卡尔的二元论加深了文明与荒野的对立。荒野成为人类发展文明的资源。文艺复兴以降，现代人希望借科学技术将低级而毫无用处的荒野变为工业化城市文明。浪漫主义运动中呼唤有机自然观来对抗将自然视为人类开发、研究对象的冷冰冰的机械自然观。人们开始认识到荒野的精神、道德和审美价值。从浪漫主义时期开始，荒野不再仅仅被视为一种人类可以开发利用的资源。

相比于整个人类的荒野历史，美国的荒野史浓缩于短短的三百年间。美国文明亦从荒野中诞生。17 世纪第一批清教徒到达美洲，希望于荒野中建立一个“山巅之城”。托马斯·杰斐逊（Thomas Jefferson）总统的治国理想是在荒野中建立一个由自耕农组成的拥有田园风景的国家并推动西部扩张，荒野是文明必须征服的对象。工业时代与资本主义经济的发展，使得作为资源使用的荒野越来越少，荒野的重要价值因此得到重视。对于美国浪漫主义者而言，荒野既是美国民族自尊心和民族认同的来源，又是文明的滋养。工业化、城市化和资本主义经济等文明的过度发展造成环境危机、生态危机，荒野保护的呼声越来越高。环境哲学家认为，荒野不仅具有服务于人类的价值，而且具有其内在的价值。始于 20 世纪六七十年代的美国，盛于 20 世纪 90 年代之后并进而扩展到全球的生态运动，使得荒野成为自然文学、生态批评、环境哲学、环境美学领域的关键词。

这样看来，wilderness 概念内涵具有以下几个特点：

首先，它是一个空间概念，荒野是一片未被人类染指、远离人类文明的地域。

其次，尽管是一个空间概念，wilderness 却关涉时间维度，具有时间的悠远。荒野是先于人类文明存在的一种状态。纳什在《荒野与美国思想》中从古希腊时期说起，生态哲学家奥尔施莱格将荒野历史上溯至史前时代，环境哲学家霍尔姆斯·罗尔斯顿（Holmes Rolston Ⅲ）认为荒野是人类的根系①。

---

① Holmes Rolston Ⅲ. *Philosophy Gone Wild: Essays in Environmental Ethics*. Buffalo: Prometheus Books, 1986, p. 121.

再次，荒野与文明对立。荒野本身就是文明的造物，当人类在文明发展的历程中，走出荒野，也就有了荒野一词。荒野一词带有人类中心主义色彩，文明是中心，荒野则为边缘。

罗尔斯顿在《哲学走向荒野》中阐述了荒野作为根系、邻居、外来者（roots，neighbor，and aliens）的三重价值。“根系”是荒野的时间维度，“邻居”体现了荒野的空间维度，“外来者”则体现了文明与荒野的对立。这正可以解释 wilderness 以上概念内涵。

最后，正因为处于边缘，荒野的意义并非固定不变，而是可以于荒野、文明之间滑动。以人类中心主义来看，荒野的确是荒野，换种视角，例如从白人眼中的“荒野之子”印第安人的视角来看，荒野却是另外一种文明。

从本义上来说，wilderness 一词的意义具有相对性，既与使用者所处的自然环境相关，又与其心境相关。作为一个产生于美国的概念，荒野大致可以反映出那片土地的原初状态以及初次接触新大陆的欧洲人的心理状态。从文化内涵上来说，wilderness 本身反映的是野性自然与文明之间的张力。

在汉语中，wilderness 一词通常被译为“荒野”“旷野”“原野”“野域”。《圣经》汉译本均将 wilderness 译为“旷野”。三者之中，“荒野”最接近 wilderness 一词的本义“untamed，uncivilized，and uninhabited area”，并最能体现作为概念的荒野的内涵。理解这一概念的关键在于“荒”字。

汉语中无人居住之地为“荒”。wilderness 可对译为“荒”。约翰·希夫勒（John Wm. Schiffeler）《〈山海经〉中的传说生物》一书中便用“Classic of the Great Wilderness”来对译《大荒经》，并将“大荒”注解为四海之外的“空无”（emptiness）。“四海之内”指文明人居住的世界，而“大荒”则在文明界域之外，被视为一种“文化荒野”（cultural wilderness）。①

汉语中的“荒”在本义上指未经整治、未经开化的田地，常用于“荒芜”“荒地”“荒郊野外”“荒野”等②，基本可与 wilderness 本义相对。此外，“荒”的引申义也体现了 wilderness 的内涵。

首先，“荒”具有空间的辽远。如“四荒”“八荒”“荒极”“荒外”。

---

① 转引自叶舒宪：《“大荒”意象的文化分析——〈山海经·荒经〉的观念背景》，《北京大学学报》（哲学社会科学版）2000 年第 4 期，第 99 页。

② 关于“荒”的词义，参见罗竹风主编：《汉语大词典》（第九卷），上海：汉语大词典出版社，1992 年版，第 386—394 页。

古代以离王都最远处为“荒服”，亦指“边地，远方”。《山海经·大荒西经》云：“大荒之中，有山名曰大荒之山，日月所入。有人焉三面，是颛顼之子，三面一臂，三面之人不死，是谓大荒之野。”① “大荒”“大荒之野”均指空间辽远之地。左思《吴都赋》沿用此意象：“出乎大荒之中，行乎东极之外。”《楚辞·离骚》中有“忽反顾以游目兮，将往观乎四荒”。汉贾谊《过秦论》言：秦孝公有“囊括四海之意，并吞八荒之心”。“荒极”为极远之地。谢灵运《山居赋》中有“信荒极之绵眇，究风波之睽合”。“荒外”意为“八荒之外”，指未开化的边远地区。唐李峤《安辑岭表事平罢归》云：“春色绕边陲，飞花出荒外。”

其次，“荒”具有时间的悠远。唐李贺《致酒行》“吾闻马周昔作新丰客，天荒地老无人识”一句中，“天荒”与“地老”一样，都指久远。汉语中“荒古”指远古。

最后，荒野与中心及文明社会的秩序相对。“蛮荒”“荒唐”“荒谬”“荒诞”“荒怪”“荒幼”“荒淫无耻”“荒信”“荒昧”等基本可以与wilderness所隐含的意义“文明对立物”相互对应。叶舒宪在分析《山海经·荒经》的观念时，言及“荒”对于中心的反叛，认为“‘荒’的理念与其对立面——中心的观念相互依存，为一切试图反叛或挑战中心价值的非正统言论提供着空间背景”②。

“荒野”一词的使用亦有较长的历史。例如，《尚书·说命下》：“既乃遁于荒野，入宅于河。”《三国志·魏书·牵招传》：“虏每犯塞，勒兵逆击，来辄摧破，于是吏民胆气日锐，荒野无虞。”明唐顺之《条陈水运事宜》：“官漕既通，商舟亦集，昔时荒野，遂成贾区。”荒野作为现代词语，见于鲁迅《二心集·黑暗中国的文艺界的现状》：“现在，在中国，无产阶级的革命的文艺运动，其实就是惟一的文艺运动。因为这乃是荒野中的萌芽，除此以外，中国已经毫无其他文艺。”③

在欧洲文化史上，荒野在浪漫主义前期多为负面的含义，浪漫主义赋予了荒野以审美与道德的价值。美国历史上的荒野自清教徒时代至今大致也经历了同样的变迁。乘坐“五月花”号到达美洲的第一批欧洲拓殖者尽管将荒野视为自由与希望的象征，但现实中的荒野则面目可憎、令人畏惧。

---

① 袁珂：《山海经校注》，上海：上海古籍出版社，1983年版，第413页。

② 叶舒宪：《“大荒”意象的文化分析——〈山海经·荒经〉的观念背景》，《北京大学学报》(哲学社会科学版)2000年第4期，第97页。

③ 参见罗竹风主编：《汉语大词典》(第九卷)，第390页。鲁迅的这篇文章题为“黑暗中国的文艺界的现状——为美国《新群众》作”，见于《二心集》(1932年出版)，后收录于《鲁迅全集》。参见《鲁迅全集》(第四卷)，北京：人民出版社，1974年版，第270页。

正如威廉·布拉德福德（William Bradford）在《普利茅斯种植园史》中所描述的，科德角（Cape Cod）是“一个可怕丑恶、荒无人烟的荒野，到处是野兽和野人”（a hideous and desolate wilderness，full of wild beasts and wild men）①。纳撒尼尔·霍桑（Nathaniel Hawthorne）在小说《好小伙布朗》（*Young Goodman Brown*）中，也抓住了清教徒对荒野的情感：深暗的密林是早期定居者的荒野，是可怕、无序的邪恶之地。自梭罗等人开始，荒野开始为人们所欣赏。到了约翰·缪尔时代，荒野作为美国独特风景的吸引力已然牢固确立。荒野被视为具有神圣的意义。缪尔被公认为荒野保护的先知，他和梭罗、利奥波德、爱德华·艾比等人的作品激发了一批批的美国人走向荒野。今天的美国人对 wilderness 的喜爱、欣赏，甚至崇拜，已使其不再有汉语中“荒野”给人引发的那种荒凉、恐惧之感。作为概念，荒野在能指与所指之间的滑动以及由此产生的审美张力也恰恰是其学术价值的体现。

（三）荒野研究学术史综述

虽然作为一个普通词语历史悠久，但荒野从一个普通概念发展成为学理意义上的概念，进入学术视野，却是晚近的事情。对荒野的态度经历了从排斥、抗拒到欣赏、赞美的过程。这种对荒野态度的变迁也反映在欧美学术界对荒野的研究上。今天“荒野”成为自然文学以及由此衍生而来的环境文学、生态批评的一个核心术语。这些领域尽管名称不同，但却存在交叠：皆以自然为核心，考察文学与自然的关系。哈佛大学教授、文学与环境领域专家劳伦斯·布伊尔（Lawrence Buell）在《环境想象：梭罗、自然文学和美国文化的形成》中谈到了自然在美国文学中的重要地位：

> 早期文学包括殖民地时期和建国时期的文学大多是对于美国地理的描述，大量的游记记载了作家们对新大陆的探索、对美国风光的赞美。内战之前的文艺复兴时期的文学在浪漫自然主义的影响下，荒野、未被人类开化的土地成为实现文化民族性的资源。这种情况一直延续至工业革命时代。今天的美国文学比美国人的生活习惯更为粗犷。美国学术界也反复强调田园、边疆和荒野主题对于美国文学的历史作用。②

---

① William Bradford. *Of Plymouth Plantation*. New York：Random House，1952，p. 62.

② Lawrence Buell. *The Environmental Imagination：Thoreau，Nature Writing，and the Formation of American Culture*. Cambridge，MA：The Belknap Press of Harvard University Press，1995，pp. 14-15.

在早期生态批评的一个世纪中，自然是评述的对象。在美国学术批评史中，“自然”是一个笼统的概念，就其具象而言，或表现为田园，或表现为荒野。田园和荒野反映了美国文明发展不同阶段的不同诉求。殖民地时期，美国是一片荒野，蛮荒却充满自由，第一批到达美洲的清教徒们，怀揣的梦想是在荒野中建设一个花园。这个花园，从具象上来说就是田园。将荒野变为田园是早期美国人的理想。浪漫主义时期荒野首先关乎美国身份的自我界定。其次，伴随文明的发展，荒野成为美国文明自身发展的需求：荒野是对过度文明的反拨。

美国独立伊始，思想界、文艺界、政治界即面临同一个问题：如何定义美国。作为一个年轻的国家，独立与对身份的追求一直如影随形；只有身份合法后，才能实现真正的独立。19 世纪的美国试图定义自己，它必须回答两个相关问题：美国仅仅是崇高的清教精神的产物，还是更为世俗的、启蒙时代物质主义的产物？美国是否从根本上与欧洲截然不同，如果是，以何种方式？克雷夫科尔（J. Hector St. John de Crèvecoeur）的《一位美国农夫的来信》（*Letters from an American Farmer*）与爱默生在《美国学者》（“The American Scholar”）中探讨的是同样的问题。第三任总统托马斯·杰斐逊为美国设计的理想是自由与共和主义（republicanism），共和主义的核心就是田园式的理想（pastoral ideal）。不同领域的探索，获得的解答有着共同的指向——“自然”。身份的问题同样是学术界一直试图解决的问题。《人文研究》（*Humanistic Studies*）主编塞尔登·威克姆（Seldon L. Whitcomb）在《早期美国文学中的自然》一文中认为，殖民地和美国建国早期文学时期，美国正形成一种对自然的欣赏，自然是美国文学独立于英国文学的标志。此处的自然大多指野性自然，如哈德逊河、詹姆斯河、密西西比河、高山、山谷、尼亚加拉大瀑布、沼泽、野鸭、知更鸟。①

1921 年，诺曼·福斯特（Norman Foerster）和其他几位大学教授成立“美国文学团体”（American Literature Group）作为现代语言协会（Modern Language Association）的新建分支。福斯特等人面临的一个任务是回答如下问题：美国文学真正可以有别于其英国前身的特质是什么？到底有无独具特色的美国文学？如果有的话，何以美国？福斯特认为，回答这些问题的关键在于理解美国的边疆经历和对新大陆“自然”的亲身体验。1923 年福斯特在《美国文学中的自然》（*Nature in American Literature*）中回答了这个问

① Seldon L. Whitcomb. “Nature in Early American Literature.” *The Sewanee Review*. Vol. 2, No. 2 (February 1894): 159-179.

题。他认为，美国文化的历史源头从本质上来说是欧洲文化，只不过经过这样的改变：美国文化缺少亲缘的古代传统，却有着独特的自然环境——野性自然，与野性自然的接触，“注定要对美国人的思想和心灵产生深远影响”。[①]冷战后，新出现的一门学科“美国研究”也认为，正如早期美国文学需要“美国性”来与英国文学相区别，美国文化研究也需要确立美国文化的“美国性”。初创期的美国文化研究主要通过凸显美国对野性自然环境的改造来确立“美国性”。

建国早期是野性自然或荒野帮助美国获得了合法身份，在美国文明进程中，荒野又成为文明的内需。最初，荒野是需要消除的障碍、征服的敌人。随着越来越多的荒野变成田园、城镇和工厂，荒野越来越少，人们日渐意识到荒野的价值。来自文明相对发达地区的梭罗、约翰·缪尔等开始倡导荒野保护。但梭罗、缪尔等人的呼吁在那一时期并没有引起学术界的重视。

1893 年特纳的《边疆在美国历史上的意义》宣告了美国边疆时代的结束，人们开始意识到荒野的意义，尤其是荒野对美国个人性格和文化性格形成的重要意义。荒野开始进入研究视野。1950 年亨利·纳什·史密斯的《处女地：作为象征和神话的美国西部》在“特纳命题”的基础上继续探讨美国西部的精神价值。尽管其主要关注点是美国西部，但也触及了荒野对美国社会的意义。该书专门有一章探讨自然的野性。[②]列奥·马克斯（Leo Marx）的《花园中的机器：技术与美国田园理想》尽管探讨美国田园理想，其中心却是处于荒野与文明之间的美国文化的矛盾。[③]

1956 年佩里·米勒（Perry Miller）的《出使荒野》（*Errand into the Wilderness*）从宗教的角度探讨了荒野对于清教徒的意义。1969 年彼得·卡洛（Peter N. Carroll）出版了《清教主义与荒野：新英格兰边疆的思想意义（1629—1700）》（*Puritanism and the Wilderness: The Intellectual Significance of the New England Frontier, 1629-1700*），详细考察了北美大陆对荒野的首次回应。1980 年另一位历史学家弗雷德里克·特纳（Frederick Turner）的《超越地理：与荒野斗争中的西部精神》（*Beyond Geography: The Western Spirit Against the Wilderness*）探讨了西进运

① David Mazel, ed. *A Century of Early Ecocriticism*. Athens and London: The University of Georgia Press, 2001, p. 208.

② Henry Nash Smith. *Virgin Land: The American West as Symbol and Myth*, pp.71-80.

③ Leo Marx. *The Machine in the Garden: Technology and the Pastoral Ideal in America*. New York: Oxford University Press, 1964.

动中的拓居者与印第安人及荒野的冲突。

大体而言，20 世纪 60 年代以前，美国学术界更多从历史角度考察荒野对于美国的意义，荒野更多关乎“美国性”这一课题。自 20 世纪 60 年代起，学术界开始倾向于关注荒野保护。1962 年哈佛大学神学院教授乔治·威廉姆斯（George H. Williams）出版了《基督教思想中的荒野与乐园》。①尽管该书是一部基督教历史的论文集，但作者本人对现实中的花园，尤其是未受破坏的荒野极为关注。他希望通过历史性地考察荒野的意义启发世人重新思考荒野保护、全世界范围内为濒危动物建立更多野生动物保护区等这些亟待解决的问题。1964 年《荒野法案》颁布，极大地促进了荒野研究。荒野研究主要在思想史和环境哲学领域。纳什《荒野与美国思想》②、奥尔施莱格《史前至生态时代的荒野观》（1991）出版，其中纳什的《荒野与美国思想》影响最大，该书已经先后修订出版了五版（1967、1973、1982、2001、2014），曾被《洛杉矶时报》评为二战后最有影响力的 100 本书之一。在这部著作中，纳什沿着美国历史发展的脉络考察了美国文化对荒野从憎恶到欣赏、崇拜并认识到荒野保护的必要性的观念变迁。美国历史学者迈克尔·刘易斯（Michael Lewis）认为：“纳什不仅抓住了美国的荒野脉搏（the wilderness pulse），而且给这种脉搏下了定义，随后一代又一代的环境学者和活动家们都以纳什的定义、他举出的例子以及他推崇的英雄来探讨美国荒野。”③纳什选择这个题目，是对那个时代对荒野的呼声及日渐升温的荒野研究的回应。20 世纪六七十年代，生态意识盛行，随之而来的是对自然的尊敬。宿营、背包旅行、钓鱼、捕鸟等户外运动空前高涨，美国人回归野性自然的人数创历史新高。环境保护组织成员激增，新的环境立法以无与伦比的速度颁布：1964 年《荒野法案》、1968 年《荒野与景区河流法案》（The Wild and Scenic Rivers Act）、1970 年《清洁空气法案》（The Clean Air Act）、1972 年《联邦水污染控制法案》（The Federal Water Pollution Control Act）、1973 年《濒危物种法案》（The Endangered Species Act）。与此同时，美国读者也开始对美国文学史上探索人与自然关系的经典作品产生新的兴趣，如梭罗的

---

① George H. Williams. *Wilderness and Paradise in Christian Thought*. New York: Harper and Brothers, 1962.

② 该书目前已出版中译本。参见[美]罗德里克·弗雷泽·纳什:《荒野与美国思想》,侯文蕙、侯钧译,北京:中国环境出版社,2014 年版。

③ Michael Lewis. "American Wilderness: An Introduction." *American Wilderness: A New History*. Edited by Michael Lewis. New York: Oxford University Press, 2007, pp. 3-13, at 7.

《瓦尔登湖》和利奥波德的《沙乡年鉴》(*A Sand County Almanac*)。梭罗呼吁重新恢复人与野性自然的关系。利奥波德主张人类将自己看作大地社区的普通成员与公民，而不是征服者。20世纪50年代以前处于边缘地位的自然文学，在20世纪60年代进入主流文学。1962年蕾切尔·卡森(Rachel Carson)出版了《寂静的春天》(*Silent Spring*)，1968年爱德华·艾比的《隐居沙漠：荒野一季》(*Desert Solitaire*: *A Season in the Wilderness*)问世。20世纪70年代，公众对生态学的兴趣与美国自然文学的复兴携手而来。生态学以及最新流行词"环境"进入文学畅销书中。美国文学表现出对自然与环境文学新的兴趣，这一切进一步推动了荒野研究。

由于荒野概念本质上涉及人与自然关系这一恒久课题，在科技革命、工业化、城市化给自然界带来巨大改变时，哲学家重新思考人与自然，荒野思想成为对"现代性"的一种应对或解答方式。1986年，霍尔姆斯·罗尔斯顿在《哲学走向荒野》中提出了"哲学的荒野转向"(a wild turn in philosophy)这一论断。他认为，荒野本身具有内在的价值，在人与自然界的关系中充当着人类的根系、邻居、外来者。①

总体而言，自20世纪五六十年代至今，美国学术界对荒野的关注一直处于上升状态。

近几年来，曾经受到普遍认可的荒野概念引发争议。对于北美土著来说，"荒野"是一个陌生的概念，是欧洲舶来品，体现的是白人文化对自然的看法。荒野这一概念强调"无人居住""未知的""野兽出没"的土地，实际上却一直有人居住，并且被土著们视为赖以生存的家园。因此荒野这个概念在人类学家看来，体现了"民族中心主义，甚至带有侮辱性"(ethnocentric to the point of being insulting)②。对于土著来说，他们更愿意使用land(土地)一词。另一种批评声音来自第三世界国家。他们认为荒野这个概念仅能体现以国家公园为理想的美国人对于荒野的态度。对这些国家的人来说，人口的压力使得荒野保护成为一种奢侈。除此之外，对荒野概念的质疑还来自某些环境史学家。③他们意识到在高度城市化的后现代社会中，"荒野"这一概念面临着现实与文本的困境。"荒野"这一概念本身涉及荒野与文明、自然与文化之间的关系。他们认为，正是那种将

---

① Holmes Rolston Ⅲ. *Philosophy Gone Wild*: *Essays in Environmental Ethics*, p. 121.

② Roderick F. Nash. *Wilderness and the American Mind*, 5th ed., p. 277.

③ 以威廉·克罗农为代表。在《荒野的困境》一文中，他质疑了旧的荒野概念，主张关注野性(wildness)。See William Cronon. "The Trouble with Wilderness; or, Getting Back to the Wrong Nature." *Uncommon Ground*: *Toward Reinventing Nature*, pp. 69-90.

人看作与非人类世界对立的观点——换言之——正是那种将自然看作外在于人类社会的观点，促使人类开发、利用自然界以至造成环境污染、生态破坏的状态，因此需要重新审视荒野这一个概念。鉴于此，有学者提出用 wildness 这一概念来代替 wilderness，理由是 wildness 比 wilderness 含义更为深刻、更丰富、更具包容性。①

尽管如此，荒野作为一个普遍认可的概念，其学术价值仍不可否认。笔者意在从梭罗所处的历史与现实语境中中考察梭罗思想，故而本书依然采用“荒野”这一概念。

三、梭罗荒野思想研究综述

（一）美国学术界的梭罗研究

梭罗生于 1817 年 7 月 2 日，卒于 1862 年 5 月 6 日。在不到 45 年的短暂生命历程中，梭罗经历了美国历史上的几个重要时期或事件：浪漫主义、超验主义、美国文艺复兴、环境主义萌芽、西进运动等。这些时期，爱国主义、民族主义情感强烈，废奴主义热情高涨，美国内战蓄势待发。这些无不影响并塑造着梭罗并体现在其作品中，进而又体现在对梭罗的学术批评中。尽管个人生命史短暂，文化史、学术史中的梭罗却实现了对时空的超越并获得了越来越旺盛的生命力。在过去的一个半世纪中，对很多人来说，梭罗有着多重身份：“古怪的隐士、美国的斯多葛主义者、诗人—博物学家、愤怒的废奴主义者、哲学无政府主义者和政治批评家、超验的经济学家、文学巨匠和语言哲学家、环境主义先驱、‘荒野协会’和‘山岭俱乐部’的现代英雄，甚至是后现代哲学家。”② 视角的微小转换就会形成不一样的梭罗，关注点不同就会带来不同的结论。梭罗研究辐射面甚广，涉及宗教、哲学、东西方关系、政治、伦理、生态等领域，其中以自然文学、生态批评领域对梭罗的关注最为集中。

1862 年，在梭罗的葬礼上，爱默生无比惋惜地预言：“这个国家尚不知道——或者根本就不知道——她失去了一个多么伟大的儿子。”③在当

① David Rothenberg. *Wild Ideas*. Minneapolis: The University of Minnesota Press, 1995, p. xv.

② Alan D. Hodder. *Thoreau's Ecstatic Witness*. New Haven: Yale University Press, 2001, p. 1. The original text is: "the eccentric hermit, the Yankee stoic, the poet-naturalist, the angry abolitionist, the philosophical anarchist and political critic, the transcendental economist, the consummate literary craftsman and philosopher of language, the proto-environmentalist and modern hero of the Wilderness Society and Sierra Club, and even Thoreau the postmodern philosopher."

③ 该文正式发表于 1862 年 8 月期的《大西洋月刊》(*The Atlantic Monthly*)。The original text is: "The country knows not yet, or in the least part, how great a son it has lost."

时，人们至多认为，爱默生的这番评价只是一种礼节性的褒扬。的确，在他所处的时代，梭罗并不为人所看好。梭罗在世时曾经努力要成为一名卓有成就的作家，然而他的作品却并未受到热烈欢迎。1849 年，他的第一本书《康科德和梅里马克河上一周》的出版困难重重，最终以自费的形式出版了一千册，但大部分未售出，最终又回到了他的手中。1854 年出版的《瓦尔登湖》反响稍好，但也并没有给他赢得多少声誉。当时大多数人认为梭罗是个怪人，是“美国的第欧根尼”（an American Diogenes）①、“一个乡下的骗子”（a rural humbug）、“一个游手好闲的人”（a loafer）。据统计，这期间有 36 篇评论，大都将梭罗看作“带有个人怪癖的超验的自然主义者”②。同时代的诗人、文学批评家詹姆斯·洛威尔（James Russell Lowell，1819—1891）的评论对梭罗的声誉是毁灭性的。早在 1848 年，在其《写给批评家的寓言》（*A Fable for Critics*）中就称梭罗为“爱默生的模仿者”，甚至使用人身攻击性的语言如“长着短得可怜的腿”（with legs painfully short）评论梭罗。③ 1865 年洛威尔在《北美评论》（*North American Review*）上发表评论，继续指责梭罗“自负，毫不怀疑地视自己性格上的缺点和弱点为美德和力量”“缺乏想象力”“没有幽默感”。他认为梭罗对自然的感情属于“现代感伤主义，是一种病症”。在洛威尔看来，“对于一个有着健全体魄的人来说，荒野唤起一种情绪或充当度假之处足矣，不适合人类栖居”。那些高调宣扬隐居或与自然亲近的人大都为“感伤主义者”，是“不真实的人”，是“厌恶人类者”（misanthrope）。有鉴于此，他认为“梭罗终其一生都在寻找医生”。④这样一位有影响力的人在当时颇具影响力的期刊上发表的这番评论，无论是否公正，都不可避免地会对读者产生影响，这其中也包括梭罗作品的潜在读者。洛威尔对梭罗的负面评价影响长达半个世纪。认为对荒野、对自然的热爱源于某种心理疾病的观点并不新鲜。

---

① 1854 年 10 月，查尔斯·弗雷德里克·布里格斯（Charles Frederick Briggs）在《普特南月刊》（*Putnam's Monthly*）上发表《美国北部的第欧根尼》（“A Yankee Diogenes”）。或受此影响，1857 年，一位英国论者匿名发表《美国的第欧根尼》（“An American Diogenes”），该文发表于 *Chamber's Journal*. Vol.8（November 1857）：330-332。

② Wendell Glick, ed. *The Recognition of Henry David Thoreau: Selected Criticism Since 1848*. Ann Arbor: The University of Michigan Press, 1969, p. ix.

③ James Russell Lowell. *The Poetical Works of James Russell Lowell*. Vol. 3. Boston and New York: Houghton Mifflin Co., 1890, pp. 41-42.

④ James Russell Lowell. “Thoreau.” *North American Review*. Vol. 101 (October 1865): 597-608; quoted in Warter Harding, ed. *Thoreau: A Century of Criticism*. Dallas: Southern Methodist University Press, 1954, pp. 45, 48, 49.

1909年，霭理士（Havelock Ellis）在《论对荒野的热爱》一文中，从心理学角度追溯了西方人对荒野的热爱和欣赏，认为这种情感最早可追溯至早期的基督徒，其根源在于“精神衰弱”，有这种疾病的人会觉得日常生活不可忍受。早期许多这种心理疾病者成为基督教苦修者。他们在偏远的修道院里寻求庇护，并在那里学会热爱荒野，正如他们学会敬爱上帝一样。霭理士在文中提到梭罗，认为梭罗对荒野的热爱亦是源于精神衰弱。[①]

另一方面，爱默生、钱宁（Ellery Channing）、哈里森·布莱克（Harrison Blake）等人开始致力于恢复梭罗的公众声誉并提升其在美国文学界和哲学界的地位。梭罗在世时仅出版了两部著作，去世后在妹妹索菲亚·梭罗，朋友钱宁、爱默生的努力下，五本著作得以通过波士顿蒂克纳与菲尔兹出版公司（Ticknor and Fields）出版：《远足》（*Excursions*，1863，由索菲亚和爱默生编辑）、《缅因森林》（*The Maine Woods*，1864，由索菲亚和钱宁编辑）、《科德角》（*Cape Cod*，1865，由索菲亚和钱宁编辑）、《通信集》（*Letters to Various Persons*，1865，由爱默生编辑）、《一个美国人的加拿大之行：附废奴与改革文章》（*A Yankee in Canada*：*With Anti-Slavery and Reform Papers*，1866，由索菲亚和钱宁编辑）。其他重要作品《散步》（“Walking”）、《野苹果》（“Wild Apples”）和《没有原则的生活》（“Life Without Principle”）发表在《大西洋月刊》上。布莱克视梭罗为精神导师、朋友，从梭罗妹妹索菲亚那里继承了梭罗日记手稿，将其作为自然文学，分春、夏、秋、冬四卷发表（1881—1892）。1895年，梭罗传记作者富兰克林·桑伯恩（Franklin B. Sanborn）和亨利·索尔特（Henry S. Salt）编辑出版了梭罗的诗歌集《自然之诗》（*Poems of Nature*）。出版商霍顿米夫林出版公司（Houghton Mifflin Co.）在哈佛大学教授布里斯·佩里（Bliss Perry）的建议下，于1906年出版了梭罗全部作品，包括随笔、书信、日记在内，多达20卷，并将梭罗作为自然文学作家进行推介。1903年，年轻的超验主义者托马斯·希金斯（Thomas Wentworth Higginson）与人合著美国文学史教材。希金斯崇拜爱默生、梭罗，志在消除洛威尔对梭罗负面评价的消极影响，树立梭罗在文学界的形象。他认为：“洛威尔彻头彻尾接受了错误的观念，认为梭罗憎恶文明，只崇尚荒野……事实上，梭罗从未真

---

① Havelock Ellis. “The Love of Wild Nature.” *A Century of Early Ecocriticism*, pp. 175-194.文章作者霭理士为著名性学家，曾著有《性心理学研究》(*Studies in the Psychology of Sex*)。除性学家身份外，霭理士还是文学及文化批评家。该文1909年发表于《当代评论》(*Contemporary Review*).

正与世界分离。”①19 世纪与 20 世纪之交，梭罗已经跻身于爱默生、霍桑等一流文学家的行列。一战期间及战后，美国人对梭罗的兴趣有些衰减，但伴随着 20 世纪 30 年代经济大萧条的来临，梭罗倡导的朴素生活哲学有了用武之地，受到欢迎。

尽管霍顿米夫林公司在美国公立学校推行“河畔文学系列”（Riverside Literature Series）提高了梭罗的知名度，文学教授们却对梭罗兴趣寡淡。据梭罗研究会发起人、一生致力于梭罗研究的瓦尔特·哈丁（Walter Harding）教授考证，首部梭罗研究博士论文出现于 1899 年，由密歇根大学艾拉·纳普（Ella Knapp）完成，遗憾的是现已佚失。第二部则于 1913 年出现在德国，作者为海伦·斯奈德（Helen A. Snyder）。直到 1928 年，才出现第三部博士论文《梭罗的文学理论与批评》（“Henry Thoreau's Literary Theories and Criticism”），作者雷蒙德·亚当斯（Raymond Adams）偶尔会油印《梭罗通讯》（*Thoreau Newsletter*），激发了学术界对梭罗的兴趣，随后一批有关梭罗研究的博士论文出现。②

对美国文化、文学民族性和独立性的追求愈加巩固了梭罗在美国文学史上的地位。1941 年美国文学评论家、哈佛大学教授马西森（F. O. Matthiessen）在《美国文艺复兴：爱默生与惠特曼时代的艺术与表现》中认为，梭罗创造了一个“真实的辉煌”（actual glory）。马西森既赞赏梭罗对当时的社会和经济尤其是狭隘的物质至上思想的批判，又为梭罗作品的文学性和艺术性所折服，侧重彰显他作品中的文学形式和意义。③马西森的评价奠定了随后三十年梭罗研究的基调。

随着美国对环境与生态的关注，梭罗更加声名鹊起，并被视为环境运动的重要思想家和先驱。梭罗获得了美国学术界无人企及的殊荣，拥有规模最大、历史最为悠久的学术研究团体，梭罗研究会（1941）、梭罗研究所（1975）相继成立。梭罗研究会由瓦尔特·哈丁发起成立，目前已经发展成为拥有 1500 名会员的国际性研究会。每年 7 月在梭罗诞辰之际，梭罗的家乡——马萨诸塞州的康科德都要举行梭罗研究年会。梭罗研究专刊有

---

① Quoted in Lawrence Buell. *The Environmental Imagination: Thoreau, Nature Writing, and the Formation of American Culture*, 1995, p. 354.

② Walter Harding. “Thoreau's Reputation.” *The Cambridge Companion to Henry David Thoreau*. Edited by Joel Myerson. New York: Cambridge University Press, 1995, pp. 1-11, at 8.

③ F. O. Matthiessen. *American Renaissance: Art and Expression in the Age of Emerson and Whitman*. New York: Oxford University Press, 1941, p. 76. 在该书有关梭罗的章节，以“真实的辉煌”(actual glory)为题。

《康科德漫步者》（*Concord Saunterer: A Journal of Thoreau Studies*）、《梭罗研究会会刊》（*Thoreau Society Bulletin*）、《梭罗季刊》（*Thoreau Journal Quarterly*）等。

《康科德和梅里马克河上一周》（*A Week on the Concord and Merrimack Rivers*）和《瓦尔登湖》（*Walden*）出版后，分别于1886年、1889年在英国得以发行。1890年英国费边主义者亨利·索尔特（Henry S. Salt）出版了《梭罗传》（*The Life of Henry David Thoreau*），引起了英国工党的注意，并将各地分会命名为“瓦尔登俱乐部”。此时印度的甘地正在英国学习法律，因对素食主义的共同兴趣与索尔特结缘，进而通过索尔特熟悉了梭罗的作品，并从《论公民的不服从》（*Civil Disobedience*）中发展出自己的非暴力不合作思想。俄国托尔斯泰也读到了梭罗的随笔文章，积极向欧洲知识界介绍梭罗。

其他国家的梭罗作品译介起步较晚，且集中于《瓦尔登湖》和《论公民的不服从》。《瓦尔登湖》先后被译成德语（1897）、荷兰语（1907）、俄语（1910）、日语（1911）、法语（1922）、捷克斯洛伐克语（1924）以及意大利语（1928）。二战后，世界范围内对梭罗的兴趣迅速增长，《瓦尔登湖》被译成多种语言。《瓦尔登湖》最早由徐迟于1949年译介至中国（当时的书名为《华尔腾》，由上海晨光出版公司出版）。印度政府为了表达对甘地的敬意，组织人员将《瓦尔登湖》译成印度国内的15种主要语言。在日本，梭罗有着极为强烈的吸引力，《瓦尔登湖》被多次翻译，1965年日本成立了梭罗研究会。

美国对越战争期间，反战的青年学生对梭罗的兴趣勃发。《论公民的不服从》被译成多种语言，在美国及欧洲及亚洲发行。1967年美国发行了梭罗纪念邮票。20世纪50年代“垮掉的一代”中的杰克·凯鲁亚克（Jack Kerouac）和艾伦·金斯堡（Allen Ginsberg）以及20世纪60年代的“嬉皮士”均将梭罗作为偶像。

伴随生态运动的蓬勃发展，梭罗研究中呈现两种明显的态势，笔者以“绿色”和“野性”加以概括。

1.“绿色”梭罗

20世纪六七十年代，绿色意识中的梭罗研究兴起。这首先缘于美国文学对田园（pastoral）的兴趣。劳伦斯·布伊尔认为：“从历史来看，田园有时能够激发绿色意识（green consciousness）。”① 1964年列奥·马克

① Lawrence Buell. *The Environmental Imagination: Thoreau, Nature Writing, and the Formation of American Culture*, p. 31.

斯在《花园中的机器：技术与美国田园理想》中指出，自地理大发现以来，田园理想一直被用来定义美国，依旧承载美国人的想象力。希望逃离文明、寻找一片绿色净土是美国文化与文学的重要主题。田园主义在美国生活中有着重要意义，尤其到了工业社会，那种渴望简单、和谐、亲近自然的生活是田园主义的心理根源。《瓦尔登湖》可以解读为“超验的田园主义实验报告”（the report of an experiment in transcendental pastoralism）①。布伊尔也认为，《瓦尔登湖》是“一种回归田园”（a pastoral return）的象征。②随着美国反文化运动、生态意识、环境保护意识的兴起，自然文学受到重视，普通读者都争相阅读《瓦尔登湖》。1985年，《美国遗产》杂志（*American Heritage*）将《瓦尔登湖》列入“塑造美国人性格的十本图书”，理由是“从自由论者到民权运动者，从右翼到素食主义者，几乎所有有组织的（或无组织的）‘美国主义’都能在《瓦尔登湖》中找到适合其品味的东西，它覆盖的范围如此之广”③。1990年，摇滚乐歌手、老鹰乐队主唱唐·亨利（Don Henley）成立了“瓦尔登森林工程”（The Walden Woods Project）④，初衷是保护康科德镇瓦尔登湖畔附近的土地免受商业开发。1991年，包括作家、娱乐界名人、政要们在内的40多位作者合写了一本随笔集《天堂在我们脚下》⑤为“瓦尔登森林工程”筹集资金，最终于1993年成功买下瓦尔登湖边面积约18.6英亩（约7.53万平方米）的布里斯特山（Brister's Hill）进行保护。梭罗在其生命的后期常去布里斯特山考察自然，在此基础上完成了《森林树木的演替》和《种子的散播》两部作品。《天堂在我们脚下》一书的封底称梭罗为“美国环境运动之父”。这表明，梭罗已经成为美国当代文化的偶像。时任总统卡特称梭罗为“国家公园和荒野保护的早期倡导者”，是环境运动的先驱。

20世纪90年代以来，随着环境文学、生态批评的兴盛，梭罗成为学

---

① Leo Marx. *The Machine in the Garden: Technology and the Pastoral Ideal in America*. New York: Oxford University Press, 1964, p. 242.

② Lawrence Buell. *The Environmental Imagination: Thoreau, Nature Writing, and the Formation of American Culture*, p. 127.

③ Jonathan Yardley. "Ten Books That Shaped the American Character." *American Heritage*. Vol. 36, No. 3 (April/May 1985): 24.

④ “瓦尔登湖森林工程”至今运行良好，其宗旨是“保存亨利·戴维·梭罗的土地、文学和遗产，以此培育环境管理和社会责任的伦理”。（The Walden Woods Project preserves the land, literature and legacy of Henry David Thoreau to foster an ethic of environmental stewardship and social responsibility.）https://www.walden.org/mission-and-history/.

⑤ 书名为 *Heaven Is Under Our Feet: A Book for Walden Woods*，出自《瓦尔登湖》中的一句话：Heaven is under our feet as well as above our heads。

术界新的研究焦点。布伊尔在《环境想象》一书中，围绕《瓦尔登湖》塑造了作为环境主义先驱的"绿色"梭罗（green Thoreau），并考察了梭罗在美国文学和文化上经典化的过程。他将《瓦尔登湖》列为主要观测点，称其为梭罗的"瓦尔登环境工程"（Walden's Environmental Projects）。作者对美国文学与文化的理解开启了生态中心主义视角的时代，将环境置于美国文学研究的中心，致力于塑造一个"绿色"的梭罗，并对梭罗前后的自然作家进行了梳理，以证明美国自然文学传统的存在。

2."野性"梭罗

梭罗在美国文学地位的不断上升，很大程度上是伴随着美国荒野的不断减少而实现的。当荒野减少，美国面临工业化、市场经济、城市化的未来时，这位新英格兰文学和思想界曾名不见经传、地位远低于其导师爱默生的小人物的价值得以发现。1851 年 4 月，梭罗在其演讲《散步》中郑重提出"世界存乎野性"，野性梭罗之所以进入研究者的视界，很大程度上也正源于此篇演讲。笔者此处采用"野性"一词来审视梭罗，涵盖"野性"和"荒野"两个方面。早期研究者关注的是梭罗本人野性的一面，随着荒野保护运动引发的荒野研究的日趋兴盛，梭罗的荒野意识逐渐进入研究者视野。然而，这种分期并不意味着后者取代前者，而仅仅意味着不同时期研究者对于梭罗的关注点不同。

梭罗的野性特质很早就引起论者的注意。1881 年自然文学作家约翰·巴勒斯（John Burroughs）发表评论，称梭罗是"自红皮肤的土著人移出其领地后新英格兰出产的最具野性的人"（the wildest man New England turned out since the red aborigine vacated her territory）①。1917 年，诺曼·福斯特在超验主义运动旗帜性刊物《日晷》（*The Dial*）发表文章称，梭罗不同于其他美国作家之处就在于他对"荒野"的依恋。②

20 世纪六七十年代，学界开始在荒野思想史框架下探讨梭罗。时间最早、影响也最深远的是纳什的《荒野与美国思想》。在这部荒野思想史经典著作中，梭罗被视为"荒野哲学家"。纳什认为，梭罗对野性价值的阐述，为荒野保护发出了经典的呼声。《荒野与美国思想》奠定了梭罗在环境运动中的地位。随后几部荒野史著作如《史前至生态时代的荒野观》（1990）、《美国荒野：一部新历史》（2007）均将梭罗置于重要地位。

---

① John Burrough. "Thoreau's Wildness." *Thoreau: A Century of Criticism*. Edited by Walter Harding. Dallas: Southern Methodist University Press, 1954, pp. 87-91, at 87.

② Norman Foerster. "Thoreau and 'the Wild'." *The Dial*. Vol. 63 (June-December 1917): 8-11.

除了荒野思想史、环境史领域，自然文学领域也认识到梭罗荒野思想的价值。自然文学作家西格德·奥尔森（Sigurd F. Olson）如此评价梭罗："梭罗说过很多富有智慧的话语，但或许最为明智也最具预言性的是他那句'世界存乎野性'，他说这句话是在一个世纪以前，美国还是一个开拓者的时代，当时美洲大陆没有这么拥挤，尚没有大规模的开发。即使那时，他已经预见到后来要发生的事情。"① 2002 年约翰·诺特（John R. Knott）的《想象野性美国》意在梳理美国自然文学中的荒野和野性书写传统，梭罗为中心人物。②

在学术视野中，梭罗的贡献更多是在自然文学、生态批评和环境史中，较少被视为严肃哲学家。近年来，学界开始关注梭罗的哲学思想。《梭罗之于哲学的重要性》③ 一书论述了梭罗的美学、环境伦理、道德认识论、政治思想以及与斯多葛主义的相似性。爱德华·穆内（Edward Mooney）探讨了梭罗的伦理思想，称其思想为建立在对一切野性事物关怀之上的"野性伦理学"（wild ethics）。④珍妮·班内特（Jane Bennett）在《梭罗的自然：伦理、政治和荒野》⑤ 中认为，梭罗与自然的交汇使他能够抵制普通人常有的思想的惰性、从众性和政治上的自得，从而实现一种超越性的、崇高的生活。罗伯特·鲁尔（Robert Ruehl）认为梭罗的全部哲学建立于"野性"之上，这种野性观影响着梭罗的文学创作、哲学思想、宗教、伦理以及政治思想，并贯穿于他的一切作品——游记、散文、书信、日记中。他称梭罗哲学为"野性哲学"（feral philosophy）。⑥

亦有学者注意到梭罗荒野思想的跨文化价值，对高行健的《灵山》、姜戎的《狼图腾》两部作品中的野性主题进行探讨。该作者认为，高行健、姜戎受到梭罗的影响——尽管这种影响可能只是间接的。鉴于梭罗曾吸取过东方思想，这种影响是"文学与文化的再循环"（a literary and

---

① Sigurd F. Olson. *Meaning of Wilderness: Essential Articles and Speeches*. Minneapolis: The University of Minnesota Press, 2001, p. 109.

② John R. Knott. *Imagining Wild America*. Ann Arbor: The University of Michigan Press, 2002, p. 51.

③ Rick Anthony Furtak, Jonathan Ellsworth, and James D. Reid, eds. *Thoreau's Importance for Philosophy*. New York: Fordham University Press, 2012.

④ Edward F. Mooney. "Thoreau's Wild Ethics." *The Concord Saunterer*. N.S., Vol. 19/20 (2011-2012): 105-124.

⑤ Jane Bennett. *Thoreau's Nature: Ethics, Politics, and the Wild*. Thousand Oaks, CA: Sage Publications, 1994.

⑥ Robert Michael Ruehl. "Henry David Thoreau." *Internet Encyclopedia of Philosophy*. http://www.iep.utm.edu/thoreau.

cultural recycling），“很久以前中国输出的思想经过西方科学和浪漫主义的重塑又回归中国”（a return to China of ideas exported long ago，but since refashioned by western science and western Romanticism）。[①]

（二）国内有关梭罗荒野思想的研究

梭罗研究在中国学界的发展历程大致经历以下阶段：第一阶段为20世纪20年代至1949年。伴随着中国文学界对西方文学的热情，中国作家对美国作家的兴趣迅速增长，梭罗也被译介至中国。1926年，郑振铎在《小说月报》上发表文章《美国文学》，用简短的文字介绍了世人对梭罗的评价和《瓦尔登湖》。[②]随后，曾虚白、张越瑞、郁达夫、徐迟、林语堂等人亦对梭罗有过介绍。20世纪40年代，本着从外国文学汲取养料来丰富、发展中国文学的初衷，一套包括《瓦尔登湖》在内的美国文学书系（初为“美国文学丛书”，后改为“晨光世界文学丛书”）被译介出版，*Walden*由徐迟翻译为《华尔腾》（1982年再版校译时，徐迟将书名改为《瓦尔登湖》）。第二阶段大致从1949年至1977年。这一阶段早期中美关系处于低谷，美国文学作品在中国遇冷。工业化进程的推进使得这一时期的自然成为征服、改造的对象，《瓦尔登湖》并未引起读者共鸣。“文革”期间《瓦尔登湖》研究陷入沉寂。第三阶段是改革开放至今。梭罗进入美国文学史教科书中，如1978年出版的董衡巽等编著的《美国文学简史》将梭罗作为“民主制的倡导者和美国资本主义文明的批判者”进行介绍。[③] 20世纪80年代末以来，对环境的关注和对精神追求的重视使得梭罗的作品受到广泛关注。《瓦尔登湖》首先引起作家海子、苇岸等的共鸣。《瓦尔登湖》出现多个译本，梭罗的其他作品如《康科德和梅里马克河上一周》《缅因森林》《科德角》中译本[④]亦进入中国读者视野。梭罗部分日记也被

---

① J. Gerald Dollar. “In Wildness Is the Preservation of China: Thoreau, Gao Xingjian and Jiang Rong.” *Neohelicon*. Vol. 36, No. 2 (December 2009): 411-419.

② 关于梭罗进入中国的时间，杨金才、刘略昌均认为始于1926年郑振铎的译介。关于梭罗被译介至中国的时间段，参见 Jincai Yang. “Chinese Projections of Thoreau and His *Walden*'s Influence in China.” *Neohelicon*. Vol. 36, No.2 (December 2009): 355-364, at 356；刘略昌：《梭罗在中国的传播与接受：1926—1949》，《中国出版》2011年11月下，第69—72页。

③ 董衡巽、朱虹、施咸荣、郑士生：《美国文学简史》，北京：人民文学出版社，1978年版。同时参见 Jincai Yang. “Chinese Projections of Thoreau and His *Walden*'s Influence in China.” *Neohelicon*. Vol. 36, No.2 (December 2009): 355-364, at 358。

④ 如：[美]罗伯特·塞尔编：《梭罗集》（上、下），陈凯等译，北京：生活·读书·新知三联书店，1996年版。《梭罗集》收录了《瓦尔登湖》和这几部作品。

摘译出版[①]，梭罗传记中译本[②]也已问世，甚至个别美国学者的梭罗研究成果[③]也被翻译出版。梭罗研究勃兴，呈现多元化、跨学科态势。研究主要关注以下几个领域：

一是梭罗的自然观和生态观。与国外梭罗研究焦点相适应，国内梭罗研究多集中于这一主题。代表性研究有程爱民的博士论文《论梭罗的自然观》（南京大学，1994）、苏贤贵《梭罗的自然思想及其生态伦理意蕴》［《北京大学学报》（哲学社会科学版）2002 年第 2 期］、陈凯《绿色的视野——谈梭罗的自然观》（《外国文学研究》2004 年第 4 期）、陈茂林《“另一个”：梭罗对人与自然二元对立的解构》（《外国文学研究》2009 年第 6 期）、李学爱《在荒野中保存世界：梭罗的自然思想研究》（《社会科学论坛》2010 年第 8 期）及 20 余篇硕士论文，均探讨《瓦尔登湖》的生态思想。

二是梭罗与中国的关系。国内学界常采用平行研究或影响研究的方法探讨梭罗与中国在思想领域的关系。代表性研究有台湾学者陈长房的《梭罗与中国》，由台北三民书局 1990 年出版。陈长房的英文论文[④]同样在欧美学界有着较高的引用率。此外，还有谢志超的博士论文《爱默生、梭罗对四书的接受——比较文学视野下美国超验主义研究》（上海师范大学，2004）及以此为基础的专著《超验主义对儒家思想的接受研究》（北京大学出版社，2012）、李洁的博士论文《论梭罗与中国的关系》（复旦大学，2008）、曹亚军的《独立特行：在中国现代语境中接受梭罗》［《深圳大学学报》（人文社会科学版）2003 年第 5 期］、刘略昌《祛魅与重估：对梭罗与中国古代文化关系的再思考》（《上海对外经贸大学学报》2016 年第 3 期）等。鲁枢元、马治军认为，在面对“人与自然”这样一个元问题时，陶渊明与卢梭、梭罗给出了相近的解答。[⑤] 孙霄《儒家生态智慧的美国之旅及其精神还乡——以梭罗的〈瓦尔湖〉为例》［《南通大学学报》（社会科学版）2021 年第 6

---

① 如：［美］梭罗：《梭罗日记》，朱子仪译，北京：北京十月文艺出版社，2005 年版。

② 如：［美］罗伯特・D. 理查德森：《梭罗传：瓦尔登湖畔的心灵人生》，刘洋译，杭州：浙江文艺出版社，2020 年版；［英］亨利・H. 索尔特：《瓦尔登湖的隐士：梭罗传》，贾辰阳译，北京：北京大学出版社，2021 年版；［美］劳拉・达索・沃尔斯：《梭罗传》，钱佳楠译，郑州：河南文艺出版社，2021 年版。

③ 如：［美］罗伯特・米尔德：《重塑梭罗》，马会娟、管兴忠译，北京：东方出版社，2002 年版；［美］斯蒂芬・哈恩：《梭罗》，王艳芳译，北京：中华书局，2014 年版。

④ Chang-fang Chen. “Thoreau's Orientalism: Chinese Thought in *Walden*.” *Tamkang Review*. Vol. 18, Nos. F4 (1987-1988): 287-322.

⑤ 鲁枢元、马治军：《元问题：人与自然——关于陶渊明与卢梭、梭罗的比较陈述》，《文艺研究》2011 年第 2 期。

期］论述了生态思想智慧的中美双向交流、《美国文艺复兴时期的生态转向与中国视野》（《中国比较文学》2022年第3期）探讨了中国儒家思想在美国文艺复兴时期生态转向中起到的作用。

三是梭罗作品的诗学特色。孙霄的博士论文《瓦尔登湖畔的自由之帆》（陕西师范大学，2011）和以此为基础的专著《瓦尔登湖畔的自由之帆——梭罗散文诗学研究》（中国社会科学出版社，2014）探讨了梭罗的诗学。杨靖探讨了梭罗后期写作的诗学特征，称其为“浪漫的科学”。[①] 何云燕探讨了梭罗的超验主义诗学。[②] 李莉、曾繁仁的《“褐色语法”与生态语言——梭罗自然写作探讨》［《西南民族大学学报》（人文社会科学版）2021年第7期］探讨了梭罗的自然写作中的生态语言观特色。

四是梭罗的社会改革和政治思想。如杨金才《梭罗的遁世与入世情怀》（《南京社会科学》2004年第12期）和《梭罗的个人主义理想与个人的道德良心》（《南京社会科学》2005年第4期）、陈乐福的博士论文《亨利·戴维·梭罗自我完善式社会改革思想研究》（南京大学，2010）探讨了梭罗的个人主义理想和社会改革思想。倪峰《梭罗政治思想述评》（《美国研究》1993年第4期）评述了梭罗的政治观。

梭罗与荒野的关系是近几年梭罗研究的新维度。程虹《寻归荒野》（生活·读书·新知三联书店，2001、2011）、《美国自然文学三十讲》（外语教学与研究出版社，2013）、《宁静无价：英美自然文学散论》（上海人民出版社，2014）均在美国自然文学框架下，将梭罗作为自然文学作家和爱默生精神价值的追随者，对其荒野书写的源流及意义做了初步介绍。朱新福的博士论文《美国生态文学研究》（苏州大学，2005）也涉及梭罗与荒野的关系。此外，鉴于荒野是美国环境史学、环境哲学的核心概念，国内这一领域对荒野的研究也开始呈上升态势，鉴于梭罗在美国荒野运动中的地位，国内荒野研究往往关涉梭罗。例如高山《荒野审美与荒野价值的超验主义哲学渊源——以梭罗的〈瓦尔登湖〉为例》［《南京工业大学学报》（社会科学版）2009年第1期］探讨了荒野审美与荒野价值的超验主义哲学渊源。上述研究为笔者研究梭罗荒野思想提供了有价值的参考，但鉴于篇幅或由研究主题所限，这些研究没有对梭罗荒野思想展开系统研究，研究所涉及的梭罗的作品多集中于《瓦尔登湖》，对梭罗的其他作品关注较少。

---

① 杨靖：《“浪漫的”科学——论梭罗后期写作的转向》，《外国文学评论》2016年第3期。

② 何云燕：《超验主义与梭罗的文学创作》，北京：中国社会科学出版社，2018年版。

四、研究目的与意义

本书题为“梭罗荒野思想研究”，以“荒野”这一概念为切入点来理解、阐释梭罗有关人与自然、荒野与文明的思考，并尝试回应当前国内外梭罗研究中有待解答的几个问题。

其一，“荒野”与“文明”常被视为一对二元对立的概念。与此相呼应，长期以来，梭罗以对自然的热爱而为世人所知，梭罗同时代的詹姆斯·洛威尔等人因而将其称为“厌恶人类者”“背弃、逃离文明者”，并影响深远，一定程度上成为定型观念。20 世纪 60 年代以来的环境、生态和荒野运动从梭罗对荒野的赞赏、倡导与保护中注意到梭罗的生态、环境意识，尊其为先驱，但在一定程度上强化了大众对梭罗“背弃文明”的定型观念。梭罗本人如何看待荒野与文明的关系？

其二，梭罗那句著名宣言“In Wildness is the preservation of the World”无论在国外引用还是在国内译介时常被误作“In Wilderness is the preservation of the World”，从而被译为“世界保全在荒野中”“在荒野中保存这个世界”“只有在荒野中才能保存这个世界”等。“Wildness”是否等同于“Wilderness”?“Wildness”一词究竟如何理解？

其三，梭罗既博古通今，又贯通东西，其文化与思想活动交织于美国文化、印第安文化、欧洲文化、东方文化之间，研究梭罗离不开对梭罗与这些文化关系的考量。但“荒野”这一学术概念缘起于美国，梭罗荒野思想作为对美国历史与现实语境的回应，是否有必要涉及梭罗与其他文化的关系？换言之，要将梭罗置于何种坐标系中理解？

在今天，梭罗已经成为美国文化偶像，其作品和思想成为美国文化遗产的重要组成部分。梭罗在美国文学、文化上的重要性使梭罗研究成为显学，涉及生态批评、自然文学、环境史、宗教、哲学、政治、东西文化关系、伦理等诸多领域。梭罗不仅是文学家，也是思想家。作为文学家的梭罗，无论在游记、散文还是日记中，荒野书写均是他写作的一个重要方面；作为康科德的漫步者（saunterer）、散步者（walker）、旅行者，荒野是重要活动空间，梭罗堪称荒野实践者。梭罗的旅行、散步与写作，也是他思想活动的开展空间和表达空间。他的思考涉及人类最本原的问题：何谓人类？何谓自然？他们的关系如何？文明与荒野的关系如何？这些正是他荒野思想的核心内容。对梭罗的荒野思想进行系统化、立体化的研究，是全面理解梭罗本人及其思想的一把钥匙。

美国历史学家认为，荒野是美国文明的原材料，是构成美国民族性的基石。以荒野为切入点，有助于加深对美国文明的深层理解。美国荒野观的变迁，折射了美国文明的发展历程。同时，这一议题究其根本涉及自然与人、荒野与文明的关系。美国文明对待荒野的态度变迁是美国思想史的重要组成部分。研究梭罗荒野思想，是美国思想史研究的重要补充。

尽管荒野这一概念缘起于美国，梭罗有关荒野的思考也是在美国文明的背景之下，梭罗的荒野思想却具有普遍意义。“荒野”概念究其根本在于人与自然的关系，因而是人类共同的关切。任何文明，若是不加遏制，发展到一定阶段，都可能面临过度文明所带来的问题，不得不对自己的环境、生态等问题进行反思。从这一意义上来说，梭罗荒野思想不失为参照系。

五、本书思路、结构与研究方法

本书研究主题是梭罗荒野思想。要全面理解梭罗的思想，需尽可能全面涉及梭罗文本，如著作、随笔、诗歌、日记、书信等。“荒野”尽管后来成为环境文学、生态批评领域的概念，却有其自身的发展历程。从概念史角度来说，“荒野”比“生态”“环境”历史更为悠久。荒野对于美国有着重要意义，在其不同发展阶段起着不同作用。从殖民地时期至建国初期，荒野是美国文明的自然资源，美国文明就出自荒野。荒野同时又是美国文化民族性的基础、民族自信心的来源。随着美国文明的发展、荒野的减少，荒野又成为衡量文明影响的尺度。随着生态运动、环境运动的兴起，荒野成为这些领域的重要概念。这也意味着，荒野思想不等同于生态思想和环境思想，但却包孕两者。当前不少研究从生态角度考量梭罗，这无异于用“生态”这一概念从需要出发来建构梭罗，这意味着有可能造成对梭罗的片面理解——毕竟生态批评 20 世纪 90 年代才开始兴盛，而梭罗本人并没有使用“生态”一词。“荒野”不仅频频出现在梭罗行文中，梭罗对荒野亦有自己的思考与阐说。本书试图尽可能摆脱对梭罗的定型观念，遵循“荒野”这一概念在美国的本然发展，重新回到当时的社会文化语境，通过文本细读来理解并阐释其思想。

梭罗荒野思想有核心内容、产生基础及外部影响因素。从核心内容上来说，荒野这一概念本身涉及荒野与文明的关系，究其根本是人与自然的关系。因而，梭罗荒野思想核心内容包括两方面：一是人与自然，二是荒野与文明。就人与自然的关系而言，梭罗主张“人是自然的居民”“人是自然的一部分”。就荒野与文明的关系而言，两者并非对立冲突，而是相辅相成。梭罗将荒野视为两个系统，相互交织，相互依赖。梭罗认为荒野有其独立、内在的价值，文明应该给予荒野存在的空间。另一方面，文明又离不开荒野。荒野对文明的发展有着重要价值。文明的过度发展需要荒野作为批判，荒野亦能够为文明注入活力，因而荒野是美国未来与希望所在。梭罗并非排斥文明，而是主张荒野与文明二者的结合。

梭罗荒野思想的产生基础与外部影响因素，实际上涉及梭罗与几种文化之间的关系，即美国文化、欧洲文化、印第安文化和东方文化。笔者这样安排基于三点考虑：

其一，梭罗的知识结构。《庄子·秋水》言："大知观于远近。"此言用于梭罗并不为过。梭罗常被称为"非常美国式的东方人""瓦尔登瑜伽士""美国佛教先驱""最像中国人的美国人""土著人的朋友"，欧洲传统之外的思想与智慧对梭罗荒野思想有着重要意义。这也说明，要对梭罗思想溯源极为困难。然而，理解梭罗的荒野思想又离不开对其影响因素的了解。

其二，梭罗一生思考的课题除了人与自然、个体与社会、荒野与文明之外，还在不断协调他与美国、欧洲、印第安文化及东方文化的关系。关于荒野观，美国有其自身的发展与演变。然而梭罗的荒野思想却并非止于对荒野的态度，它涉及人与自然、荒野与文明的关系，其中又受到多种因素的牵制与影响。例如，尽管梭罗将人视为"自然的居民""宇宙的自由民"(freeman of the universe)，他的人文与社会关怀及民族主义情感却又使其不仅在荒野与文明之间，亦在美国与欧洲文化、印第安文化、东方文化之间摇摆直至取得平衡。

其三，本书试图将梭罗思想置于美国荒野思想史框架下进行研究。美国荒野思想是在本土意识与外来思想的影响下形成的。不同时期对荒野的思考均受到外来思想影响。

由此观之，探讨外来思想源与梭罗的关系是全面了解梭罗思想必不可少的部分。本书从跨文化的角度，分析不同文化与梭罗荒野思想的关系，基本框架如下：除去导论与结论，共分五章。第一章探讨梭罗荒野思想产生基础。知其人、论其世，方可知其思想来源。从梭罗的野性特质、知识结构、荒野实践与书写，可知其人；究荒野观在美国历史上的变迁，可知其世。从殖民地时期至梭罗的时代，人们对荒野的态度发生了根本性转变，这是梭罗荒野思想产生的先决条件。

第二章、第三章分别论述梭罗有关人与自然、荒野与文明关系的思考，这样的安排遵循了梭罗思考的逻辑顺序：先是思考人在宇宙、自然中的位置，进而推及至荒野与文明的关系。梭罗目睹了工业、商业的发展造成的人与自然的疏离，响应爱默生发出的"与宇宙建立原初联系"的号召，意图恢复人与自然的关系，提出将人看作自然的居民。这并非来自书斋中的臆想，而是建立在他与荒野亲密接触的基础之上，他顿悟的“人与宇宙原初联系”，就是来自荒野中的体验。梭罗提出的“人是自然的一部分”，是通过荒野孤独获得的。在荒野中，梭罗解决了孤独与社会、个人与社会的关系，将孤独作为陪伴，在孤独中体会到了万物齐一、“人是自然的一部分”。后期梭罗转向了博物学研究与写作，主张用印第安式智慧即与自然亲密接触、交流来观察、了解自然，获得真理。作为诗人—博物学家，梭罗意识到自然是有机的生命体，宇宙万物之间存在关联，并开始思考人作为自然的一分子，如何与其他物种相处。第三章探讨梭罗有关荒野与文明关系的思考。梭罗的泛神论倾向促使他在基督教所谓的“异教”中寻找思想资源，发现了荒野的内在价值。他提出荒野保护，但保护荒野也是为美国文明的发展起见。该章针对常被误引的“In Wildness is the preservation of the World”做了辨析。这句话中的关键词“Wildness”表明，梭罗不仅关注自然界的荒野，也关注人自身的野性。对该词的忽略或误解导致对梭罗思想的误解，也导致对梭罗本人的片面理解。梭罗依然采用二分法的思维看待荒野与文明，但二者并非对立冲突，而是二元互补。这种思想对西方惯常的二元对立思维有了超越，这与他对外来思想传统的接纳有很大关系。

第四章、第五章分别探讨印第安人及其文化和东方文化（主要为印度和中国经典）与梭罗荒野思想的关系。两者都为美国的批评参照与智慧之源，以不同方式补充了梭罗的荒野思想。梭罗对印第安人从浪漫主义想象到系统的研究，尊重并认同其文化，超越了美国白人惯有的“野蛮主义”思维定式，并从中寻求“印第安智慧”作为思想补充，从印第安人身上看到了美国人和美国文明所需要的野性，从印第安人的动物观、语言、宗教信仰及自然为家等观念中寻求智慧，使自己能够用一种生态的视角看待荒野。东方经典对美国民族性的构建具有积极意义，对东方文化的接纳是超验主义者的共同特点。从自身需要出发，梭罗有选择地吸收来自印度和中国经典中的智慧，这对其荒野思想是重要的补充。印度教中的“梵我一如”观及“苦修”传统对梭罗理解人与自然的关系、荒野与文明的关系有着重要启发。梭罗从儒家的“天人合一”观中深刻认识到人是自然的一部分，并极有可能从道家思想中加深了对“野性”的理解。

基于以上研究内容及思路，本书将运用以下几种方法。

一是史学方法。费尔南·布罗代尔的“长时段”理论对笔者有启发意义。任何人、任何思想都是历史的一部分。与所有人一样，梭罗作为个体亦镶嵌在他当下的历史中，故将梭罗的荒野思想这一课题置于较长时段内考察，既考虑源头，也兼顾其流变，同时将梭罗与印第安及东方文化的互动纳入其中，运用这种方法亦可以观照美国荒野思想的发展历程。

二是立足于对文本的解释。一切理解、解释都离不开文本。梭罗曾言："好的阅读，就是以求实的精神阅读真正的书。"[①]要研究梭罗，需从阅读文本开始，回到梭罗原文，并在当时的语境下，对其文本做出解释。《文心雕龙·知音》言："操千曲而后晓声，观千剑而后识器。故圆照之象，务先博观。"故应尽可能对梭罗作品做穷尽式阅读。

三是知人论世的阐释方法。《孟子·万章下》言："颂其诗，读其书，不知其人可乎？是以论其世也。"笔者意图带着"同情之理解"和"理解之同情"来理解梭罗其人，除了通读梭罗作品外，有关梭罗的传记亦是笔者不可缺少的原材料。其所处的时代背景亦不能忽略，知其人、论其世对理解梭罗荒野思想非常重要。

四是比较文学的影响研究。梭罗荒野思想受到美国主流文化以外的印第安、印度和中国文化的影响。笔者将从文本出发，寻找梭罗与这些影响因素间的事实关联。

五是实地考察法。笔者在美国访学期间，通过实地考察对美国荒野有了深切体会。为了解梭罗，笔者亦曾赴梭罗生活多年的家乡康科德，参观其在瓦尔登湖畔小木屋旧址及仿制版，见证了陈列于康科德博物馆的梭罗当年用过的物品，如印第安式渔具、中国床以及吹过的笛子等。笔者还参观了美国印第安国家博物馆，参加印第安人的文化活动，对书中涉及的印第安文化有了进一步了解。通过参观美国国家美术馆等，一定程度上了解了对梭罗产生过影响的托马斯·科尔等人的荒野风景画。这些是对文献资料的必要补充。

---

① "To read well, that is, to read true books in a true spirit"出自《瓦尔登湖》"阅读"篇。

第一章　梭罗荒野思想产生基础

美国文化的一个界定性特征就在于其与自然环境的密切关系。[①]历史学家认为，美国诞生于荒野中，荒野是美国文明的原材料。与荒野的密切关系是美国文学、艺术和哲学思想的土壤。尽管素以思想独立、反叛常规而著称，与所有人一样，梭罗作为个体亦镶嵌在他当下的历史中。作为一种地理概念，荒野是梭罗思想的土壤；作为一种文化建构，荒野涉及人与自然的关系、荒野与文明的关系，荒野因而也是梭罗思考的对象。荒野尽管在美国文化史、思想史上至关重要，却并非美国独有。美国荒野观承袭其欧洲大陆母体文化，在美国又经历变迁。早期北美新大陆的欧洲移民多为清教徒，他们对待荒野的态度是复杂的。荒野既是自由和希望的象征，又是文明征服的对象，人们对荒野的态度总体而言是贬抑的。浪漫主义时期的荒野观发生了根本性变化，荒野开始成为欣赏、赞美的对象。荒野成为这一时期美国文学、艺术、思想界表达文化民族性的重要载体，荒野旅行、荒野写作与思考是一种有关民族自豪感的有意识的行为。同时，随着美国文明进程的加快，荒野日渐减少，工业、商业的发展也促使梭罗重新审视人与自然的关系，思考荒野与文明的关系。

第一节　梭罗其人：野性与文明的集合体

长期以来，美国学术界关于梭罗的身份定位一直在文学领域，他的代表作《瓦尔登湖》被视为美国文学经典。许多哲学领域的学者并不情愿将梭罗视为哲学家，以现代意义上的哲学为标准，梭罗的确不能称为哲学家。与同时代的爱默生相比，梭罗作为哲学家的地位似乎更为牵强。进入

① 本书“导论”中的学术史考察表明，历史学家弗雷德里克·杰克逊·特纳、亨利·纳什·史密斯、罗德里克·纳什等均持此观点。文学评论家列奥·马克斯重申此观点。See Leo Marx. “The Idea of Nature in America.” *Daedalus*. Vol. 137, No. 2 (Spring 2008): 8-21.

20 世纪，一些学者开始为梭罗正名，以哲学家视之。[①]事实上，哲学或哲思在梭罗一生占据重要的位置，他认为人类文明的最后阶段是“诗、宗教和哲学将合而为一”[②]，这也是他早期为自己的智识活动与写作设定的目标。梭罗非常重视思想对人的意义。1858 年 5 月 6 日的日记中，梭罗写道：“没有任何运动能比将思想连接更具男子气、更有活力了。有思想的人少之又少！……我们用思想来征服命运……没有比思考此生并表达出来更艰巨的任务了。”（*Journal* 10：405）他说：“你若站起来不去生活，坐下来写作是多么徒劳。我腿迈开的那一瞬起，我的思想也开始流动。”（*Journal* 2：404-405）梭罗哲学的核心之一就是行动伴随思想。他认为：“要成为哲学家，不仅仅是要有深奥的哲思，甚至也不仅仅是创立一个学派，而是要由衷地热爱智慧，从而按照智慧的指导，过一种简朴、独立、宽宏和信任的生活。不仅仅是在理论上，而且是在实践上解决生命的一些问题。”[③] 对梭罗而言，哲学家不仅仅意味着思考和写作，更意味着实践，意味着一种生活方式。梭罗在荒野中旅行，在荒野中散步，也在荒野中思考。他脚踏荒野与文明，是野性与文明的集合体。

一、梭罗的野性特质

梭罗荒野书写及荒野实践与他的野性特质分不开。梭罗一生与野性自然打交道。在朋友眼中，梭罗本身就是一个极具野性的人。1873 年，梭罗的邻居、朋友、散步伙伴埃勒里·钱宁为梭罗立传。钱宁这样写道：“他对野性的热爱是真实的。无论是自然的何种运动，这个旧文明的孩子，这个蓝眼睛、棕色头发的诺曼底的孩子，怀抱印第安的信仰，相信动植物的基本价值和品德。对他来说这是宗教，对我们来说，则是神话。”[④]野性亦可作为梭罗性格特质的代表，几乎人人都可以感觉到梭罗身上的那种野性。他自己曾说，偶尔会有抓住土拨鼠生吞活剥的冲动。爱默生也注意到

---

① 在此方面较为卓著的有《梭罗之于哲学的重要性》。See Rick Anthony Furtak, Jonathan Ellsworth, and James D. Reid, eds. *Thoreau's Importance for Philosophy*.

② Henry David Thoreau. *The Writings of Henry David Thoreau*: *Journal*. 14 vols. Edited by Bradford Torrey. Boston and New York: Houghton Mifflin Co., 1906, Vol. 1, p. 18. 本书《梭罗日记》引文除非另有说明，均出自此版本。以下正文简称 *Journal*，所引卷数和页码置于其后，不再另做脚注说明。

③ Henry David Thoreau. *Walden*; *or*, *Life in the Woods*. New York: Dover Publications, Inc., 1995, p. 18. 本书《瓦尔登湖》引文除非另有说明，均出自此版本。为行文方便，以下在正文中简称 *Walden*，页码置于其后，不再另做脚注说明。

④ William Ellery Channing. *Thoreau*: *The Poet-Naturalist*. Boston: Roberts Brothers, 1973, p. 341. 钱宁称梭罗为“诺曼底的孩子”，是指其祖上来自法国。

这种野性并为之恐惧："梭罗就像森林之神一样把漫游诗人拉进巨大的洞穴和空荡荡的沙漠，让他赤身裸体，手持细枝，编织藤条。从城镇到树林的第一步充满诱惑，但结局却是陷入匮乏、精神失常。"①但正如罗伯特·理查森（Robert D. Richardson，Jr.）所言："这一次一向正确的爱默生错了。他无法理解并认同梭罗身上的这种特质。或许这就是两人之间逐渐产生的一个阴影。"②

梭罗曾写过一首诗《老马尔堡路》（"The Old Marlborough Road"），其中的几句可以恰如其分地表达他对野性的渴求：

噢，有狂野习性的人啊，	O man of wild habits,
山鹑和兔子，	Partridges and rabbits,
无忧无虑，	Who has no cares,
只需布下罗网，	Only to set snares,
独自生活，	Who liv'st all alone,
接近本质，	Close to the bone,
生活最为甜蜜	And where life is sweetest
最为舒适	Constantly eatest③

（"Walking," 564）

梭罗宣称自己喜欢一切野性的东西，认为自己本性中有一种对一切野性事物的特殊渴求。（*Journal* 1：296）在他笔下，沼泽、麝鼠、松树等都是野性的代表。他说自己尊敬狐狸的自由与野性："我看见一只狐狸在暮色中穿过街道……我对他油然而生某种尊敬，因为他尽管身形如此之大，在我们之间却仍然保持着自由与野性。就其与我们种族的相似度而言，他是如此原始。或许我喜欢他胜过他驯化的狗堂兄。"（*Journal* 10：206）出于对野性的渴求，他走向荒野，对印第安文化维持着终生兴趣。梭罗迷恋野性，生活中刻意维持野性，作品中尽力彰显"野性"。他认为，野性能够激发非同寻常的体验、令人震颤的隐喻和不安分的思想。梭罗在

---

① Edward Waldo Emerson. *Henry Thoreau as Remembered by a Young Friend*. Boston: Houghton Mifflin Co., 1917; reprinted, 1968, p. 106. The original text is: "Henry Thoreau is like the wood-god who solicits the wandering poet, and draws him into 'antres vast and desarts idle,' and leaves him naked, plaiting vines and with twigs in his hand. Very seductive are the first steps from the town to the woods, but the end is want and madness."

② Robert D. Richardson, Jr. *Henry Thoreau: A Life of the Mind*. Berkeley and Los Angeles: The University of California Press, 1986, p. 224.

③ eatest 疑为 easiest 的诗歌变体。

《康科德和梅里马克河上一周》中说："最有生机的是最为狂野的。它尚没有被人制服，它的存在令人耳目一新。"① 在某种意义上，野性成为梭罗追求个性独立、认同自我、区别大众的标志。他曾将松树视作自己生命的徽章（emblem），认为它代表西部，代表荒野。（*Journal* 3：452）对野性的爱在他看来甚至具有自我救赎性的意义。梭罗不被同时代的同乡们理解，曾被康科德镇的居民讥笑为"懒汉"，有些行为例如对荒野的沉迷甚至连导师爱默生也难以理解，这时对野性的爱就成了梭罗的精神依靠：

> 较之书本，我似乎更将岩石上生长的地衣视为我的亲友。我想，在我的本性中有一种对所有野性事物奇特的渴望。我知道自己身上并没有任何救赎性的品质，但我对某些事物有着真挚的爱。每当我受到非难时，我就依靠这个理由。任何情况下我保留此作为逻辑论证。我的爱是无懈可击的。在那个立场上与我论辩相接的话，你会发现我是强大的。当我受到谴责，当我谴责自己时，我会直接想到："但我可以依靠我对某些事物的爱。"这样我就完好无损了，这样我就获得上帝支持了。（*Journal* 1：296）

惠特曼（Walt Whitman）如此评价梭罗："他是一个令人惊奇的家伙——他难以理解——难以捉摸；但他是一种自然的力量——代表着一种事实、运动和剧变：梭罗属于美国，属于超验主义，属于抗议者。梭罗有一点让我和他十分接近：我指的是他无视法律——他的异见（dissent）——他坚持自己的道路，任凭地狱的火焰燃烧一切 。"②无论代表自然的力量，还是抗议者、持异见者，都是梭罗桀骜不驯、野性的体现。梭罗 24 岁时就在一封信中写道："日复一日我越来越野蛮，好像是吃了生肉，我的温驯只是桀骜不驯休息时的状态。"③

二、梭罗：文明的集大成者

尽管梭罗热爱荒野，一生与野性自然打交道，表现出明显的野性特

---

① Henry David Thoreau. *A Week on the Concord and Merrimack Rivers*. New York: Thomas Y. Crowell Co., 1961, p. 114. 本书《康科德和梅里马克河上一周》引文除非另有说明，均出自此版本。为行文方便，以下在正文中简称 *A Week*，页码置于其后，不再另做脚注说明。

② 转引自[美]亨利・戴维・梭罗：《寻找精神家园》(英汉对照)，方碧霞译，北京：外语教学与研究出版社，2010 年版，第 188—189 页。译文略有改动。

③ Henry David Thoreau. *The Correspondence of Henry David Thoreau*. Edited by Walter Harding and Carl Bode. New York: New York University Press, 1958, p. 45. The original text is: "My tameness is only the repose of untamableness."

质，但他同时又博学多识、博古通今、贯通东西。这是美国超验主义知识分子的共同特点，以梭罗最为显著。梭罗更像是位兼容并蓄的学者，他的知识面涵盖几乎所有学科：文学、哲学、艺术、历史、博物学、东方学、人类学和印第安文化。梭罗传记作者桑伯恩甚至认为，到 44 岁时，梭罗对经典的掌握已经胜过爱默生、钱宁、霍桑。[①]对他来说，“文学就是世界文学”，从荷马到维吉尔，从《圣经》到中国、印度经典，从古英语诗歌到英国浪漫主义诗歌、苏格兰的散文[②]，梭罗堪称美国文艺复兴时期文明的集大成者。本部分仅列举几个领域对此简要介绍。[③]

（一）古典学

梭罗在康科德书院（Concord Academy）和哈佛大学均接受了欧洲古典学的训练。在康科德书院时他就已读过维吉尔（Virgil）、恺撒（Gaius Julius Caesar）、西塞罗（Cicero）、贺拉斯（Horace）。在哈佛大学，梭罗接受了较为系统的古典学教育。彼时的哈佛，其教育核心是浸淫于古希腊罗马早已死亡的语言，因为古典学如同“将文明从野蛮的洪水中拯救出来的方舟”。历史与哲学被视为古希腊罗马文化的延伸，它们并非死亡的文明，而是艺术、文化、历史的鲜活表达，是新的美利坚合众国实现民主政治的跳板。[④]过去是通向美国未来之路。从古典学中学习，方能建构起持久的、超越以往所有时代的文学、文化和国家。哈佛的这一理念奠定了梭罗古典学的坚实基础。他大学一年级时读过色诺芬（Xenophon）、贺拉斯，大四读索福克勒斯（Sophocles）、欧里庇德斯（Euripides）和荷马等，到毕业时已精通希腊语和拉丁语、涉猎古典文学。埃塞尔·西博尔德（Ethel Seybold）在论及梭罗大学毕业后的古典学阅读时，认为可以分为三个阶段：第一阶段是重读大学时读过的经典，包括希腊的荷马和俄耳浦斯（Orpheus）的作品，希腊抒情诗人尤其是阿那克里翁（Anacreon）、品达（Pindar）的作品及埃斯库罗斯（Aeschylus）的悲剧《被缚的普罗米修斯》（*Prometheus Bound*）、《七将攻忒拜》（*Seven Against Thebes*），同时也读普鲁塔克（ Plutarch）的《希腊罗马名人传》（*Plutarch's Lives*）[⑤]、《道德

---

① Franklin B. Sanborn. *The Life of Henry David Thoreau*. Boston and New York: Houghton Mifflin Co., 1917, p. 260.

② Laura Dassow Walls. *Henry David Thoreau: A Life*. Chicago: The University of Chicago Press, 2017, p. xiii.

③ 有关梭罗与博物学、东方文化、印第安文化等的关系将在后面章节详细论述，故此处省略。

④ Laura Dassow Walls. *Henry David Thoreau: A Life*, pp. 66, 68.

⑤ 《希腊罗马名人传》英文书名可为 *Plutarch's Lives*、*Parallel Lives* 或 *Lives of the Noble Grecians and Romans*。

论丛》(*Plutarch's Morals*)以及波菲利(Porphyry)的《戒除肉食论》(*On Abstinence from Animal Food*),拉丁语阅读涉及维吉尔、贺拉斯、佩尔西乌斯(Persius)、奥维德的作品。第二阶段,即19世纪50年代初,阅读农艺作家马尔库斯·加图(Marcus Cato)等人的著作。第三阶段,即19世纪50年代末,阅读早期博物学家如希腊亚里士多德、泰奥弗拉斯托斯(Theophrastus)和罗马老普林尼(Pliny the Elder)、地理学家斯特拉博(Strabo)等人的作品。①梭罗从阅读古典作品中获得了对自然的永恒性的认识。1837年11月20日的一条日记记录了梭罗在读完维吉尔的《农事诗》(*Georgics*)中的"藤上挂满花蕾,树下满是果实"后发出的感慨:"这是同一个世界,同样的人栖居在这里。自然自维吉尔时代至今依然没有变化。"(*Journal* 1:12)1838年3月在读《伊利亚特》后,梭罗写道:"三千年了,这世界并没有发生什么变化——《伊利亚特》就像是自然界的声音一直回响到我们这个时代。"(*Journal* 1:31)

(二)当代欧洲文学

尽管梭罗读法语如同英语一样熟练,并且懂德语、意大利语、西班牙语,但他认为大部分欧洲文学失之狭隘,对欧陆文学阅读并不多。诺曼·福斯特认为:"很显然,法国作家对梭罗也并无多大影响。"②很多人认为梭罗是卢梭的追随者,然而并没有证据表明梭罗直接读过卢梭,其作品中也从没有引用过卢梭,他或许间接了解了其思想。但梭罗一开始就对德国及北欧的语言、文学、神话产生了一种特殊的亲切感。从哈佛毕业以后,梭罗曾经仔细读过歌德(Johann Wolfgang von Goethe)的作品。出于一种天然的亲近感,他积极阅读并翻译了歌德的《意大利之行》(*Italian Journey*)。没有歌德的《意大利之行》,也许就没有梭罗的卡塔丁山之行。对于意大利,梭罗最喜爱的是诗人塔索(Tasso),他也熟悉但丁(Dante)。对于北欧,梭罗了解瑞典科学家卡尔·林奈(Carl Linnaeus)、伊曼纽尔·斯威登堡(Emanuel Swedenborg),熟悉北欧神话以及北欧人在北美的探险。早期英国作家中,杰弗雷·乔叟(Geoffrey Chaucer)、威廉·莎士比亚(William Shakespeare)、约翰·弥尔顿(John Milton)对梭罗有吸引力。梭罗曾多次引用莎士比亚戏剧中的典故,尽管熟悉莎士比

---

① Ethel Seybold. *Thoreau: The Quest and the Classics*. New Haven: Yale University Press, 1951, pp. 15-16.

② Norman Foerster. "The Intellectual Heritage of Thoreau." *The Texas Review*. Vol. 2 (1916-1917): 192-212, at 197, reprinted in *Twentieth Century Interpretations of Walden: A Collection of Critical Essays*, ed. Richard Ruland. Englewood Cliffs, NJ: Prentice-Hall, 1968, pp. 34-49, at 38.

亚经典作品，但他对莎士比亚不怎么热情。梭罗曾于1843年2月8日在康科德学园（Concord Lyceum）[①] 发表有关英国探险家瓦尔特·罗利爵士（Sir Walter Raleigh）的演讲。关于英国浪漫主义者，梭罗很少提及他所阅读的珀西·比希·雪莱（Percy Bysshe Shelley）、约翰·济慈（John Keats）、乔治·戈登·拜伦（George Gordon Byron）。他也大量读过威廉·华兹华斯（William Wordsworth），却没有频繁引用。梭罗对塞缪尔·泰勒·柯勒律治（Samuel Taylor Coleridge）感兴趣，但并非因其诗人身份，而是因其对德国超验主义的阐释和倡导。对于托马斯·卡莱尔（Thomas Carlyle），梭罗曾写有《托马斯·卡莱尔及其著作》（"Thomas Carlyle and His Works"）一文，较之卡莱尔的观点和论题，更在意其写作风格。他认为，卡莱尔拥有古代北欧英雄身上的英武气质，是一位"野性、坚韧、满怀赤诚的作家"[②]。

（三）美国文学

梭罗对美国文学的兴趣主要在历史方面，如早期北欧人的美洲探索、法国和英国探险家的著作以及第一批定居美洲大陆者的资料档案，同时也对新英格兰的早期历史和康科德的方志感兴趣。梭罗声称自己从不读小说，对小说的轻视使他与詹姆斯·费尼莫尔·库珀（James Fenimore Cooper）保持距离，但有迹象表明他读过赫尔曼·梅尔维尔（Herman Melville）的《泰比》（*Typee*，1846）。霍桑在他日记中也曾出现。对于诗歌，只有惠特曼令他感兴趣。

（四）艺术

从一开始，梭罗的写作就表现出对自然景观的强烈兴趣。梭罗是敏锐的观察者，将观察到的事物转换为文字是他的一项事业。梭罗对绘画有着持久的兴趣，年轻时在波士顿就可以欣赏到大量绘画作品。1833—1837年，梭罗尚在大学期间，波士顿就展出过许多来自欧洲的风景画，如英国画家威廉·透纳（William Turner），法国尼古拉斯·普桑（Nicolas Poussin），荷兰伦勃朗（Rembrandt van Rijn），意大利圭多·雷尼（Guido Reni）、萨尔瓦多·罗萨（Salvator Rosa）、提香[③]（Titian）等欧洲画家的作品。更值得一提的是，以荒野为主题、将荒野与民族特性相连

---

① 学园运动(The Lyceum Movement)1826年10月由马萨诸塞州某学校校长约西亚·霍尔布鲁克(Josiah Holbrook)发起，目的是"提高美国人的道德和智性品位"。1828年12月，康科德公民投票一致同意成立康科德学园。这项运动逐渐蔓延全国，但以康科德学园规模最大，也最为活跃。See Laura Dassow Walls. *Henry David Thoreau: A Life*, pp. 54-56.

② 转引自[美]罗伯特·D. 理查德森:《梭罗传:瓦尔登湖畔的心灵人生》,杭州:第205页。

③ 提香的意大利语名字为 Tiziano Vecellio 或 Tiziano Vecelli。

的美国原创的风景画作品也同期在波士顿图书馆（Boston Athenaeum）展出，如“哈德逊河画派”的科尔、阿舍尔·杜兰德（Asher B. Durand）以及后来发展成为“光派画家”（Luminist School）的弗雷德里克·丘奇（Fredric Church）等人的画作。波士顿图书馆 1854 年曾举办过科尔的《帝国的历程》特展，1855 年曾举办过丘奇的《厄瓜多尔的安第斯山》（*Andes of Ecuador*）特展。1834 年第二家画廊在波士顿开张，为了应对竞争，波士顿图书馆开始举办特展，美国鸟类学家、画家和博物学家约翰·詹姆斯·奥杜邦（John James Audubon）的《美国鸟类》（*Birds of America*）在此展出。波士顿、剑桥乃至康科德，艺术氛围都颇为浓厚，很多学校开设有绘画课程。梭罗的妹妹和霍桑的妹妹都学过绘画。霍桑和梭罗都对绘画感兴趣。尽管并没有直接接触绘画，但梭罗对绘画的兴趣是显而易见的。他读过埃德蒙·伯克（Edmund Burke）、威廉·吉尔平（William Gilpin）、约翰·拉斯金（John Ruskin）等人的艺术理论，熟悉伯克的《崇高与美概念起源的哲学探究》，大学时曾经写过有关“崇高”的文章。①对于 18 世纪美学概念“如画”（the picturesque）的提出者吉尔平，梭罗不仅读其大部分作品，而且将其推荐给自己的朋友丹尼尔·里基森（Daniel Ricketson），并在日记中详细讨论。梭罗对“如画”风景的持久兴趣归因于吉尔平，尽管他对吉尔平没能表现出对自然的道德兴趣感到失望。有论者认为，梭罗有“画家和艺术评论家的眼光”②，劳伦斯·布伊尔认为梭罗“着迷于用审美的眼光将土地表现为风景”③。与 19 世纪大多数游记和自然文学一样，梭罗作品中有很多“如画”意象。《冬日漫步》

---

① 伯克作品的英文书名为 *A Philosophical Enquiry into the Origin of Our Ideas of the Sublime and the Beautiful*，本书引用伯克、康德的美学概念 the sublime 时，采用通用译名“崇高”，the beautiful 译为“美”。这对美学概念实有不同译法。王国维先生在《人间词话》中阐发这对西方美学概念时，采用“宏壮”和“优美”的译文：“无我之境，人惟静中得之；有我之境，于由动之静时得之。故一优美，一宏壮也。”在《古雅之在美学上之位置》一文中，亦提及，“美学上之区别美也，大率分为二种：曰优美，曰宏壮”。在《红楼梦评论》中，王国维曾将“壮美”与“优美”对举：“而美之为物有二种：一曰优美，一曰壮美。”笔者认为，“崇高”偏重于精神与道德层面，“壮美”更适用于具体的自然景物之美，故本书中涉及美学概念时采用“崇高”与“美”，涉及具体自然景物时，考虑行文的流畅，有时也采用“宏壮”、“壮美”与“优美”。梭罗大学时所写的有关 the sublime 的文章，是对美学概念的阐发，故此处译为“崇高”。

② Robert Sattlemeyer. *Thoreau's Reading: A Study in Intellectual History with Bibliographical Catalogue*. Princeton: Princeton University Press, 1988, p. 70.

③ Lawrence Buell. *The Environmental Imagination: Thoreau, Nature Writing, and the Formation of American Culture*, p. 409.

（“A Winter Walk”）被称为“一篇如画的新英格兰典型形象的目录”①。对同时代的艺术家、科学家、哲学家、诗人、环境保护主义者、艺术评论家拉斯金的思想，梭罗亦很熟悉。他曾向朋友布莱克推荐拉斯金的《现代画家》（*Modern Painters*）的第二、三卷，其中的主题涉及永恒、美、想象力、热爱自然等。拉斯金的另一部著作《绘画的元素》（*The Elements of Drawing*，1857）对梭罗的写作颇有启发。拉斯金强调画家“看见”的能力，认为色彩与人的健康有关。梭罗曾摘录拉斯金的论述，并对自然开始了拉斯金式的观察与写作。他指出，大多数情况下，人们对周围的环境视而不见：“事物消失在我们的视野里，并非因为它们超出了我们的视觉范围，而是因为我们没有用心灵和眼睛去关注。”②梭罗的文字注重捕捉视觉风景，后期写就的博物学作品《秋色》更像是一首视觉创作的散文诗。他用博物学家细致入微的观察、以画家对色彩的敏锐、用诗人之笔描述秋天树叶斑驳的色彩：“很多枫叶是纯粹的黄色，更多的叶子是猩红色，另有一些叶子正由猩红色向深红色过渡……有些枫树还是一片绿，只有叶片边缘是黄色或深红色，好像榛子果实毛刺的边缘。”③ 自然如此之美，大多数人却视而不见。梭罗字里行间流露出对大众审美能力丧失的忧虑，亦不满植物学家对自然干巴巴的枯燥描述，因而在写作中极力彰显自然之美。

梭罗亦通音律，在其家乡康科德博物馆至今仍陈列着他当年吹过的笛子。梭罗的笛声经常在瓦尔登湖上荡漾。日暮时分，泛舟湖上，笛声悠扬，鲈鱼在船边欢腾跳跃，月光映在船底，这在梭罗看来是“最狂野的想象力才能设想出的生活方式”（*Journal* 1：260-261）。在夜间泛舟北河（North River）时，梭罗再次吹奏起笛子：“我的音乐是随河流宛转的叮咚小溪（tinkling steam），一个音符滑向另一个音符，仿佛溪水在岩石间流淌。”（*Journal* 1：271-272）梭罗的笛声深受朋友们喜爱。1841 年 5 月 30 日爱默生在写给卡莱尔的信中说，他的家中住了一位“有一天会让你骄傲的诗人：高贵，阳刚，总在吹奏美妙的乐曲……”④梭罗去世后，

---

① Steven Fink. *Prophet in the Marketplace: Thoreau's Development as a Professional Writer*. Princeton: Princeton University Press, 1992, p. 120.

② Henry David Thoreau. "Autumn Tints." *Collected Essays and Poems*. Edited by Elizabeth Hall Witherell. New York: Library of America, 2001, pp. 367-395, at 376.

③ Henry David Thoreau. "Autumn Tints." *Collected Essays and Poems*, pp. 367-395, at 376.

④ Ralph Waldo Emerson and Thomas Carlyle. *The Correspondence of Emerson and Carlyle*. Edited by Joseph Slater. 2 vols. New York: Columbia University Press, 1964, Vol. 1, p. 300.

1863年，其好友布朗森·奥尔科特（Bronson Alcott）的女儿路易莎·梅·奥尔科特（Louisa May Alcott，1832—1888）专门写诗《梭罗的笛子》（“Thoreau’s Flute”）① 纪念梭罗：

梭罗的笛子

我们叹息，“我们的潘神殁了”，
他的笛子挂在河边，默然无语。
周围的阳光在颤抖，缱绻不离，
空灵的乐声却杳无踪迹。
春天凄然而来，一身缟素，
蓝鸟吟唱起安魂曲。
柳树的花朵为他绽放，
森林之灵却不知去向。
从那无人触碰的笛中，
传来低沉、悦耳的声息：
像他那样的人不会死去，
他的生命属于永生。
他秉性超脱，
不求世间功名利禄
却怡然自得。
他的智慧，
将一隅之地变为大洲，
将人生单调的散文赋成诗歌。

他徘徊在山间、溪流、荒野，
燕子、湖泊和松树，在他看来，
是人亦是神，
是这个内心博大的孩子合适的伴侣。
大自然从没有忘记对他的敬意，
每年都会用紫罗兰
在被罩上写下他的名字，
那下面藏着的是她亲爱的孩子。

---

① 该诗1863年9月发表于《大西洋月刊》. See Louisa May Alcott. “Thoreau’s Flute.” *The Walden Woods Project*. https://www.walden.org/work/thoreaus-flute/.

任何徒劳的遗憾都不属于他，
他的灵魂——那更为精密的乐器，
给予世界的不是可怜的哀叹，
而是甜美的、响亮的森林乐曲。
哦，孤寂的朋友！他将永远是
一个强有力的存在，尽管不为人所见，
却坚定，睿智，安详，
不必去寻找——他就与我们在一起。

梭罗喜欢乐器奏响的和谐优美的曲调，但对他来说，音乐首先是自然的表达，是声音在“自然的血管中的循环”（*Journal* 1：251），那是“地球在宇宙的风弦琴上弹奏的声音，是一种天籁”。梭罗说自己的职业是“听大自然所有的清唱剧和歌剧”（*Journal* 2：379），最平常和廉价的声音，例如狗吠，在梭罗听来也是一种音乐，“就像一个常听歌剧的人躺在床上回想他听过的音乐”（*Journal* 10：227）。梭罗经常将音乐与野性相连，号角突然发出的声响，飓风、海浪拍打礁石的声音，在他看来都意味着一种野性。（*Journal* 1：163）

三、梭罗的荒野书写：兼顾人与自然

无论被贴上何种标签，梭罗首先是一名作家，视写作为终生志业。作为康科德的“漫步者”“散步者”“旅行者”，荒野是活动空间，也是书写对象。梭罗一生的书写都与荒野相关。关于写作的意义，梭罗曾说：“我的思想是世界的意义的一部分，因此，我用世界的一部分作为象征来表达我的思想。”（*Journal* 4：410）至于写作的形式，早在1837年12月，刚刚大学毕业的梭罗就为自己树立了目标：“在文明的最后阶段，诗、宗教和哲学将合而为一，这条真理一目了然。”（*Journal* 1：18）梭罗的行文风格并非抽象的理辨，而是借“诗”的形式传达“宗教”与“哲学”的内容。正如爱默生在《论自然》中所言，真正的哲学家和真正的诗人其实无法分割①，古老的诗哲之争在梭罗身上得到和解。荒野不仅是书写对象，也是思考的载体。

梭罗曾设想过建立一座位于荒野中的图书馆，这个图书馆藏有真正的诗人、哲学家和博物学家的著作，却位于遥远的原始森林深处，“英勇的

---

① ［美］爱默生：《论自然》，《爱默生集：论文与讲演录》（上），［美］吉欧·波尔泰编，赵一凡等译，北京：生活·读书·新知三联书店，1993年版，第43页。

学子只有冒险经过野人和野兽出没的荒野，才能到达”(*Journal* 3：271)。这个“荒野中的图书馆”的隐喻，是集野性与文明于一体的典型梭罗式思维。将看似对立的人与自然相统一，也体现在他的写作中。

（一）日记

19 世纪美国超验主义者们均有记日记的习惯。爱默生家族中的太祖父、姑母和兄弟，布朗森·奥尔科特，玛格丽特·富勒（Margaret Fuller），霍桑，钱宁等，甚至康科德的普通居民如牧师、教师、生意人、律师、家庭妇女、农夫、学生都留有日记。1837 年 10 月 22 日，刚刚从哈佛大学毕业的 20 岁的梭罗记下第一条日记，这种习惯一直保持至 1861 年 11 月 3 日他去世前几个月，字数达 200 万。在生命的最后 11 年间，梭罗每周都花大量的时间写日记，这些日记是了解他人生、思想和写作的重要渠道，同时也是他写作的稿本。梭罗是写作艺术的严格实践者。在他的一生中，他就像是精益求精的工匠，努力修改和完善自己的材料。按照常规的理解，日记体这种形式只是一种不必遵守成规的自发的表达，因而在艺术性和文学性上大打折扣。然而，梭罗的日记并不仅仅是一种自由的、没有艺术性的私人记录。从一开始，这种日记形式就是超验主义圈子共同遵守的颇为成熟的日记创作理论的产物。这种理论规定了日记的形式与内容。不仅如此，超验主义俱乐部成员还经常交换日记，因此，记日记在某种程度上是一种社交或公共活动。根据超验主义的理论，“后清教主义的自我审视和浪漫主义的自我表达应包含日记写作，日记写作的首要功能是抓住作者想象生活和灵性生活中的洞见时刻”。日记因此见证了写作者自我教化（self-culture）的历程，或者发现或表达超验的真理，这一过程就体现在创作中。[①]

关于日记，超验主义者们并不满足于超验主义成员之间的相互传阅，他们都有身后将日记出版的计划，故而通常视日记为书籍。钱宁曾经游说梭罗、爱默生将三人的日记合在一起以书的形式出版，但最终摘录了梭罗日记形成《诗人—博物学家梭罗》（*The Poet-Naturalist Thoreau*，1873）一书。梭罗最初是将引言、篇幅短小的随笔、诗歌记在笔记本上，在写书、演讲稿或随笔时，经常撕下所需的笔记作为草稿。因此，前十二年的日记多只剩下片段或者为二手形式。19 世纪 40 年代，梭罗一直都在打磨写作技艺，并于 1849 年出版第一部著作《康科德和梅里马克河上一周》，却以销售惨败而告终，梭罗一度陷入债务中。这一事件使得梭罗重新审视

① William Rossi. “The Journal, Self-Culture, and the Genesis of ‘Walking’.” *Thoreau Quarterly*. Vol. 16 (1984): 138-155.

写作职业及出版意义。此后，他更将日记写作视为一项严肃的文学工程，尽力保持日记完整，如有需要，不再从日记上撕页，而是抄写于另外的笔记本。如果说以前的日记是完成其作品的素材，此后的日记则被看作真正的作品，符合艺术或科学的完整性要求。

梭罗对待日记的态度是严肃而诚实的。他认为“日记是经历和成长的记录，不是为了保存做过的漂亮事或说过的漂亮话”，日记的魅力在于未成熟的某种“青涩”（greenness）。（*Journal* 8：134）那么，梭罗日记的主要内容是什么呢？1851 年 11 月 16 日的一则日记说：“我的日记记录我之所爱。我只写我爱的事情，写我对这个世界任何部分的爱。”（*Journal* 2：101）梭罗认为自己的日记可以称为“田野笔记”（Field Notes）（*Journal* 5：32）。在他勘测土地、散步、远足、旅行中，日记记录了他与自然的接触与思考。他认为，每一个人都该在自己的阅读、观察和旅行中追寻自己的足迹。有论者认为，梭罗日记的核心就是对自然的冥思。①梭罗笔下的自然实际指向几个概念：风景、土地、荒野、野性自然、边疆、西部。自然在梭罗的笔下性格多姿：“有时是女性的，一般为大写；有时其设计和意义完全是神话的，有时是神性的，有时是社会或文明的对立面，但通常是‘野性’的。”②

梭罗的日记记录了他与野性自然和荒野的接触以及对它们的思考。后期更多是详细记录动植物、季节转换、自然的周而复始。梭罗作为艺术家和思想家的创造力与他对荒野世界的沉迷有着密切关系。

（二）荒野游记

19 世纪中期，荒野旅行成为一种度假方式，荒野游记由此产生。工商业的发展使许多人从农村迁居至城市，工作和休闲有了分别，旅游业开始萌芽，荒野旅行度假已经开始在中产阶级中流行起来。有研究表明，城市的职业人士如医生、律师、牧师都将每年一个月的乡间生活看作必需品，甚至办公室职员、新闻记者、小店主和教师也都会在夏天花上一两周外出度假。③旅行除了欣赏荒野之外，还具有某种朝圣的意味：“其目的不只是夏日避暑休闲或猎奇。人们试图寻求与风景最直接的精神相遇，视自

---

① Sharon Cameron. *Writing Nature: Henry Thoreau's Journal*. New York: Oxford University Press, 1985, p. 4.

② Leonard N. Neufeldt. “Thoreau in His Journal.” *The Cambridge Companion to Henry David Thoreau*. Edited by Joel Myerson. New York: Cambridge University Press, 1995, pp. 107-123, at 118.

③ Dona Brown. *Inventing New England: Regional Tourism in the Nineteenth Century*. Washington, D.C.: Smithsonian Institution Press, 1995, p. 7.

己为朝圣者而非旅行者，从荒野大景中发现神圣的真理。在山顶上，一位游客说自己一下子就被那万能的景象吸引住了，从中看到了上帝书写的宏大。"①

这一时期，对土地的认同感、民族自豪感与浪漫主义发展出的“崇高”“如画”的审美观激发了一些人的荒野体验，大量的游记得以产生。比较典型的游记有《家附近之荒野风景：或夏日游客指南》和《阿迪朗达克：或林中生活》②，两部作品已经触及荒野体验的情感、审美和宗教上的作用。这表明，度假与通俗文学、演讲稿、日记体书写同时发展起来。所有这一切在 19 世纪上半期兴盛起来，学园演讲及新的杂志鼓励度假者用文字传达出他们的荒野体验。玛格丽特·富勒曾在湖里泛舟，诗人艾米莉·迪金森（Emily Dickinson）、爱默生、梭罗等都曾到大自然中逗留、休假。对作家而言，荒野体验是创作源泉。因此，荒野游记不仅带动了有关度假区、宾馆、旅游大鳄等的介绍，还产生了富勒的《1843 年湖上之夏》（*Summer on the Lakes, in 1843*）、梭罗的《缅因森林》《科德角》、爱默生的诗歌《阿迪朗达克》（“The Adirondacs”）等作品。对富勒、梭罗和爱默生而言，荒野旅行给了他们休闲、思考的机会和一种前所未有的体验。游记这种形式也因符合大众的品位而利于出版，他们也借这种形式表达对所关注问题的思考。例如，富勒的《1843 年湖上之夏》探讨了女性在边疆和社会中的作用、旅游者和居民对待作为个体和民族的印第安人的方式。对梭罗和爱默生而言，无论是荒野体验本身还是荒野休假带来的自由、独处，都让他们有机会零距离面对一直关注的问题：人与自然、人与土地的关系。

这类游记通常有一套标配：如何进入丛林、准备宿营指南、对渔猎的令人兴奋的描述、对荒野生活意义的思考、对风景的反应、对自然中神性的发现以及对向导林中日常生活的详细叙述。③梭罗在荒野游记中书写他如何与荒野接触，与印第安向导、渔樵交往，也写他荒野中获得启示的灵悟时刻。梭罗的远足看起来与大多数人的旅行度假并无多大区别，但对梭罗来说这些旅行度假也是思想的旅行与探索：“旅行是思考的条件，换言

---

① Angela Miller et al. *American Encounters: Art, History, and Cultural Identity*. Upper Saddle River, NJ: Pearson Education, Inc., 2008, p. 252.

② Charles Fenno Hoffman. “Wide Scenes Near Home; or Hints for the Summer Tourist.” (1836); Joe Tyler Headley. *The Adirondack; or, Life in the Woods* (1849).

③ William W. Stowe. “Transcendental Vacations: Thoreau and Emerson in the Wilderness. *The New England Quarterly*. Vol. 83, No. 3 (September 2010): 482-507, at 486.

之，人必须先在世界上旅行，才能在思想中旅行。”[①]可以说，旅行、思考与写作在梭罗的生活中不可或缺。《康科德和梅里马克河上一周》是梭罗的第一本书，表面看起来是游记，实则以游记的形式探讨哲学、宗教、文明、自然。简而言之，这是一本游记外壳下的哲学书。梭罗有关荒野的思考体现于荒野书写中。荒野书写直观表达了梭罗与荒野和野性自然的接触与交流。而梭罗对人与自然关系的理解植根于他一生与野性自然最直接的接触中。他不仅在瓦尔登湖畔的荒僻地[②]生活过两年两个月零两天，并且经常去新英格兰的荒野旅行，甚至去过加拿大和明尼苏达州，彼时这些地方尚未开发，处于一片蛮荒状态。他在缅因州爬山，在广袤、茂密的森林中探险，在河上漂流、泛舟，去科德角了解另一种荒野——海洋。梭罗称之为远足，这些远足旅行不仅是身体上的旅行，而且是思想的旅程。《梭罗传》作者劳拉·达索·沃尔斯（Laura Dassow Walls）曾言：“当梭罗在康科德和梅里马克河上泛舟时，他在时间的深流中穿行；当他在科德角海岸行走时，他将脚趾探进了环绕地球的狂野之海；当他站在卡塔丁山的山脊时，他呼吸到的是太空星辰上的凉薄空气。”[③]一次次与荒野的亲密接触，成就了梭罗思想的深度、广度和高度。

（三）博物学作品

梭罗对自然有着与生俱来的兴趣。在爱默生看来，梭罗的博物学研究顺理成章：

> （梭罗）承认有时候他就像一只猎犬或是黑豹，如果他生来就是印第安人，他会是个凶猛的猎人。但是，受马萨诸塞州的文化所限，他只能选择研究植物学和鱼类学，用这样温和的方式去打猎。他与动物之间很是亲密：有时他跟蜜蜂说些什么，有时蜜蜂跟他说些什么。蛇盘绕在他腿上，鱼游到他的手里。[④]

梭罗著有《马萨诸塞自然史》（“Natural History of Massachusetts”）、《野

---

① Laura Dassow Walls. “Walking West, Gazing East: Planetarity on the Shores of Cape Cod.” *Thoreauvian Modernities: Transatlantic Conversations on an American Icon*. Edited by François Specq, Laura Dassow Walls, and Michel Granger. Athens: University of Georgia Press, 2013, p. 22.

② 瓦尔登湖并不属于严格意义上的荒野，但属于荒僻地。《瓦尔登湖》中出现过几次 wilderness 及其近义词 solitude（荒僻地）。

③ Laura Dassow Walls. *Henry David Thoreau: A Life*. Chicago: The University of Chicago Press, 2017, p. xiii.

④ Ralph Waldo Emerson. “Thoreau.” *The Portable Emerson*. Edited by Jeffrey S. Cramer. New York: Penguin, 2014, pp. 404-421, at 414.

苹果》（“Wild Apples”）、《越橘》（“Huckleberries”）、《种子的散播》（“The Dispersion of Seeds”）等博物学作品。梭罗的博物学书写总是将自然史与人类史相结合，并注重二者的互动，尤其是二者之间的相互制约。在《野苹果》一文中，他开篇就写“苹果树的历史与人类的历史如此息息相关”[①]，并强调苹果在地球上的历史要早于人类的出现，接着追溯了苹果树在希腊、罗马、希伯来文化中的意义。在谈到野苹果时，梭罗不无忧虑地感慨，随着人类文明的发展，野苹果越来越少，濒临绝种，而人类也因此终将失去很多欢乐。这是典型的梭罗式行文。在1862年完成的《越橘》中，梭罗为越橘书写了一部从旧大陆到新大陆、从古典时期到当代的自然史。越橘对人类有着重要意义，因为“越橘地本身就是一所大学，尽其所能给人健康，自然就是健康的代名词”[②]。

梭罗自视为自然哲学家（natural philosopher），在他的时代自然哲学等同于科学[③]，但他的兴趣却超越科学，将自然界视为理解人类的语境。对他而言，研究自然与研究人类无异。梭罗在自然界中发现，“与自然经常交流和对自然现象的冥想对保护道德和思想健康有重要作用”。他主张伦理学家需要自然哲学家的训练，因为“熟悉自然研究对他研究人类有着很大助益”（*Journal* 2：193）。自然与人类、荒野与文明始终是梭罗关注的对象，这也决定了其博物学书写的边界：在自然与人类之间。尽管书写的是自然，却对人类文明给予同样的关注。

（四）诗歌

早在1837年从哈佛大学毕业前，梭罗就已经接受过诗人的训练。大四时他参加了任教于哈佛的诗人朗费罗（Henry Wadsworth Longfellow）有关北欧文学、盎格鲁—撒克逊诗歌、中世纪英语诗歌及歌德的讲座。他曾经仔细阅读过英语诗歌史，读过21卷英国诗歌集。爱默生的《美国学者》无疑加深了梭罗对诗歌的热情。可以说，20岁时的梭罗真正想创作

① Henry David Thoreau. “Wild Apples.” *Collected Essays and Poems*, pp. 444-467, at 444.

② Henry David Thoreau. “Huckleberries.” *Collected Essays and Poems*, pp. 468-501, at 491, 501.

③ “Scientist”（科学家）这一术语1833年由英国人William Whewell首创，该词取代了此前的“natural philosopher”。因其出现时间较为晚近，梭罗时代尚未开始普及。此外，scientist的意思偏向“专业性”，因其概念外延过于狭窄而受到抵制。这一时期，science（科学）、natural history（博物学）、natural philosophy（自然哲学）几乎可以互换。与科学打交道的则称为“man of science”（科学人）或“philosopher”（哲学家）。See Laura Dassow Walls. *Seeing New Worlds: Henry David Thoreau and Nineteenth Century Natural Science*. Madison: The University of Wisconsin Press, 1995, p. 6.

的是诗歌。[①]在接下来的十年间，梭罗写了几百首诗，几本著作中也含有自己创作的诗歌。他的诗歌以书写自然为主，具体对象包括蓝鸟、野兔、老鹰、乌鸦、烟雾、夏雨、秋阳、山脉等。从梭罗写作生涯的第一个十年来看，他是着意于成为诗人的。尽管梭罗的诗人之路并非坦途，在世时发表的诗歌也仅有几首，但爱默生曾对梭罗早期的几首诗歌给予高度评价。在写给卡莱尔的信中，爱默生说："这个村子有位诗人名叫梭罗，他会写真正的诗。"[②]在日记中，爱默生认为梭罗的诗"极纯粹、极崇高……从毫无诗意的美国森林中奏响"[③]（*JMNE* 7：230-231）。

梭罗的诗歌受到英国浪漫主义诗人华兹华斯的影响。他的藏书中就有1837年版的《华兹华斯全集》。梭罗早年的文学批评文章中，华兹华斯的诗歌被视为优秀诗歌的标尺。尽管承认华兹华斯是英国最重要的诗人，但他并不认为华兹华斯是天才的诗人。尽管受益于华兹华斯诗歌，但梭罗对其的感情更像是"影响的焦虑"。这种焦虑在当时民族主义情绪高涨的文学界是普遍的。公正言之，华兹华斯对梭罗的影响是较大的。从他那里，梭罗发展了有关诗人、诗歌的社会和政治功能的观点。梭罗认为，诗歌是表达人类真理最重要、最迫切的工具。诗歌无论从内容还是形式上都代表着最高的智慧。诗歌是人类自然而然的语言，而在创作诗歌时自然也与人类发生着直接、即时的交流。作为自然的语言，诗歌是健康的。在时代染上"病症"时，诗人要与之保持距离，疏离是为了更真切地看清其他人所忽视的问题，因为诗歌是写给整个人类的。在某种角度上，诗人是"世界的守护者"（the patron of the world）（*Journal* 1：289）。在世界因为城镇化、工业化、资本主义浪潮来袭而"病倒"时，诗人应该充当自然、健康、健全的情感的灯塔。

总而言之，无论是日记、游记、博物学作品或诗歌，梭罗在书写野性自然的同时，也对文明给予了关注。梭罗是一个重视事实与实践的思想者，他博学多识，堪称19世纪美国文化的代表，却充满野性，可谓文明与野性的集合体。这正如约翰·巴勒斯所说，梭罗是美国"最具野性的文

---

① ［美］罗伯特·D. 理查德森：《梭罗传：瓦尔登湖畔的心灵人生》，第47页。

② Ralph Waldo Emerson and Thomas Carlyle. *The Correspondence of Emerson and Carlyle*. Edited by Joseph Slater. 2 vols. New York：Columbia University Press，1964，Vol. 1，p. 246.

③ Ralph Waldo Emerson. *Journals and Miscellaneous Notebooks of Ralph Waldo Emerson*. Edited by William H. Gilman et al. 16 vols. Cambridge，MA：The Belknap Press of Harvard University Press，1960-1982，Vol. 7，pp. 230-231. 本文引用时以 *JMNE* 代替。

明人”(the wildest civilized man)①。这种特质使得他对人与自然、荒野与文明的关注顺理成章，也赋予他思考、解决问题的多元视角和途径，从而形成鲜明的思想特性。

然而，人人皆是历史长链中的一环。应该承认，除了个性特质等因素，梭罗有关荒野的思考亦有其深刻的历史和现实语境。笔者将追溯从殖民地时期至梭罗所处的时代美国荒野观的变迁，借以考察梭罗荒野思想产生的基础。

第二节　殖民地时期的荒野观

一、欧洲关于美洲大陆的想象

早在哥伦布发现新大陆之前，欧洲人关于西方就存在两种对立想象：一种是视西方为海中陆地，与日落、死亡、黑暗、激情、梦想相连；另一种是视西方为神佑岛(Blessed Isles)，代表着生命更新、重生、理性和更高的现实。在欧洲神话中，西方的岛屿与地狱或来世、神秘的梦想之国、死亡之国、海的坟墓、夜晚、日落、潜意识有关。奥德修斯和埃涅阿斯正是在希腊的西方发现冥府之门。然而，即使是在死亡之国，也保留着生命更新、重生的希望。在英国的亚瑟王传说中，亚瑟王战死后被船一路向西带到了阿瓦隆岛，从那里复生，又回到英国重登王位。西方又常被想象为海洋中的岛屿花园。希腊人的神佑岛位于西方，在那里亡灵将永远生活在极乐中。②最初的西班牙和葡萄牙探险者们认为他们可以在南美找到“尘世的乐园”(terrestrial paradise)。直到15世纪末，哥伦布仍认为《圣经》中的伊甸园就位于他无法抵达的奥里诺科河(Orinoco River)尽头以外。探险者带回来的报告将美洲描述为“一个精美的花园，各种各样的气味芳

① John Burroughs. “Thoreau's Wildness.” *Thoreau: A Century of Criticism*, pp. 87-91, at 87.

② Richard Slotkin. *Regeneration Through Violence: The Mythology of the American Frontier, 1600-1860*. Middletown, CT: Wesleyan University Press, 1973, pp. 27-28.

香宜人”①。地理大发现后，欧洲人将新大陆想象为自由、丰裕的土地，拥有一派和谐的黄金时代景象。美洲大陆遍地黄金、白银、宝石，物产丰富，气候宜人，有着花园或阿卡迪亚（Arcadia）似的自然风光，几乎就是欧洲人心目中的尘世乐园。文人们用乌托邦的主题、阿卡迪亚诗歌的形式来赞美这片全新的土地。托马斯·莫尔的“乌托邦”就位于想象中的美洲印第安人的帝国中。除了领土扩张、财富积累等，发现、征服新大陆还意味着过于开化或腐化的欧洲文明的更新。早期殖民者出于男性的视角，甚至将新大陆比作“处女”（virgin，maiden）。1587 年，有人鼓动瓦尔特·罗利爵士在弗吉尼亚建立永久殖民地，向其承诺：“如果你能够再多坚持一阵，你的新娘就会为你带来新的、更富足的后代。”到 18 世纪初，殖民运动的鼓吹者普遍都用“有着全部处女之美的乐园”（a Paradise with all her Virgin Beauties）来吸引移民。②因而早期殖民者将这片土地视为希望、机会与自由的象征。值得深思的是，这种“性别隐喻”的心理机制隐含了男性欧洲殖民者的征服之欲。

二、荒野对于清教徒移民的意义

纳什曾指出：“新大陆早期拓殖者根本不是美国人，他们只不过是以基督教和进步的名义来到美洲的欧洲移民。他们将这片土地视为精神和物质空白，需要征服和开化。”③殖民地时期的荒野观，很大程度上是欧洲荒野观的延续。

欧洲人对待荒野的态度有其深刻的文化根源：一是神话传说，二是《圣经》。早期欧洲历史上，西方先民对荒野的态度严格而言是恐惧与敬畏兼具。欧洲神话和民间传说中，荒野常与超自然物或怪异物相连。无人涉足的、幽暗的森林常常是妖魔鬼怪栖身之所。希腊、罗马神话中均有半人半兽的森林之神形象，他们或为半人半羊，或为半人半马，酗酒、贪淫，出没于夜间森林最幽暗处。古希腊、古罗马文学如忒奥克里托斯

---

① Annette Kolodny. *The Land Before Her: Fantasy and Experience of the American Frontiers, 1630-1860*. Chapel Hill and London: The University of North Carolina Press, 1984, p. 3.

② Annette Kolodny. *The Land Before Her: Fantasy and Experience of the American Frontiers, 1630-1860*, p. 3.

③ Roderick F. Nash. “The American Wilderness in Historical Perspective.” *Forest History*. Vol. 6, No. 4 (Winter 1963): 2-13, at 5.

(Theocritus)的诗歌和维吉尔的《牧歌》热情赞美自然,但这种自然并非荒野,而是田园牧歌式的丰美的自然。田园诗以古希腊阿卡迪亚为原型,理想化地描绘优美宜人的自然风光:草地、山泉、葡萄、橄榄、音乐、潘神、牧人和女神。有关黄金时代的描写多涉及宜人的自然环境、丰美的果实、绿色的田野、庄稼等,反映人类对理想生活状态的追求。荒野是与田园风光相对立的另一极,让人联想到沙漠、不毛之地、原始森林,使人产生不安、孤独、恐惧等负面情感。古希腊、罗马哲学家认为荒野没有价值,是文明控制、征服的对象。他们认为理性既是人类尊严和价值的基础,又是人类与非人类世界的分界线。柏拉图在《斐德罗篇》(*Phaedrus*)中借苏格拉底之口表达了他对荒野的看法:"我是一个好学的人。田园草木不能让我学到什么,能让我学到一些东西的是城市里的人民。"①

《圣经》对荒野观的影响更为深远。钦定版(King James Version)《圣经·旧约》中,"荒野"(wilderness)一共出现了245次,《新约》中出现了35次。此外,还有几百处使用"荒野"的同义词"沙漠"(desert)和"荒地"(waste)。② 宗教赋予古代以色列荒野或沙漠地理学以外的意义。古代巴勒斯坦荒野表现为沙漠,人们只能借助季节性的降雨在干旱的草原耕作。在希伯来祭祀仪式和神话中,季节变换往往与道德行为相关。就宗教意义而言,过上定居生活的希伯来人通常通过一年一度的祭神仪式来避免干旱。干旱迫使人们寻找新的伊甸园,但这要长途跋涉穿过西奈的茫茫荒野。《出埃及记》记载摩西带领以色列人重返上帝的应许之地迦南,为此他们在长达四十多年的时间里,在遍地沙砾、干旱少雨的荒野煎熬。正是西奈的荒野体验给"荒野"这一术语历史和伦理学上正面和负面的意

---

① [古希腊]柏拉图:《柏拉图文艺对话集》,朱光潜译,北京:人民文学出版社,2008年版,第78页。

② Roderick F. Nash. *Wilderness and the American Mind*, 5th ed., p. 13.

义。在《旧约》中，荒野有多重指向：魔鬼与死亡之域[①]，上帝与人立约之地[②]，冥想与神启之地[③]，避难、净化之所[④]。这也意味着荒野意义复杂、多重：既可以是道德的荒漠，又有成为乐园的可能；既具有考验甚至惩戒的意义，又具有精神提升和灵魂净化的价值。[⑤]基督教历史上，上帝的恩典或愤怒，都会使得荒野与花园、乐园、伊甸园相互转换。人类的堕落，会令愤怒的上帝将曾经的乐园转瞬间变成惩戒性的荒野。同时，荒野也会神奇般地变成人类的庇护或净化灵魂之所。

从《旧约》到《新约》，半游牧民族在走向农业定居生活时，基督教也从荒野逐渐走向城市。在早期和中世纪基督教教义中，荒野是教会试图

---

① 古代亚述时代的巴勒斯坦地区，流行农业神塔姆兹崇拜(Tammuz cult)。塔姆兹每年夏天都会死去。通常在每年夏至开始有六天的哀悼神的仪式，这既标志着白天变短，也以此来对付酷热与干旱。当塔姆兹到了阴间后，整个大地陷入一片混乱，其敌人们开始作乱，发起飓风，将大地变成一片沙漠，家园被毁、人类和牲畜被夺去生命。希伯来周围地区的人们将沙漠视为与死亡和黑暗相连。在埃及，死去的人通常不是埋在村镇周围有开发耕种价值的区域，而是埋在遥远的、无法灌溉的地方。《旧约》中表示坟墓的集合词为 shoel，与"原初的无序和荒野"相关。邪恶的精灵常常出没于坟墓外的荒漠。对于土著迦南人来说，夜间的沙漠为龙、恶魔和怪物的居所。希伯来文化中有夜间沙漠中会有可怕的各种魔怪出没的说法，周边地区的类似传说巩固了沙漠的象征意义。如荒漠一样，潜藏人类世界之下深不见底的海洋也常让人想起原初宇宙的混沌、无序状态，并常被视为蛇和龙的居所，一样让人感到恐惧。See George Williams. *Wilderness and Paradise in Christian Thought*. New York: Harper & Brothers, 1962, pp. 12-13.

② 西奈山的救赎意义与沙漠作为死亡、混乱、黑暗的象征意义交织在一起。《出埃及记》中，荒漠对于以色列人有着重要意义。以色列人脱离埃及人的奴役，穿过干旱多石、崎岖难行的被称为"荒野"(wilderness)的西奈，最终到达上帝"应许之地"。走出埃及的经历赋予荒野双重含义：一是作为上帝与人之间的立约之地，具有救赎意义；二是作为历练、考验之地。《旧约》中上帝与犹太先民之间有三次立约，其中一次是在西奈，上帝在西奈山上与带领犹太民族走出埃及的摩西订立"十诫"律法。这种神圣立约是神人之间"不可背弃的盟约"，犹如婚约。四十年荒野经历后，上帝与人的关系是新婚蜜月般亲密地相依相存："我记得你对我的青春爱恋、你新娘般的爱，记得你如何追随我步入荒野，步入一个蛮荒之地。"(《耶利米书》2:2)

③ 《诺斯替福音书》(*Gnostic Gospel*)中的山等同于沙漠。《约翰密书》(*The Secret Book of John*)创世神话将世界分为两个部分：神灵世界在上，人间世界在下。神与尘世风景交汇之地只有一处——山，即沙漠之地，正因为是无任何生命存在之地，这里往往是神启之地。这是一片几乎完全被神祇占据的转化与启示的超自然之地。西奈山上，摩西遇到的烧过的灌木也是上帝神显的启示。

④ 以色列人 40 年流荡在野兽号叫的荒野，尽管历经艰辛，经历种种考验，但也是他们逃离埃及人迫害、逃离邪恶社会、奔向自由、进入迦南这个新"乐园"的必经之路。逃亡的经历也确立了进入荒野寻求自由与精神净化的传统。荒野作为文明社会的对立面，在社会堕落时，成为宗教领袖和修行者的庇护和净化场。耶利米祈祷："但愿我在旷野有行路人住宿的地方，使我可以放下我的人民而离开他们；因为他们都是行奸淫的、诡诈的一党。"(《耶利米书》9:2)

⑤ George Williams. *Wilderness and Paradise in Christian Thought*, pp. 12-18.

征服的对象。向北欧部落传教时，异教徒们举行仪式的神圣丛林在基督教看来是“人本性中的犯罪倾向、物质世界的诱惑以及邪恶力量的混合”①因而被大肆砍伐。然而，荒野作为庇护和净化场所的传统得以在基督教中延续，并发挥着持久影响。《新约》中施洗者约翰（John the Baptist）是《旧约》中去往西奈荒野的摩西的翻版。他在约旦河谷荒野中进行精神净化，迎接救世主的到来。正是在荒野中，精神净化得以实现。基督教的修士和僧侣们也越来越注意到荒野中的孤独对精神与道德提升的作用。自公元3世纪开始，就有许多狂热的基督徒开始在荒野中建立修道院，退隐到荒野中修习。对基督徒来说，他们走向荒野或许并非出于对荒野真正的热爱。荒野的价值在于，较之腐败的社会，他们可以在荒野中找寻到纯洁、神圣的乐园。②

对于清教徒移民们，新大陆亦有多重内涵。1620年11月，一批清教徒在威廉·布拉德福德的带领下，乘坐“五月花号”轮船，登陆美洲，驻扎在普利茅斯，这成为清教移民运动的开端。他们并非要在美国这片“花园”里发现生活在黄金时代的阿卡迪亚民族，亦非仅仅是以征服的名义寻求个人的成功。这一事件的意义可以在基督教历史上找到依据。清教徒将自己在新大陆的使命看作“出使荒野”（errand into the wilderness），移民运动恰如《出埃及记》中以色列人逃离埃及一样，暂时的荒野体验是他们进入“应许之地”的一段考验期。1670年，马萨诸塞州牧师塞缪尔·丹佛斯（Samuel Danforth）明确宣告了清教徒出使新英格兰的使命：“在上帝、天使和人类面前庄严宣称，你们离开祖国、父母，挈妇将雏，跨越重洋，来到这荒凉咆哮的荒野，就是遵循福音书的信仰和良心，敬拜上帝的旨意，绝不掺杂任何的尘世愿望和负担。”③这里，清教徒眼中的荒野延续了《旧约》中荒野的惩戒、净化意义。耶和华警告有罪的以色列人：“我必带你们到外邦人的荒野，在那里当面刑罚你们，我怎样在埃及的旷野惩罚你们的列祖，也必照样刑罚你们。这是主耶和华说的。”（《以西结书》20：35-37）。必经荒野，才能洗刷罪行。美国荒野成为考验清教徒意志与信仰之地

另外，清教徒希冀在这片蛮荒却自由的土地建立纯洁的教会，按自己

---

① Roderick F. Nash. *Wilderness and the American Mind*, 5th ed., pp. 17-18.

② Roderick F. Nash. *Wilderness and the American Mind*, 5th ed., pp. 17-18.

③ 丹佛斯1670年发表《对新英格兰出使到荒野的简要认识》（*A Brief Recognition of New-England Errand into the Wilderness*），转引自孟宪平：《荒野图景与美国文明》，杭州：浙江大学出版社，2013年版，第113页。

的方式信仰并传播基督教。更为野心勃勃的宏图是建立一个“山巅之城”，一个为世界其他地方树立榜样和典范的纯粹的基督教徒社会。北美荒野因而又成为清教徒们远离宗教迫害与宗教腐败的庇护所，他们希望能在新英格兰这片荒野中建立一座花园。[①]教堂或教会往往被比作花园或绿洲，其外则是荒野，野人、野兽漫游其间。1644 年，清教徒约翰·科顿（John Cotton）就认为，整个世界都是一片荒野，唯有教堂乃上帝的花园或果园。[②]

《圣经》中有两组对立的概念：荒野/沙漠、花园/乐园（wilderness/desert；garden/paradise）。paradise 一词原本为波斯语，后被希腊语借用，表示“壮丽的花园”。神学意义上的 paradise 只出现在《新约》中。《旧约》多用 Eden 或 Garden of Eden。[③]基督徒们相信，人类最早生活在伊甸园里，后被上帝逐出伊甸园，进入未经开化的荒野，被迫辛苦劳作，亲手重建一个尘世的伊甸园。荒野可以看成是基督教一个恒久主题与发展动力。不少清教徒就是怀揣在荒野中建造一座花园的梦想来到美洲。1629 年，约翰·温斯洛普（John Winthrop）认为进入荒野的一条重要理由是变荒野为上帝的花园。他认为，整个地球都是上帝的花园，他将其赐予了人的子孙，但有一个前提条件是，正如《创世纪 1：28》言，“要生养众多，遍满地面，治理这地”。为什么要留在英国，而让一个完整的大陆处于荒野状态，不进行任何的改造？[④]要在荒野中建立起一个花园，首先必须征服荒野。不少早期殖民者就是以此为理由移民到新大陆，进行拓荒殖民。

最初对于清教徒来说，想象中的荒野更多意味着希望。在布拉德福德的笔下，清教徒们将这片土地想象为“富饶宜居”(fruitful and fit for habitation)，在这里所有的霉运一扫而光，身心活力将得以恢复。另外，他们也知道自己将要面临未知的气候、疾病、猛兽、野人的侵扰：“他们所想象的这个地方是美洲某处广袤、无人迹的区域。这里富饶宜居，没有文明人定居，只有凶残的野蛮人，到处漫游，与那些野兽并无差异。”然而，真正踏上新

---

① 乔治·威廉姆斯认为荒野—花园主题贯穿整个基督教发展史。二者经常相互转化。清教徒在北美荒野中寻找封闭的花园(the garden enclosed)，从文化意义上来说，相当于西班牙、葡萄牙在南美寻找尘世乐园。George Williams. *Wilderness and Paradise in Christian Thought*, p. 100.

② George Williams. *Wilderness and Paradise in Christian Thought*, p. 106.

③ George Williams. *Wilderness and Paradise in Christian Thought*, p. 11.

④ Quoted in Roderick F. Nash. *Wilderness and the American Mind*, 5th ed., p. 31.

大陆这片土地那一刻，布拉德福德马上意识到荒野的可怕①，一个更加严酷的事实是，他们不得不面对如何在严酷的荒野环境中生存的问题。

布拉德福德开启了一种对荒野的“厌恶传统”(a tradition of repugnance)。17 世纪清教徒普遍持有的看法是将荒野看作危险、可怕和堕落、邪恶的道德真空之地，这里有基督教不能容忍的异教信仰、偶像崇拜和魔鬼崇拜（Heathenism，Idolatry，and Devil-worship）②。布拉德福德认为荒野对上帝的选民来说是人类历史上最为严峻的道德和环境挑战。科顿·马瑟（Cotton Mather）亦表达了清教徒对荒野的恐惧与厌恶。罗杰·威廉姆斯（Roger Williams）将荒野作为喻体使用。他同情印第安人，赞赏他们的治政模式和强大的性能力以及家庭伦理，以印第安人的口吻写了这样一首诗：

我们不穿衣服，有许多神，	We weare no cloaths，have many Gods，
但我们的罪却轻：	And yet our sinners are lesse：
你们是野蛮人，狂野的异教徒，	You are Barbarians，Pagans wild，
你们的土地才是荒野。	*Your* Land's the Wilderness.

印第安人和新大陆的荒野被用来批判欧洲文明和欧洲人：“荒野就是现实世界的翻版，这里贪婪、愤怒的人们迫害、吞吃无害、无辜的人，正如野兽追逐吞吃雌鹿和狍。”③ 荒野实体与隐喻意义同时出现。

1662 年，新英格兰牧师、诗人迈克尔·威格尔斯沃思（Michael Wigglesworth）笔下的荒野是一个“魔鬼的老巢”(Devil's den)：

荒凉咆哮的荒野，	A waste and howling wilderness，
无人栖居	When none inhabited。
只有魔鬼崇拜的	But hellish fiends，and brutish men
地狱的魔王和粗暴的野人	That devils worshiped.④。

清教徒“可怕的、咆哮的荒野”记忆延续至 19 世纪。早期新英格兰的文学、艺术和民俗将荒野描述为地狱，在那里理智不得不屈服于激情，魔鬼会诱使人堕落。玛丽·罗兰森（Mary Rowlandson）“囚掳叙事”（captivity narrative）中，荒野是让人失去人性之地。文明人被迫吃野蛮人的食物如马

---

① William Bradford. *Of Plymouth Plantation，1620-1647*. Edited by Samuel Eliot Morison. New York：Random House，1952，pp. 25，62

② Roderick F. Nash. *Wilderness and the American Mind*，5th ed.，p. 37.

③ Quoted in George Williams. *Wilderness and Paradise in Christian Thought*，p. 103.

④ Quoted in Roderick F. Nash. *Wilderness and the American Mind*，5th ed.，p. 36.

肉、动物内脏，甚至人肉。霍桑的几部小说如《罗杰·玛尔文的葬礼》（*Roger Malvin's Burial*）、《好小伙布朗》、《红字》都以荒野为背景展开：浓密、幽暗的森林是罪恶、梦魇和道德荒野所在地。对清教徒和霍桑来说，文明与荒野之间隔着一条巨大的鸿沟。

那么，行文至此，殖民地时期荒野意义到底如何？戴维·威廉姆斯（David Williams）曾如此评述荒野："新英格兰清教徒被召唤而去的'咆哮的荒野'（howling wilderness）是现实的荒野、想象的荒野、外在的荒野和心理的荒野。这里是充满危险的森林；这里与以色列人去往迦南的荒野相似；这里是不断考验上帝选民的信仰之地；这里同样是人类心理的荒野，是有罪者在获得拯救之前心灵深处的咆哮的深渊。"①笔者认为，这一评述并没有涵盖新大陆荒野所包含的积极意义。殖民地时期的荒野从意义上来说沿袭了旧大陆的传统，但又承载了新大陆所赋予的诸如自由、希望、潜在的花园等象征意义，使"荒野"这一概念的意义复杂多重，其中有现实层面的荒野，亦有象征层面的荒野。词语意义承载了人的观念。荒野意义既然如此复杂，那么认为殖民地时期人们对荒野的态度是"厌恶"就未免失之偏颇。应该说，清教徒对荒野的态度亦是复杂的。就信仰而言，荒野以其象征意义在某种程度上充当了清教徒们的精神支持。不少清教徒认为上帝将亚当、夏娃逐出伊甸园，但在新大陆，他们可以重返伊甸园，这里就是第二个伊甸园。然而，现实层面的荒野迫使清教徒们尽力消除荒野，将荒野变成宜居之地，在荒野中建立起一个花园。这里的花园在宗教层面表现为教堂，在世俗层面表现为田园式的乡村。所以，荒野又是潜在的花园。殖民者们相信，荒野经过开化耕作会繁荣昌盛。荒野成为可资利用之物，荒野的价值在于可以为文明服务。

然而，无论将荒野视为野蛮、危险之物，还是将其视为潜在的花园，这两种态度都体现了文明将荒野视为对立物的事实，其共同目标是去除文明的障碍——荒野，使其在文明的教化下变成田园。退一步而言，即使信仰层面，也与世俗社会将荒野视为文明发展对立物的观念保持一致。征服荒野不仅关乎生存，亦肩负着神圣的使命——随着荒野被开垦，印第安人被驱逐、消灭，越来越多的教堂得以建立，福音之光照亮黑暗的大地。后来清教精神淡化，社会越来越世俗化，西部荒野扩张者继续以上帝的名义征服荒野。"天定命运"（Manifest Destiny）就是打着上帝的名义来征服荒野，鼓吹"蛮荒土地的占领，都是庄严的神旨"（providential ordinance），是"上帝之手"

① David R. Williams. *Wilderness Lost: The Religious Origins of the American Mind*. Selinsgrove: Susquehanna University Press, 1987, p. 23.

推动这个国家向西部扩张，使荒野屈服于斧头与耕犁。[①]文明与基督教会在扫清荒野的进程上步调一致。

从心态上来说，人们喜欢花园般的自然、阿卡迪亚式的田园生活。在拓荒时代，美国对自然的热情几乎总是走向乡村状态。如托克维尔（Alexis de Tocqueville）的评述，大多数的欧洲殖民者对荒野之美无动于衷，他们的眼睛只盯着一处："向荒野进军，排干沼泽，改变河道，将荒僻之地填满居所，制服自然。"[②]很明显，此时的美国尚没有孕育出一种对荒野赞赏乃至喜爱的心态。对荒野的态度转变始自19世纪。

然而，荒野复杂的含义中包孕着对荒野欣赏的可能。事实上，如前文提及的戴维·威廉姆斯所说，即使是在清教徒内部，对待荒野的态度也有很大分歧。威廉姆斯区分了清教徒内部的阿民念派（Arminians）和唯信仰论者（Antinomians）对待荒野的不同态度，后者更倾向于将新英格兰的荒野看作"迦南、乐园、上帝的花园"[③]。另一个更为明显的例子是托马斯·莫顿（Thomas Morton），其被称为清教徒的异端。莫顿于1622年到达新英格兰，最初担任商栈负责人，后建立玛丽蒙特（Marymount）殖民地。其他殖民者如布拉德福德将印第安人看作与野兽无异的野蛮人，因而是可怕的荒野的一部分。莫顿却将他们看作"应许之地"的"高贵的野蛮人"。他反对隔离、迫害印第安人，主张与印第安人交好，甚至在玛丽蒙特山建五月节花柱，让白人与土著人一起跳舞。布拉德福德和其他清教徒怀疑他非法与印第安人交易枪支和白酒，最终以此为理由将其驱逐回英国。在《新英格兰迦南》（*New English Canaan*）中，莫顿嘲讽清教徒将自己和新英格兰看作《旧约》中以色列人苦难的翻版。他反而将新英格兰视为"应许之地"，认为其甚至可以超过以色列人的迦南。

对荒野态度的转变，学者将其定位在1800年前后[④]，也即美国建国初期和西部运动伊始、工业时代即将开启时。这一时期民族主义情绪上升，文学艺术界开始关注美国文化身份。

---

① Roderick F. Nash. *Wilderness and the American Mind*, 5th ed., p. 41.

② Alexis de Tocqueville. *Democracy in America*. Edited by Phillips Bradley. Vol. II. New York: Alfred A. Knopf, 1946, p. 74.

③ David R. Williams. *Wilderness Lost: The Religious Origins of the American Mind*, p. 53.

④ See J. Baird Callicott and Priscilla Solis Ybarra. "The Puritan Origins of the American Wilderness Movement." (Paper for the National Humanities Center). http://nationalhumanitiescenter.org/tserve/nattrans/ntwilderness/essays/puritanc.htm.

第三节　美国浪漫主义时期的荒野观

美国浪漫主义时期的荒野观发生了根本性变化，荒野开始成为欣赏、赞美的对象，这有几方面的原因：其一，受欧洲浪漫主义荒野观的影响；其二，政治上独立的美国急于确立自己的文化身份，荒野开始成为民族性的象征与民族自尊心之源；其三，随着文明的发展，荒野逐渐减少，荒野的价值开始受到重视。除此之外，荒野热情也与美国文明进程有关。

一、欧洲荒野态度的转变：从贬抑到欣赏

尽管对虔诚的基督徒和修道院的修士来说，荒野有其正面的意义，但这种意义仅仅在于荒野能够以其严苛、恶劣的环境来实现灵魂上的净化和精神上的提升。在中世纪、文艺复兴时期及浪漫主义前期的文学艺术作品中，荒野鲜有正面价值。文艺复兴和人文主义讴歌文明，荒野意象常被用来渲染一种阴森、可怖的气氛。但丁《神曲》开篇就是幽暗的森林、山丘、猛兽：作者处于人生的中途，走进一片幽暗的森林，这片森林是一片充满艰险的荒野。有三只野兽——豹子、狮子和母狼挡住他前行之路。15世纪威尼斯画家乔凡尼·贝里尼（Giovanni Bellini）和安德里亚·曼坦尼亚（Andrea Mantegna）的同名作品《花园里的痛苦》中，客西马尼园①被艺术家用“荒野”意象表现：寸草不生的荒漠、奇形怪状的山石，气氛凄凉、孤寂。曼坦尼亚更突出山石，旷野和丘陵被描绘成坚硬、怪异、突兀、险恶的怪石的世界，并添加枯树和乌鸦来表现耶稣内心的极度痛苦。②总而言之，世俗社会中文明所制造的对荒野的偏见以及民间信仰、宗教对荒野的固有看法，培育出欧洲人对荒野普遍反感的心态，这种心态阻碍了对荒野的审美价值的认识，直到浪漫主义时期这种情况才得以改变。自然神论、“崇高”、“如画”概念与浪漫主义合力带来了对荒野态度的转变。

---

① 《圣经》中“花园里的痛苦”（The Agony in the Garden）发生在耶稣被犹大出卖被捕受难前的最后一个晚上。根据《新约》和基督教传统，耶稣在上十字架前夜和他的门徒在最后的晚餐后，前往客西马尼园（Garden of Gethsemane）向上帝祷告。祷告时，耶稣汗滴入血，极度痛苦、极度忧伤。客西马尼园通常被认为是榨橄榄油之地，可能是由于当时那里种植了许多橄榄树，《约翰福音》18：1称其为一个“园子”。无论是果园还是花园，客西马尼园都与“荒野”毫无干系，但在艺术作品《花园里的痛苦》中，画家们却将其描绘为荒野。

② 孟宪平：《荒野图景与美国文明》，第88页。

17 世纪自然神论将荒野与上帝联系在一起。自然神论认为整个自然界是上帝按照某种神圣计划而创造的。英国博物学家约翰·雷（John Ray，1627—1705）的著作《上帝在造物中的智慧》（*The Wisdom of God Manifested in the Works of the Creation*，1691）是其中的代表。约翰·雷认为，上帝的存在就体现在他所创造的地球上，自然界的壮观、复杂、和谐、有序，远非人力所为，其背后一定有一位伟大的宇宙设计者。自然就是上帝存在的证据。长期以来，荒野一直是个神学上的困境。无所不能的上帝如何会容许这种散漫无序、不规则现象的存在？自然神论通过区分"美"与"崇高"回答了这个问题。他们认为，自然"美"的一面代表上帝的仁慈与关怀，而自然中蛮荒的一面即"崇高"或"壮美"的一面，代表上帝的力量与愤怒。荒野是愤怒的上帝对人类之罪惩罚的后果。1681年，托马斯·伯内特（Thomas Burnet）在《地球的神圣理论》中提出："即使不是按照他的形象来创造，群山也可能是上帝的杰作。"[①] 他认为，一方面大山依然是上帝造物中最为丑陋者，是废墟；另一方面，大山又体现了自然的宏伟壮观，能令人精神提升，赋予人宗教般的情感。直至 18 世纪，这种情感依然占据主导地位。大山从"自然之耻辱与疾病""疣子""瘤子""水疱""脓肿"，变为"万能的上帝所建造的自然庙宇""自然教堂""自然圣坛"。[②]

18 世纪，美学、哲学领域的"崇高"概念被广泛应用。以往上帝专属的那种敬畏夹杂着恐惧、狂喜的复杂情感，在 17 世纪时首次转向宇宙，继而转向地球上的山脉、海洋和沙漠。[③] 1757 年，埃德蒙·伯克在其《崇高与美概念起源的哲学探究》中正式区分了"崇高"与"美"两种不同的审美体验，尤其推崇崇高及其相关的宏大、无限、力量、惊骇（terror）等。"美"具有阴柔气质：娇小、柔弱、曲线；"崇高"则是严苛、冷峻、阳刚的。"美"的风景结构对称，表面平滑，光与色彩渐次变化，背景常为田园风光，表达一种平和的气氛。崇高的风景多为体积巨大之物，其景色特征是气势逼人的高山，神秘的山谷，波涛汹涌的大海或者是可怕的雷、电等。"美"的审美体验是明媚、令人愉悦的，"崇高"的审美体验为恐惧、惊奇、敬畏，并带来人精神或灵性上的洞见，比如意识到在自然面

---

① Thomas Burnet. *The Sacred Theory of the Earth*. London：Centaur，1965，pp. 109-110.

② Marjorie Hope Nicolson. *Mountain Gloom and Mountain Glory：The Development of the Aesthetics of the Infinite*. Seattle and London：The University of Washington Press，1997，p. 140

③ Marjorie Hope Nicolson. *Mountain Gloom and Mountain Glory：The Development of the Aesthetics of the Infinite*，p. 143.

前人类的卑微、渺小或无力感。值得一提的是，面对荒野大景，人们需要新的语言来表达喜悦（joy）与畏惧（awe）交织的情感，所以就 18 世纪而言，“惊骇”一词就成为新的审美体验的重要部分。[①] 1763 年和 1790 年，伊曼纽尔·康德分别在《论优美感和崇高感》和《判断力批判》中辨析、论述了这两种情感，使得那些在自然界中更为野性的形象如山脉、沙漠，尤其是风暴，也可能在审美层面给人以愉悦。空间的无限和力量的巨大，正是荒野的特征。

1782 年英国美学家威廉·吉尔平在《怀尔河上的观看》（*Observations on the River Wye*）中首次提出了“如画”概念。“如画”是介于“美”和“崇高”之间的一种状态，是对古典美学传统中有序和比例之美的补充，其特点是表面粗糙、崎岖不平，深浅颜色并置，对比强烈，形状不规则。赫西（Christopher Hussey）谈到“如画”的重要性：“各个艺术领域通过对自然绘画般的欣赏紧密联系起来。可以说，诗歌、绘画、园艺以及旅游艺术融为一体，形成了单一的风景艺术。这种组合可以称为‘如画’。‘如画’贯穿 1730 年到 1830 年间每一种艺术的各个阶段，在每一种艺术中都是浪漫主义的序曲。”[②] “如画”广泛应用于对荒野自然的欣赏，“如画”旅游在英国、美国成为新的时尚。

自然神论与“崇高”“如画”美学概念一道，为浪漫主义的到来做了铺垫，并赋予荒野新的神学和美学意义。荒野不仅具有宗教上的价值，也可以成为欣赏的对象。甚至更加引人注意的是，景色愈荒愈野，激发情感的力量越大。荒野粗犷的风景不再为人们所憎恶，反而成为精神更新之源。至浪漫主义时期，荒野观较之欧洲文化中对于荒野的贬抑态度，有了根本改变。对荒野态度的转变背后是多种因素的合力。随着文明越来越发达，对荒野的需求也与日俱增。18 世纪末的欧洲，随着工业化程度的提高，称得上荒野的土地所剩无几。对荒野的欣赏始于城市，文人雅士开始怀恋过去人更接近自然的时光。正如纳什所言，在对待自然的态度上，“浪漫主义者更青睐荒野。浪漫主义者反感那些吸引启蒙运动者的凡尔赛宫般规整、有序的园林，转向了凌乱、粗犷的森林。荒野吸引着那些厌倦和厌恶人类及人类创造的成果的人。它不仅提供了人可以逃避社会的场所，亦是浪漫主义者实践自我心灵追求的理想舞台。荒野孤独与完全的自

---

① Marjorie Hope Nicolson. *Mountain Gloom and Mountain Glory: The Development of the Aesthetics of the Infinite*, p. 26.

② Christopher Hussey. *The Picturesque: Studies in a Point of View*. London and New York: G. P. Putnam's Sons, 1927; reprinted, London: Frank Cass, 1967, p. 4.

由为忧愁亦为狂喜体验创造了完美的所在”①。从审美角度而言，浪漫主义将强烈的情感如“恐惧”“惊骇”等纳入审美范畴，将“崇高”“如画”体验与荒野体验联系在一起。荒野不仅是浪漫主义者的灵感源泉，还是文学艺术家进行宗教冥想体验的媒介，大山、湖泊、森林、河流成为文学艺术再现的主题。

从古希腊文化、犹太教文化、基督教文化及至浪漫主义，欧洲文化中的荒野意义不断层积、变化，负载了神学、哲学与美学价值，人们对荒野的态度亦由贬抑为主，趋向欣赏、赞美。荒野观的转变，体现了文明对荒野的态度变化，这代表着思想史上一个根本的转变。这种态度的转变也在新大陆的美国产生了回响。1792 年，就有人以浪漫主义的情怀描述了新罕布什尔的白山，认为这里的荒野值得关注，这里野性、粗犷的景色可以激发诗意的想象，并从中获得充分的喜悦，“几乎自然界中每一种可能激发崇高和美思想的存在，在这里都可以体会”②。浪漫主义者认为，自然天生拥有真、善、美、独立与民主等品质。荒野因此成为美国民族自信心之源泉、民族性格与民族认同之根基。荒野也激发了美国的本土创造力，文学家、艺术家们不再受制于欧洲艺术和文学古典理念，开始摒弃欧洲传统。

二、“自然之国”：美国荒野与民族主义

在美国历史上，自然曾与自由、民主、进步一样，成为定义美国的基本概念。从 1607 年詹姆斯敦（Jamestown）的建立到 1890 年西部拓疆的结束，白人拓殖者与他们所称的荒野，即未被改变的自然的接触经历，可以成为美国的一个界定性特征。独立之后，美国人的首要任务是为这个新获自由的国家的合法性辩护并构建自己的文化身份。建立一个脱离欧洲影响的、地地道道的美国是政治家、思想家、艺术家等的共同使命，但建立稳定的政府、发展繁荣的经济并不能代表这个国家真正的独立；文化上的独立才是真正国家的标志。对文化独立与民族自尊心的渴求到 19 世纪中叶更加强烈。没有悠久的历史和文化传统，没有足以令他们自信的文学和艺术成就，美国所处的那种广袤、蛮荒的环境自然而然成为他们关注的焦点。欧洲浪漫主义对自然的神圣化和经典化给因身份和独立性而焦虑的美

---

① Roderick F. Nash. *Wilderness and the American Mind*, 5th ed., p. 47.

② 作者为杰罗米·贝尔纳普(Jeremy Belknap)，为哈佛大学毕业生，新罕布什尔州多佛市公理会牧师。Quoted in Roderick F. Nash. *Wilderness and the American Mind*, 5th ed., p. 57.

国人以启示，原生态的荒野自然可以成为美国的资产。他们相信，凭借珍贵而独具美国特色的荒野，美国可与欧洲抗衡，且自信能够将老迈、羸弱的欧洲打败。

就对自然的感情而言，美国人与欧洲人不同。对于欧洲人来说，自然是对个人或艺术的救赎。对于美国人来说，一方面自然缓解了美国因缺少历史积淀而产生的民族焦虑；另一方面，荒野又给美国人建立民族文化的动力：真正的美国文化必须能够与这片土地的伟大相媲美。不难理解，新的共和国很早就设想自己为“自然之国”（Nature’s Nation）①。

诺曼·福斯特认为：“很长一段时间美国与众不同的特色、新大陆之新，就在于自然。”②自然作为这个国家的特色及其对定义并推进民族性格建构的意义在美国建国早期就已经成为共识，体现在政治、艺术和新兴的文学中。事实上，在国家初创期，这些形式往往相互融合，有时很难区分。1785 年，托马斯·杰斐逊（Thomas Jefferson）在《弗吉尼亚州笔记》中用美国粗犷、野性的自然回击了欧洲认为美国无论是在自然环境还是在文化上都低人一等的偏见。针对法国博物学家布丰（Comte de Buffon）的百科全书式巨著《自然史》③ 所持的“美洲的动物比欧洲的动物瘦弱、退化，那里的自然不那么富有生机和活力”的观点，杰斐逊盛赞了弗吉尼亚州天然桥（Natural Bridge）的崇高：“天然桥是大自然最为崇高的杰作……油然而生的那种情感不身在其中是无法体会的。”④

美国民族文学先驱华盛顿·欧文（Washington Irving）在《见闻录》（*The Sketch Book*）中流露出对美国荒野的自豪感，他认为美国可以令他骄傲的方面就是其“自然的魅力”，包括山谷、无边的草原和无人迹的森林，“没有也永远没有必要让一个美国人到他自己国家之外去寻找自然景色的美与崇高”。尽管在欧洲游历 17 年，欧文仍然保留着对荒野的热情。

---

① “Nature’s Nation”一词为佩里·米勒(Perry Miller)所创造，1953 年首次在《自然与国家自我》(“Nature and the National Ego”)一文中使用，该文收入 Perry Miller. *Errand into the Wilderness*. Cambridge, MA: The Belknap Press of Harvard University Press, 1956, p. 209。米勒教授去世后，后人将其论文结集以“Nature’s Nation”为题出版，参见 Perry Miller. *Nature’s Nation*. Cambridge, MA: The Belknap Press of Harvard University Press, 1967。

② Norman Foerster. *Nature in American Literature: Studies in the Modern View of Nature*. New York: Macmillan, 1923, p. 1.

③ 又译为《博物志》，参见[法]布丰：《博物志》，李洪峰等译，北京：外语教学与研究出版社，2017 年版。

④ Thomas Jefferson. *Notes on the State of Virginia*. Chapel Hill: The University of Northern Carolina Press, 1955, pp. 24-25.

回到美国后，欧文曾去往堪萨斯和俄克拉荷马的印第安人领地，与荒野的接触让他相信，对年轻人来说，野性的森林生活更有益处。他将欧洲生活与美国荒野生活作了比较，认为："我们将年轻人送往国外，让他们在欧洲变得奢华、阴柔，对我来说，先进行一次大草原旅行更能造就与我们的政治制度一致的男子汉气概、纯朴和独立。"①

由欧洲清教传统向美国本土浪漫主义过渡的"美国第一位伟大的诗人"布莱恩特（William Cullen Bryant）1833年发表了《大草原》（"The Prairies"），这是一位爱国主义诗人对美国无边无际的大草原的赞美："这是荒漠中的花园，/这是未修整过的原野，无边无垠，美丽无比，/英国的语言中没有它的名字——大草原。"②

1780—1790年，美国普遍出现身份焦虑，年轻的美国建立独立、自主的文化的决心不仅体现在对文学独立的要求上，也出现在风景画领域。一些杂志和风景画册着意表现美国自然景观的壮观。这期间美学中的"如画""崇高"概念，使得美国人开始接纳、欣赏自然蛮荒、严苛的一面，进而将荒野作为民族性的载体和民族自豪感的象征，倾注了极大的爱国主义热情。在这其中，"如画"对浪漫的民族主义情感是一个有力的推动。1820年，三卷本画册《美国景观的如画风景》（*Picturesque View of the American Scene*）出版，旨在向世人展示其他国家任何风景都无法超越的美国巍峨的群山、无与伦比的大瀑布、西部蛮荒的森林。先后出现的其他画册如《美国风景》（*American Scenery*）、《如画风景家庭手册》（*The Home Book of the Picturesque*），意在表现美国荒野之美丝毫不逊色于欧洲国家，而荒野的原始蛮荒则无与伦比。③将荒野等同于美国民族性并着力彰显美国风景胜于欧洲之处，是早期画家创作的重要特征。哈德逊河画派奠基人托马斯·科尔是将野性自然作为美国主要象征的首位画家。④他的荒野主题画作推动了美国人对荒野的欣赏与民族主义的发展。

科尔17岁时自英国移民到美国俄亥俄州，为那里的原始森林之美所打动，立志以风景画创作为业。相比欧洲风景画厚重的历史感，美国风景

---

① Quoted in Roderick F. Nash. *Wilderness and the American Mind*, 5th ed., pp. 72-73.

② William Cullen Byrant. *Poetic Works of William Cullen Byrant*. New York: AMS, 1969, p. 896. The original text is: "These are the gardens of the Desert, these/ The unshorn fields, boundless and beautiful, / For which the speech of England has no name—The Prairies."

③ See Roderick F. Nash. *Wilderness and the American Mind*, 5th ed., p. 71.

④ William H. Truettner and Alan Wallach, eds. *Thomas Cole: Landscape into History*. New Haven and London: Yale University Press, 1994, p. xi.

画因为缺少历史的支撑而缺乏深度，画家们因此转向能引起崇高感的荒野。伴随着欧洲艺术界对于“美”“崇高”“如画”概念的理解，科尔在1836年的《美国风景讲稿》（“Essay on American Scenery”）一文中亦谈到这三种风景范畴。他认为，美国可以同时拥有三种风景的结合：“在新罕布什尔州的白山，存在着一种如画（the picturesque）、崇高（the sublime）和宏伟（the magnificent）之美的结合……崇高融入美，蛮荒为宏伟所淡化。”① 科尔盛赞了美国的荒野，认为最具美国特色的风景就是荒野。荒野的特征是能引起崇高感的壮美。能够定义美国的就是“荒野那冷峻的崇高感”（the stern sublimity of the wild）。② 科尔的诗《荒野》（“The Wild”）是对荒野的礼赞：

我心灵的朋友，自然的爱好者们，	Friends of my heart, lovers of nature's works,
让我带你们去那充满野性的青山之间。	Let me transport you to those wild, blue mountains
在山峰的背面，哈德逊河在翻滚，	That rear their summits near the Hudson's wave.
尽管在这片土地上不算最高，	Though not the loftiest that begirt the land,
它们如此壮美，在高山上，	They yet sublimely rise, and on their heights
你们的灵魂会品尝到天堂的甘美，	Your souls may have a sweet foretaste of heaven,
并穿越无限…… ③	And traverse wide the boundless...

值得注意的是，科尔对荒野的热情并非仅仅出于对自然的崇拜，或是将荒野视为可以逃避文明社会的庇护所。事实上，他也常常惧怕荒野。1828年，在攀登白山后，他在日记中记录了处于荒野时的复杂情感：“人们可以追寻这种景观，并在发现它时获得乐趣，但是会有一种神秘的恐惧

① Thomas Cole. “Essays on American Scenery.” *American Monthly Magazine*. Vol. 1 (January 1836): 1-12, at 6.

② Thomas Cole. “Essays on American Scenery,” at 3.

③ Louis Legrand Noble. *The Life and Works of Thomas Cole*. Cambridge, MA: The Belknap Press of Harvard University Press, 1964, pp. 39-40. 此为科尔诗歌《荒野》的节选。

降临，催促他们快些离开。自然的壮美太过于冷峻，令孤寂的人望而生畏，无法获得快乐。”[①] 对于科尔来说，并非要人退隐至荒野，而是要将美国风景的标志“荒野”作为激发同胞民族主义情感的表现形式。这也说明，荒野意义不在于其地理特征本身，而在于其被赋予的重要使命和精神价值。

游历欧洲三年，科尔对欧洲风景厚重的历史积淀深有感触，然而，他还是尽力将注意力保持在美国本土风景上。回到美国后，科尔对美国荒野的独特性有了更好的理解，在《美国风景讲稿》中，他为欧洲历史的辉煌所震撼：“时间和人的才智为旧大陆的景色罩上了一个永不消失的光环（an imperishable halo）。”然而，科尔依然流露出强烈的民族主义情怀：“美国风景是辉煌的，这一点不为欧洲人所知。”[②]在他看来：“美国与其说与过去相连接，不如说与现在和将来相连接。如果说欧洲代表着文化，那么美国则代表着自然。生长在自然之国的美国人应当从自然中寻求文化艺术的源泉……在这里你看不到成为废墟的塔诉说愤怒，看不到宏伟的庙宇卖弄、炫耀，只有自由的子孙后代——和平、安全与幸福，它们是景色的精神。”[③] 欧洲之行令科尔目睹了欧洲风景过于开化：“在文明的欧洲，风景的原始形象在很久以前就被破坏或改变了……在那些无法移除的峭壁上耸立着高塔，最野性的山谷也被耕犁驯服。”[④]而处在上升期的美国，亦面临过度文明的趋势。为警醒美国人不要重蹈覆辙，科尔创作了《帝国的历程》。《帝国的历程》的创作历时三年之久，是颇具寓言性的大型风景画，由五幅画组成，分别题为野蛮状态、田园状态、圆满状态、毁灭状态、荒芜状态，展现了他想象中国家的兴衰。尽管科尔声称这是一部关于“自然景色的历史”，但实际上讲述了人类及其国家的发展历程。文明起于荒野，又复归于荒野。作为起点的荒野指的是原始的、未开化的蛮荒状态，终点的荒野则是文明自身的堕落或遭受外来势力破坏的必然结果，可谓对美国的警示。文化的伟大就在于文明与荒野的融合。要想避免帝国的衰落，关键是要避免过度文明，其方式就是发展文明的同时保留一定的荒野。

---

① James Thomas Flexner. *That Wilder Image: The Paintings of America's Native School from Thomas Cole to Winslow Homer*. Boston: Little, Brown and Company, 1962, p. 40.

② Thomas Cole. "Essays on American Scenery," at 4.

③ Thomas Cole. "Essays on American Scenery," at 11-12. The original text is: "American associations are not so much of the past as of the present and the future...you see no ruined tower to tell of outrage, no gorgeous temple to tell of ostentation, but freedom's offspring—peace, security and happiness, dwell there, the spirits of the scene."

④ Thomas Cole. "Essays on American Scenery," at 5.

到 1848 年科尔去世时，美国风景画已经开始接纳荒野。杜兰德、丘奇、莫兰（Thomas Moran）等风景画家的荒野艺术更为成熟。他们用画笔描绘西部的荒野，以宏大壮美的荒野风景表达民族性格和民族自豪感。文学、艺术领域对荒野价值的认可相互影响、相互促进。自 19 世纪 20 年代以来，围绕对荒野价值的共同信念，文学家、艺术家和学者自觉结成联系密切的群体，极大促进了思想交流。例如，19 世纪 20 年代的“面包加奶酪俱乐部”，就是以作家库珀为中心，科尔、杜兰德都是其中成员。布莱恩特与科尔亦是志趣相同的密友。这些艺术家的荒野风景创作也助燃了美国普遍的荒野热情。

三、超验主义者的荒野

到 19 世纪 20 年代，文学家、艺术家们已经将美国荒野视为实现文化之辉煌的资源。1837 年，科尔拿起画笔描绘美国荒野风景的同一年，库珀发表了“皮袜子”系列第一部《拓荒者》（*The Pioneers*），奠定了他在美国文学中的地位。尽管如此，美国文化真正独立要到后来的超验主义运动后。超验主义在欧洲和美国浪漫主义鼎盛时期蓬勃发展，通常被看作美国浪漫主义的一种形式。爱默生的《论自然》（1836）既是超验主义的宣言，又被公认为第一篇真正代表美国思想的文学与哲学作品，开启了一直持续至美国内战之前的“美国文艺复兴”。爱默生同许多美国文学经典作家如霍桑、梅尔维尔、梭罗、惠特曼一道，共同创造了美国文化的辉煌，从而使美国拥有了自己成熟的民族文学，实现了文化上的独立。

这一时期超验主义者们面临双重任务：一是使美国实现文化意义上的独立，二是对美国社会正在变化的方方面面做出反思。超验主义运动自 19 世纪 30 年代开始，持续至 19 世纪四五十年代。这一时期美国人口激增，领土迅速扩张，社会发生剧烈变化，国家意识日益增强。1830—1860 年，美国人口翻倍。在“天定命运”口号的鼓吹下，西进运动蓬勃开展，美国边疆持续向西推进，拓荒者向彼时尚未开发的处女地加利福尼亚和俄勒冈进军。同时，新英格兰地区大规模的机械化工厂纷纷设立，纺织业、制造业蓬勃发展，交通和通信显著改善，北方日趋城市化、工业化。应该说，19 世纪初，处于上升期的美国，主旋律依然是进步。然而，这个国家的进步却令敏锐的超验主义者们感到忧心忡忡。确切地说，他们是为这个国家进步的表现形式感到忧虑。随着工业化进程的加快，荒野越来越少。在浪漫主义者和超验主义者的视线中，景观的改变尤其突兀。新英格兰地区工业已经变成自然风景这块大画布上丑陋的污渍。玛格丽特·富勒在《1843年湖上之夏》中哀叹美国人对荒野风景的破坏："大多数拓殖者……他们的进步是哥特式的，不是罗马式的，他们的耕作模式将在二十年或者十年内抹掉这个国家的自然表象。"①爱默生、梭罗等超验主义者不得不观察这一趋势带来的变化，由此引发了一场涉及宗教、哲学和文学等影响深远的超验主义运动。

针对如何在没有历史的美国建立艺术民族性的问题，科尔选择将美国风景绘入历史，使荒野成为民族性的载体。与科尔一样，爱默生等人也陷入美国没有历史的尴尬。爱默生主张美国的哲学、宗教和文学均应该从自然中学习。自然指引爱默生进入自己的哲学体系，进入超灵和超验，在《论自然》导言中，爱默生呼吁：

> 我们的时代是怀旧的。它建造父辈的坟墓，它撰写传记、历史与评论。先人们同上帝和自然面对面地交往；而我们则通过他们的眼睛与之沟通。为什么我们不该同样地保持一种与宇宙的原初联系呢？为什么我们不能拥有一种并非传统的、而是有关洞察力的诗歌和哲学，拥有并非他们的历史、而是对我们富有启示的宗教呢？②

爱默生意在构建立足于美国并适合美国的哲学观，其哲学思想是建立在自然的基础之上。他的思想进路是由对野性自然的关注进而上升到形而上的自然。在爱默生看来，自然分为普通意义上的自然和哲学意义上的自然。哲学意义上的自然属于本体论范畴，与心灵相对，自然与心灵组成宇宙。他认为："所有被哲学界定为'非我'的事物——这包括自然与艺术，所有的他人和我自己的身体——因此统统都必须归纳到自然的名下。"而普通意义的自然，"从常识角度看，它是指人类未曾改变的事物本质，诸如空间、空气、河流、树叶之类"③。这时的自然是形而上的。然而，在谈到康科德的树林是"学者的老师"时，爱默生对自然的指向越来越明确而具体，原来本体论意义上的自然成为地理范畴："人在丛林里能永久地保持青春。在这些上帝掌管的庄园里，有一种神圣的礼仪和秩序统治一切……我们在丛林中重新找到了理智与信仰……我在荒野里发现了某种比在大街上或村镇里更为亲昵、更有意味的气氛。"④

由爱默生对"自然"的解释来看，促使爱默生哲学走向自然

① Margaret Fuller. *Summer on the Lakes, in 1843*. Edited by Susan Belasco Smith. Urbana: The University of Illinois Press, 1992, p. 29.

② [美]爱默生：《论自然》，《爱默生集：论文与讲演录》(上)，第1页。译文略有改动。

③ [美]爱默生：《论自然》，《爱默生集：论文与讲演录》(上)，第1页。

④ [美]爱默生：《论自然》，《爱默生集：论文与讲演录》(上)，第9—10页。

（Nature）的正是自然风景（nature）的改变。梭罗曾哀叹人们沦为“工具的工具”（*Walden*，24）。商业主义与物质主义的滋长却使人们健康生活枯萎衰败、精神慢慢死亡。自然成为希望的寄托，那种未被人类改变的自然——荒野，是人类的救赎。超验主义者们相信，自然能够拯救人类于机械化的工业社会中。爱默生希望人们不要仅仅看到木材而忘记有生命力的树木，不要因为矿山和田野而忽略美好的风景。他呼吁人们用新的目光看待世界，透过自然看到真、善、美。

荒野也引起超验主义其他成员的反思。玛格丽特·富勒在面对尼亚加拉瀑布时，意识到自然对于美国这片土地独特的意义，满怀敬畏地设想“广袤的美国荒野的伟大命运”。弗雷德里克·亨利·赫奇（Frederic Henry Hedge）也看到美国的命运存在于荒野中：“美国的命运就靠我们栖居的这片土壤的特色写就。它的湖泊、河流、矿山、丰美的山谷，诉说着一个预言。不可能对这样的信号做出错误的解释。它们预示着无尽的繁华与荣耀。”①

在梭罗看来，美国这片新土地，值得人们去探索和发现。在一次旅行中，梭罗登上了一座小山，面对眼前的美景，发出了如下感慨：“每个新人的宇宙观何其新颖独特！尽管世界如此古老，著述如此之多，我们的个体经验却尚未完整描述，每一个思想领域尚未完全探索。整个世界还是一片美洲，一个新世界。”（*Journal* 3：384）梭罗注重具体的自然事实，在家乡的河流上泛舟、林中散步、远足，步入真正的原始森林、野山、荒凉的海滩，在与荒野的亲身接触中，形成自己的荒野思想。正是在这样的历史与现实的语境中，才可能全面理解梭罗的荒野思想。梭罗是第一个响亮发出荒野保护呼声的人。至20世纪60年代，梭罗不仅被视为美国杰出的作家，还是环境保护运动的先驱、美国荒野思想研究的重要人物。

在当时的社会文化语境中，梭罗开创了涉及个人、宇宙、自然、荒野、文明的荒野思想。梭罗荒野思想主要包括两个方面：一是人与自然的关系，二是荒野与文明的关系。这两个问题之间存在着逻辑关联。从超验主义出发，梭罗首先探究的是对“人与自然”关系这一恒久命题的回答。人与自然的关系在西方自古以来便是宗教、哲学试图回答的命题，其解答的方式是思辨式的。梭罗则是在与美国荒野亲密接触中，体认了两者的关系。在探求这一命题的过程中，在与荒野的接触中，梭罗感受到美国文明与荒野之间的对立，对荒野与文明之间的关系进行了思考。

① Quoted in Elizabeth R. McKinsey. *The Western Experiment*: *New England Transcendentalists in the Ohio Valley*. Cambridge, MA: Harvard University Press, 1973, pp. 9-10.

第二章　梭罗的人与自然观

梭罗荒野思想的一个重要方面是有关人与自然的关系。自然的意义与价值是梭罗作品中最普遍的主题，在《散步》的开端，梭罗郑重提出：

> 我想为自然说句话，为它绝对的自由和野性，并非文明意义上的自由与文化。将人视为自然的居民或自然的一部分，而不是社会的一员。我想做一个极端的声明，或许还会特此强调一下，因为已经有足够的文明代言人，比如牧师、学校委员会以及你们每一个人。①

《瓦尔登湖》通常被视为梭罗最重要的著作，《散步》则是其最重要的文章。《散步》最早由两篇演讲稿组成：1851 年、1852 年梭罗分别以《荒野》（“The Wild”）和《散步》（“Walking”）为题做了两次演讲，不久又将两者合在一起，1854 年再次修改成为独立的两篇。1862 年梭罗又将二者合而为一，题为《散步》，准备发表。该文最终在梭罗去世后两个月发表于 1862 年 6 月的《大西洋月刊》。②历经十年修改，直至去世前几个月，梭罗仍在思考修改。因此，可以说《散步》体现着梭罗对人与自然关系的最终理解。梭罗提出“人是自然的居民”“人是自然的一部分”，这一论断首先是对爱默生建立“人与宇宙原初联系”的回应，但梭罗脱离了爱默生抽象的自然—精神论，转向具体的野性自然。尽管他也相信宇宙神圣的一面，却避开了形而上学的思辨。作为一个重视实践与事实的人，这种思想并非书斋中发出的口号，而是通过荒野实践，由两个路径获得：一是通过对荒野的观察研究，二是通过荒野中的孤独体验。在梭罗的一生中，持久不变的身份是作家，前半期超验主义色彩明显，自 1850 年后逐

---

① Henry David Thoreau. “Walking.” *The Portable Thoreau*. Edited by Jeffrey S. Cramer. New York: Penguin Books, 2012, pp. 555-589, at 558. 本文《散步》均引自此书，为行文方便，直接在正文中标出所引页码，不再脚注说明。

② Ronald Wesley Hoag. “Thoreau's Later Natural History Writings.” *The Cambridge Companion to Henry David Thoreau*. Edited by Joel Myerson. New York: Cambridge University Press, 1995, pp. 152-170, at 153.

渐转向博物学家之路，这种转变也反映在他对人与自然关系的思考上。

第一节　超验的荒野：人与宇宙的原初联系

梭罗关于人与自然关系的思考，离不开超验主义。事实上，要谈梭罗，爱默生是无法回避的。作为当时最重要的文人、超验主义的中心人物，同时也是梭罗的导师和朋友，爱默生对梭罗，尤其是青年时代梭罗的影响无法忽略。爱默生祖上与康科德小镇有渊源，但他本人却成长于波士顿。1834 年，爱默生移居康科德，梭罗因而与其结识。1837 年还是哈佛大四学生的梭罗开始读《论自然》，并将该书作为毕业礼物送给一位同学。在与梭罗密切接触中，爱默生加深了对梭罗的了解，曾向哈佛校长写推荐信，梭罗因此获得 25 美元奖学金。1837 年，爱默生在梭罗毕业典礼上发表日后题为《美国学者》的演讲，鼓励美国青年一代脱离对欧洲文化的依赖，从事一种基于自然、阅读与行动的思想者的生活，并创立美国民族文化。在爱默生的感召下，梭罗回到新英格兰激进思想中心康科德，加入了超验主义俱乐部，在那里以爱默生为首的理想主义者们开始了改造文艺、宗教和社会的运动。1837 年 10 月，爱默生鼓励梭罗以写作为业，在他的建议下，梭罗开启终其一生的日记写作。爱默生还积极推介梭罗在《日晷》上发表文章。梭罗在瓦尔登湖畔的小木屋亦是建在爱默生的地产之上。梭罗在康科德的树林里散步，亲身了解城镇周围的每一个角落，同时认真记录观察所得，用爱默生的话来说，一边通过实践“发现伴随日常自然事实的普遍法则”，一边“将这些认识转成令人难忘的散文”。[①] 也正是在爱默生的书房，梭罗开始大量阅读东方经典。因此，说爱默生和超验主义塑造并维持着青年时期梭罗的理想并不为过。然而，梭罗并非如洛威尔所言仅仅是“爱默生的模仿者”[②] 和其学说的简单践行者。梭罗的特点是善于吸收他人思想并将其转换为自己独特的思想。他可以接受爱默生的影响，但不会完全被其思想带走从而失去自己的个性。就与爱默生的关系而言，两人的友谊在 19 世纪 40 年代末出现裂痕直至冷淡下来。1850 年初，

① Philip F. Gura. *American Transcendentalism*: *A History*. New York: Hill and Wang, 2007, p. 205.

② James Russell Lowell. *The Poetical Works of James Russell Lowell*. Vol. 3. Boston and New York: Houghton Mifflin Co., 1890, p. 41.

梭罗在日记中甚至担心过这种关系是否能够得以挽回。①梭罗依然对爱默生怀有深切的爱与崇敬，但到1851年时，他已经离开了爱默生的轨道，决心开创自我独立发展的道路。就梭罗与超验主义的关系而言，他起步于超验主义思想，却并不囿于超验主义，尤其是成熟期的梭罗思想与超验主义及爱默生思想有了很大不同，以下面两点为例。

其一，爱默生的“自然”等同于上帝。《论自然》是超验主义运动的宣言，超验主义是美国版的德国唯心主义。这种思想认为客观物体背后存在着一种理念，直觉而非经验是获得知识的重要方式。在爱默生看来，自然是精神的象征。自然是抽象的概念，是上帝的化身。他提出“超灵”(over-soul)这一概念用来取代基督教的上帝，“超灵”集美、爱、智慧、美德于一身，体现于自然身上。“超灵”也渗透至人的全身，包容着人，人因而具有神性，能够与上帝合而为一：“在灵魂那里没有栅栏，没有墙壁，在灵魂那里，人这个果停止了，上帝这个因开始了。墙被拆除了，我们躺着，身体的一侧向着灵性的大海，向着上帝的属性。”②《论自然》明确提出，人是“上帝的一部分”(part or particle of God)：“站在空地上，我的头颅沐浴在清爽宜人的空气中，飘飘若仙，升向无垠的天空——而所有卑微的私心杂念都荡然无存了。此刻的我变成了一只透明的眼球。我不复存在，却又洞悉一切。世上的生命潮流围绕着我穿越而过，我成了上帝的一部分。”③梭罗却宣称“人是自然的一部分(part and parcel of Nature)”。从“上帝的一部分”到“自然的一部分”，后期的梭罗思想与爱默生已经大相径庭。

其二，两人对于荒野和野性的态度亦不相同。爱默生在《年轻的美国人》(“The Young American”)一文中，为美国人勾画了一幅美好的蓝图——花园式的国家。他认为花园等同于乐园：“装点美丽的花园会使最不起眼的国家变得光彩照人。无论花园是高是低，也不管它是华丽还是简朴，只要有了它，你便拥有一个合乎人意的温暖之家……等到全国都变成一座花园，人民在天堂般的环境里栖息生长，那该多么好啊。”④尽管爱默生也认同荒野给人的启示和精神提升，但他的荒野观与早期拓殖者一样，认为荒野是文明征服的对象，依然要为花园让路。梭罗则有着荒野保护的

---

① *The Writings of Henry D. Thoreau: Journal, 3: 1848-1951*. Edited by Robert Sattelmeyer, Mark R. Patterson, and William Rossi. Princeton: Princeton University Press, 1991, p. 193.

② [美]爱默生:《论超灵》,《爱默生集:论文与讲演录》(上),第427页。

③ [美]爱默生:《论自然》,《爱默生集:论文与讲演录》(上),第10页。

④ [美]爱默生:《年轻的美国人》,《爱默生集:论文与讲演录》(上),第233、234页。

前瞻意识。爱默生对梭罗的荒野兴趣并不认同，认为这是在浪费他的才华。爱默生对梭罗在缅因荒野中的“隐士”生活深感失望，在日记中写道：“我亲爱的亨利，青蛙生来是生活在沼泽中，人却不是。”（*JMNE* 14：203）在梭罗去世后的悼词中，爱默生遗憾梭罗“缺少壮志，他不为整个美国设计一切，却做了一个采浆果远足队的首领”①。

尽管在爱默生看来，梭罗后来偏离了自己为他设定的发展轨道，但就人与自然关系这个问题而言，爱默生的影响是不容忽视的。超验主义塑造并维持着梭罗青年时期的理想。超验主义是对18世纪既定的哲学理念的反叛，给人的生命的可能性指引新的方向，给个人新的力量和新的行动舞台。超验主义是梭罗人与自然观的起点。

一、以超验主义为起点

梭罗对于自然的感情有些不同寻常，因为令他感兴趣的是野性自然而非田园自然。他在1841年12月15日的日记中写道：“我的个性似乎是狂野的，我如此渴望一切具有野性的事物。”（*Journal* 1：296）尽管梭罗生来对自然感兴趣，性情上更容易受到自然野性一面的吸引，但他有关自然的严肃思考却开始于爱默生《论自然》发表之后。

爱默生在《论自然》中阐述了超验主义运动的使命。他呼吁丢掉“过去的枯骨”，美国人应该脱离欧洲传统，凭借在美国这个全新环境中的第一手经验，来建立新的、独立的美国文明。在爱默生看来，最为根本的是建立一种人与宇宙的新型关系，这是超验主义的本质需要。超验主义以前的启蒙时代的宗教日渐自由化、理性化，基督教的信仰受到撼动，信仰的基础需要重新配方，人与自然、上帝的关系有待重新定义。

《论自然》一开始便哀叹人与自然缺少直接联系：“我们为什么不该与宇宙建立原初联系呢?”爱默生哀叹人们习惯接受过去的知识和传统，而不是直接体验上帝和自然。他断言，所有关于宇宙秩序的问题——关于上帝、人和自然之间的关系——都可以通过个人的生活经验及其周围的世界来回答。每个人都是造物的表现，因此都掌握着解开宇宙奥秘的钥匙。受欧洲浪漫主义影响，宇宙不再被看作由“伟大的钟表匠”启动的一台机器装置，而是一个可以演进的、生机勃勃的、不断生长的有机体。“有机宇宙”的思想革新了人们的宗教体验方式、对事物的感知方式以及知识获取的方式——这一切都可以依靠直觉。直觉是人的创造力，是自由的保证，

① [美]爱默生：《梭罗》，《张爱玲作品集：爱默生选集》，张爱玲译，广州：花城出版社，1997年版，第228页。

是通往宇宙大门的钥匙。

爱默生呼吁人恢复与自然、上帝之间原初也即最直接的联系，而人与自然、上帝之间的终极联系统一于“超灵”。“超灵”是存在于人和自然界每一个体中的神性精神或心灵，它无处不在、无所不知、至高无上。自然界和人类每一个体都是这种神性的反映，并可与宇宙相连。在爱默生看来，上帝不再是基督教中的人格神，而是等同于抽象意义的自然，具体的自然又是上帝精神的体现，换言之，自然既是上帝的一种表达，又是理解上帝的一种手段。在爱默生看来，自然是意义和价值所在。爱默生思想的主旨是通过回归自然，与自然直接接触，与上帝对话，实现人与宇宙的合二为一。他强调的不仅仅是对自然的感知，而是一种人与自然最直接的关系，一种充满生机与活力的相互关系。对自然的感受是独特的个体体验，每个人都必须建立起自己“与宇宙的原初联系”。

爱默生在美国超验主义语境下提出的“与宇宙的原初联系”，本质上来说是古希腊时期苏格拉底“认识你自己”（know thyself）哲学传统的延续。所谓“认识你自己”，实则是对“我是谁，我在哪里”，或者说“我在宇宙中处于何种位置”问题的回答。爱默生认为宇宙包括自然和心灵。在他看来，本体论意义上的自然（Nature）指“非我”（NOT ME）的事物——包括自然与艺术，所有的他人和我自己的身体；普通意义的自然（nature）则指人类未曾改变的事物本质，即自然界及自然物。[①]据此界定，宇宙包括自然与心灵，亦可理解为宇宙包括物质与精神。物质包括身体、他人和自然，这些也就是“非我”。自然与艺术都属于物质。何谓自然？爱默生认为，“自然就是那些未被人类改变的本质事物”。艺术则为人类的意志与这些未被改变的本质事物的混合。根据爱默生的定义，个人可以被视为存在于“非我”部分的我自己“身体”中的一种“精神”。在《论自然》“精神”一章，爱默生又将身体比作居所：“当我们堕落时，我们与我们居所（身体）的对比更为明显。”[②]梭罗也说过自己记得年轻时“居住在自己的身体中，那种满足感难以言传”（*Journal* 2：307）。对梭罗和爱默生而言，“人为精神、身体为家”不仅仅是种隐喻，而且涉及对人的哲学追问：我们是谁（精神）、身处何方（身体）？超验主义对这个问题的解答

---

① [美]爱默生：《论自然》，《爱默生集：论文与讲演录》（上），第 1 页。

② [美]爱默生：《论自然》，《爱默生集：论文与讲演录》（上），第 50 页。笔者根据英文原文对译文做了改动。爱默生原文为：As we degenerate，the contrast between us and our house is more evident。根据上下文，笔者认为此处 house 意为“居所”，喻指“身体”，与“精神”相对，并非指汉译本中的“家庭”。英文参见 Ralph Waldo Emerson. *Nature*. Boston：James Munroe，1836，p. 8。

就是我们作为“精神”通过物质（“非我”，包括身体、自然）这种媒介与宇宙产生联系，如此一来，爱默生《论自然》引言中的那句“人与宇宙的原初联系”就可以理解为：我们作为“精神”如何通过身体与自然中未被人类改变的那部分本质性的事物建立原初联系。而当人与宇宙、与自然建立原初联系时，也就理解了“我是谁，我在宇宙中的位置”。也正是基于这样的认识，爱默生提出“认识你自己”与“研究大自然”是一致的。①

一个人对自我的认识往往是在与“非我”的关系中实现的。只有明确“我”与“非我”的关系，才能更好地认识自己。“关系”或“联系”是梭罗思考的关键词。据笔者统计，梭罗的日记中“relation”一词出现了164次。在瓦尔登湖畔小木屋与动物为邻时，梭罗提出这样一个问题：“为什么恰好我们看到的这一切事物构成了世界?”（*Walden*，146）1852年4月，看到春天再次来临，梭罗再次追问：“为何是这些声音和景象与我们的生活相伴？为何每年我会听到黑鸟的叫声，会闻到臭鼬的味道？我喜欢探究自己和这些事物的神秘联系（I fain explore the mysterious relation between myself and these things）。”（*Journal* 3：438）梭罗终其一生都在追寻这一问题的答案，这是他荒野思想的起点。

对于梭罗而言，超验主义不仅回答了如何“认识你自己”的问题，还提供了一种“人应该如何度过一生”的选择。超验主义究其根本是一种对人与自然关系的思考方式。爱默生提出自然与人之间存在相互对应关系。在《美国学者》中，爱默生说：“大自然是人类心灵的对应物，它从各个方面印证自然的问题。一个是印鉴，另一个是印记。自然之美正是人类心灵之美。自然法则也就是人类心灵的法则。因此自然成为人度量自己成就的尺子。他对自然仍有多少无知，他对自身也就有多少无知。总之，古代那条箴言，‘认识你自己’，与现代这条格言‘研究大自然’，终于合并为一了。”②超验主义的核心可以理解为较高的真实的“精神”领域与较低的“物质”领域存在一种对应。梭罗也认为人在宇宙间需要遵循一定的法则：“大地法则属于脚，或者说低等人，天的法则属于头，或者说上等人，后者是前者的升华和扩大，就算地球半径从地心继续朝太空偏离也不会改变。按照合适的比例遵循大地法则和天的法则，这样的人是幸福的，他们身上的每一器官，从脚掌到头顶，都遵循着其所在层次的法则；他们不俯首，也不踮脚，而是过着平衡的生活，为自然和上帝所接受。”③这就是梭

---

① ［美］爱默生：《美国学者》，《爱默生集：论文与讲演录》（上），第66页。

② ［美］爱默生：《美国学者》，《爱默生集：论文与讲演录》（上），第66页。

③ ［美］亨利·戴维·梭罗：《寻找精神家园》（英汉对照），第27页。

罗理想的人生：立足于自然，精神上却追求高尚的生活。可见，对处于人生起步阶段的梭罗来说，超验主义是对“人该如何生活”这个哲学性追问的回答：不是转向上帝、社会或国家，而是相信自然。因为自然的法则与人性法则是相同的，“人类可以以自然为基础，构建美好而合理的生活”①。

总而言之，无论是“认识你自己”，还是“人该如何生活”，超验主义都为年轻的梭罗指明了一条通往“自然”之路。爱默生提出“认识你自己”与“研究大自然”合并为一，充分肯定了人与自然的密切关系。研究自然是认识自我的途径；反过来，认识自我也是了解自然的前提。这一过程中，作为认识主体的自我尤为重要。在 1841 年 8 月 24 日的日记中，梭罗写道：“让我们想去哪漫步就去哪吧，宇宙是围绕着我们建立起来的，我们仍然是中心。因此，如果我们去看天空，天空是凹的，如果我们把海湾看作无底洞，它也会是凹的。天空在地平线上向下弯曲到大地，是因为我站在平原上。”（*Journal* 1：274）这意味着，与自然打交道只能依赖自己的第一手经验，正是这种观念开启了梭罗与荒野的密切接触与交流。

二、真理寓于荒野：人与宇宙的原初联系

超验主义呼吁建立个体和宇宙之间的原初联系，但同样重要的是个人能够理解如何建立这种联系。爱默生认为，无论是传统信仰体系的教条，还是形式推理，都不能真正洞察“超灵”所表达的真理，要认识人与宇宙的关系，并非通过理性思维和实验，而是依靠直觉。弗朗西斯·鲍恩（Francis Bowen）对超验主义所重视的直觉有着深刻的认识：感受而来的真理要比论证而来的真理更令人满意，更为确定。以前的观察者只是寻找自然事实，而超验主义者依靠直觉，却可以瞬间发现隐含的意义、精神和永恒的真理。②

梭罗重视与自然的密切接触，他也认为在此过程中所获得的真理同样重要：研究自然也是为了获得真理。他既注重科学观察，也强调超验主义式的直觉。在 19 世纪这样一个科学当道的时代，自然沦为人类的研究对象和可以利用的资源，野性自然被驯化为服务于人类的工具。梭罗在《散步》中则宣称：“我信仰森林、草甸和玉米生长的夜晚。”（“Walking,” 572）梭罗曾反复强调“玉米生长的夜晚”。1840 年 2 月 26 日，梭罗在日记中写道：“正如生命的诞生是在寂静中发生……玉米在夜间生长。”

---

① ［美］罗伯特·D. 理查德森：《梭罗传：瓦尔登湖畔的心灵人生》，第 24—25 页。

② See Leslie Perrin Wilson. *Thoreau, Emerson and Transcendentalism*. Foster City, CA: IDG Books Worldwide, Inc., 2000, p. 7.

(*Journal* 1：124) 梭罗1841年1月23日的一条日记将这句话做了变动："我们像玉米一样在夜晚适宜的潮湿和寂静中生长。"(*Journal* 1：174) 在《瓦尔登湖》中，梭罗再次谈到他喜欢的夜间的玉米："在那些季节中，我像玉米一样在夜里生长。"(*Walden*，111) 如果说森林、草甸代表荒野和野性，"玉米生长的夜晚"则代表看不见的、神秘的力量，这可以是一种直觉，一种科学和理性分析之外的感知能力。真理的获得往往就在于此。

梭罗非常注重当下(now and here)。他认为，真理的获得只在当下的时刻。真理不在空间或时间之外，而是包孕于我们周围的现实世界：

> 人们认为真理在远方，在系统的外围，在最遥远的星星后面，在亚当之前或是在最后一个世人之后，人们重视这样的真理。的确，永恒中存在着某种真实与崇高。但是所有这些时间、地点和场合就在当下(now and here)。上帝自己就现于当下这一刻(God himself culminates in the present moment)，所有时代最终逝去，不会比这一刻更神圣了。我们只有不断给自己灌输并浸染在周围的现实中，才能理解什么是宏伟与崇高。(*Walden*，63)

简而言之，梭罗认为，真理就存在于现实中。所谓现实，就是如同"坚硬的地面和岩石"那般真实的世界。(*Walden*，64) 自然界就属于现实世界。自然界中的事实，是达到更高、更神秘的真理的手段。只有通过与荒野的直接接触，才能理解宏伟与崇高。发现真理的时刻就在人与荒野心神交汇的当下时刻。

梭罗在瓦尔登湖勘测湖水和周围树林，曾担心干巴巴的知识会影响到他的想象力和幻想能力，担心自己不会像以前那么容易看到野性。幸好在缅因森林中，还存在真正的荒野。1846年8月31日，梭罗离开瓦尔登湖畔的林中小屋，陪同一位想去在缅因州班戈市做木材生意的亲戚去往缅因森林。梭罗此行主要是攀爬卡塔丁山，部分原因在于受到爱默生早前一篇演讲的鼓舞。1841年，当时还住在爱默生家的梭罗就听过爱默生的《自然的方式》("The Method of Nature")，在这篇演讲中爱默生鼓励听众去卡塔丁山："难道我们不应该丢开同伴，把他们像贼和酒友一样丢掉，自己去往卡塔丁山某处荒凉的悬崖边，到穆思海德湖的某个人迹罕至的幽静处，去凭吊我们的天真，并恢复它，随之也恢复那种与人分享一种更加神圣思想的沟通能力吗?”①梭罗认为，没有纯粹的客观观察，为了有趣也为有意义起见，作者的观察必须主观，无论作者为何人，来自何阶层，他写作的要义就是人类的某些体验。缅因荒野之行亦关乎人类与外部环境的关系。《缅因森林》记述了梭罗 1846 年、1853 年、1857 年的三次旅行，其中《卡塔丁山》（“Ktaadn”）是与荒野接触最浓墨重彩的一笔。卡塔丁山的英语名称为 Katahdin，梭罗坚持使用其印第安语 Ktaadn，意为“最高的地带”。卡塔丁山高 1606 米（5268 英尺），是缅因州最高、最险峻的山。那里的自然不同于他此前所接触过的任何自然。登此山者寥寥。即使是身居偏远山林的人们或者猎人，也鲜有人攀登过此山。印第安人认为这是座圣山，不敢攀爬以免亵渎。在这里他第一次遭遇了真正的荒野，那里严酷，无人涉足:“活着的、倒下的和腐烂的树形成错综复杂的迷宫（labyrinth），只有鹿、驼鹿、熊和狼在其中自如穿行。”② 卡塔丁山的情况更是与他所接触的所有自然都不一样，那里广袤、巨大、无人居住，“山顶是地球未造完的部分，爬上那地方去刺探神的秘密，考验他们对我们人类的影响，这是有点侮辱神明。也许只是胆大妄为、傲慢无礼之徒才会去那里。那些淳朴的种族，如野蛮人，是不会去的——山顶对他们来说是永不涉足的神圣之地、神秘之所”（*MW*，58）。山属于荒古，不被人类驯服，似乎永远也不会被驯服。这里自然不是大地母亲，而是物质：

> 在这里人类甚至没有在其表面留下伤痕，但这正是上帝创造世界的样板。与亲自观察这个星球的表面、实地观察某种坚硬物质相比，去博物馆看某些收藏品，看得再多又算得了什么呢？我站在那里，对自己的身体怀着敬畏，我所依附的这块物质（matter）对我来说显得陌生。我不畏惧神灵、鬼怪，因为我自己就是其中之一。——我的身体可能会怕吧，——但是我害怕身体，见到身体我会禁不住发抖。占据我的这个巨大的身体究竟是什么？神秘之谈！——想想我们在大自然中的生活——每一天都会见到物质，都会和物质接触，——岩石，树木，还有吹过面颊的风！坚实的地球！真实的世界！常识！接触！接触！我们是谁？我们又身在何处？（*MW*，64）

① [美]爱默生:《自然的方式》,《爱默生集:论文与讲演录》(上),第 144 页。笔者对翻译略做改动。

② Henry David Thoreau. *The Maine Woods* (a fully annotated edition). Edited by Jeffrey S. Cramer. New Haven and London: Yale University Press, 2009, p. 8. 本书引用《缅因森林》除非另有说明,所有引文均出自此。以下行文在正文中简称 *MW*, 所引页码置于其后,不再另做脚注说明。

关于这段有关“接触”（contact）的篇章，历来评论者争论不休。不少论者认为，这段文字表明，梭罗面对荒野产生恐惧以致无法控制自己的语句。笔者认为，这是梭罗用功较深的一段。卡塔丁山使梭罗产生诸多思考，其中最重要的是关于人与宇宙关系的思考。值得注意的是，《卡塔丁山》最初是梭罗1848年在康科德学园的演讲稿。此前几次演讲失败的经历告诉梭罗，纯粹哲学性的话题可能并不讨巧，描述探险的经历也许更能赢得听众。后来梭罗将此稿投至贺拉斯·格雷利（Horace Greeley）的《纽约论坛报》[①]，格雷利认为文章很好，适合更大的读者群，遂推荐其在《文学艺术联合杂志》上连载发表。这是梭罗第一次尝试游记写作，反响不错。如前文所言，超验主义者们包括富勒、爱默生、梭罗在内，采用这种适合大众的游记的载体，表达自己对所关注问题的思考。因而，梭罗这段话表面看起来语无伦次，实则深有意味。梭罗在荒野书写中极力渲染山的蛮荒带给人的敬畏乃至恐惧，是对美学概念“崇高”的运用。他真正要向读者传达的不是荒野中的恐惧，而是由荒野激发的人与宇宙关系的思考。

从梭罗书信中可以发现相互参照的证据。11年后，即1857年，梭罗在写给朋友布莱克的信中又一次提到了登山的感受。那时，布莱克刚刚翻越了新罕布什尔的华盛顿山。他写道：“我们回家后才会真正回味那座山，山说了些什么，山做了些什么？”他清楚地记得卡塔丁山的经历，在接下来的段落里，他继续写道：

> 我想当我站在山顶时，同许多人走进教堂时一样，怀着同样的敬畏。看看那是怎样的大地，在这大地上某处你或许有自己的房子和花园，那感悟仿佛就是时光流逝多年后的蓦然回首。你必须爬到山顶，才能弄清你和物质的关系以及你和你自己身体的关系。因为那里是你身体的家。虽然不是你的家，你的身体可能是在那里生成，从那里返回尘土，不用绕远路从你的花园归入尘土；但如果你的灵魂继续存活，必然会离开，还会带上你的身体。你的花园同样惊人，同样辉煌。看我如何玩自己的手指！它们是我发现的最有趣的伙伴。这些手指从何处来？我对手指的控制多么奇怪！我是谁？它们是什么？——那些小山峰——叫它们麦迪逊、杰斐逊、拉法耶特。这个物质是什么？我的十根手指，我说。啊，不久它们可能就会构成华盛顿山亮晶晶的最顶层。我爬上山顶去看我身体的表亲。那里有我感兴趣的一些

① 《纽约论坛报》(*The New York Tribune*)，为美国的一家报纸，1841年创刊。

手指、脚趾、肠子等，因此我对它们所有的关系都感兴趣。①

超验主义认为宇宙是一个包括人、自然、物质和精神的整体，人应该明确自己在宇宙中的位置以及人与自然、人与宇宙的关系，但由于人们对世界的看法是支离破碎的，因此无法感知人在其中的适当位置。亲近自然则有助于获得一种对于整体的洞察力。梭罗在卡塔丁山与荒野的接触促使他意识到“自己是谁，身在何处”。人往往在迷失方向、与外界失去联系时，更能发现自己，认识自己与宇宙的无限联系。“自己”是一种寓居于“身体”中的“精神”，尽管身体安家于现实物质世界中，精神却超脱物质世界，与宇宙发生关联。人作为“精神”通过“身体”这一媒介与宇宙取得了联系。梭罗所关注的人类存在的奇迹在于，人作为灵性的存在与物质世界存在联系，他的身体是这些联系或关系的所在地，是精神与物质接触的媒介。因为宇宙是无限的，这些联系的程度同样是无限的。这种体验便是超验主义式的灵悟。登临山顶，如同对自然的朝圣，在那一瞬间梭罗产生了灵悟，获得了精神与宇宙、身体与自然合而为一的体验。正如梭罗所言：“当人完全领悟真理时，会有一种神圣的狂喜，一种无法形容的狂喜之情。”②这种状态，就是获得真理之际产生的一种狂喜。梭罗强调了这种真理的获得不是靠理性和知识，因为“在那种巨大与广袤面前，人缺少实质性的思想和正确的理解力，仅有的一丝理智不清晰、不严谨，甚至比空气还单薄、微弱”③。梭罗在卡塔丁山上找到了他的真理：深邃、狂野，难以用语言描述。对于“身体”而言，他清楚它同岩石、树木和清风一样，是坚实的地球表面的某种物质。反过来，所有物质在某种程度上都是人类的亲属，和人一样要遵循同样的宇宙法则。

同为超验主义者，梭罗和爱默生求得真理的路径却并不同。爱默生沉迷于“精神”世界，倾向于从真理出发，继而寻求事实的意义。梭罗却沉醉于现实世界尤其是荒野，倾向于从具体事实出发，进而从事实中获得真理。两人在寻求人与宇宙的原初联系时都有过神秘的超验体验，但爱默生《论自然》中那段著名的“透明的眼球”经历发生在他穿过波士顿公园时，而梭罗类似的“接触”体验，是在缅因荒野中一座野山的半坡上。

在科德角，梭罗遭遇了比卡塔丁山更为冷酷、无情的自然，并且要直面死亡。1849 年在去往科德角旅行的途中，梭罗目睹了一场海难。面对众

---

① ［美］亨利·戴维·梭罗：《寻找精神家园》(英汉对照)，第 229 页。
② ［美］亨利·戴维·梭罗：《寻找精神家园》(英汉对照)，第 87 页。
③ ［美］亨利·戴维·梭罗：《寻找精神家园》(英汉对照)，第 87 页。

多遇难者尸体和沉船残骸，梭罗感受到自然法则的力量。在海洋这种凶险的环境下，死亡成为常态而不是“人类共同体中的例外情况”。遇难人数之多令梭罗冷静甚至麻木：“如果我在海滩某个僻静的地方发现一具被海浪冲上来的尸体，感情上的震动会比这更强烈。”梭罗从这一事件中看到了事物的真相：“如果这是自然的法则，又何苦在惊叹和怜悯中虚度时光？”[①]海洋与森林更不容易被征服，它们完全是野性的，无边无际，深不可测：“‘无益的海洋’是多么浩瀚……越远，海水越暗越深，深到我们不敢去想，而且似乎无岸无底，与友善的土地无丝毫关系。”人在茫茫大海上“无所支撑，无所依靠，无所攀附”[②]，只能听命于自然。这使得他再一次思考人在大自然中的位置、与宇宙的关系。大自然拥有最狂野的一面、对人类生命漠视甚至充满敌意的一面。人类不得不遵从自然法则，接受自然的主宰，自然是人类生命最终的归宿。与卡塔丁山的荒野经历一样，梭罗再次认为精神与身体可以相分：“我看见了他们漂到陆地上的空虚的肉体，与此同时，他们自身却被抛到了西方某一更加遥远的彼岸……他狂热地吻着海岸，而原来的躯壳却在此处的激浪中颠簸。和躯体分离是艰难的，然而，毫无疑问，一旦分离了，没有它倒也轻松自在……最强劲的风也无法动摇灵魂；风只是灵魂的喘息。”[③]灵魂离开了身体，去往一个更新的世界，他们的躯体却留下来参与自然的轮回，滋养蚯蚓或鱼虾。大自然以一种并不温和的方式向梭罗诠释了爱默生的那句话——“大自然是绵延不绝，无可解释的上帝之网，既无起点，亦无终点，却带着循环的力量，不断返向它自身”[④]，而人以这种方式回归自然，成为“自然的一部分”。

同样的思想早在《康科德和梅里马克河上一周》中显现。在这部书中，生命、死亡和再生以不同的背景呈现。1842 年，梭罗的哥哥、旅伴和朋友约翰·梭罗死于破伤风。梭罗悲痛不已，难以释怀，他需要为自己接受死亡找到哲学依据，因而《康科德和梅里马克河上一周》最直接的写作动机是书写一部寄托哀思的挽歌。梭罗说服自己接受死亡，是因为他认识到死亡是大自然的法则。梭罗在“周六篇”中探讨了鱼类生死：鱼作为个体，生命是短暂的；作为物种，则是持久的。“周三篇”的印第安人墓令梭罗想到印第安人腐烂的躯体为后来人的食物的生长提供了丰富的土壤。生命体如动植物、人都会衰败、死亡，但死亡并非结束，而是自然和

---

① [美]梭罗:《科德角》,《梭罗集》(下),第 955 页。

② [美]梭罗:《科德角》,《梭罗集》(下),第 1037 页。

③ [美]梭罗:《科德角》,《梭罗集》(下),第 956 页。

④ [美]爱默生:《美国学者》,《爱默生集:论文与讲演录》(上),第 65 页。

宇宙中的一个过程。死亡使得肉体被重新吸收至泥土和大自然中，人类灵魂作为“精神”则汇入宇宙的无限。

可以说，超验主义对“我”与“非我”、“精神”与“身体”或“物质”关系的见解，一方面让梭罗意识到，自然万物在某种程度上都是人类的亲属，和人一样要遵循同样的法则；另一方面，它也帮助梭罗接纳了“死亡”这一自然法则，人最终会以某种方式回归自然，因而是宇宙、自然的一部分。但梭罗对自然法则的认识，已经超越了爱默生超验主义的唯心主义认识。这种超越得益于他对荒野的密切接触。

第二节　觅孤独于荒野：人是自然的一部分

梭罗一生思考的课题有人与自然、个体与社会、荒野与文明等，他对人与宇宙原初联系的认识是通过对荒野的接触与研究获得的。“个体与社会”在超验主义者那里变成“孤独与社会”。同样是在荒野，在荒野的孤独体验中，梭罗意识到人与自然的关系。

梭罗在瓦尔登湖畔的林中生活及真正的荒野体验最需直面的便是solitude。该词可译为“孤独，独处，荒僻地（荒野）”，这几个意思在梭罗笔下均有涉及。《瓦尔登湖》专门有一章论solitude，梭罗的荒野实践中亦有关于荒野孤独的思考。1964年《荒野法案》将荒野定义为“提供绝佳孤独体验之处”（a place offering outstanding opportunities for solitude）。当代荒野保护将荒野与孤独相连，“孤独”成为界定荒野的特征之一，以致产生一个新的术语——荒野孤独（wilderness solitude）。梭罗以行动与思考阐明，这种“荒野孤独”并非指一种空间意义上的隔绝，而是涉及一种灵魂状态。在这种灵魂状态中梭罗感知到自己与万物的关系，并呼吁将人视为自然的一部分。

一、荒野与孤独

“solitude”一词兼有“荒野”和“孤独”之意。荒野与孤独之间存在一种内在关联。英国塞缪尔·约翰逊（Samuel Johnson）的《英语词典》（*Dictionary of the English Language*，1755）将wilderness定义为“一片孤独与蛮荒之地”（a tract of solitude and savageness）。美国词典编撰家诺亚·韦伯斯特（Noah Webster）的《美语词典》（*American Dictionary of the*

English Language，1828）也涵盖了相同的一条定义。[①]从词源来看，solitude的词根为solus-，后缀为-tudo。solus为形容词，由sol-和-us两部分组成。sol为名词，为太阳sun的拉丁语，代表太阳及其赋予万物生机的能动力，又因古罗马文化中太阳被视为宇宙中神圣的唯一，该词又具有“单独，唯一”（alone）之意。当拉丁语经由法语进入中古英语时，sol-又变成了soul-，增加了“灵魂”之义。因此，sol-除了表示“在宇宙中激活太阳系”之外，也指“灵魂的勃发状态”。-tude通常出现在抽象名词后，指一种抽象的思维过程。当sol-与后缀-tude或-tudo结合时，就指向一种“灵魂状态”，同时亦指“太阳的能动力”。简而言之，solitude一词源自拉丁语和法语，后经由翻译产生两种意义：solus（alone）和soul-mood。在第一个词义中，solitude指的是“远离他人和文明的独处和孤寂”。在此语境下的solus有“退避，退隐，离群索居”之义。这层意思进一步引申为“逃离文明”。solitude还可更进一步引申为“没有人类栖居或未经人类改良、无用的废弃之地”，在此层面上solitude等同于“荒野”（wilderness），与“文明”相对。因此，solitude不仅是抽象的概念，还是具体的空间，意为“荒野，孤寂的、荒凉的、无人居住之地”等。第二个词义中solitude是一种灵魂状态（soul-mood），可译为“孤独”。有关灵魂状态的孤独常与宗教体验相关，是通过冥想而实现的一种超验的状态。[②]

由此可见，solitude的内涵包含外部的荒野与内在的自我，二者相互对应：个体只有进入荒野才能发现灵魂上的自我。哲学家们通常将孤独作为宗教体验的一个界定特征，美国当代哲学家威廉·詹姆斯（William James）将灵魂状态视为宗教的基础，他将宗教定义为“个人在独处时的感觉、行为和体验，当他们认为自己与任何具有神性的事物有关时，就有了宗教”[③]。阿尔弗雷德·诺思·怀特海（Alfred North Whitehead）有句名言：“宗教是个人应付自己的孤独而进行的活动。”[④]灵魂层面的孤独既是荒野的一种特性，又是宗教体验。

---

① *Samuel Johnson's Dictionary*.“wilderness.” https://johnsonsdictionaryonline.com/views/search.php? term=wilderness. 关于韦氏《美语词典》中对约翰逊词典中wilderness的引用，参见Jonah Raskin. *A Terrible Beauty: The Wilderness in American Literature*. Berkeley: Regent Press, 2014, p. 114.

② See Jay Hansford C. Vest. *Will-of-the-Land: A Philosophy of Wilderness Praxis and Environmental Ethics*. Saarbrücken: VDM Verlag Dr. Müller, 2010, p. 212.

③ William James. *The Varieties of Religious Experience*. New York: Penguin Books, 1982, p. 31.

④ Alfred North Whitehead. *Religion in the Making*. New York: Macmillan, 1957, p. 16.

如果将孤独置于思想史框架下考察，其根源为浪漫主义和超验主义运动中的哲学因素，究其本源，可进一步上溯至古典时代。从古希腊、古罗马时代、早期基督教时代、中世纪到欧洲浪漫主义和美国超验主义时期，孤独一直是探索两种力量之间张力的重要主题：理想的国家及个人为大众利益所承担的责任与个体隐秘的内在世界之间的矛盾。对于古希腊人来说，社会凝聚力与社会归属极为重要，孤独是最为凶险的不幸，森林、沙漠、海洋、孤岛是古希腊文学中危险而不祥之地。古罗马时代以及早期基督徒及中世纪的作家们也延续了对孤独的排斥与厌恶，但有一小部分人将孤独视为通向宗教神秘体验的途径。有论者认为，古典时代最早提及孤独的是《斐多篇》(*Phaedo*)。柏拉图在该篇中介绍了一批隐士，认为获得真正智慧的途径是自我否定、摒弃身体的感官快乐。哲学家要获得纯粹的知识，就必须摆脱肉体，单用灵魂来观照对象本身。柏拉图用 anachoresis 来表达独处的状态，意思是“逃离，退隐”，象征着“脱离分散注意力的、琐碎的世俗事务”。独处不是目的，而是为了获得真理。这个层面上的孤独已经含有灵魂状态之意，体现在获得终极意义的狂喜时刻。罗马时代的 anachoresis 有“逃离政治和社会”的意思。普罗提诺则融合了 anachoresis（退隐）和孤独一词。普罗提诺重视孤独，为的是获得一种神秘体验。这样看来，孤独就是一种通向超越之路，一种克服普罗提诺所言的“骚扰人类生存的方式”①。普罗提诺将孤独作为通向美、善与太一的途径，孤独因而承载了宗教意义。

文艺复兴时期意大利诗人彼特拉克（Francesco Petrarch）将孤独引入世俗，孤独不再是实现宗教目的的方式，而是成为目的本身。在他看来，孤独是对自足的个体内在价值的肯定。人的内在世界比社会更为重要。公众和家庭生活的需求与独处存在冲突。尽管彼特拉克也将上帝视为自我实现之路，但他同时主张有另外两种途径：一是通过独处进行自省和修心，一是通过爱与亲情。较之古典时代及 14 世纪的同时代者来说，彼特拉克的思想是惊世骇俗的。正统的观念是，社会是个人自我实现的唯一途径。因此，除去一小部分宗教信徒青睐未被人类文明沾染的荒野，认为荒野孤独有利于修行之外，中世纪的作家们并不接受彼特拉克的观点，认为他是在回避积极的社会生活。

欧洲启蒙时代的卢梭（Jean-Jacques Rousseau），浪漫主义时代的华

① Gene Bammel. “Solitude in Classical Antiquity and Wilderness Solitude.” *Proceedings of the Wilderness Psychology Group: Third Annual Conference*, Morgantown, WV: The Division, 1982, pp. 61-65.

兹华斯、拜伦等都尊崇孤独，他们认为只有在孤独中才能够接近真正的自我，走入灵魂深处。值得注意的是，欧洲自然风景此时大多是田园风光。对于浪漫主义者来说，令他们无可奈何却不得不接受的事实是，表面上的野性自然在很大程度上已经成为人化的自然，自我亦不可避免地呈现出社会化。

在美国，思想者遇到的是广袤的荒野，荒野不仅改变了他们对野性自然的理解，而且也为个体的自立提供了空间。事实上，脱离社会束缚的自由、主动隐逸于荒野一直是美国文学中一个强有力的主题。浪漫主义通过超验主义在北美获得了哲学性的表达。对于超验主义者们来说，荒野是灵魂孤独的同义词。荒野在本质上是形而上的孤独的隐喻，或者是指与人类社会疏离以便体验与自然的深层关系的一种精神状态。尽管有其他重要的原因，保护荒野不受文明染指的斗争，至少在一定程度上可以视为对与巨大社会生活影响相对抗的个体自由、自主权的捍卫。荒野既是不受社会羁绊的孤独的心灵，又是逃离社会重压的空间。因此，荒野不再仅仅代表落后文化、未经改良的土地，而是可以让人在隐逸独处中实现自我的实体空间。这样一来，荒野和孤独这两个概念就有了关联。二者或与社会呈二元对立，或与社会保持独立与疏离。个体与社会的关系就转换为荒野孤独与社会。

在爱默生那里，孤独与他所倡导的自立和直觉有关。爱默生认为美国的本质是摒弃过去，以个体的直觉为基础，建立新的唯心主义。他的《自立》（“Self-Reliance”）[①] 不仅着眼于美国人的自立，而且将个体作为直觉与决心的源泉。爱默生将“自立”定义为过自己的生活，思考自己的思想，而不是去迎合社会的期盼，将自己看作自己的命运主宰，信赖自己、相信自己的判断力，“这些是我们在离群索居（in solitude）时听到的声音，可是一旦我们进入世界，它们就逐渐微弱，乃至杳然无声了”。人应理解自己的本性，聆听心灵的声音，能够主宰自己的生活，而在社会中自立显然是无法实现的。然而，“社会处处都在密谋对抗每个成员的阳刚之气。社会是一家股份公司，成员达成共同协议：为了更有把握地向每个股东提供食品，都必须取消食者的自由和教养。顺从是求之不得的美德，自立则是它深恶痛绝的东西”[②]。

尽管几位超验主义者均强调独处、孤独的重要性，梭罗却通过真正的荒野体验，阐明了孤独、社会、荒野之间的关系，进而在“荒野孤独”中

① 亦可译为《自助》。

② ［美］爱默生：《自助》，《爱默生集：论文与讲演录》（上），第286页。

感知了人与自然的关系。

二、荒野孤独与同情：人是自然的居民

solitude 一词本身兼有“身体意义上的独处，情感意义上的孤独以及空间意义上的荒僻地”多种意思。在梭罗离群索居的生活和荒野实践中，他对孤独、社会、荒野之间的关系进行了思考。《瓦尔登湖》完整题目为《瓦尔登湖：或林中生活》（*Walden*; *or*, *Life in the Woods*）。对于这个副标题“或林中生活”，梭罗是有意为之，某种程度上是迎合读者的审美情趣。正如前文所言，彼时的美国孕育出某种对荒野的欣赏与赞美，在文人乃至大众中都出现了走向荒野的趋势。1849 年，乔·泰勒·海德利（Joel Tyler Headley）以类似题目出版了《阿迪朗达克：或林中生活》（*The Adirondack*; *or*, *Life in the Woods*）。尽管瓦尔登湖与缅因森林、卡塔丁山这些真正的荒野无法相比，但较之康科德的村镇生活，林中生活亦称得上一种荒野体验。正是由于瓦尔登湖畔这样一种经历，多年来梭罗被视为瓦尔登湖畔“消极避世”的“隐士”。那么，梭罗是否因为愤世嫉俗，与社会格格不入、逃离文明才来到瓦尔登湖畔？应该承认，梭罗生性喜欢独处，早在上大学时，他就将许多时间花在独自看书、散步上。然而，梭罗并非性格绝对孤僻、与社会格格不入的人。梭罗在日记中记录了与康科德镇人的多次交谈。他既与思想上平起平坐的朋友爱默生、钱宁、奥尔科特、布莱克等人高谈阔论，也与农夫、猎人和渔人毫不拘束地聊天。爱德华·爱默生（Edward Emerson）在《一个青年朋友记忆中的亨利·梭罗》（*Henry Thoreau as Remembered by a Young Friend*）中提及，梭罗与周围邻居的“言谈举止简单、直接，以至于没有一位质朴的普通人会将他贬低为像他眼中的学者、作家或改革者那样的傻瓜、空想家或需要帮助的人……梭罗喜欢与各色人交谈，假如他们不虚伪、不矫饰的话。尽管他有着较高的道德标准，对自己非常严苛，对那些卑微的家乡人的缺点却很宽容”。镇上的一位曾在梭罗的铅笔厂工作的人告诉爱德华·爱默生，梭罗是自己最好的朋友，“他总是很直接，并且非常和蔼可亲……只要你喜欢，他愿意与你交谈，他所谈论的总是那么新鲜”①。《瓦尔登湖》中梭罗也谈及“一个脑袋很长的农夫踏过雪地的沙沙脚步声，长途跋涉穿过树林，为的是与我闲聊”。在《瓦尔登湖》“访客篇”中梭罗说自己和大多数人一样喜欢交往，“我并不是天生的隐士，如有必要，我可以

---

① See Francis H. Allen, ed. *Men of Concord*. New York: Bonanza Books, 1936, "Introduction," p. 2.

比酒吧里最固定的常客坐得还久”，并说：“我有三张椅子，第一张给孤独，第二张给友谊，第三张给社交。”玛丽·霍斯默·布朗（Mary Hosmer Brown，1859—1929）在《康科德回忆录》（*Memories of Concord*）中回忆了梭罗的瓦尔登湖生活，认为他从来不是为了过隐士的生活，他在那里居住也不是孤独的生活。当他写作时，他不许人打搅；门外放着把椅子，表示可以接受访客。事实上，梭罗自己也承认，在林中那段时间，来访客人比他一生中任何其他阶段接待的客人都多。[①]

因而，梭罗排斥的是被商业、工业文明格式化的平庸的大众，追求的是高质量的交往，希望建立更为高尚的社会。他在瓦尔登湖畔离群索居生活是一种积极主动的选择，是当时美国众多社会改良实验中的一种尝试。1837 年美国爆发了史上首次大规模的经济危机，史称“1837 年大恐慌”（Panic of 1837），激发了美国人对社会变革的渴望，为各种自发的社会改革实验打开了闸口，掀起了社区实验热潮。这种实验往往由个人发起，在社区实验的基础上，寻求渐进的社会改良。超验主义运动本身是一场革命。成立于 1836 年 9 月的“超验俱乐部”（the Transcendental Club）[②]倡导改革自个人始，由个人改革的成功进而实现对众多人的改革。19 世纪 40 年代初，出现了一些乌托邦群体，如布鲁克农场（Brook Farm）和果树园（Fruitlands）。布鲁克林农场创始人为超验俱乐部发起人之一乔治·里普利（George Ripley），主张建立新型公社，促进思想者和劳动者的联合。爱默生、梭罗都曾受到入社邀请。爱默生对于农场的提议尽管动过心，但在他看来，改革应始于个人，进而推及群体，他不想在群体环境中失去重塑自我的动力，最终拒绝了邀请。梭罗曾去参观过布鲁克农场，但对社团模式的改革并不感兴趣，“我宁可独居在地狱里，也不愿住在天堂的集体公寓里”（*Journal* 1：227）。他走了一条不同的道路，坚信只能走自我革新、自我改造、自我重塑的道路，由此开始了两年零两个月零两天的瓦尔登湖畔生活。这也是践行爱默生学说所进行的类似的实验。不同的是，梭罗并非通过创办合作社区来进行社会改良实验，他更看重的是自我改造，更多考虑的是探索个人、自我的角色与义务，以及人与社会、自然界及宇宙的关系。

---

① 参见[美]亨利·戴维·梭罗：《瓦尔登湖》，[美]杰弗里·S. 克莱默注，杜先菊译，上海：华东师范大学出版社，2015 年版，第 300、162、166 页。

② 当时俱乐部成员自称为“赫奇俱乐部（Hedge Club），后期被外人称为“超验俱乐部”。爱默生在提及该俱乐部时，这两个名称都曾用过，有时亦称其为“美学俱乐部”（the Aesthetic Club）。

另一方面，钱宁①提出的“自我教化”或“自我完善”（self-culture）也是促使梭罗进行林中生活的因素之一。1840 年 10 月，《日晷》第二期上发表了赫奇的一篇文章《生活的艺术：学者的使命》，对钱宁提出的“自我教化”进行了阐发，认为“生活的任务以及学者的使命，是自我教化——我们本性的完美的展开”。在文章的高潮部分，作者指出实现自我教化的唯一适合的环境就是孤独：“自我完善之要务在于放弃当前名利社会，避开公众的目光，进入多少有些严酷的隐居状态。世界太拥挤了……所有人类最好的成就都来自退隐时。那些有任何崇高、丰富思想的人，或者为自己谋划出伟大的作品和生活的人，是靠孤独时的沉思指引的。”赫奇列举了牛顿、马丁·路德等人来说明孤独对于创造性思想的益处。他认为，人们首先要了解自己，而要了解自己是需要在孤独沉思中实现的：“我们与真理之间不存在陌生的形式。任何虚荣心都无法用错误的表现和目标来欺骗我们。那层薄膜从我们眼睛脱落。我们凝视时视觉明亮，我们沉思时火燃起来。任何想要完善自己的人或希图用伟大的事业或典范祝福这个世界的人，都必须于离群索居、宗教性的生活中度过年轻时光，以隐避一切目光、言语、思想和伤害。”②

钱宁和赫奇的这一思想代表着超验主义的时代精神。当时经常阅读《日晷》并多次投稿的梭罗一定不会错过这篇演讲。除去需要独处和空间来完成《康科德和梅里马克河上一周》这个最为直接的动机之外，钱宁倡导的“自我教化”对梭罗做出林中离群索居的决定所产生的影响也是不可否认的。孤独和自我教化不可分离。1857 年 2 月 8 日，梭罗在日记中写道：“你认为我远离人群是在让自己步入贫穷，但是在离群索居中，我为自己织了张丝网，或说我结成一个茧，不久就会破茧而出，羽化成蝶，蜕变成一种更完美的生命，适合更高尚的社会。”（*Journal* 9：246）

梭罗的性格和写作常流露出很强的自省意识。这种内省的心态正是超验主义的基本特征之一。爱默生在多处谈到了这一点。在《超验主义者》中，爱默生写道：“我们时代的一个显著标记是：有众多的聪明人与教徒退出了普通劳动生涯，放弃了在市场和政治会议上的竞争，转而投身于一种孤独而富有批判性的生活方式。”③ 1827 年，爱默生在题为《当今时代

① 超验主义时期有两个钱宁，为叔侄关系，两人名字都为 William Ellery Channing，老钱宁(1780—1842)为唯一神论神学家，小钱宁(1817—1901)为诗人，梭罗朋友、散步伙伴。提出“自我教化”的为老钱宁。

② Fredric Henry Hedge. “The Art of Life—The Scholar's Calling.” *The Dial*. Vol.1, No. 2 (October 1840)：175-182.

③ [美]爱默生：《超验主义者》，《爱默生集：论文与讲演录》(上)，第 215 页。

的特性》（"Peculiarities of the Present Age"）中的一条日记中谈道："据说这是第一人称单数的时代……超验主义、形而上学和伦理学都向内看。"（*JMNE* 8：70）梭罗则在《瓦尔登湖》中为爱默生补上了一笔，文学艺术也同样具有向内看的特征："在很多著作中，'我'或者说第一人称是省略掉了的。在本书中它将保留下来。这种自我中心是主要区别。我们通常忘记，我们发言时毕竟总是第一人称。如果我对任何一个别人都这样了解，我就不会这么大谈自己了。"（*Walden*，1）孤独是一种面向灵魂、自我发现的途径。1840 年 4 月 8 日，梭罗在日记中写道："我该如何自助？退避到阁楼，与蜘蛛和老鼠打交道，决心或早或晚直面自己。"（*Journal* 1：132）在这里，自助意味着自我发现、认识自我。

因此，无论是爱默生、赫奇还是尚未进入林中生活的梭罗，抽象意义上的孤独对他们来说是有吸引力的。然而，当孤独成为一种个体化的具体体验时，社会与孤独之间的矛盾依然无法避免。这种矛盾在林中生活、荒野独处时更为明显。也正是在此基础上，梭罗对荒野孤独有了切肤的感受与思考。

爱默生曾经写过《社交与独处》（*Society and Solitude*，1870）。尽管主张独处，但爱默生并不排斥社会："我们不要做词语的受害者。社交和独处都是欺骗性的名字。重要的是发自内心的同情心，而不是可以多见或少见些人。"没有同情心，就没有真正的陪伴，一个人独处也无妨。然而，令人遗憾的是，爱默生发现社会交往的事实往往如此，他哀叹："我们所熟悉的人们是如此封闭、孤独，多么可悲！人们之间不能坦诚以待，彼此之间用表面的、狡诈的礼节相待，每一个成年人的灵魂都像是被鞭子驱赶进了沙漠，人与人之间隔膜很深。"爱默生的解决方式是一种妥协，即将孤独时的沉思默想与社会交往时的快乐结合起来："方子就是不同的心情相互加强……社会交往我们必须有，但是就让其安之若素，我们不会交换新消息或在同一个盘子里吃。"①

社会与孤独的矛盾在梭罗身上更加明显。梭罗曾声明自己并非生性孤僻。他喜欢并渴望社会，在人群中却又时常感到孤独。即便在自然中，梭罗亦会流露这种矛盾心理。他曾说："与自然的亲密让我发现自己远离人群。我对太阳、月亮、清晨、夜晚的兴趣召唤着我走向孤独。我对社会的渴望无限增强，我对现实社会的适应能力却在减弱。"（*Journal* 4：258-259）但这种矛盾并不足以对梭罗造成困扰。梭罗这样为自己的孤独辩护：

---

① Ralph Waldo Emerson. *Society and Solitude*. Boston：Fields，Osgood & Co.，1870，p. 14.

“不是我们喜欢独自一人，而是我们喜欢高飞。而当我们真的高飞时，我们的同伴会越来越少，直到最后一个也不剩。这或者是平原上的论坛，或者是山峰上的布道，或者是在到达更高处时非常私人化的狂喜。”[①]这种思想、精神、灵魂上的孤独，反而成为独立、自由精神的标榜。另一方面，梭罗个性偏好悖论，不像爱默生那样喜欢折中。他对社会与孤独这一对矛盾的解决策略是将孤独变为一种陪伴。《瓦尔登湖》“孤独”篇中，他说：“我喜欢孤独。我从没有发现与孤独一样易于相处的同伴。”（*Walden*，88）1859年1月1日，写给布莱克的信中谈道：“我最近回到了那个名叫‘孤独’的光荣的社会（that glorious society called Solitude）。”[②]这种悖论不仅是种修辞，也体现了梭罗的思维方式，即矛盾对立的两方可以相互转换。社交可能意味着孤独，孤独亦可以成为一个人的社会。这种转化的途径就是同情（sympathy）。

梭罗非常注重同情，著有一首题为《同情》的诗。他甚至认为，人“对自然的同情，是完美健康的证明”（*Journal* 10：188）。所谓同情，就是感同身受，心灵投契。这种同情不仅限于人类之间，亦包括自然万物。对大自然中的每一种动物、植物，每一种自然现象，每一个瞬间都充满同情，给予平等的关注，从而达到万物一体：“这是一个可人的夜晚，整个身体都凝成一种感觉，每一个毛孔都沁透了愉悦。我带着一种奇怪的自由在大自然中走来走去，与大自然浑然一体……我也看不出有哪一样特别的东西在吸引着我，因为一切万物对我来说都是异乎寻常的亲近。”（*Walden*，84）

梭罗认为，真正的陪伴是同情。他在孤独中感受到自然的陪伴，自然就是亲友，亦有着同情心：

> 最甜蜜、最温柔、最纯真、最激励人心的陪伴（society），可以在任何自然物中找到……我从没有觉得孤单，也一点没有受到孤独感的压迫……正是在雨点的淅淅沥沥声中，我突然感受到自然中就有甜蜜和慈爱的陪伴（society）……每一根细小的松针都带着同情（sympathy）展开，膨胀开来，成为我的朋友。即使在我们习惯于称之为荒野和枯燥的景致里，我也能清楚地感受到某种东西的存在，它让我感到亲近，在血缘上与我最近。最仁慈的不是一个人，也不是一个村民，然后我想到，从此以后，对我来说，没有一个地方是陌生之

---

① Henry David Thoreau. *The Portable Thoreau*, p. 525. 这是梭罗1856年5月21日写给朋友布莱克的信中提到的。

② Henry David Thoreau. *The Portable Thoreau*, p. 532.

地。(*Walden*，85)

与爱默生一样，梭罗也意识到真正能够区分社会与孤独的是同情。爱默生所言的“同情”限于人类社会的成员之间，梭罗则将“同情”扩大至自然界。梭罗并非想要在离群索居中切断自己与外界的一切交流，相反，他希望个人能够与自然交流。在《瓦尔登湖》“孤独”篇结尾部分，他说：“我怎么能不和大地心心相印呢？难道我自己不就是树叶和蔬菜的一部分吗？”(*Walden*，90)

梭罗追求的是与同样重要甚至更具道德性的自然建立纽带关系，暂时离开人类社会的梭罗在自然中发现了一个新的社会，或者说他拓展了对社会的定义：社会同样也包括自然界。这里的社会不再是与自然界相对的人类社会，而是变成了包含人类和自然的社区或共同体，个人则成为这个共同体的一分子。荒野中的孤独使他在更广阔的空间中获得了归属感，在荒僻地与荒野中，与自然缔结了物我合一的关系。他思考时经常将自己与宇宙万物放在同一高度，他不仅关心人类社会，也关注更为宏大的自然界。梭罗记录了1852年4月的一天清晨，他听到了各种鸟儿的叫声、夏夜的蛙鸣，这对他来说充满了启示意味。他接着写道：“诗人说研究人类的合适方式是人。我说，学会忘记这一切，用更广阔的视角看待宇宙。那是人类的自我中心主义……在人类的种种见解、制度及常识中，都存在着狭隘和谬见。……为了避免谬见，我宁愿离开人类，去观察宇宙。在宇宙中，人类只不过是一粒沙子……”(*Journal* 3：381)这种孤独体验让梭罗对人与自然的关系有了更深切的认识，从而郑重宣布：“人是自然的居民，或自然的一部分。”(“Walking,” 557)

梭罗与自然的亲缘关系后来成为生态批评、环境伦理领域的研究中心。他的写作记录了生态中心意识驱使下的对自然的伦理思考。他对非人类世界的同情超出自己的时代，实践了利奥波德100年后才提出的包括土壤、水、动植物等的社会契约。1985年，美国生态哲学家、环境史学家唐纳德·沃斯特（Donald Worster）这样评述梭罗：“梭罗既是一位田野生态学家（field ecologist），也是一位自然哲学家（philosopher of nature)，他的思想预示了我们这个时代的氛围。在他的生活与作品中我们发现了一种复杂而深奥的生态哲学。他仍然鼓舞并指导着我们最近这场颇具颠覆性的生态运动。”①

① Donald Worster. *Nature's Economy*：*A History of Ecological Ideas*. New York：Cambridge University Press，1985，p. 49.

梭罗在荒僻地的独处中，除了获得一种陪伴之外，还收获了精神的提升与灵魂的启示。在继《瓦尔登湖》中的“孤独”篇后，梭罗在 1853 年的一则长篇日记里，重申了荒野孤独的价值：

> 没有什么能比在树林中和田野中散步更有益于健康、更有诗意了……没有什么能够更激励我，更能激发我产生如此宁静和有益的思想。万物都令人升华……我走向自己，我再次想到我自己有伟大的亲属，寒冷和孤独是我的朋友。我觉得，对我来说，这种价值相当于其他人通过去教堂和祈祷所得到的东西。我独自在林中散步，就像想家的人回家……我希望了解些什么，我希望自己能更好，我希望每天能有大半天可忘却所有低劣、偏狭、琐碎的人（这通常需要我放弃并忘记一切个人关系），因此我来到这些荒僻地（solitudes），在这里生存的问题变得简单了。离开村镇一二英里，我来到自然的寂静和孤独中，周围是岩石、树木、野草和白雪……我们的天窗就与常人的普通途径相去甚远……（*Journal* 9：208-209）

孤独不仅是陪伴，还具有某种宗教的启示意味，在这段日记中，梭罗肯定了作为灵魂状态的孤独的价值：“对我来说，这种价值相当于其他人通过教堂和祈祷所得到的东西”，“我们的天窗就与常人的普通途径相去甚远”，这种灵魂状态的孤独，消解了身体与情感的孤独。

总而言之，荒野孤独是梭罗实现自我教化的丰厚土壤。梭罗的荒野孤独不是地理上的隔绝状态。在基督教传统中，荒野是沉思默想、灵魂得以净化之地，是瞬间灵魂与上帝相遇之地，荒野孤独在本质上就是一种灵魂状态。梭罗在此基础上将荒野孤独这种灵魂状态扩大为个体与宇宙万物交流的状态。荒野孤独意味着意识到人类与自然界其他生物的平等关系、对荒野的敬畏及对栖居其间生物价值的尊重。长久以来占据西方人思想和心灵的是人类中心主义。基督教告诉人们，上帝创造万物，最后依照自身形象塑造出了人。人被公认为地球上最高等的生物，人是一切价值的尺度。梭罗提出的“人是自然的一部分”，已经超越了人类中心主义。

三、荒野的崇高与孤独：人与野性自然母亲

在梭罗笔下，自然可以是荒僻地或荒野中的松针、野花、溪流、树叶，亦可是荒僻地、荒野本身。尽管《瓦尔登湖》被视为梭罗代表作，梭罗也凭借《瓦尔登湖》成为美国文化偶像，荒野却并非《瓦尔登湖》的主题。“荒野”（wilderness）这一字眼在《瓦尔登湖》中较少出现。相反，频频出现的字眼有比真正荒野逊色的“荒僻地”（solitude）和“野性的”

(wild)。以荒野的定义考量，瓦尔登湖算不上真正意义上的荒野，它位于康科德镇近邻，充其量是自然与人类栖居的混合或中间地带。但梭罗极力为自己寻找一种荒野的环境，总在康科德周围的“荒野”——林间、荒僻地、沼泽地散步。总体而言，这里的自然是美好、温柔而令人愉悦的。在这里自然给了梭罗以抚慰身心的陪伴，使梭罗发现了人与自然的亲缘关系。而在纯粹以“崇高或壮美”为特征的荒野中，梭罗感受到自然的另一面，并以另一种方式领悟到人与自然的关系。

梭罗从美学角度探讨过荒野孤独的价值。如前所述，梭罗对艺术见地很深，对这一时期美国绘画中的创作与理论趋势非常了解。科尔等人的荒野风景画创作及有关美国壮美风景的艺评、伯克、拉斯金等人的“崇高”“如画”概念都对梭罗荒野书写与实践有着无法忽视的影响。荒野、野性自然给人的审美体验常常可以用崇高感或壮美来加以形容。崇高引发的审美心理之一便是孤独。伯克将其解释为由无限物（an infinite object）引发的介于高兴与恐惧之间的情感混合物。康德将崇高感看作太过巨大而背离常规的孤独。崇高常与“广袤的荒野”或“巨大的孤独”[①] 相连，隐含意思为“无限”（the infinite）。玛乔丽·霍普·尼科尔森（Marjorie Hope Nicholson）认为崇高产生于无限，这种无限性先是来自上帝，而后来自空间，最后来自自然，代表雄伟、壮丽、巨大等概念，使人产生赞美与敬畏之情。[②]

读大学期间，梭罗曾就伯克的《崇高与美概念起源的哲学探究》写过一篇学业论文，对其中的“崇高”进行了阐发。梭罗基本赞同伯克的见解，认为“崇高或壮美激发的情感是我们人类最为超凡脱俗、最神圣的体验”。但他并不认同恐惧是产生这种宗教情感的基础。相反，恐惧是迷信之母。受康德先验论的影响，超验主义认为人有先验、内在的神性，人首先应该意识到这种内在的神性，然后才能感受到来自外部世界比如崇高的荒野风景的神性，这种神性是“造物主在我们内心植入的，它变成了我们自身的一部分，我们无法消除、无法抗拒它；恐惧可以克服，死亡可以蔑视，但无限、崇高会攫取我们的灵魂……我们可能会忽略它们（无限、崇高），或者缺少它们，或者与它们擦肩而过，但可以肯定的是，当我们与它们面对面时，我们一定会投降”。梭罗认为，这种内在的神性驱使我们

---

① 英文为“vast solitude”，其拉丁语为“vasta solitudo”，既可指“广袤的荒野”，又可指“巨大的孤独”。

② Marjorie Hope Nicholson. *Mountain Gloom and Mountain Glory: The Development of the Aesthetics of the Infinite*, p. 143.

不知不觉对无限的、不可思议的、崇高的事物产生敬意，正是这种原则形成了我们宗教的基础。①梭罗重视与荒野的直接交流，将荒野的壮美引起的崇高感视为一种难以抵御的狂喜经验。

卡塔丁山之行让梭罗真切体会到荒野的壮美引起的巨大孤独，并由孤独引发出敬畏感。尽管行程并非孤身一人，但他极力渲染荒野的“崇高”，用以反衬人直面真正的荒野时兴奋却又紧张、恐惧、孤独的感觉。荒野中的森林是“冷酷的、未受人类践踏的，可怕的、野蛮的，只有鹿、熊和狼能够轻而易举翻越”，但给人最大震撼的还是卡塔丁山，登山时梭罗感受到“黑暗”“冷峻”“广袤，巨大，从未有人类在此居住过”，“感到自己身体的某一部分，甚至是某个重要部位似乎要从肋骨宽松的间隙溜走。你无法想象他的孤独”。大自然不再是慈祥的母亲、心怀善意的朋友，而是一种不会善待人类的力量，并最终完全失去人格化，成为物质、地球：“在这里的是原始自然，尚未被驯服且永远无法被驯服的自然，尽管身处城市的包围之中，她依然巨大、残忍。在这里，自然尽管美丽，却富于野性，令人敬畏。”（*MW*，57-58）自然的野性的一面是作为人类的异己力量而非亲属出现的。面对荒野的力量，人类只有心怀敬畏。在这种敬畏中，梭罗感受到了大自然的非人化，惯常的母性自然变成了冷酷的物质自然。这使梭罗意识到人类只能是自然的一部分，而非自然的主宰。

11年后在给布莱克的信中，卡塔丁山在梭罗心目中又变回母性自然：

> 卡塔丁山仍然在那里，我最初的信仰也在那里，它比山更宽，比山更重，依然是滋养溪水的源头，如果我能再次登上峰顶，会发现一片壮丽的景色。就像高山依然屹立于平原，而我的思想更加不可改变、更为持久，在我更成熟的目光周围或远或近地屹立——它们是我们可以汲取营养的永不枯竭的乳头。②

梭罗意识到，原始、蛮荒乃至冷酷无情的自然更能激发人的生命力和思想，如同孕育万物的母亲。《散步》中梭罗呼吁要热爱野性自然：

> 这是我们广袤、野蛮、咆哮的大自然母亲，她的身体遍及四野，如此美丽，并像豹子一样对其子女充满慈爱，然而我们被迫过早地离开她的怀抱，投入完全是人与人交往的社会。（“Walking,” 581）

① Henry David Thoreau. *Early Essays and Miscellanies*. Edited by Joseph J. Modenhauer, Edwin Moser, and Alexander C. Kern. Princeton: Princeton University Press, 1975, pp. 98-99.

② [美]亨利·戴维·梭罗:《寻找精神家园》(英汉对照),第221页。

工业革命及随之而来的商业主义、物质主义切断了人与自然之间的纽带，从而造成人身心失去活力，精神萎靡。野性自然被看作美德、宁静、尊严的代名词。美国人相信，尽管从表面来看美国是物质主义的，但正是荒野使得美国公民免于腐败堕落，并与欧洲两相区分。梭罗转向自然尤其是荒野，将其看作使人恢复活力的良方，呼吁重新缔结人与自然的亲密关系。麦克斯·奥尔施莱格曾对梭罗做出如是评价："在达尔文发表他的进化论之前，梭罗已经认识到智人和自然之间的有机关联，并将它与之紧密相连。"[①]野性大自然不仅给予人们文明社会缺少的蓬勃的生命力，亦哺育人的思想。大自然又以这种方式成为人类的母亲。人类并不代表自然中的万物。自然可以孕育、滋养人类，但是人类必须尊重自然。梭罗极力将读者拉回到未经人类染指的蛮荒的远古时代，意在恢复被文明切断的人与自然的纽带。在人类文明开始之前，人们普遍信仰众神之母，众神之母就是神圣的孕育万物的野性自然，而自然万物存在着亲缘关系，人与其他物种和谐相处。

第三节　博物致知：自然是生命之网

在探求人与自然的关系这个问题上，前期的梭罗尚可以称为"超验主义的学徒"，1846 年他在卡塔丁山山顶悟到的人与宇宙的原初联系是超验式的。1850 年前后，梭罗的思想转向另一轨道，博物学家的特征日益清晰并且深刻地影响到他有关自然万物的看法。

梭罗作为博物学家的一面早就为其同时代人所共识。梭罗的一生是与自然打交道的一生，某种意义上其个人生命史也是一部自然史[②]。1854 年，梭罗曾在日记中记载，有位村民把刚出生的一只长着两只脑袋的小牛带给他这位博物学家看（*Journal* 6：206)。1862 年，梭罗去世时，康科德镇公务人员称其为"博物学家"（natural historian)[③]。1873 年，埃勒里·钱宁著书纪念梭罗，书名为《诗人—博物学家梭罗》。20 世纪 60 年代以来，蓬勃发展的荒野运动、环境保护运动在将梭罗奉为先驱的同时，也掩盖了其博物学家的光辉。近年来，梭罗博物学家的身份被学界重新发

---

① Max Oelschlaeger. *The Idea of Wilderness*: *From Prehistory to the Age of Ecology*, p. 133.

② 自然史英文为 natural history，该词视语境可译为"博物学"、"自然史"或"自然志"。

③ "博物学家"英文可以对应为 natural historian、naturalist.

现。美国博物学家爱德华·威尔逊（Edward O. Wilson）所著《生命的未来》一书中的序言是“致梭罗的一封信”，以此向梭罗致敬：“我站在这里只有一个目的：成为一个更为彻底的梭罗信徒，从这个角度我能更好地向你解释，事实上，也是向其他人——至少不仅仅是向我自己——解释我们所热爱的世界所发生的一切。”[①]劳拉·达索·沃尔斯[②]、罗伯特·索尔森[③]（Robert M. Thorson）等人探讨了梭罗与19世纪自然科学的关系，均称梭罗为“博物学家”。2017年，为纪念梭罗200周年诞辰，《美国科学家》（*American Scientist*）杂志邀请四位梭罗研究专家就他们最新的研究成果探讨梭罗身为博物学家鲜为人知的一面。四位研究者分别从不同方面关注梭罗的博物学研究，涉及梭罗与树木、瓦尔登湖的气候变化、河流年代学研究等多方面。[④]国内亦有科学史和博物学研究者称梭罗为“阿卡迪亚式的博物学家”[⑤]。博物学是人类与自然打交道的古老学问，就其发展史而言，属于前科学，伴随着科学的出现及分科细化，从中衍生发展出了植物学、鸟类学、昆虫学、地质学、气象学、生态学、环境学等，其中生态、环境视角正是当代梭罗研究的热点。

博物学的种子之所以能在梭罗身上生发，除去他热爱自然的天性外，也得益于19世纪美国那片产出博物学的土壤。

一、19世纪博物学的发展

博物学的英文natural history一词源自拉丁语naturalis historia，古罗马时期老普林尼著有《自然史》（*Naturalis Historia*）一书。文艺复兴时期，对希腊、罗马古典博物学文献的再发现、地理大发现及医学教育中对植物志的重视，推动了近代博物学的发展。17世纪，自然神论的出现则推动了博物学研究。以英国博物学家约翰·雷为代表的自然神论者认为整个自然界都是上帝按照某种神圣计划创造的，自然就是上帝存在的证据，因此自然研究具有宗教意义。18世纪，瑞典自然神学家、博物学家卡尔·林奈确立的动植物分类法和双名制命名法对自然研究起了巨大的推动作用。博物学受到卢梭、歌德等人的推崇。法国博物学家布丰的《自然

① Edward O. Wilson. *The Future of Life*. New York: Vintage Books, 2002, p. xiii.

② Laura Dassow Walls. *Seeing New Worlds: Henry David Thoreau and Nineteenth-Century Natural Science*. Madison: The University of Wisconsin Press, 1995.

③ Robert M. Thorson. *Walden's Shore: Henry David Thoreau and Nineteenth-Century Science*. Cambridge, MA: Harvard University Press, 2014.

④ 张芝慧（编译）:《一场关于梭罗博物学的对话》,《世界科学》2017年第9期。

⑤ 吴国盛:《西方博物学的兴衰》,《广西民族大学学报》(自然科学版)2016年第1期,第25页。

史》、英国博物学家吉尔伯特·怀特的《塞尔班岛的自然史》既是博物学名著，又是优美的自然文学作品，开启了自然文学写作传统。19世纪，博物学迎来黄金时段。根据吴国盛的研究，这一时期“历史”融入“自然”的观念，自然志成为自然史，伴随科学的分科化，博物学出现专业化、分科化。19世纪中后期，博物学在学术体制中逐渐式微，却在民间盛行，博物学家亦多指向博物学业余爱好者。①

在美国，博物学伴随着美国荒野观的变化而发展。初至新大陆的清教徒将荒野视为征服的对象，大量荒野被改造为农田，环绕在以小教堂为中心的城镇周围。启蒙时代的世界观将荒野看作可以运用理智和技术探索的领域。科学领域试图用先进的实证知识来改造传统的价值论和目的论信仰。约翰·雷在美国的忠实拥护者科顿·马瑟1720年称自然研究与《圣经》互补，二者是“上帝之书的两部分”（Two fold Book of God）②。既然自然是上帝智慧的体现，未被人类染指的自然便顺理成章成为研究这种神圣智慧的最佳对象。在这里，自然意味着一片几近荒无人烟的荒野，自然研究理所当然地成为“荒野”研究。此外，美国博物学兴趣还受到民族主义情感的催化。当时欧洲人认为美国无论是在自然环境还是在文化上都低人一等。如前文所述，布丰就曾言及“美洲的动物比欧洲的动物瘦弱、退化，那里的自然不怎么富有生机和活力”，这种偏见激起了美国人的民族自尊心和博物学热情。托马斯·杰斐逊总统曾派人在美国展开科学考察，收集各种动植物样本。他本人就曾在家乡弗吉尼亚进行调查，将采集到的动植物样本寄给英国皇家学会，以此回应欧洲人对美国的偏见③，并在此基础上完成了他的《弗吉尼亚州笔记》。旅行探险与博物学考察研究相结合的自然文学或博物书写兴起，以巴特拉姆父子约翰·巴特拉姆（John Bartram，1699—1777）和威廉·巴特拉姆（William Bartram，1739—1823）的研究最为显著。约翰·巴特拉姆享有“美国植物学之父”④ 的盛誉，他对自然的研究多是在探险、远足中进行。其子威廉·巴特拉姆于1773—1777年四年间在美国东南部边疆旅行、探险，1791年发表《南北卡罗来纳旅行笔记》（*Travels through*

---

① 关于19世纪博物学的发展，参见吴国盛：《西方博物学的兴衰》，《广西民族大学学报》（自然科学版）2016年第1期，第25页。

② Cotton Mather. *The Christian Philosopher*: *A Collection of the Best Discoveries in Nature with Religious Improvements*. Edited by Winton U. Solberg. Urbana and Chicago: The University of Illinois Press, 1994, p. 17.

③ Thomas Jefferson. *Notes on the State of Virginia*. Chapel Hill: The University of Northern Carolina Press, 1955, pp. 24-25.

④ 程虹：《美国自然文学三十讲》，北京：外语教学与研究出版社，2013年版，第30页。

North and South Carolina)。这一时期，德国亚历山大·冯·洪堡（Alexander von Humboldt）的思想也是美国博物学发展的重要推动力。1830 年波士顿博物学学会成立，致力于推广博物学研究，带动了民间博物学兴趣。爱默生对博物学产生了浓厚兴趣，于 1833 年 1 月 15 日加入该学会，并在第四次年会上发表题为《博物学家》（"The Naturalist"）的演讲，称"愿意倾听（来自博物学）的邀请，愿意成为一名博物学家"。梭罗也成为该学会的通信会员。[①]但真正接受了"博物学邀请"的，是梭罗。

二、梭罗的博物学实践

从幼年起，梭罗就对野性自然表现出与生俱来的兴趣。父亲约翰和母亲辛西娅对自然有着共同的兴趣，业余时间常带梭罗兄妹几人在康科德乡间一起散步、野炊、听鸟鸣声、探索自然。到自然中去不仅是梭罗的家庭活动，也是康科德社区的活动。康科德乡村医生就曾组织孩子们进行钓鱼、游泳。到了夏天，年轻人组织散步派对（walking parties）去爬山或是绕瓦尔登湖散步。[②] 1841 年梭罗在日记中表达了对自然的感情："以前我认为我成长，自然也成长，自然伴我一起长大。我的生命是狂喜。"（*Journal* 2: 306）对自然的兴趣激起他对博物学的兴趣。1829 年，12 岁的梭罗就曾在新成立的康科德学园听博物学讲座，大学期间主修过矿物学、博物学等课程。梭罗曾系统读过古典植物学家泰奥弗拉斯托斯（Theophrastus）的著述，也读过林奈的《植物哲学》(*Philosophia Botanica*)。这些早期的学习奠定了梭罗博物学知识的基础，但真正影响梭罗兴趣转至博物学并开始研究与写作的是亚历山大·冯·洪堡和达尔文。梭罗曾于 19 世纪 50 年代读过洪堡的《宇宙》(*Cosmos*)，并至少两次读过其《自然之观点》(*Aspects of Nature*)。梭罗在与朋友通信中曾提及："总体而言，我是自然的观察者；我的观察，就其特征而言，可以说是科学的。这来自两本书对我的吸引力：怀特的《塞尔班岛的自然史》和洪堡的《自然之观点》。"[③]早在 1851 年，梭罗就开始阅读达尔文的《一个博物学家的环球航海》（*A Naturalist's Voyage Round the World: The Voyage of the Beagle*），1860 年梭罗开始学习达尔文的《物种起源》(*On the Origin of Species*)，并受到达尔文物竞天择、适者生存

① Kenneth Walter Cameron. "Emerson, Thoreau and the Society of Natural History." *American Literature*. Vol. 24, No. 1 (March 1952): 21-30, at 22.

② Laura Dassow Walls. *Henry David Thoreau: A Life*. Chicago: The University of Chicago Press, 2017, p. 44.

③ Henry David Thoreau. *The Correspondence of Henry David Thoreau*. Edited by Walter Harding and Carl Bode. New York: New York University Press, 1958, p. 310.

观点的吸引，认为生物之间的斗争是创造的动力。《种子的信仰》的编者布莱德利·迪恩（Bradley P. Dean）认为“梭罗是受达尔文学说影响的首位欧裔美国人”①。洪堡既是地理学家，亦是伟大的博物学家、探险家，其一生大部分时间都在游历世界，进行野外考察。达尔文既是博物学家，也是探险家，他的理论发现是在环球科考的基础上形成的。梭罗就这样开启了一种博物人生：沉醉于自然并希望探知自然运作背后的真相，将博物学作为一种生活方式，一生且行且思且述。无论晴雨，他白天行走在家乡康科德及其周边的树林、沼泽、湿地，观察自然、收集样本，并将发现记录在随身携带的笔记本上，晚上则将观察结果写入日记中。在日记的基础上，梭罗又完成了多篇博物学作品。梭罗严格意义上的博物学作品早期只有 1842 年写作的《马萨诸塞自然史》，该文章是应爱默生要求为超验主义的旗帜刊物《日晷》所写的有关某自然史作品的读后感。后期的写作以博物学为主，按照写作时间有《秋色》《野苹果》《越橘》《森林树木的演替》《种子的散播》等。相对较早的《瓦尔登湖》《缅因森林》《康科德和梅里马克河上一周》也记录了大量有关荒野自然的观察和研究，当今学者从中发掘出不少博物学资料。梭罗还留下长达 200 万字的日记，记录与自然的接触和思考，后期日记更多是详细记录动植物、季节转换及自然的周而复始。自 1906 年出版后，无论是业余还是专业的博物学家都将其当作必读书。气象学家从中了解 19 世纪的天气情况，而植物学家则将梭罗视为吉尔伯特·怀特（Gilbert White）的美国版。②

爱默生在《论自然》中提出博物学家要超越命名和分类，寻求自然事实背后的真理。梭罗也认为研究自然是寻求真理的途径，但走了一条与爱默生不同的路径。他追随洪堡的脚步，侧重于对自然具体事实也即活生生的自然的研究，但在他看来，仅仅做个自然材料的收集者，“如同生长在幽暗森林中的植物，只会长出叶子，却不能开花”，唯有把握其中的细节、对应和关联，“事实终有一天会开出真理之花”（*Journal* 1：18）。可见，梭罗所关注的不在于自然界的现象本身，而是从中发现真理，获得真知。

1846—1847 年，梭罗曾在瓦尔登湖为哈佛大学地质学与动物学教授路易斯·阿加西兹（Louis Agassiz）收集动物标本。作为回报，阿加西兹

① Henry David Thoreau. *Faith in a Seed*: *The Dispersion of Seeds and Other Late Natural History Writings*. Edited by Bradley P. Dean. Washing, D.C.: Island Press, Shearwater Books, 1993, p. xiv.

② Max Oelschlaeger. *The Idea of Wilderness*: *From Prehistory to the Age of Ecology*, p. 169.

则回答梭罗提出的科学问题。他似乎正迈向一种有条有理的科学研究：每日观测池塘，测量温度，收集标本。为了研究自然，梭罗行走、观察、测量、收集、记录，这套标准流程表明，梭罗似乎正积极地拥抱科学。

的确，19世纪的美国，科学作为一种文明与进步的符号，成为一种时尚。美国政治界和思想界的领袖认识到科学对于美国前途命运的重要性，推广科学知识成为一项重要使命。早在1743年就成立了"美国哲学学会"，目的是推广"有用知识"，并先后成立了"有用知识推广学会""有用知识传播学会"。将科学知识等同于"有用知识"这一说法要溯及欧洲科学革命。现代科学的倡导者和推动者弗朗西斯·培根（Francis Bacon）认为科学可以并且也应该服务人类、造福人类。人们凭借科学方法如观察和实验、推理和归纳可以获得真正的知识。培根在《伟大的复兴》（*The Great Instauration*）开端便断言人类通过科学知识可以将地球恢复到"完美而原初的状态"①，因为正是无知导致人类的堕落，从而失去伊甸园。培根称科学为"宗教忠实的婢女"，认为人类可以从上帝那里获得力量，并运用这种力量征服自然、服务人类。他那句"知识就是力量"② 成为19世纪的口号。美国知识界更是奉培根为"圣人"。启蒙时代和浪漫主义时期的美国思想领袖都意识到科学是他们发现自然及人性基本法则和真理的最佳工具。对托马斯·杰斐逊总统来说，科学知识应该施益于社会、道德、法律、文化和精神事务，应该推广到大众中间，不论是乞丐还是国王都应该懂得科学知识。科学与这个国家的进步乃至前途命运相关。"知识就是力量"这句名言广为流传。杰斐逊总统曾引用过两次。爱默生在《老年》中言："没有知识就没有力量。"③《论自然》的结尾阐述了人对自然的支配地位，也是培根式的论调："人类征服自然的王国——不会凭空而来——目前还远远超出人类有关上帝的梦想。然而人终将进入那个王国——到那时，他的惊喜之情就如同一个盲人逐步恢复视力，终于重见天地之光明。"④

事实上，梭罗是与主流唱了反调。他所倡导的知识不是惯常的知识，

---

① Francis Bacon. *New Atlantis and The Great Instauration*. Edited by Jerry Weinberger. Hoboken: Wiley, 2016, p. 2.

② "Knowledge is power"（知识即力量）通常被认为是培根的名言，但培根的任何作品中均没有直接出现这句话。在其《沉思录》（*Meditationes Sacrae*，1597）中出现的是"ipsa scientia potestas est"，英译为 Knowledge itself is power.（知识本身即力量）"Knowledge is power"首次出现于托马斯·霍布斯的《利维坦》（*Leviathan*）。霍布斯年轻时曾做过培根的秘书。

③ 爱默生《社交与孤独》中的随笔《老年》（"Old Age"）曾出现过"there is no knowledge that is no power。" Ralph Waldo Emerson. *Society and Solitude*. Boston: The Riverside Press, 1892, p. 303.

④ ［美］爱默生：《论自然》，《爱默生集：论文与讲演录》（上），第59页。笔者对译文略做改动。

而是一种野性的知识（the wild knowledge），这种知识只能从荒野中获得。他旗帜鲜明地对惯常的“有用知识”进行批驳，转而激赏“无知”：

> 我听说有个“有用知识传播学会”（Society for the Diffusion of Useful Knowledge），据说，知识就是力量。我认为应该成立一个“有用的无知传播学会”（Society for the Diffusion of Useful Ignorance）。无知，我们称之为“美丽知识”，是一种更高意义上有用的知识……我们所谓的知识实则为积极的无知；无知则是我们消极意义的知识。（“Walking,” 582-583）

梭罗曾拒绝科学促进会（The Association for the Advancement of Science）的入会邀请，声称：“要我去描述或尝试描述我特别感兴趣的那门科学，一定会让我成为科学界的笑柄，因为他们不相信关乎更高原则（higher law）的科学……事实上，我是神秘主义者、超验主义者、自然哲学家。”（*Journal* 5：4）梭罗认为，科学并不能体现人类所知道的一切，他只体现科学人的知识。1859 年 3 月 7 日，梭罗写道：“植物生命的奥秘与我们自身生命的奥秘是有亲缘关系的。生理学家不能想当然地认为他们可以用机械性的规律解释人的成长。我们不要期望可以用手指来探究任何生命的圣所（sanctuary），无论是动物还是植物。”他甚至将科学比作蛆（grub），“尽管可以寄居在水果中，却仅仅让它枯萎或者消耗它，而永远不会品尝到水果的味道”（*Journal* 12：23）。尽管后期梭罗研究自然的方式越来越科学——借助仪器、科学观察、精确记录，但他有意避免成为自己所排斥的那种科学化：“我担心我的知识年复一年会越来越界限清晰，越来越呈现科学化。曾经宽广如天堂的思想现在越来越窄，缩小到显微镜下面。”（*Journal* 2：406）直到生命最后阶段他依然保持着这种警惕。

关于梭罗研究自然的方法，当今学者称之为“经验主义”。劳拉·达索·沃尔斯认为梭罗的方法论是“建立在理性认识基础上的经验整体主义（empirical holism）”①，唐纳德·沃斯特称其为植根于“日复一日与自然亲密接触”的一种“新型的、更深刻的经验主义”②，也有论者称其为“唯心主义、唯物主义和经验主义的结合”③。这种定性梭罗未必认可。在《马萨诸塞自然史》中梭罗摒弃了培根的方法，转而提出了“印第安智

---

① Laura Dassow Walls. *Seeing New Worlds: Henry David Thoreau and Nineteenth Century Natural Science*, p. 4.

② Donald Worster. *Nature's Economy: A History of Ecological Ideas*. New York: Cambridge University Press, 1985, pp. 75, 78.

③ Lance Newman. *Our Common Dwelling: Henry Thoreau, Transcendentalism and the Class Politics of Nature*. New York: Palgrave Macmillan, 2005, p. 164.

慧”:

> 真正的科学人凭借自己精细的身体组织会更懂得自然。较之其他人，他更会闻、尝、观、听、感。这将是一种更深刻细致的体验。我们不是通过推理和演绎学习，而是通过直接接触、交流和同情来学习。科学就如同伦理——我们不能通过人为的发明和方法来了解真理。培根等人的那一套是错误的。在机械和艺术的帮助下，最具科学精神的将是最健康、最友好的人，拥有更完美的印第安智慧（a more perfect Indian wisdom）。①

这段话写于1842年梭罗25岁时，却奠定了梭罗一生博物学研究的方法论基础。science（科学）一词彼时虽已出现，但scientist一词的出现却晚于梭罗的有生之年，与之相对应的是natural philosopher（自然哲学家）或man of science（科学人）。梭罗承认科学观察在博物学中的重要性，但仅仅依靠科学观察或实验获取的知识是不够的。在他看来，真正的科学人在精神上应该是位诗人，他不是通过某种方法——即便是最佳的科学方法，也不是像拿破仑那样来征服自然。推理和演绎、运用法则不会产生真理，只有通过长期的接触、熟悉、体验，通过交流与同情，如同印第安人对自然的亲密那样，才能从事实中发现真理。梭罗曾提出“人是自然的一部分”，博物学家在研究自然时也应该成为自然的一部分。梭罗除了观察自然外，还大量读过人类学和民族志，曾像人类学家一样研究过印第安人，并将人类学的田野调查法用于自然研究。他认为：“如果诗人或博物学家要探索某一社区，就应该住在那里。在那里开始生活，在小溪里钓鱼，林中狩猎，河里汲水，耕耘土地，采摘野果。”（*Journal* 10：146）这种与自然打交道的方式就是梭罗所言的“印第安智慧”。印第安智慧就是通过在荒野中的第一手经验，通过与非人类的“他者”结合来认识真理。梭罗认为，最好的博物学家应该像渔夫、伐木工以及生活在田间和树林中的其他人那样，他们本就属于自然的一部分，在他们劳作间隙会更有心情观察自然，而哲学家或诗人怀着期待来接近自然时，反而不能很好观察。博物学家的观察结果不在事实本身，而在于从中获得真理。他曾将钓鱼比作“冥想者的消遣”（a contemplative man's recreation），科学则更是“冥想者的消遣”，博物学家观察自然的目的不在于发现新的物种，而在于产生新的思想（*A Week*，24）。《缅因森林》中梭罗与荒野及印第安人直

---

① Henry David Thoreau. "The Natural History of Massachusetts." *Collected Essays and Poems*, pp. 20-41, at 41.

接接触的经历强化了他对所在时代科学的质疑。梭罗在《缅因森林》中增加了印第安语自然术语词汇表。出于作家对语言的敏感，他注意到，就树而言，印第安语中有20多个词表示树及树的不同部分，这些在当代植物学中均没有体现。当代植物学只有一个词“arbor-vitae”，它并不能代表有生命的树，而印第安人对树的命名是一种更实用、更有生命力的科学。这种语言的复杂性体现了印第安人对自然的亲密了解：“印第安人对野生动植物要比我们熟悉多了，他的语言反映着那种亲密，正如我们的语言也反映着我们与它们的关系。印第安语有这么多词来表示驼鹿、桦树皮！印第安人比我们离自然更近。”（*Journal* 10：294）这种“印第安智慧”涉及如何从自然界获得真理。除了概念、逻辑外，还要全身心参与到自然界中，依靠感觉、感知、想象力、情感、象征和神灵。印第安语言就是这种方式的体现。从印第安语言中，梭罗不仅学会了印第安人的实用技能，亦了解了一种不同的观察和思考人与自然万物的方式，并将其纳入自己的思想中。

梭罗常以“自然哲学家”自居，并以古代哲学家为楷模，希望践行一种哲学的生活方式。古代哲学家传授的是智慧，关乎人生意义和美好生活，他们也研究知识，但相信这会带来人生的智慧，将知识与智慧统一，或者至少试图整合二者。17世纪以来，科学的迅速发展离析了这种统一，科学革命引发了自然的祛魅，智慧与知识的鸿沟非但没有弥合，反而更加显著。梭罗并非真正排斥科学、拒斥知识，他对“无知”和“印第安智慧”的赞赏并非意味着走向蒙昧主义，相反，是用“无知”和智慧做一种纠偏，以“印度安智慧”也即用有机的质性来修复一个被科学思维与方法分崩离析的自然。

梭罗也对现代博物学进行了反思。现代博物学的一个重要标志是林奈开创的分类法及其对自然秩序的描述。福柯在《词与物——人文科学考古学》中对这种描述性秩序进行了解说：“根据这一秩序，涉及特定动物的每一章都应遵循下列步骤：名字、理论、属、种、属性、用法以及最后的文献”。福柯认为这种分类表达的“并非知识的欲求，而是一种把物与目光和话语联结在一起的新方式”。[①] 梭罗认为同时代的博物学家并没有像诗人那样与自然交流，而仅仅依靠分类，而分类仅仅依靠词汇、语法，这在博物学研究中显然是不够的。1860年10月13日的日记中，他赞叹植物学家吉拉德“不仅听过、看过、养过植物，他也曾感觉、闻过并尝过

① [法]米歇尔·福柯：《词与物——人文科学考古学》，莫伟民译，上海：上海三联书店，2002年版，第172、174页。

它，对它调动了所有的感官……在真正的自然秩序中，秩序或体系并不可依赖。每一个都是第一，每一个也都是最后”（*Journal* 14：119）。

梭罗尊崇博物学家，也以博物学家自居。在他的日记中，博物学家（naturalist）并非独立出现，常与“诗人”“哲学家”“散步者”以复合体的形式出现。理想的博物家应该是诗人、哲学家、散步者的合体。他尊崇旧时代的博物学家，认为他们能够与自然共情，并能生动活泼、栩栩如生地描述自然。他批判现代博物学家仅仅依靠观察方法：

> 仅仅用眼睛看自然是担当不了博物学家的。他必须透视自然，并能看到自然以外。打量自然就如同打量美杜莎的脑袋一样，会将科学人变成石头。我觉得太多的观察会把我驱散了，我必须成为在尘土和铁屑之间的磁石，我用我的手背敲击岩石时，要像抚摸皮肤一样，这时我才算准备好研究那里的地衣。要把人看作菌类……像通常那样干巴巴地描述地衣，并不算真正的看见。（*Journal* 5：45）

对于诗人、艺术家而言，梭罗认为博物学家的“看见”有助于提升审美体验：

> 我们的眼睛每天都在注视着美丽的事物，但有多少美——美的色彩、美的形态——却被我们忽略不觉！除了植物学家，没有人能够很好地分辨出地球表面所呈现的深浅不同的绿色。如果不知道有莎草科和禾本科植物的种类，即使是风景画家，也不可能分辨出这些绿色。关于草的颜色，即使是那些特别关注大自然的人，大多数也只是注意到草的颜色是深还是浅，是绿色还是棕色，是丝绒般柔软、新鲜还是干枯。但如果你研究的是草，你会寻找另一种不同的美，并在不同种类的草所呈现的奇妙色彩上发现这种美。（*Journal* 14：3）

科学与美学、诗人与博物学家相互补充，博物学家的观察更有助于发现自然之美。科学观察与审美体验并不冲突，而是相互补充。

在写到果实成熟、秋叶色彩的饱满时，梭罗认为生理学家会认为那是“由于氧气吸收量增加”，这样写是对此事的科学解释——只是对事实的重申。梭罗说：“我对少女玫瑰色的脸颊更感兴趣，而不必知道她吃的是什么特殊的食物。森林和牧草、地球的薄膜，必须获得明亮的颜色，这是它成熟的证据——就好像地球本身是茎上的一个果实，永远都将面颊对着太阳。”[①]事实上，早在写作《瓦尔登湖》时，梭罗便对这种写作风格做了解释。《瓦尔登湖》中有这样一句话：“我站在创造了世界和我的艺术家的实验室中。”（I stood in the laboratory of the Artist who made the world and me.）（*Walden*，198）该句最早版本是“在艺术家的工作室”（in the studio of the Artist），后来梭罗将“工作室”改为“实验室”。“艺术家的实验室”体现了梭罗诗人和博物学家的双重身份：艺术与科学可以相融，科学的自然和艺术的自然并不截然相分，而是融为一体。

三、自然：生命之网

诗人—博物学家的生活方式使梭罗越来越意识到自然是一个活生生、不断生长的有机整体。有机自然观是一个非常古老的观念。古希腊时期，自然就被看作充满生命力、有声有色的有机体。文艺复兴以来，科学的发展给自然带来了巨大的改变。自然成为科学研究的对象，动植物沦为“运动中的物质”（matter-in-motion）。上帝被视为“宇宙的钟表匠”，整个世界如同钟表一样运转，这种机械论模式主导了自然科学。与此抗衡，出现了两种截然相分的自然观：客观或科学上的自然观与审美的、诗性自然观。1650 年至 1900 年，文学、哲学和科学领域出现了三股主要的逆向潮流：这三个领域不约而同主张用有机自然观（the idea of nature-as-an-organism）来代替机械自然观（the idea of nature-as-a-machine）。[②]文学领域以浪漫主义诗人、作家如华兹华斯、柯勒律治、雪莱等人为代表，哲学领域以卢梭、斯宾诺莎、康德、黑格尔、叔本华、尼采等人为代表，科学领域则出现了以博物学家吉尔伯·怀特为代表的阿卡迪亚生态学[③]。

美国的荒野参与建构了一种美国版的有机自然观，与倡导有机自然观的欧洲大陆遥相呼应。这种自然观旨在消弭人与自然之间的二元对立，消除人类中心主义，恢复野性自然的地位，重建人与自然的亲密关系。梭罗则是这种有机自然观的开创者。梭罗的有机自然观深受洪堡、达尔文等博

---

① Henry David Thoreau. “Autumn Tint.” *Collected Essays and Poems*, pp. 367-395, at 368.

② Max Oelschlaeger. *The Idea of Wilderness: From Prehistory to the Age of Ecology*, pp. 97-98.

③ 美国环境史学家唐纳德·沃斯特认为 18 世纪出现了两种生态学：一种是田园或阿卡迪亚生态学，以吉尔伯特·怀特的博物学著作《塞尔班岛的自然史》为代表；另一种是帝国生态学，以林奈的博物学研究为代表。两者的区别在于：前者倡导有机自然观，借以重建人与自然的和谐共处；后者倡导机械自然观，目的是实现人对自然的掌控。See Max Oelschlaeger. *The Idea of Wilderness: From Prehistory to the Age of Ecology*, pp. 103-105.

物学家的影响。洪堡的自然观体现在他的代表作《自然之观点》和《宇宙》两部著作中。《自然之观点》将自然比作“一张生命之网，植物与动物相互依赖，世界生机勃勃”①。在《宇宙》中，洪堡描述了一个“充满生命脉动的世界”，一切事物都是“生命力永无止境之悦动”的一部分，自然是一个“活着的整体”，有机生命在其中以“精妙的网络纹路”交织一起。②《自然之观点》和《宇宙》均大受欢迎，被译成多种语言，洪堡成为美国家喻户晓的名字，影响了两代科学家、艺术家、作家和诗人，其中最受洪堡思想启发的，当属梭罗。他在《科德角》《缅因森林》《散步》等作品中多次引用洪堡，在日记中也多次提及洪堡。在梭罗心目中，洪堡是英雄式的探险家和新世界的发现者，是“世界的标准”（*Journal* 2：11）。在攀登康科德附近的沃楚塞特山（Mount Wachusett）时，他会情不自禁想象与洪堡一起“丈量安第斯山脉和特内里夫山”。站在“康科德的峭壁之上”，心灵却与洪堡同在。③ 在阅读《自然之观点》《宇宙》后，梭罗开始以全新的视角观察自然，用洪堡的方法进行探索、测量、收集、建立关联。《瓦尔登湖》修改的前前后后，也正发生在这些与“与洪堡同在”的日子。

《瓦尔登湖》从初稿完成至1854年最终出版，前后历经七年。初稿自1847年梭罗告别瓦尔登湖畔小木屋独居生活时就已完成，后几易其稿，这其间曾一度搁置。1852年1月，梭罗开始重新写作《瓦尔登湖》，与初稿相比，终稿篇幅增加了一倍，从内容来看，初稿中梭罗是以自我为中心来构建自己的世界：钉钉子，种豆子，沿着铁轨散步至康科德镇……诸如此类。从论调上来看，在早期的几版书稿中，梭罗均是以湖畔生活为武器，抨击美国社会的痼疾如金钱崇拜、贪欲、追逐城市时尚的风气。而在新版中，梭罗则成为洪堡式的自然的观察者，季节转换成为全书主线。

《瓦尔登湖》中“春天”篇最能说明受洪堡影响后发生的变化。每年春天，梭罗都会观察沙子顺着铁路路基留下的深沟流淌的情形。当冰雪融化时，色彩斑斓的流沙会形成叶状体。这些叶子比真正的大树和灌木更早发芽。梭罗将原本不到100字的文字扩展至长达1500字。原来只是赞叹其中的趣味和美感，新稿则将其作为大自然运作原理的写照：太阳的能量

① [德]安德烈娅·武尔夫：《创造自然：亚历山大·冯·洪堡的科学发现之旅》，边和译，杭州：浙江人民出版社，2017年版，第130页。

② [德]安德烈娅·武尔夫：《创造自然：亚历山大·冯·洪堡的科学发现之旅》，第245页。

③ Henry David Thoreau. “A Walk to Wachusett.” *Essays* (a fully annotated edition). Edited by Jeffrey S. Cramer. New Haven and London: Yale University Press, 2013, pp. 46-63, at 46. 该文收入《远足》(*Excursions*, 1863)时，增加了一句“Thus we spoke our minds to them, standing on the Concord cliffs.”。

引起冰雪消融，融化的泥沙沿着山坡流淌形成叶子，这片叶子就是地球的命脉。这里的叶子具有歌德笔下的“原型”（prototype）的意义，让人不由想起歌德在《意大利之行》中对于“叶子”的钟情。歌德试图找寻到能够解释令一切植物形态发生变异的那株“最初”的植物，最终他在叶子上找到了答案：“当我在巴勒莫（Palermo）公共花园散步时，我突然意识到，我们习惯上称之为叶子的那部分植物器官中存在着普罗特斯（Proteus）的真身，他时而显现、时而隐身于不同的植物形态中。自始至终，植物不过是片叶子而已。”[①] 1837 年，梭罗曾阅读过歌德的这部游记，因而对叶子情有独钟。在阅读洪堡的著作后，梭罗更是由一片叶子看到了生命体的命脉：

> 潮湿的厚叶片是地球和动物体身体内部的肝、肺和脂肪瓣，干薄的叶子是鸟的羽毛和翅膀。冰冻结时结出的是水晶叶片，树、河流也浓缩为一片叶子，城镇则是叶腋上的虫卵。在河流的源头，水中的硅质是骨骼系统，而土壤和有机物质是肌肉纤维或细胞组织。人则是一团解冻的黏土，手上有叶片和经络，手掌是棕榈树叶，耳朵是长在头侧的地衣，嘴巴如同大地上的洞穴，鼻子是凝聚的水滴或钟乳石。（*Walden*，197-199）

在《瓦尔登湖》出版前夕，梭罗在其中增加了 1854 年 2 月 5 日的一条日记：“地球并非书页般层层叠叠的死去历史的碎片，主要供地质学家和古物专家研究，它是活生生的诗篇，如尚未开花结果的树木的叶子。地球不是已成化石的地球，它是生机勃勃的地球。”（*Walden*，199；*Journal* 6：99-100）

可以说，梭罗由一面山坡看到了大自然运作的法则：自然是一个包含地球、太阳、动物、植物、人等各种生命体和非生命体的整体，代表人类文明的城镇亦在其中，形成一个相互交织、相互作用的生命之网。正是基于此，梭罗认为自己亦“是树叶和蔬菜的一部分”“瓦尔登湖的湖水可与印度恒河的圣水汇为一体”。（*Walden*，90，193）

梭罗这种认识除了承泽于洪堡的学理支撑，也来自对一次惨痛经历的经验主义式的反思。1844 年 4 月，梭罗曾与朋友一道在康科德河以外的某

---

① Johann Wolfgang von Goethe. *Italian Journey*：*1786-1788*，trans. W. H. Auden and Elizabeth Mayer. New York：Random House，1962；reprinted，Berkeley：North Point Press，1982，p. 363. 普罗特斯(Proteus) 在希腊神话中是早期的海神，能够任意改变自己外形，该词有“最初”之义。

条小溪边野营，点燃篝火时不小心点燃了野草，火苗继而乘风蔓延至附近的树林，烧掉了300英亩林地。这一事件让梭罗羞愧不已，但到1850年后他才有勇气忏悔。他在反思自己的行为时也开始研究山火及康科德森林生态的重建。直至生命的最后两年，在阅读达尔文的《物种起源》时，梭罗才意识到，那次山火属于森林生态循环中再寻常不过的重生过程，在这一过程中，枯萎的树叶和灌木虽被清除，但却重新营养土壤，激发被称为"森林演替"的再生循环。1860年新年，在《物种起源》出版的五周后，梭罗就开始认真研读，并在笔记本上摘抄。他是美国最早从头到尾读完《物种起源》全本的少数几人之一。①梭罗曾观察到一种现象，动植物之所以会生长于某一地方，是因为有一颗种子在那里发芽、生长。在读了达尔文有关植物和动物是"被复杂的关系网联系在一起（bound together by a web of complex relations）"②后，他更加关注自然万物的关联。1860年9月20日，在米德尔塞克斯县农业协会（the Middlesex Agricultural Society）举办的年度农销会上，梭罗做了《森林树木的演替》的演讲。他解释了森林中不同树种交替生长的根本原因在于种子，并且演示了种子如何通过其他自然物如风、水、动物等媒介传播、扩散。尽管像松鼠这样的动物会吃掉树种，但它们同时担当种子的传播者和种植者，这是"向自然交纳的税"③。达尔文曾说过，"每个人都听过美国的一片森林被砍伐后，不同的植被会生长出来"④，当地的农民亦曾发现，同一片土地上，如果砍掉松树，橡树会长出来，反之亦然。从没有人将参天大树和小小的种子联系起来，梭罗却发现了这个关键，并且指出了人对自然的道德责任："森林中的演替不再发生时，人们就有义务种树。"（*Journal* 14：70）

从洪堡那里，梭罗了解到自然是生命之网，但其脆弱性也显而易见。在这个相互关联的网络中，一切都息息相关，牵一发而动全身。梭罗更深刻地认识到人类的行为会为自然界带来不可控制的改变，而自然进程中的任何一个微小的改变，都会引起人类文明的终结。从达尔文那里，梭罗更深刻认识到自然界存在的"复杂的关系网"，进化论表明自然具有强大的生命力，但也会面临死亡的压力。瓦尔登湖畔的生活让梭罗更好地理解人类与其他物种有着怎样的关系，也更加关注自然界的其他物种："这些长

---

① Laura Dassow Walls. *Henry David Thoreau: A Life*, p. 459.

② Laura Dassow Walls. *Henry David Thoreau: A Life*, p. 468.

③ Henry David Thoreau. "The Succession of Forest Trees." *Collected Essays and Poems*, pp. 429-443, at 442.

④ Quoted in Laura Dassow Walls. *Henry David Thoreau: A Life*, p. 470.

成的豆子不应该仅仅留给我收割，它们不也是为了土拨鼠而生长的吗?”(*Walden*，108) 这种思考是生态式的，已经大大超前于同时代的人。梭罗在《康科德和梅里马克河上一周》对抛进水坝的鱼写下“谁听见了鱼儿的哭声？别忘了，我们也和它们生活在同一时代”，并指出：“只有纯真和正义的事业才能护卫它们的肉身。”(*A Week*，40) 此前几周，梭罗刚刚完成《抵抗公民政府》的演讲①。这说明，他也将人类社会权利、自由、正义等相关问题延伸至自然界，开始了对环境伦理的思考。

① 最初题目是《抵抗公民政府》(“Resistance to Civil Government”)，1866 年重新发表时改为《论公民的不服从》(“On the Duty of Civil Disobedience”)。

第三章　梭罗的荒野与文明观

梭罗是在与美国荒野的密切接触中探求“人与自然的关系”的，在这一过程中，他目睹了美国文明与荒野的对立，开始思考荒野与文明的关系。谈到梭罗认为的荒野与文明关系时，出现两种极端观点。一种观点认为，梭罗主张走向荒野，反对文明，排斥文明，这种观点通常与认为梭罗是“愤世嫉俗者、对社会没有兴趣的厌恶人类者、原始主义者”的观点相互映衬。另一种观点则认为，梭罗并不真正热爱自然，而是以自然或荒野作为构建美国历史或未来的原材料。两种观点可谓大相径庭。[①]梭罗到底如何看待荒野与文明的关系？在笔者看来，梭罗既承认荒野的内在价值，又看到荒野对文明的价值。他主张荒野保护，也关注文明，在他看来，荒野与文明尽管是两个独立的系统，但并非相互敌对。

第一节　“另一种文明”：荒野的内在价值

早期殖民者对荒野的感情比较复杂，既厌恶荒野，又将其视为自由与希望的象征。至梭罗时代，荒野开始成为赞美和欣赏的对象。与同时代文学艺术家一样，梭罗眼中的荒野具有诗性与神性。他赞美沼泽、森林、树木，敬畏高山与海洋。梭罗超越同时代者之处在于，他不仅赞美荒野，而且率先意识到荒野具有某种内在价值。

① 前一种观点，以詹姆斯·洛威尔为代表，且影响深远，笔者已在本书“导论”部分做了介绍。2005年出版的《反对文明》(*Against Civilization*)一书也将梭罗列入其中，认为其是“处于文明之外”，参见 John Zerzan, ed. *Against Civilization: Readings and Reflections* (enlarged edition). Los Angeles: Feral House, 2005。丹尼尔·波特金(Daniel B. Botkin)在其《无人的花园》一书也提及：梭罗常被看作荒野运动和环境保护主义的先驱，不少人因而持此观点：“梭罗认为文明将我们引入歧途，因而主张摒弃文明，回归自然，以便拯救自然和自救。”参见 Danie B. Botkin. *No Man's Garden: Thoreau and a New Vision for Civilization and Nature*. Washington, D.C.: Island Press, 2000, p. xvi。后一种观点以佩里·米勒和谢尔曼·保罗(Sherman Paul)为代表。

所谓荒野的内在价值，是指其本身固有的、客观存在的价值，荒野本身就是目的。借用当代环境哲学家霍尔姆斯·罗尔斯顿的解释：“自然的内在价值是指某些情景中所固有的价值，不需要以人类作为参照，潜鸟不管有没有人在听它，都应继续啼鸣下去，潜鸟虽然不是人，但它自己也是自然的一个主体。”[①]早在19世纪中期，梭罗就已经看到荒野的内在价值。

一、梭罗的“泛神论”倾向

在西方的思想框架中，荒野是文明的对立物，纳什认为是“文明创造了荒野”[②]，这种观点是从原始到文明的进化论意识和笛卡尔二元论思维的体现。荒野与文明的二元对立，是一种人类文化的建构。梭罗对于荒野与文明的看法，也建立在这种二分法的框架之中。但他对荒野的认识，却背离了基督教传统，具有泛神论倾向，带有浓厚的“异教”色彩。

梭罗是美国浪漫主义时期的作家。佩里·米勒对这一时期的自然观做了评述。他认为浪漫主义的自然不同于传统神学的自然：不是经院哲学家们所研究的自然规律，也非自然神学意义的自然。这种自然是大写的，是女性化的（feminine）。美国要想成为一个与众不同的国家，其基础就在自然。他认为，美国可以从其自然而不是历史中学会了解善恶，亦可从自然中获得“神圣的启示”。“这个国家并非要正式弃绝《圣经》，相反它更有力地宣示自己的基督教特色并重视教堂”。但此时教堂并非传统意义的教堂，而是“大山、湖泊和森林”。[③]

梭罗也认为荒野具有神性和某种神圣的启示意义。他经常将高山等同于庙宇，将登山视为朝圣。他多次攀登康科德周边的山峰。除了卡塔丁山之外，梭罗还攀爬过白山、登顶其主峰华盛顿山。在1852年7月写给朋友布莱克的信中，他提到了伍斯特的阿斯尼伯姆斯基特山（Asnebumskt）之行，认为那是个星期日才去的地方，是大地上真正的庙宇之一。在古代，庙宇是没有“穹顶的空旷地”，四周的墙壁只是要将世界挡在庙宇外面，指引精神升向天堂；但是现代的会堂则将天堂挡在门外，把世界塞进更加拥挤的空间。在梭罗看来，山顶则是最好的去处，无遮无拦，能获得自我提升。[④]

梭罗对大山的欣赏与赞美，代表着19世纪美国人对荒野审美态度的

---

① [美]霍尔姆斯·罗尔斯顿Ⅲ：《哲学走向荒野》，刘耳、叶平译，长春：吉林人民出版社，2000年版，第189页。

② Roderick F. Nash. *Wilderness and the American Mind*, 5th ed., p. xiii.

③ See Perry Miller. *Errand into the Wilderness*, pp. 206-209.

④ [美]亨利·戴维·梭罗：《寻找精神家园》（英汉对照），第61页。

转变。就山而言，基督教认为山是破败世界的废墟，是亚当、夏娃的堕落引起的自然的衰败，在大洪水之前，世界一片平坦，而山是一种“疾病”“耻辱”“疣子”等①，永远提醒人们上帝对被诅咒的大地的愤怒。阿尔卑斯山给欧洲人的是恐惧。18 世纪初这种恐惧感并未减少，即使是对那些对自然之美感受力更强的人来说亦是如此。对山的这种态度要到浪漫主义时代才有所修正。这一时期，山被赋予了神圣的价值，等同于教堂或是圣坛。在最为难忘的卡塔丁山，梭罗联想到了异教崇拜和迷信仪式的场所：“这里可以感受到存在着一种不一定会善待人类的力量。这里是异教崇拜（heathenism）和迷信仪式的理想场所——适合那些比我们与岩石、野生动物亲缘关系更近的人居住。”（*MW*，63）

基督教中的荒野对于虔诚的教徒是精神提升与灵魂净化之所，具有神圣的意义。梭罗感受到山的神圣，但这种神圣却非基督教性质，而是有着强烈的异教色彩。换言之，梭罗认为“荒野是神圣”的观点更多来自基督教以外的传统。在基督教正统评论家眼中，梭罗是个不折不扣的“泛神论者”。

《康科德和梅里马克河上一周》中梭罗曾将“我的佛陀”与“他们的基督”相对。在同时代的评论者眼中，将几种风马牛不相及的宗教任意并置，是对审美判断力和宗教情感的攻击。将佛陀抬到与耶稣平起平坐的地位，将东方圣典抬高到与《圣经》同等重要位置，更是对耶稣的不敬。其实，1849 年受过良好教育的读者并非不接受对基督教信仰的质疑。他们难以接受的是梭罗对基督教与印度教、佛教、中国哲学进行比较来攻击基督教信仰。在他们看来，这种比较行为本身就是不敬且荒谬的。梭罗因此被指责为“泛神论者”，这种泛神论思想对梭罗文学事业的发展无异于绊脚石。《康科德和梅里马克河上一周》的出版遭遇惨败，梭罗如此自我解嘲：“我的书房有近 900 本书，其中 700 本是我自己写的书。”（*Journal* 5：459）这种失败与梭罗“泛神论”不无关系。对于评论者的指责，梭罗依然我行我素，继续书写他“对基督教的异教式的不忠”②。当朋友兼文学经纪人贺拉斯·格雷利提醒梭罗，这种“挑衅性的泛神论”只会为他带来不利时，梭罗表示，很不幸会是这个样子，但也无法改变，因为“我是

---

① Marjorie Hope Nicolson. *Mountain Gloom and Mountain Glory: The Development of the Aesthetics of the Infinite*, p. 140.

② Alan D. Hodder. "'Ex Oriente Lux': Thoreau's Ecstasies and the Hindu Texts." *Harvard Theology Review*. Vol. 86, No. 4 (1993): 403-438.

天生的泛神论者"[①]。《奇森库克》("Chesuncook")曾在《普特南》杂志上连载发表，编辑詹姆斯·洛威尔认为其中一句有关松树的句子涉及泛神论："它像我一样不朽，也许会向高处伸展至天堂，在我之上巍然屹立。"于是在出版时自作主张将其删掉。梭罗为此大为恼火，在给洛威尔的信中称"那句话被一种非常卑鄙、怯懦的行径省略了"，两人因此绝交。[②] 1862年，当梭罗深知自己将不久于人世，为自己身后著作出版做准备时，特意恢复了被洛威尔删除的这句话。

梭罗认为："若要能够欣赏基督一生的美好及其深刻意义，就必须不信基督教。"(*A Week*, 73)与基督教保持距离，方可对其公正评价。梭罗认为，耶和华比起朱庇特(Jove)，"更绝对、更难以接近，很难说更具神性。他不算什么绅士，不那么和蔼可亲、宽宏大量。他不似许多希腊神灵那样对自然施以如此亲切友好的影响"(*A Week*, 74)。梭罗同时对基督教徒的守安息日和教堂进行了批判，认为教堂是"最丑陋的建筑，因为在教堂中人性卑躬屈膝，蒙受最大的耻辱……教堂是一种治疗人们灵魂的医院，就如治疗人们身体的医院一样充满江湖骗术(quackery)"。(*A Week*, 88-89)梭罗因而表明信仰立场："我不能确定在极端情况下我不会求助于希腊开明的诸神而非我们国家的上帝……在我看来，文明国家中人们通常崇拜的那个神徒有虚名，一点也不神圣。"(*A Week*, 74-75)基督教眼中的异教(Heathenism)如印度宗教、印第安文化、凯尔特文化中的德鲁伊教及希腊神话，引起了他的注意。1860年12月，梭罗读到理查德·特伦奇[③]的《词语研究》中有关"heathen"的词条，该词条将"heathen"一词追溯至德国引入基督教的时代："住在'荒野'的野人长期抵制着教堂的真理。"梭罗在日记中做了如下记录："从前，住在离城镇很远的荒野里的人会抵制接受城镇中流行的教义，于是被贬称为荒野之人(heathen)，所以我们就是住在越橘草地的荒野之人，越橘草地就是我们的荒野。"(*Journal* 14: 299)这段日记表明梭罗对于基督教正统的反叛、对荒野的认同。

heathenism一词源于heath，指"开阔的、未耕种的土地；大片荒地；荒野"，本身就有"荒野"之意。heathen是哥特语中对那些崇拜树

---

① Henry David Thoreau. *The Correspondence of Henry David Thoreau*, pp. 294-298.

② Joseph J. Moldenhauer. "The Main Woods." *The Cambridge Companion to Henry David Thoreau*, pp.124-141, at 128.

③ 特伦奇(Richard Chenevix Trench, 1807—1886)，曾任都柏林大主教(1864—1884)，诗人、语言学家，1853年出版了《词语研究》(*On the Study of Words: Five Lectures*)。

林或崇拜荒野的人的称呼。北欧人就在荒野或树林中进行祭拜，古代凯尔特社会中的德鲁伊（Druids）大部分时间就住在荒野或树林中。将异教称为 heathenism 是基督教对异教的蔑称，体现的是将荒野作为文明对立面的二元对立思维。

树木崇拜在许多民族中流行。早期希腊人相信橡树是仙女（nymph）和树神（hamadryad）的居所。古希腊的神圣围地（Temenos，即专门划给神的一片土地）就是在橡树枝下。古代意大利人认为橡树林是神圣的，有精灵居于其中。凯尔特人和哥特人认为人类诞生于橡树中，橡树属灵媒，为占卜的工具。他们有“世界树”（World Tree）的观念。据说“世界树”是德鲁伊集会的中心，他们通常聚集到树下来做出最为庄严的决定。[①] 凯尔特民族将树林视为神圣之物，他们的圣所往往位于森林深处，人们会长途跋涉、穿越密林进行朝拜。凯尔特语将“神圣的树林”称为 nemeton，有“天堂”之意，神圣的树林意味着地上的天堂。[②] 城镇生活与凯尔特传统格格不入，有些圣所反映了凯尔特人对自然环境的迷恋。在凯尔特人的信仰中，并不使用建好的寺庙，而是直接利用神圣的树林或神圣围地。随后基督教长驱直入，基督教文明与这些民族的自然崇拜发生激烈冲突。树木崇拜、荒野圣所遭遇极大威胁。及至《新约》时代，基督教过渡至农业社会，在定居地修建教堂，那些延续古老的自然崇拜的人被称为“异教徒”（pagan heathens）。

梭罗显然对这些神话是熟悉的，在考察了所有神话后他得出结论：“森林在所有神话中都是圣地，例如德鲁伊的橡树林、埃格利娅[③]的丛林园。即使是在更为熟悉、更为日常的生活中，人们也会带着崇敬之意提及某一著名的树林——如巴恩斯代尔树林和舍伍德森林[④]——潘神（Pan）自己就住在树林里。”[⑤]

梭罗对大山、森林等荒野形态的尊崇表明，他有意脱离欧裔美国人的

---

① Jay Hansford C. Vest. *Will-of-the-Land: A Philosophy of Wilderness Praxis and Environmental Ethics*, p. 14.

② Jean Markale. *Celtic Civilization*. London: Gordon and Cremonesi, 1977, p. 88.

③ 埃格利娅(Egeria)，相传曾是罗马国王努玛·蓬皮利乌斯(Numa Pompilius)的情人、顾问。努玛王为其建了丛林园，两人在此相会。努玛王死后，埃格利娅悲痛欲绝，化为泉水，成为罗马神话中的水泽女神。

④ 巴恩斯代尔森林(Barnsdale Woods)，相传为英国传奇人物罗宾汉的出生地。舍伍德森林(Sherwood Forest)，位于英国诺丁汉郡，据说后来罗宾汉居住在此。

⑤ Henry David Thoreau. *The Writings of Henry D. Thoreau: Journal 1: 1837-1844*. Edited by Elizabeth Witherell, William L. Howarth, Robert Sattelmeyer, and Thomas Blanding. Princeton: Princeton University Press, 1981, p. 347.

基督教传统，意欲恢复基督教侵入西方文明之前的信仰“万物有灵”，实行自然崇拜的神性世界。这种自然崇拜不仅体现在凯尔特信仰和古希腊神话中的潘神信仰，也体现在欧裔基督徒进入北美之前的印第安人的信仰体系中。在《康科德和梅里马克河上一周》中，梭罗宣称自己是“伟大的潘神”的追随者。潘神为半人半兽，身体是人，腿脚为羊，头上有角，是森林和牧人之神，同时还是猎人、渔夫和养蜂人的保护神。梭罗曾说：“在我的万神殿中，潘神依然拥有那原初古老的荣光，面色红润，胡须飘飘……伟大的潘神并非如过去的谣言所说已经死去。在新英格兰和古希腊的一切神中，或许我对他的神殿礼拜最为殷勤。”（*A Week*，57）

二、具有“自我意志”的荒野

梭罗的泛神论倾向直接影响着他对荒野的理解。笔者在本书“导论”中追溯了荒野（wilderness）的词源，其词根为 wild。纳什指出，“荒野”的词根似乎是与条顿语和北欧语中的 will（意志）有关，带有某种“我行我素”（self-willed）、“任性的”（willful）、“难以控制”（uncontrollable）之意。换言之，wilderness 一词的中心词 wild 从词源上来说与 will（意志）有关。[①]荒野的这层意思也体现在古印欧语中：荒野指有自己意志力的土地。[②] 1953 年 1 月，梭罗在读《词语研究》时注意到 wild 词条：“wild——will 的分词形式，我行我素的、有自我意志的（wild——participle of will，self-willed）”，并在日记中做了如下记录：

> 特伦奇说一个有野性的人就是有意志的人（a wild man is a willed man）。那么，有意志的人就是指做他愿意或希望做的事，这样的人是有希望的，属于未来时态，因为不仅顽固的人是有意志的，有恒心、有毅力的人也是有意志的。顽固的人，确切地说，是有意志说不的人。圣人们的毅力是主动的意志，不是被动的意愿。命运之神是野性的，因为她们有意志；万能的上帝同命运之神一样，是最具野性的。（*Journal* 4：482-483）

梭罗注意到“野性”与“自我意志”相连，尽管日记中没有直接将“荒野”一词与自我意志相连，但因为野性是荒野的特征，梭罗也将荒野看作“具有自我意志的土地”。这种荒野观与古代凯尔特语中荒野的意思

---

① Roderick F. Nash. *Wilderness and the American Mind*, 5th ed., p. 1.

② Jay Hansford Vest. “Will of the Land: Wilderness among Primal Indo-Europeans.” *Environmental Review*. Vol. 9 (1985): 323-329.

一致。事实上，梭罗非常熟悉凯尔特文化中的德鲁伊对于树木的崇拜。在《瓦尔登湖》之“贝克农场”篇，梭罗写道：“有时候我会漫步走到松林里，松树像庙宇一样高高耸立……德鲁伊宁愿放弃他们的橡树，转而崇拜这些松树。”（*Walden*，130）橡树是古代凯尔特的圣树。德鲁伊尊槲寄生和橡树为圣树，他们举行所有仪式时都必须有一束槲寄生和一棵橡树。

在基督教中，无论《新约》还是《旧约》，均将荒野视为“荒漠，不毛之地”。在印欧语系中，荒野是“具有自我意志之地”。人们相信荒野是神圣的，往往会预留出大块土地或保留地作为神圣的树林或荒野圣殿。荒野一词因此可以传达出“不驯服、难以控制的”自然的原生特质，其作为“具有自我意志之地”的深层意义反映了不受人类控制和使用的内在价值。这个意义下的荒野，并非是来自基督教影响的欧洲视角，而是来自承认荒野具有内在价值的基督教传统之外的视角。实际上，美国环境哲学、生态哲学对于荒野的重视与保护意识的不同发展，无不得益于西方文明主流之外的思想资源。梭罗的批判精神以及作为超验主义者特有的对各民族文化的接纳，使他能够摆脱欧洲基督教传统的局限性，从不同文化中汲取营养，发展自己的荒野思想。

三、荒野的内在价值

在美国文学史上，梭罗并非首位书写并赞美荒野的作家。华盛顿·欧文、库珀、布莱恩特、富勒、赫奇等都盛赞过美国的荒野。但梭罗与荒野的接触不是停留在视觉层面，而是调动全部身心参与到荒野体验中：吃野苹果、闻沼泽地的味道，为野生动物发出的声音感到兴奋。他喜欢听潜鸟的叫声，因为这是他听到的“最具野性的声音”（*Walden*，261）。甚至暴风雨来临之前的风的怒号在他听起来也“像极了湖中的潜鸟”。（*Journal* 5：436）。梭罗曾数次前往邻近的沼泽地，让自己陷入其中，想象自己是蔓越莓。他也曾想象自己与鲈鱼、梭子鱼等一起在小溪、池塘、河里游泳。（*Journal* 1：120）他不满足于瓦尔登湖畔的日渐人化的自然，多次远足寻找真正的荒野。正是在对荒野的热爱与亲密接触中，梭罗意识到荒野与人一样，有其独立的意识和价值。梭罗自己说：“我对我附近的每一种当代植物都感兴趣，它们让我一定程度上了解了更大的世界。它们是与我一样栖居于这个星球、这个地方的居民，有着熟悉的名字。但它们多么富有野性！”（*Journal* 9：406）

梭罗重视这些野生自然物的“野性”，他笔下的荒野，无论是何种形态，是山、海、湿地、沼泽、森林还是荒野中的栖居者，都被赋予自主意志，因而具有内在的价值。

（一）海、山、森林

海洋可谓梭罗荒野心目中最为蛮荒、最具野性的荒野。在《科德角》中梭罗目睹了海难遇难者的躯体，领略了海洋的博大、狂野、冷酷、无情，这令他觉得“海滩是某种不偏不倚的地方，最适于思考世界”，“那永不停息向岸边滚滚而来的海浪，经过的路程太远，无法驯服，难以亲近……这里一片蛮荒，恶臭难闻……人类的尸体和动物的尸体共存于沙洲上，颇为壮观。腐烂的尸体任凭日晒浪打，逐渐失去了颜色。潮水把它们翻来覆去，在底下垫上一层新鲜的沙”。梭罗最后发出这样的喟叹：“这就是赤裸裸的大自然。它残酷无情，毫不掩饰，从不关心人类，只顾一口一口地啃噬那陡峭的海岸。海鸥在岸边的浪花间盘旋。”①

这种体验与卡塔丁山荒野经历一样，让梭罗感受到荒野“非人”的特性。荒野属于原初时代，未被驯化，未被人类打扰。就与人类的关系而言，荒野是一种对人类形成威胁、破坏人类生命形式的状态。人类不会与它发生关联。这样的自然不再是仁慈的母性，而是巨大、可怕的物质，荒野与人类隔离，不是人类的居所，也不适合人类涉足、栖居或者留下痕迹。梭罗认为荒野尽管崇高，却不是适于人类的一种状态。他看到了荒野的“非人”性、“他者”性，也看到了荒野拒绝人类的染指、亵渎、驯化与征服。荒野是荒古的、原初的，它先于人类的存在而存在，不为人类的需要而存在。

缅因的荒野，除了卡塔丁山，最令梭罗震撼的就是连绵不绝的山林，“那里除了少数几处开荒地，除开河道部分的狭窄间隔，以及光秃秃的山顶和湖泊溪水所在的位置，森林完全连成一片”，在这里，梭罗看到了比想象中更严酷、更荒凉的荒野。更为重要的是，梭罗看到了这里“不是英国国王的人造林，——人造林仅仅是皇家保护区。这里没有森林法，只有自然法则。土著人的权利没有被剥夺，自然也没有失去山林”。在梭罗看来，这里的荒野自成一个独立王国，不属于人类，亦不受人类法律的管辖，这里只遵循自然法则，它的居民则是野生动物：“这里是驼鹿、熊、驯鹿、狼、河狸以及印第安人的家园。”（*MW*，72）

在美国历史上，自然一向被视为一种服务于人的资源，并不具有独立的价值。即使是爱默生，尽管视自然为其哲学基石并将其提高到本体论的地位，但是在他看来，自然依然是为人类而存在。在《论自然》的“商

① [美]梭罗：《科德角》，《梭罗集》（下），第1084页。

品”篇，爱默生宣布：“野兽、火、水、石块和玉米都为人所用……大自然在他对人类的服务中不仅仅是提供物质，它也是服务的过程和结果。自然界的每个部分都在不停顿地相互协作，以便为人类提供福利。”①同样的论调持续至《论自然》结尾：“请记住，世界是为你而存在的，因为你才真正是一种完美现象。”②梭罗则看到了荒野内在的价值，他对荒野的看法已经走出“人类中心主义”，开启从“人”到“非人”视角的转换，这成为100多年以后强调人并非自然的主宰，主张人与自然和谐共处及生物物种平等的“深生态思想”的曙光。

（二）陆上居民——动植物

1690年，英国哲学家约翰·洛克（John Locke）提出，所有人先于社会、先于政府而享有某种自然权利（natural rights），其中包括生命、自由和健康。梭罗首次主张这种自然权利应该延伸至“非人类”世界。

梭罗不仅承认荒野的内在价值，而且在荒野体验中与栖居其中的动植物共情，以植物为友、动物为邻，缔结了亲友般的友好关系。在《动物邻居》中，梭罗详细描述了如何与老鼠共居一室和睦相处的情景，饶有兴趣地讲述了如何与一只喜欢狂笑的潜鸟斗智斗勇，最后以失败而告终的经历。梭罗对动物的友善并非发自道义，而是一种感同身受的同情（sympathy）。“同情”是梭罗极为看重的一个词，笔者在上一章已经论及。他曾想象自己是蔓越莓、狐狸、鱼类等，这种人与动物身份的转换，既让梭罗从中获得向往的某种自由与野性，也实现了与动物的共情，这是一种理解的同情。而一旦产生这种同情，自然而然会生出保护意识：“真正了解某一生物的人会去保护它，而不是摧毁它。”（*MW*，112）

梭罗本来对印第安人和打猎怀有很大的兴趣和期待，称“印第安人的生活是首史诗，大地就是他的狩猎场”③，然而，在《缅因森林》中，当看到自己的同伴和印第安人不加节制地猎杀动物时，梭罗开始因自己的参与而产生深深的犯罪感：“我已经受够了，不想再猎杀驼鹿，这绝对不是我来森林的目的，而且我事先也没想到会是这样，尽管我也很愿意了解一下印第安人是如何狩猎的。但是杀一头驼鹿就够了，用得着再猎杀那么多吗？因为下午的悲剧，因为悲剧也有我参与，我有了一种负罪感，这次探

---

① ［美］爱默生：《论自然》，《爱默生集：论文与讲演录》（上），第12—13页。

② ［美］爱默生：《论自然》，《爱默生集：论文与讲演录》（上），第58页。

③ Henry David Thoreau. *Early Essays and Miscellanies*, pp. 108-109. 出自1837年6月2日梭罗大学时的一篇论文，主题为“判断一个国家是文明还是野蛮的标志或标准”（The mark or standard by which a nation is judged to be barbarous or civilized）。

险带来的乐趣也荡然无存了。”他进而对这种“仅仅为了捕杀的快乐而捕杀驼鹿的行为”进行反思：“这天下午的经历让我明白通常将人们带进荒野的动机是多么卑鄙或粗俗。探险家、伐木工，通常都是靠劳动赚钱的雇工，因而正如锯木工对森林没啥感情一样，探险家、伐木工也谈不上对荒野有多么热爱。”（*MW*，110）这种无节制的猎杀让他对印第安人产生了反感：“印第安人和猎人对大自然的利用是多么粗俗，多么不完美！怪不得他们的种族这么快就灭绝了。”（*MW*，111）梭罗认为出于生活需要的打猎是可取的，“我想我可以在森林里过一年打猎钓鱼的生活，只要够自己生活就满足了”，可是将打猎作为一项运动，仅仅为了满足猎杀之乐，这种行为就“很像在夜里出去到林边牧场射杀你邻居的马”一样。（*MW*，110）

《瓦尔登湖》中梭罗明确提出动物的生命权利：“没有哪个人，过了没心没肺的少年时代之后还会随意谋杀任何生物，因为动物和他一样，也有生命的权利。兔子在陷入绝境时，会像孩童一样哭泣。我要提醒你们，母亲们，我的同情心并不仅仅限于人类。”（*Walden*，138）梭罗将滥杀动物的行为称为“谋杀”。1847 年 2 月的一封信中，梭罗向友人承认了一次掏鸟窝的行为，并将其与“谋杀”联系在一起：“我承认在抢劫它们的窝时有点心神不宁，尽管我能够轻松地时不时从它们的窝里顺走一两只蛋，如果科学的发展要求的话，这也可以延伸到极端，算作有意谋杀。”①

人类在猎杀或吃掉动物时通常不会考虑动物的疾苦，梭罗却将同情心推及自然界所有的生灵。梭罗的朋友，经常访问瓦尔登湖的约瑟夫·霍斯默在《亨利·戴维·梭罗》中回忆了梭罗对待动物的原则：

> 他哲学的一个原则就是，只要能够避免，就不要去剥夺任何能够呼吸的动物的生命。但是，允许土拨鼠和兔子来毁掉他的豆子，还是反击，现在就变成了一个严重的问题。他决定反击，就先弄来了个铁笼子，逮住了一只土拨鼠。在将其关了几个小时的禁闭后，就放了它。然而，几天后，他发现土拨鼠在豆地附近一片灌木丛下的战略要点，挖了一个“散兵壕”来掩护自己，做好了坚决围困的决定。梭罗再一次下了陷阱，再一次将小偷抓住。有人提议用简洁的方式处决它：“把它的脑袋敲了。”梭罗却想，这一招对付土拨鼠太狠了：即使是土拨鼠，也有暂时居住者必须尊重的权利。土拨鼠难道不是这里最早的居民吗？难道不是他“侵犯”了土拨鼠的“所有权”，摧毁了土

① 转引自[美]亨利·戴维·梭罗：《瓦尔登湖》，第 238 页。

拨鼠的家，在废墟上盖了他的棚子吗？仔细思考了这件事情以后，他把土拨鼠抱在怀里，带到了两英里以外的地方；在用一根棍子狠狠地教训了它一顿后，他打开了陷阱，再次让它“和平离开”；他再也没有见过它。[①]

在所有的树种中梭罗最喜欢松树。梭罗日记表明，他曾在1851年11月11日至12月30日连续观察一片松树林，观察各个时间段景观的变化，聆听松涛声及树上的松鼠、鸟儿、斧头砍树的声音，也记录了自己对松树的感情：

一个晴朗却寒冷的一天——冻手指——接下来就该戴上手套将手放在冬季装配中了……风过松树林的怒号好像海浪击打着无数的沙滩——无边无际的岸——偶尔声音又像锣声在大厅和门口处回响。(1851年11月11日，*Journal* 8：272)

啊！亲爱的自然——短暂的健忘后，我只想到了松树林！我走向它，就像一个饥饿的人走向一块硬面包一样。(1851年12月12日，*Journal* 8：310)

我只知道一片松林像朋友一样重要、令人难忘。我更肯定的是，当离开它时比离开我最亲近的朋友更带着欢欣鼓舞的心情。(1851年12月17日，*Journal* 8：322)

在所有的树林中，或远或近都能听到伐木者挥动斧子的声音——这是一种迟暮的声音——人们为了柴火到了森林中。人们只是在这个时间来砍柴……远方地平线上斧头的声音就像屋檐滴水的声音。(1851年12月17日，*Journal* 8：324)

这些白松的确有情……松树给我的感觉像是个人。(1851年12月20日，*Journal* 8：329)

缅因之行中，梭罗见到连绵不绝的森林，在他看来这是一片比想象中还要严苛的、潮湿的、复杂的荒野，然而，就是在这样的荒野中，梭罗竟看到了一种“难以言传的温柔”(inexpressible tenderness)，看到了大自然的不朽与勃勃生机：“谁来描述严酷森林难以言传的温柔和不朽的生命？即使是在隆冬时节，大自然也如春天一样生意盎然。”进而产生一种归属感：“生于斯，死于斯，葬于斯，此生无憾！在那里，人类终将得到永生，笑对死亡，笑看坟墓。”(*MW*，72-73)

① 转引自[美]亨利·戴维·梭罗：《瓦尔登湖》，第191页。

（三）水中居民——鱼类

除了陆上动植物，梭罗还多次写到水中居民——鱼类。与猎人一样，渔人也被梭罗视为理想中的职业，他们都是自然的居民，比哲学家、诗人更熟知自然。梭罗称钓鱼者为“冥想者的消遣”（*A Week*，24），亦曾称自己为渔人，在“时间的溪流里垂钓”（*Walden*，64）。这种偏好使得梭罗对鱼类倾注了感情。《康科德和梅里马克河上一周》中梭罗发现了康科德的12种鱼类，并以渔人和博物学家的视角与鱼逗趣，详细描写它们的外貌、行为、习性偏好，并将其人格化：鲈鱼粗心、倔强；红色和白色的奇文（chivin）鱼外表文静典雅，似有学者风度；美洲狗鱼是最敏捷、最警觉、最贪婪的一种鱼，这种鱼严肃庄重、爱沉思默想；综鲴被称为“牧师”，呆笨迟钝、粗心大意……梭罗意图说明，这些奇妙的生灵比人类更是自然的居民。它们本来在自己的家园自由自在、洄游、繁衍生息，然而人们却在河上建起了大坝，人类的行为破坏了这一切：

> 可怜的鲱鱼（shad）啊！哪里有给你的补偿啊！既然大自然给了你本能，她是否赐予你忍受自己命运的心呢？你依然身穿鳞甲在海中徘徊，谦卑地在每一处河口探询，看人类是否可能让你自由进入。……在这迟来的春天你整群整群地迁徙，完全凭借本能也就是你的信念漂流，或许你不知道还有哪些地方没有人类居住，还有哪些地方没有工厂。你既无刀剑作武器又无法使用电击，你只是鲱鱼，你清白无辜，身负正义的事业，你那温柔的嘴巴无法说话，只知朝向前方，你的鳞片又很容易被剥离掉。于我而言，我与你为伍。有谁知道怎么才能用一根撬棍撼动那座比勒里卡水坝？（*A Week*，39）

梭罗谴责了人类对鲱鱼的不公正待遇，它们却无法请求赔偿。建造大坝对鲱鱼来说是错误的、不道德的。梭罗接着又呼吁：“让人类肤浅而自私的博爱（phil-anthropy）见鬼去吧！——有谁知道在低水位标志以下鱼类会具有何等令人钦佩的美德，它们面对严酷的命运毫不气馁，这种美德唯有人类才懂得赏识，却并未获得他的赞美！”（*A Week*，40）梭罗提出鱼本身具有美德，又一次看到了动物的内在价值。他有意将philanthropy（对人类的爱；博爱）一词拆分为phil-anthropy（爱－人类），指出这种“博爱”的实质是以人类为中心、自私的爱，并不能兼及其他生命形式。不仅如此，人类不愿去了解并理解非人类的生命形式，故而不能培育出对其他生命形式的欣赏。梭罗因此成为美国历史上最早明确呼吁一种“非人类中心伦理”（a non-anthropocentric ethics）的人。①

总而言之，梭罗笔下荒野的内在价值表现为一种自由自在的状态。自由自在是梭罗理想的荒野的形态。自由是指不受人类干扰，独立于人类意志之外，并能按照自己的本性发展，所谓“云自无心水自闲”“花自飘零水自流”。对荒野和野生自然来说，本性意味着野性，无论是山川河流、沼泽湿地、树木花草，还是各种动物，只要能够保持住野性，它们就能都处在一种自在的状态。于整个自然而言，只要组成大自然的各个部分、栖居其间所有的居民能够保持住野性，那么这种自然就是完整、健康、美丽的。梭罗描述了瓦尔登湖及其居民自由自在、怡然自得的画面，那是自然中最美丽也最有表现力的风景：“那里人工痕迹十分罕见，湖岸的森林不曾有斧子砍掉一部分，也不曾有一块耕地与之相连，湖面波平如镜、燕子掠过湖面，野鸭在梳理羽毛、蓟草的花冠漂浮在水面，鱼儿朝花冠游去，湖面上几乎所有地方都有鱼儿跳跃，水面上一圈圈荡漾着波纹。”（*Walden*，120-122）在梭罗的笔下，荒野自成系统，每一部分都相互依赖，万物并育而不相害，并能各得其所、自由自在。对于这种“顺其野性”而存在的状态，梭罗非常赞赏、尊重并珍视。他曾呼吁：“让我们生活在大自然的恣肆任意中吧。让狗叫吧，让乌鸦啼吧，让太阳照吧，让风吹吧。”（*Journal* 1：253）他称野性为“不同于我们的另一种文明”。梭罗日记中有这样一段阐述：

> 那只鸟不会是你的家禽，为你孵蛋，它永远将自己的鸟巢掩藏。尽管它是有意志的（willed），或者说野性的（wild），它并不任意使用自己的野性。没有同情心的人将有些动物的野性——对他陌生的东西——看作一种罪（sin），好像它们的德行就在于它们可以被驯化。他的枪可以随时令它们灭绝。我们所称之为野性的是不同于我们自己的另一种文明（What we call wildness is a civilization other than our own）。猎鸡鹰避开农夫，却需要寻求松树友好的庇护和支持。它不愿自己在谷仓前的空地上信步，而爱在云层上空翱翔。当我们想要让它屈服于我们的意志时，它我行我素。它是美丽的。（*Journal* 11：450-451）

在梭罗看来，荒野最重要的价值就在其野性和自由：“我们所称之为野性的是不同于我们自己的另一种文明。”《散步》一开篇，梭罗就呼吁：

---

① Philip Cafaro. “Thoreau's Environmental Ethics in *Walden*.” *The Concord Saunterer*. Vol. 10（2002）：17-63，at 20.

“我想为自然说句话，为它十足的自由和野性，并非文明意义上的自由与文化。”这表明荒野自在、自为、自足，独立于人类文明而存在。人类应该将其作为一个独立系统来欣赏、保护，不仅如此，人还应该恢复与自然的亲密关系，成为“自然的居民，自然的一部分”，因为在野性自然中人们开始找到自我，认识到“我们身处何方，认识到我们与世界的关系是无限的”（*Walden*，111）。

第二节　文明之于荒野：保护荒野

梭罗带着强烈的情感研究荒野并珍视之，从中发现了荒野的内在价值。他认为，保护野生动物意味着为它们创造一片可以栖居或依赖的森林（“Walking,” 575）。对荒野内在价值的重视，促使梭罗在目睹农业文明、工业文明与资本主义、商业主义的上升对荒野和野性自然的破坏时，产生了荒野保护意识。

一、文明与荒野之争

自欧洲殖民者踏上美国这片土地起，文明与荒野之间就产生了恒久的矛盾。殖民者要生存，要在这片“新大陆”建立一个家园，建立一个举世瞩目的“山巅之城”，就必须征服荒野、消灭荒野。殖民的历史就是一部变荒野为文明的历史。美国的扩张就是农业的扩张，是以印第安人和荒野为代价获得的。美国国家的崛起通常可以从军事方面和意识形态两个方面来理解：一方面通过与印第安人的战争夺得土地，另一方面用所谓的“天定命运”推进西进运动实现领土扩张。对征服土地的占领则主要通过农业，即通过“拓荒”将森林、草原变为农田。文明与荒野的矛盾最早表现为森林与农田之争。19 世纪初，随着资本主义的上升、工业文明进程的加快，文明与荒野的矛盾又增加了新的表现形式。自始至终，二者之争的结果是荒野的减少。

美国建国初期，以约翰·亚当斯（John Adams）和亚历山大·汉密尔顿（Alexander Hamilton）为代表的联邦党人主张将美国发展成为商业与制造业大国。而以托马斯·杰斐逊为首的共和党人则是以农业立国，让耕者有其田。共和主义忧虑发展和进步会带来腐败堕落，尤其担心经济的过快增长和私人产业的扩张，而这两者均与资本主义的发展有关。共和党认为资本主义会给银行、企业集团、政府官僚带来特殊利益，因而损害平等和共同利益。再者，资本主义鼓励消费和奢侈品，这样会助长个人对于财富和利益的追求，从而忽视公共参与和责任。杰斐逊和他的共和党同盟詹姆斯·麦迪逊（James Madison）遏制腐败的基本理念是征服荒野，建立一个由有德行的农民组成的稳定的社会。另一方面，鉴于当时欧洲的社会腐败、人口过多、城市蔓延等问题，美国在确立治国理念时，将建设田园确立为治国理想。他们认为，美国是一片处女地，缺少与欧洲社会相似的任何东西，历史上一片空白。所以，美国可以成就新的黄金时代，成为一个未堕落、未经染指的花园。[①]这个花园不是一片荒野，而是在荒野的蛮荒和都市的腐败之间“开化的中间风景”（a cultivated middle landscape）[②]，并且通过征服野性自然（包括驱除印第安人）来实现。

杰斐逊提出的“中间风景”不仅指向空间，也指向时间，它意味着在定居农业和家庭手工业的中间阶段，可以实现经济缓慢发展和社会的稳定。当然，杰斐逊并非反对一切经济形式，他主张自由贸易、农业和手工业上的科技进步。他认为，一个由农民和手工艺人组成的农业社会可以确保这些目标的实现。如此，美国就会避免成为全面的商业和制造业社会，并能维持农业社会的道德和公平。他在就职演说中甚至为美国设计了一个宏伟的蓝图：美国是“一个应许之国，上帝所选的国家，能够为百世乃至千世子孙提供空间”[③]。他认为：“如果上帝真有选民的话，那些在土地上劳作的人士便是上帝的选民。他令他们的胸膛成为真正品德的存储之所。以这种方式他令那种神圣之火存活，如若不然，他们就可能从地球上消失。”[④]

为了给自耕农提供足够的空间，美国开始西部扩张运动。安德鲁·杰克逊（Andrew Jackson）总统也沿袭了杰斐逊时代的田园理想。然而，自由贸易和领土扩展并没有确保杰斐逊的田园共和国能够千秋万代。美国不仅经济无法与英、法抗衡，其边疆也并非无限，农业道德也并不能持久，距杰斐逊发表就职演说不到一个世纪，美国的边疆时代便宣布告终。到1893年特纳发表《边疆在美国历史上的意义》时，美国已经发展成为工

---

① Leo Marx. *The Machine in the Garden: Technology and the Pastoral Ideal in America*, pp. 36-37.

② Leo Marx. *The Machine in the Garden: Technology and the Pastoral Ideal in America*, p. 71.

③ Thomas Jefferson. “First Inaugural Address,” 4 March, 1801.

④ Quoted in Steven Stoll. “Farm against Forest.” *American Wilderness: A New History*. Edited by Michael Lewis. New York: Oxford University Press, 2007, pp. 55-72, at 58. 杰斐逊的这段话出自其《弗吉尼亚州笔记》。

业化国家。同时，伴随田园共和主义的失败，一些美国人开始哀叹日渐减少的荒野。他们赞美野性自然之美，并且认为蛮荒的边疆能够激发并培育简朴、勤恳和自立等品质。另一方面，随着文明进程的加快，荒野捍卫者越来越将美国文明视为“贪婪、荒芜、具有破坏性，偏狭局促、过度城市化”①。荒野变成了另一意义上的花园。美国人最初更喜爱田园生活和农民的生活，将无人涉足的荒野变为伊甸园，是清教徒的梦想。随着工业、商业的扩张，城市化的加剧，荒野逐渐减少，远离现代生活、充满生命力的荒野反而成为人们追求的理想的伊甸园。

重农主义挥舞着文明之斧，大量森林被砍伐，为农业让路。约翰·阿道弗斯·艾茨勒（John Adolpus Etzler）原本是德国工程师，1831 年移民至美国，希望在美国中西部的草原上建立一个思想自由、物质自由的社区。与杰斐逊一样，艾茨勒也相信美德要靠人的物质条件来保证，于 1833 年出版宣传手册，极力鼓吹要在美国“借助自然和机械的力量，无需劳作，就可以在这片土地上建立一个人人可及的乐园、伊甸园”。到那时，“整个自然的面孔都将美得无以复加。人们会平山、填谷、造湖、抽干湖泊和沼泽，在每一寸土地上都插入美丽的运河”，通过利用风和浪，人类就能建造无限扩张的乡村，消灭每一寸的野生自然，养育上百亿的人口。艾茨勒表达了对“荒野”的憎恨及对“花园”的向往：“你这面目狰狞的荒野，现在不过是野兽或有毒的、可恶的害虫以及一些零星散居的、可怜的印第安人的地盘，将很快变成聪明人的令人愉悦的寓所。应用一些简单的方法，土壤上将会铺满各种适应气候、茂盛生长的蔬菜，最精美的花园将向四面八方延展。”②艾茨勒的这番言论颇能代表当时美国的田园理想对荒野的态度。

另一方面，寻求文化独立的政治家、文学家、艺术家、历史学家等从一开始就将美国设想为“自然之国”，他们认为能将美国与欧洲区分开来的就是荒野。荒野的“崇高”与“如画”能够弥补这个年轻国家缺少的历史感，未被人类染指和践踏的原始、蛮荒的野性自然的荒古感，在某种程度上就是这个国家历史的一部分。然而，文明之斧似乎越来越快，急于切断这个历史之根。托克维尔在 1831—1832 年的美国之行中捕捉到了这一

① Peter F. Canavo. “To the Thousandth Generation: Timelessness, Jeffersonian Republicanism and Environmentalism.” *Environmental Politics*. Vol. 19, No. 3 (May 2010): 356-373, at 361.

② Henry David Thoreau. “Paradise to Be Regained.” *Collected Essays and Poems*, pp. 115-137, at 115.

趋势："用不了几年，这片密不可穿的森林就要被砍倒了。文明和工业的噪音将打破寂静。正是这种变化，给了美国荒野如此独特的性格和动人的美感。人们带着忧郁的快乐看待它，人们焦急地仰慕它。担心蛮荒、崇高的自然很快消失的想法与对文明步伐的期盼交织在一起。"①

这样一来，斧头就成为一种双刃象征，它既是建设性的又是破坏性的，既建构着美国文明又威胁着民族认同。与自然的矛盾关系在这个国家的文明进程中突出地显现出来。迈向美国未来的进程，事实上切断了美国与历史的关系。在砍掉森林之时，美国人不仅终结了使得美国独一无二的原初时代，而且也将威廉·卡伦·布莱恩特口中的"上帝的第一座圣殿"夷为平地。②

进步与发展成为时代的强音。拓殖者以进步的名义推行领土扩张，大量荒野急剧消失。文明之斧所向披靡的同时，火车携着"文明之音"呼啸而来。1820—1860 年，美国铺设的铁轨有三万英里，交通运输的革命转而带动了工业革命的进程。技术培育了美国人对于"实用"的热情，"实用"甚至与"道德正确"同义。在《花园中的机器》中列奥·马克斯将伴随铁路事业的语言称为"技术崇高之辞"(the rhetoric of the technological sublime)。正如壮美的风景可以提升观者的精神，给他们以崇高感，铁路以其宏伟博大也将传达同样的信息，进而提升这个国家的思想水准。③到 19 世纪 50 年代，美国的流行词语是"帝国的进程""天定命运""扩张"。

美国艺术家、文学家发现自己面临一个两难之地，在毁灭荒野、人化自然的同时，如何保持荒野、自然的神圣地位，保持与欧洲截然不同的身份认同呢？如果这种两难之境无法解决，美国人能否带着这种尴尬前行？文明与进步是否有一个无法跨越的点？佩里·米勒称之为"浪漫主义的两难之境"(Romantic Dilemma)："我们如何能够靠我们与自然的亲近来建立对欧洲的优越感，同时又心安理得地坐视对她如此迅速的掠夺呢？"④

这些问题促使文学家、艺术家普遍产生一种创作使命感。他们必须动作迅速，因为美国的野性自然正在快速消失。文明即将把人们带进可怕的

---

① Alexis de Tocqueville. *Journey to America*, trans. George Lawrence, ed. J.P. Mayer. Garden City, NY: Doubleday Anchor, 1971, p. 399.

② 转引自 Roderick F. Nash. *Wilderness and the American Mind*, 5th ed., p. 75，布莱恩特(William Cullen Byrant)的《森林赞美诗》("A Forest Hymn",1820)就以"树林是上帝最早的圣殿"(The groves were God's first temple)开篇。

③ Leo Marx. *The Machine in the Garden: Technology and the Pastoral Ideal in America*, p. 195.

④ Perry Miller. *Nature's Nation*. Cambridge, MA: The Belknap Press of Harvard University Press, 1967, p. 197.

未来，到处将充斥着毫无美感的建筑。美国很快就将与欧洲一样。欧洲的画家仅仅描绘花园美景，而美国的画家则可以描绘崇高、庄严的哈德逊河以及原始自然的、未被污染的河流和小溪。《文学世界》(*The Literary World*) 1847 年 5 月一期刊登了一位评论员的文章，哀叹文明对荒野造成的急剧破坏，并呼唤艺术家的使命：

> 文明之斧在我们古老的森林忙忙碌碌，工匠们的智慧正快速横扫我们国家婴儿期的遗迹。红皮肤的印第安人曾经充满野性、如画一般的栖息地，那些野鹿曾经自由漫步的地方，如今正成为商业和工厂的所在……北方佬的事业对这些如画的风景根本没有什么同情心。艺术家们理所当然要趁一切还不至于太晚之前，从它们的魔爪中挽救所残存的那么一点点，这是他们的使命。[①]

面对日渐消失的荒野，一些艺术家表现得比较悲观，认为失去荒野意味着末日的到来。如科尔诗歌《森林的挽歌》(“Lament of the Forest”)所言：“我们的末日近了：从东向西看，烟雾升腾，天空一片黑暗；每一座山、每一道峡谷都变成财神的祭坛。”布莱恩特在游历大湖区之后，担心未来村舍和旅馆会遍布“蛮荒和孤寂的森林”(wild and lonely woods)[②]。梭罗对荒野的消失并非止于悲观的哀叹，并非止于用手中之笔描写荒野的壮丽，而是向前迈出一步，响亮地发出保护荒野的呼声。

二、梭罗的荒野保护意识

在美国，荒野的减少主要表现为森林面积减少。自 1650 年到 1850 年，美国拓殖者清理了 46 万平方公里的森林。1850—1910 年，又有 80 万平方公里的森林倒在斧头之下。梭罗生活的时代是农业向工业、商业过渡。梭罗目睹了来自重农主义和工业对荒野的双重戕害。康科德从一个农业小镇快速走向工业化，有了商业中心、铅笔厂、钟表厂、砖厂、肥皂厂，架设了火车轨道，成为繁忙交通枢纽。小镇周围则是大片乡间空地。林地占总面积的六分之一，其余则为草坪、牧场或耕地。牛羊马遍地，一派田园风光。农业的发展使得林地减少，居民取暖消耗掉大量的木材。梭罗在日记中多次提到“斧头的声音”：“在所有的树林中，或远或近都能听到伐木者斧头的声音——这是一种迟暮的声音——人们为了柴火来到森林中。人们只是在这个时间来砍柴……远方地平线上斧头的声音就像屋檐滴

---

① Quoted in Perry Miller. *Errand into the Wilderness*, pp. 205-206.

② Quoted in Roderick F. Nash. *Wilderness and the American Mind*, 5th ed., p. 97.

水的声音。”（*Journal* 3：142）除却农业对于林地的侵占，工业文明的机器也闯入了自然这个花园。火车机车的呼啸声划破森林的宁静，在梭罗听来格外刺耳。在《康科德和梅里马克河上一周》中，梭罗也描述了同样的现象，但更突出了工业对自然环境的破坏性。在对当地的鱼类进行博物学描述后，梭罗指出三文鱼、鲱鱼等曾经非常充裕，但自建立大坝后，鱼就消失了，梭罗感叹：“我听到的不是鱼鹰的叫声，而是蒸汽机车那唤起一个国家进步的呼啸声。”（*A Week*，90）很明显，火车代表的是技术革新、商业规则、文化的进步，但同时也意味着动物被逐出家园，自然界遭到破坏。

梭罗热爱自然，对一草一木都充满了感情，对自然的爱也让他热爱家乡康科德。在他看来森林曾是康科德的骄傲，也是他与康科德之间的情感纽带，因而对这里发生的改变深感痛惜。斧头砍倒了森林的同时，也削弱了他对康科德的感情。1852 年梭罗在日记中写道：“这些树木！为何我没有更深切地感觉到它们被砍时的疼痛呢？难道它们不是如此深切地影响着我吗？斧头夺走我太多的东西。康科德被削去了它的骄傲。其结果是我对土生土长的镇子不那么依恋了。一个最主要的链环切断了。”（*Journal* 3：224）

梭罗日益感受到文明正在发起一场针对荒野的战争：“他们正在砍掉我们的树林，情况比以前更为严重……这是一个彻彻底底的过程，是一场与荒野的战争。”（*Journal* 3：216）1853 年 1 月 27 日梭罗在读到特伦奇《词语研究》中有关田地（field）的词条时，产生了共鸣：“我们的 fields（田地）只是[①] felds 或者 felled woods（被砍伐的森林）。田地的名字比森林更为新近，这表明大地最初是一片森林覆盖。在这个新兴的国家田地一直就是林间空地。”（*Journal* 4：482-483）

梭罗意识到，人类对荒野的改造，例如建造房屋、砍伐森林，都会造成诸如森林、沼泽等荒野景观的改变，使其丧失宝贵的野性，变得“驯服”“廉价”。（“Walking,” 562）文明带来的不仅仅是荒野图景的消失，也会破坏荒野所具有的野性和生命力，更严重的是，会切断美国历史之根：“我所深爱的这片康科德的荒野有着多么悠久的历史！这些年中多少古老的事迹曾描述过它——尤其是某些特别蛮荒的部分——从科尔到罗宾逊，从罗宾逊到琼斯，从琼斯最后到史密斯！”他认为缅因森林与之有着本质上的不同：“在那里，你不会想到你正在穿行的荒野其实是某些村民

① feld 为 field 的古英语拼写形式。

熟悉的林场。他的祖先历代从那里砍柴生火。”（*Journal* 10：234）

缅因之行对梭罗荒野保护意识的发展意义重大。1846 年、1853 年、1857 年梭罗三次去往缅因，那里绵延不绝的原始森林让他震撼，然而，即使是在那里，梭罗也听到了斧头砍伐的声音。卡塔丁山之行让他看到伐木工业的步伐和贪婪。1837 年佩诺布斯科特河及其班戈上游支流有 250 个锯木厂。“这里人们的使命，如同许多忙碌的魔鬼，似乎是要尽快把森林从这个国家驱逐出去，不放过任何一个荒僻的河狸栖居的沼泽、任何一座山坡。”（*MW*，5）但是那里的荒野仍然看起来无边无际，似乎永不枯竭。站在卡塔丁山上梭罗看到的仍然是一片完好的荒野风景，似乎没有受到伐木业的明显影响，森林依然广袤无边，纽约在自己的界内仍然有自己的荒野，佩诺布斯科特上游 60 英里的地方，尚未被开发，还有连绵起伏的原始森林。这种荒野激发梭罗的爱国热情，相比于英国的人工林、皇家的保留地，缅因森林是一个自在的荒野世界、野性王国。

1853 年第二次缅因之行时，梭罗开始哀叹：“缅因或许有一天会成为马萨诸塞这个样子。相当一部分领土已经与我们居住的邻近一样光秃、平庸。她的村庄一般来讲还不如我们的村庄那样有树荫遮蔽。”（*MW*，153）目睹了猎杀驼鹿和砍伐松树情景后，梭罗开始思考荒野保护。他认为荒野可以有也应该有更高的用途：“松树的真正用途、最大用处不在于制成木板、修成房屋。这世上存在一种更高的法则，不仅仅影响着人与人的关系，也影响着人与松树的关系。”在梭罗看来，探险家、伐木工人、猎人等对于荒野的态度是出于实用的目的，因而是粗鄙卑下的，他们对森林、荒野没有爱，因而粗暴对待、不懂得珍惜。只有诗人才懂得荒野：

> 只有诗人才能发挥松树的最大效用……诗人爱松树，把它们当成自己在空中的影子，诗人会任由它们挺拔矗立……当我最终看到松树的树冠在风中摇曳，看到松树远远地映出太阳的光彩，看到松树挺拔的身姿雄冠森林时，我意识到工厂并没有把松树的功用发挥到极致。我最爱的，不是松树的树干、树皮或者松脂。我认同的是松树生机勃勃的精神，不是它的松节油，因为前者才能治愈我的创伤。（*MW*，112）

1857 年 7 月在去往阿勒加什与东支流之后，梭罗又一次批判英裔美国人不珍惜荒野，他认为砍倒森林的同时，也砍掉了与树木的精神交流，“他无法读懂随着他前进而隐退的森林的诗歌和神话”，“荒野的传说美丽而神秘，就连斯宾塞和但丁也才刚刚开始阅读，英裔美国人从中连最基础的都没有学到，就把树给砍倒了”。（*MW*，213-214）

在梭罗时代，环境、生态等词尚未出现。梭罗思想已经流露出明显的环境意识，但其“诗人—博物学家”的视角使这种思想蒙上了一层浪漫主义色彩。事实上，有论者认为，浪漫主义中蕴含着环境思想，并称之为“环境浪漫主义”（environmental romanticism）。① 1856年3月的一则日记可以更清楚地呈现这种浪漫主义式的环境思想：

> 相当一部分时间我用来观察野生动物——我野蛮邻居的习性。他们用各种行动和迁徙告诉我岁月的变迁。但是当我想到这些更为高贵的动物如美洲狮、美洲豹、猞猁、狼獾、狼、熊、驼鹿、河狸、火鸡等在这里灭绝的时候：我不禁感到自己生活在一个驯化的——或者可以说，一个被阉割的乡村……那些体型较大、更为野性动物的行动不是更有意义吗？我熟悉、亲近的难道不是受伤了的、不完美的自然？好似我在研究一个失去了战士的印第安部落……我像是在听一场音乐会，很多部分缺失了。整个开化的乡村在某种程度上成了城市，我不幸成为其中的公民。原始自然才是我真正感兴趣的。

那么，野生自然对梭罗的意义是什么呢？梭罗继续说：“我想在这里拥有一部完整的诗歌。我希望了解完整的天地。然而，所有的大树、野兽、鱼类、禽鸟都走了。溪流也缩小了。”（*Journal* 8：220-221）

三、梭罗的荒野保护区设想

梭罗已经预见在文明的全面进攻下，荒野及其栖居者不可避免的命运。他提出国家必须正式保留“某种野性自然的样板，某种原始性”（a certain sample of wild nature, a certain primitiveness）。梭罗从某些古老国家的园林受到启发，有了设立荒野保护区的设想。1852年他在日记中记录了这一设想：

> 从我的窗户四面望去，一二公里以外的地平线处，是树林。它们仍然并且几乎是毫无例外地环绕在新英格兰各个城镇周围，它们依然是视野的边界，那里仍然栖息着野生动物。这种情形又会持续多久？这是否是一个普遍而永久的特征？那些最古老的国家保留了它吗？它们减少与否难道不是一个有趣而重要的问题吗？当我向窗外看时，我的眼睛一定会停留在远方的森林上！这个事实难道微不足道吗？这种情况难道没有价值吗？为何古老的国家都要设立花园和公园？某种野

---

① Gregg W. Wentzell. “Wildness and the American Mind: The Social Construction of Nature in Environmental Romanticism from Thoreau to Dillard.” PhD diss., Miami University, 1993.

性自然的样本，某种原始性。(*Journal* 3：215)

从奇森库克归来后的第五年，即1858年，梭罗正式提出建立荒野保护区的设想：

> 英国国王以前以他们的森林来“盛放国王的猎物”，狩猎消遣，享受野味，有时还毁掉村庄来建造或扩建森林，我想他们是受真正本能的驱使。我们既然不再承认国王的权威，为何我们不能有自己的国家保护区，这样就不必摧毁村庄，熊和美洲狮甚至是狩猎部族的人仍然可以留下，而不是“从地球表面上被文明掉了”(civilized off the face of the earth)——我们的森林，不是要留住国王的猎物，而是要留住和保护国王本人——也就是创世主(lord of creation)。不是为了无聊的运动和野味，而是为了灵感和我们自己真正的再创造(re-creation)。[①] (*MW*，144-145)

梭罗提议建立荒野保护区出于两个考虑。其一，所有涉及“保护”的词语梭罗一律使用“preserve”，即保持原样，不做人为的改变。1850年5月的一条日记中他写道：“我喜欢看家养的动物重新拥有本来的权利，以及能证明它们没有丢掉原初的野性习惯和生命力的任何迹象。”(*Journal* 2：19) 缅因奇森库克之行中，梭罗看到，人类砍掉树林，消失的不仅是树木，还有栖身于树木之下的苔藓，自然的生态系统遭到破坏。不仅如此，人类还学会了驯化森林，改掉了树木的野性。这说明他提出设立保护区是出于对荒野的内在价值的尊重。其二，保护荒野也是为了人类自己：荒野是人类的灵感，荒野涉及人类的再创造。这就是梭罗所谓荒野的更高的用途。这也说明，梭罗不仅关注荒野自身，也关注文明。保护荒野也是为了保护文明。

在缅因体验真正的荒野，也让梭罗摆脱了对荒野的浪漫想象，对荒野有了客观的认识。梭罗热爱荒野，那种野性十足、未有人类涉足、未被人类改变的原始自然真正令他感兴趣。梭罗说：“我想，我的本性中存在着一种对一切野性的异常渴望(a singular yearning for all wildness)。”(*A Week*，61) 这种偏爱固然与性格有关，也是对同时代美国人荒野热情的回应。这种热情通常夹杂着对荒野的浪漫想象。梭罗以林中生活、狩猎生活

---

① “civilized off the face of the earth”出自狄更斯(Charles Dickens)的《高贵的野蛮人》(“The Noble Savage”)：“I call him a savage, and I call a savage something highly desirable to be civilized off the face of the earth.” See Henry David Thoreau. *The Maine Woods* (a fully annotated edition). p. 145.

为理想，奇森库克那些伐木工人、探险者的漂泊无根的生活让他充满羡慕："这种生活既孤寂又惊险……或许与西部那些专门设陷阱捕野兽的人最为接近。他们工作中枪和斧头一个不能少，任由胡子疯长，没有邻人作伴，住在荒野的深处。"（*MW*，101）然而，卡塔丁山之行中未被人类驯服、野性十足的荒野在梭罗看来并不适合人类居住，作为永久居住地，荒野与平坦地带是不能相提并论的。荒野只是"资源、背景以及我们所有文明的原材料"（a resource，a background and the raw material of all our civilization）（*MW*，143）。

梭罗认为，真正适合文明人居住的依然是杰斐逊的中间风景：荒野与文明之间的田园风景。列奥·马克斯认为，田园主义在美国生活中有着重要意义，尤其是到了工业社会，渴望简单、和谐、亲近自然的生活是田园主义的心理根源。那一片未被玷污的"绿色共和国"、一片安静的森林，村庄和农田交织的宁静土地，就是理想的幸福生活所在地。[①] 就家园而言，梭罗也认同这种田园理想。他认为对普通的文明人来说，乡村还是理想的家园：林木之间到处点缀着原始沼泽，有公园、果园、花园、凉亭、小径、林荫道，"它们是我们作为一个民族所拥有的艺术和优雅的自然结果。每个村庄所拥有的公共场所，是真正的天堂"（*MW*，144）。1862 年，在《越橘》中，梭罗再一次提出：

> 我认为每一个城镇都需要有一个公园，或者更确切地说一片原始森林，面积 500 或 1000 公顷，一个或几个——这里，枝条永远不会被砍下做燃料——也不为服务于海军，不为做马车，而是为了更高的用途任其屹立或腐烂——一种永久的拥有，为了教益或娱乐。[②]

由此观之，梭罗荒野保护地设想在某种意义上是文明与荒野之争的一种调停。在梭罗的意识深处，对于人类来说，荒野不宜居，因而不属于人类的家园；荒野虽然不宜居，但可以是邻居，经常拜访、短暂逗留，人类可以从中获得滋养，荒野因此可以成为人的精神家园。文明应该给荒野生存空间，因为文明离不开荒野。

---

① Leo Marx. *The Machine in the Garden: Technology and the Pastoral Ideal in America*, p. 3.

② Henry David Thoreau. "Huckleberries." *Collected Essays and Poems*, pp. 468-501, at 500.

第三节 荒野之于文明：荒野对美国文明的价值

19世纪40年代的美国，处于上升期：推行政治民主，西部扩张，工商业迅速发展，但同时也是一个充满矛盾的时代：印第安人被驱逐、消灭；伴随商业的发展，经济、政治不平等加剧。共和党和民主党两方都忧虑美国会否陷入一场社会和道德的灾难。政治和物质上的进步真实可见，但美国前途命运要走向何方？大多数美国人崇尚进步，梭罗等少数人却看到了文明的瓶颈：一个以市场为基础的文化能将这个国家带往何方？进步的危害有多大？不仅如此，他还看到了这种经济对人类社区的影响：人无法享受真正的快乐，无法维持人与人之间最人性化的关系，人的劳动力在市场上没有价值。除了成为机器外，人几乎没有什么精神生活。与其他超验主义者一样，梭罗主张美国能够建立在自然的基础之上，成为"自然之国"。商业文明不应该是美国的基础，因为它无法造就真正的人。荒野因而既是文明的批判，也是一种使美国文明健康发展的方式。

对荒野的浪漫化想象与工业化、城市化亦步亦趋。伴随美国城市化与工业化发展的是日益增长的对荒野的浪漫化想象与崇拜。事实上，原始森林砍伐速度愈快、势头愈猛，画家、诗人就愈发不顾一切地将这个国家的特性和希望归于原始的、未被玷污的荒野。到19世纪中期，欧洲和美国的艺术家已经普遍认可这样一种见解：自然与文明截然对立，所有美德、宁静、尊严站在自然一边，文明则丑陋、肮脏、混乱。未被文明染指的荒野被视为美国的希望所在。

1856年，爱默生在《英国特色》（"English Traits"）一文中表达了对英国工业主义中的机器的怀疑："机器给人的一切习惯与行动一种机械的规律，一台可怕的机器已经把土地、空气、男人、女人统统据为己有，就连思想也难得自由了。"他进而流露出民族主义情绪，认为希望就寄托于美国那片未开发的荒野："如果英国的勇气甘愿去冒一种商业危机的风险，我就宁愿回到马萨诸塞的海岬上，回到我的印第安小河旁，告诉我的国人说，那个古老的种族已经完蛋了，人类的灵活性和希望从此以后就留在阿勒格尼山脉上，要不就荡然无存。"①爱默生借对英国工业文明的批判，为美国敲响了警钟，并且暗示美国的希望就在荒野。

① [美]爱默生：《英国特色》，《爱默生集：论文与讲演录》（下），第905、1033页。

梭罗也郑重提出："对我来说希望和未来不在草坪和耕田，不在城镇，而在难以穿越的、不断颤动的沼泽地（impervious and quaking swamps)。"（"Walking," 569）在梭罗看来，"沼泽地"所代表的荒野才是美国的希望所在，荒野对美国文明有着重要的意义和价值。

一、荒野的道德意义与教育价值

在基督教历史上，尽管荒野常被视为与魔鬼、地狱、死亡、恐怖相连，但另一方面，荒野也是净化灵魂、提升道德与精神的圣所。荒野是人们逃离世俗社会肮脏与邪恶的净土。西方传统中，自然与社会、文明与荒野通常是二元对立的存在。在浪漫主义者如法国的卢梭、英国的华兹华斯、美国的威廉·卡伦·布莱恩特等人的视线中，自然与荒野是逃离文明种种病症的最佳场所，因而荒野被看作是道德的化身。殖民地时期布拉德福德等人倾向于将荒野视为道德真空地带、人性堕落之地。工商业所带来的物质主义带来了人性与道德的堕落，令超验主义者转而在荒野中发现了一座道德的宝库。爱默生"在静谧的田野上，尤其是在遥远的地平线上，看到了像他本性一样美好的东西"，看到在暴风雨中摇摆的树枝，会"突然被一种更崇高的思绪或更美好的感情所征服"①。在这种熏陶下，梭罗也把握住了荒野的道德意义。他希望人们经常"到田野和森林里远足，以晾晒我们的生命，饿死我们身上的罪恶"（*Journal* 12：343）。梭罗极力描写白湖和瓦尔登湖水晶般的纯净："白湖和瓦尔登湖是地球表面伟大的水晶石，是光明之湖"，"它们太纯洁，没有市场价值；湖中也没有肥料。它们比我们的生活美好得多，它们比我们性格要透明得多！我们从没有发现它们有任何卑劣之处。"（*Walden*，130）他更是将瓦尔登湖比作一位有德行的隐士："瓦尔登湖像一位林中隐士那样克制而简朴地生活了这么久。"（*Walden*，126）正是意识到荒野与道德修养的关系，梭罗在瓦尔登湖畔林中开始尝试一种道德生活。

在《马萨诸塞州的奴隶制》（"Slavery in Massachusetts", 1854）一文，梭罗指出，人的道德应该与自然的崇高与美交相辉映："当人的品德低劣时，大自然的美又有什么意义呢？我们走向湖泊，是为了看我们内心的宁静反射在湖面上。"接着，梭罗在文中使用了美好纯洁的睡莲在腐败的淤泥中开放的意象："但碰巧前几天我闻到了白睡莲的香味，我等候的季节终于来临了。这是纯洁的象征。绽放的莲花如此纯洁美丽，令人赏心

① ［美］爱默生：《论自然》，《爱默生集：论文与讲演录》（上），第10页。

悦目，味道如此芳香馥郁，似乎向我们展示出淤泥而不染的纯洁和美好。”淤泥是人之懒散与恶习等不道德行为的象征，是腐朽与衰败的象征，而莲花作为自然中美好的事物，象征道德的纯洁。此处莲花的“出淤泥而不染”与宋代理学家周敦颐的《爱莲说》中对莲花的描绘惊人的一致。正如周敦颐将莲花喻作君子，是完美的道德的化身，梭罗也将莲花比作美德，并因此对人的德行充满希望：“如果自然每年都能够复合出这种芬芳，我相信她仍然年青、充满活力，她的正直和天赋没有减损。我也相信人拥有美德，他能够察觉并爱这种芬芳。”①不仅自然界如鲜花和春天、清晨能够提振人心，涵养道德，甚至蛮荒的大自然，如卡塔丁山、散落着船舶的海岸线，狂风暴雨，都能提升人的道德感。

梭罗认为：“与自然经常交流和对自然现象的冥想对于保护道德和思想健康有重要作用”，他认为学校或商业的纪律永远无法给心灵以如此的宁静。他主张哲学家思考人类问题时要保持距离，正如他思考自然现象时。伦理学家需要自然哲学家的训练。因为，“当他熟悉自然的研究时，这对他研究人类有着很大的助益”。(*Journal* 2：193)

梭罗认为最好的教育不是来自文明，而是荒野。他一直将荒野视为最好的课堂和老师，将与自然亲密接触的渔夫、猎人、印第安人理想化为老师，将获得“印第安智慧”作为目标。1837 年 6 月尚未大学毕业的梭罗写过一篇论文，谈到“一个国家是文明还是野蛮的标准或标志”时，他这样写道：“通常评判一个国家或民族文明的标准在于其艺术（Art）胜于其自然（Nature）的程度。文明是艺术影响而非自然影响的结果。”那么，艺术的影响体现在哪？梭罗认为：“生命的目的是教育，教育的好坏在于它能引导出什么样的思想框架和性情，如果教育会葆有并发展一种宗教情怀——不断地提醒人们自己与上帝和自然的神秘关系——并使他超越现实世界的劳苦和困顿，它就是好的。”在他看来，文明切断了人与自然的沟通：

> 艺术给大地铺好了路，唯恐他的脚跟沾上泥土；艺术铺好了路，唯恐他看不见天堂；艺术筑好了墙，年复一年，日复一日，太阳升起，阳光却照不到他的身上；雨打风吹，却无法影响于他。从砖块与灰泥砌成的棚屋里，他赞美造物主给予他太阳的温暖，尽管他从未见过太阳；或者赞美一片贫瘠的土地，尽管这片土地他不屑于涉足。谁

① Henry David Thoreau. “Slavery in Massachusetts.” *Collected Essays and Poems*, pp. 333-347, at 346-347.

说这不是嘲讽呢？有关艺术的影响就是这些。

那么自然对于人类的影响是什么？梭罗认为自然是人类的思想之源，能够滋养灵魂，满足灵魂的需要，崇高的荒野能提升人的道德情操：

> 我们粗野的祖先看待事物的视角自由、宽广，很少狭隘、偏颇。他们完全将自己交付于大自然——观察大自然是他生活中的必需品。正如大自然是宏伟壮观、震撼人心的，他们的思想也是。自然不断对人施加道德影响，她满足他灵魂的需要。因此，他的思想与她的高山一样雄浑高远。艺术的发明能胜过阿尔卑斯山的壮观吗？还有什么比山间的雷声更崇高的呢？

梭罗接着比较了艺术与自然对教育的影响，他认为："一个民族可能非常开化，但缺少智慧。智慧是教育的结果，教育则通过与'非我'的接触，实现人的造就或发展。教育在自然手中比在艺术手中更为稳妥。"①他因而得出结论：自然给人们的影响胜于艺术。自然是最好的课堂，他令人心胸开阔，视野辽远，思想广博，并能提升人的道德水准，能发展、造就有智慧的人。完美的人需要从自然中获得启示。反过来，城市人尽管能获得学问，却无法获得智慧。

1861 年 1 月 3 日，梭罗再一次表达了同样的观点。他认为，让一个城镇美丽的自然特色是河流、瀑布、草甸、湖泊、山丘、峭壁、森林。古老的树木巍然屹立。这些事物才是美的。他们有着金钱无法代表的更高的用处。如果城镇的居民是明智的，他们会努力保护这些事物，即使这会付出相当大的代价。因为这样的事物比任何老师或牧师、比现存的任何一种学校教育更有价值。(*Journal* 14：304)

1862 年的博物学作品《越橘》中，梭罗谈到哈佛大学毕业的西奥多·帕克（Theodore Parker）所受的教育更多来自采摘越橘，指出："越橘地本身就是一所大学，人们可以从中学到永恒的法则、医学、神学"，而"这要胜过任何英明的教授"②。

二、荒野：文明的健康与生命力之源

梭罗认为荒野是健康而富有活力的。不论是个人、乡村还是城镇，离

---

① Henry David Thoreau. *Early Essays and Miscellanies*, pp. 108-109.

② Henry David Thoreau. "Huckleberries." *Collected Essays and Poems*, pp. 468-501, at 491.

荒野愈远，离健康与活力也愈远。而文明同样需要荒野这种补药和强心剂，荒野是生命力的源泉。

梭罗之所以注意到荒野对于健康与生命力的价值，首先与他个人的“疾病”经历有关。在梭罗生活的康科德，肺结核、麻疹等疾病相当普遍。他也经历了亲朋好友如爱默生的小儿子瓦尔多因猩红热、兄长约翰因破伤风而死的痛楚。梭罗本人一生中也时常遭受疾病的困扰，1836 年 5 月还在哈佛读大学时，因感染肺结核被迫休学。1841 年约翰的意外去世令梭罗伤心不已，大病一场。1860 年 12 月梭罗染上风寒，诱发肺结核，尽管曾去往明尼苏达州疗养，最终因肺结核而过世。健康可谓梭罗的切身关切。而要获得健康，就要到荒野自然中。在梭罗等浪漫主义者看来，社会与文明是病态的，荒野则代表着二者所不具有的健康与活力。“在社会中你找不到健康，但是在自然中可以。假如我们的双脚不站在自然中，我们的脸色就会是苍白、青灰色的。社会是病态的，最好的社会病得最严重。社会中没有一种气味如松树的气味那样有益健康，没有一种香味如牧草既芳香持久，又沁人心脾，有助于身心恢复。”[①]梭罗曾提及为了保持“健康和精神”，自己每天至少四小时在林间、山上或田间散步。（“Walking,” 559）

梭罗认为，荒野充满了永不衰竭的活力。荒野的活力是健康的象征。荒野代表着这个世界的元气、能量和力量。松树的香气、沼泽的臭气，甚至死马身上爬着的蛆，对他来说都是一种粗犷的活力。他说：“我并不讨厌臭鼬在经过神圣地方时发出的臭味。相反，这让我为之一振。”（*Journal* 3：62）《瓦尔登湖》中详细描写了季节的轮转，尤其是春天到来时的生机盎然，甚至小屋旁一匹死马腐烂的过程都让他感受到大自然的健康。

荒野的生机与活力在梭罗看来是自己生命的原动力。他甚至认为自己的身体就来源于荒野：“如果没有湖泊河流，我就会凋谢干枯。我意识到我的身体起源于水，正如水边的麝鼠或草本植物。一想到林中的瓦尔登湖，我的关节就灵活了，开始准备一天的任务了，有时我很渴望它。”[②]在生命的后期自身健康状况下降时，梭罗对荒野的活力与健康体会得尤为明

---

① Henry D. Thoreau. “Natural History of Massachusetts.” *The Portable Thoreau*, pp. 1-25, at 5.

② Perry Miller, ed. *Consciousness in Concord: The Text of Thoreau's Hitherto “Lost Journal” (1840-1841) Together with Notes and a Commentary*. Boston: AMS Press, 1958, pp. 185-186.

显："将每个季节都当作混合在一起的特意为你配置的灵丹妙药畅饮吧，自然每时每刻都在竭尽全力让我们健康，自然只不过是健康的另一个名称。"①

梭罗也将荒野与健康的个人经验推及至美国文明。在美国领土扩张、工商业发展迅速这样一个以进步为主旋律的时代，梭罗却看到了美国文明的发展瓶颈，其中之一是人的精神与心灵健康的问题。梭罗认为，现代人生活在文明之中，是他自己发明、创造的受害者，不得不沦为"工具的工具"（*Walden*，24）。他生活在自己的创造物中，切断了与荒野的联系，因而也失去了健康。梭罗指出荒野不仅有益于人的身体健康，也能提升人的精神和心灵的健康。沼泽地对梭罗有着持久的魅力，在多部作品中提及远足去往沼泽地。康科德小镇在成为英国人永久殖民地之前，印第安人曾在这里野游渔猎。第一批殖民者曾抱怨这里地势低下、潮湿、贫穷、缺乏品味。周围满是湿地、沼泽和难以穿越的灌木丛。1837 年有所改观，康科德镇已经算是比较健康的环境，但仍有大量的洼地和沼泽。梭罗在 1841 年 8 月 13 日的日记中这样赞美沼泽："自然有比艺术更为奢侈、华丽的风格，她是神话般的、充满神秘色彩。"（*Journal* 1：271）沼泽不仅美丽而神秘，更重要的是其对人类的价值。1852 年 7 月的一条日记记载了梭罗拜访康科德外的贝克·斯托（Beck Stow）沼泽地的情景，远离人类文明的孤寂、陌生的沼泽是人精神和灵魂的滋养："当生活如同沙漠般干旱贫瘠，沦落至它最低劣不堪的状态时，我们没有胃口，生活亦没有味道。那么就让我去拜访一片无法穿过的深深的沼泽吧，那里你每走一步，大地都要震颤。"（*Journal* 4：231）沼泽是自然的原初形式，在这里，他发现了"自然的骨髓"（marrow of Nature）。沼泽拥有康科德枯燥乏味、秩序化的乡村生活所缺少的生命力。为了唤醒人们重新恢复与野性自然的亲密关系，梭罗在他最为著名的演讲《散步》中，做了一种"极端的声明"（an extreme statement），号召人们走向荒野。梭罗宣称沼泽地是"神圣之所，圣地"（a sacred place，a sanctum sanctorum），并且说："的确，尽管你们会认为我堕落，但如果有人让我住在人类文明所发明的最美丽的花园街区中时，我当然会选择沼泽地。"梭罗并非意指沼泽地是人类宜居之地，而是通过"选择沼泽地"居住这种极端的表达，强调了荒野对人类的价值。（"Walking，" 557）

梭罗忧虑美国文明因为过度发展切断了与荒野的联系，从而失去活

① Henry David Thoreau. "Huckleberries." *Collected Essays and Poems*, pp. 468-501, at 501.

力，停滞不前。他指出，以乡村与城镇为代表的文明，其健康发展的方式是与荒野并存。荒野能持续不断地滋养文明：

> 荒野对每个人既亲近又珍贵。甚至最古老的村庄受惠于环绕着它们的野生树林的边缘，胜过受惠于人造的花园。树林的边缘以及它偶然伸进新型城镇中的景观美得难以形容，振奋人心，那些城镇就像新筑的狐狸洞的沙堆出现在树林中。松树和枫树笔直挺立，宣示着自然那古老的正直和活力。我们的生命需要这种背景的调剂——那里松树茂盛生长，松鸟依然发出尖叫。(*A Week*，210)

荒野对文明的作用正如“狐狸洞”之于城镇，给文明以振奋人心的野性与新鲜感。在《瓦尔登湖》中，梭罗再一次提出荒野与文明应该并存，因为后者需要前者的滋养：“假如没有周围环绕着的未开发的森林和草原，我们的乡村生活将会死气沉沉。我们需要野性的滋养，需要时不时在麻鸦和秧鸡出没的沼泽中跋涉，听听沙锥的鸣叫，闻闻低吟的莎草的气味，只有更野性、更喜独居的鸟儿才会在那里筑巢。”(*Walden*，205)

梭罗致力于恢复文明的健康，但商业、经济等的健康并不是梭罗所关心的，他真正关注的是美国文化和国民精神的健康，而衡量这两者健康的标准则是看文明出产的哲学家、诗人所能达到的高度。在梭罗看来，诗人、思想家更需要荒野给予的灵感：“诗人就应该不时地走一走伐木人的路，追寻一下印第安人的足迹，到荒野中寻个幽僻之所，畅饮凉爽的缪斯之泉（the fountain of the Muses），从中获取力量，也感受真正的美。”(*MW*，144)

荒野不仅关乎一个国家的文化和精神健康，从根本上来说，荒野更关乎国家的存亡。梭罗考察了人类文明史后，认为希腊、罗马、英国这些文明国度之所以得以保留至今就在于曾有的一片原始森林，只要土壤没有衰竭，这些国家就能存续。“而一个国家若是植被衰竭，过度开发，就没有什么希望了。”（“Walking,” 576）梭罗认为，美国显然也正面临这样的问题，荒野的消失关乎美国的未来。美国人的任务是“开荒”和“将农业发展到前所未有的规模”，包括沼泽地在内的荒野正被大面积开垦。梭罗谴责了这一做法：“沼泽的入口处大可像但丁的地狱那样，写上这样一句话，‘凡进入者请放弃一切希望。’”（“Walking,” 576）在他看来，没有了荒野，美国也就失去了希望。

所幸，美国西部还是一片未被人类开发、驯服的荒野，在梭罗看来，那是美国的希望所在。

三、荒野、西部与“美国性”的建构

在佩里·米勒看来：浪漫主义者的荒野保护，与其说是为了保护荒野，不如说是为了捍卫美国的身份认同。[①]这种评述尽管失之偏颇，忽视了梭罗对于荒野内在价值的重视，但至少反映了一个事实：早期美国历史上，荒野关乎美国自身建构的问题，荒野被视为“美国性”（Americanness）的自然资源和文化资源。对梭罗来说，保护荒野，既是为了荒野本身，也是为了美国文明。梭罗既以荒野建构美国历史，也以荒野建构美国文学与美国精神。荒野既是历史，也代表着未来。

（一）梭罗的民族主义情怀

今天的人们提起梭罗，往往认为他是异见者、社会和文明的批判者、自然之友、荒野捍卫者，这使得人们往往存在这样一种印象，即梭罗不爱美国，不关心美国的命运，似乎与爱国主义、民族主义情怀保持距离。同时代的洛威尔就持此见解。时至今日，仍有不少人认为梭罗对当时影响到朗费罗、爱默生、霍桑、惠特曼等人的民族主义潮流无动于衷。事实上，梭罗对美国的态度是复杂的。他对美国政府、美国品格和价值观的态度也是矛盾的。梭罗对美国的方方面面是区别对待的。他批判政府，提出公民不服从，主张最好的政府无为而治，反对美国政府在奴隶制问题上的立场。《论公民的不服从》、《马萨诸塞州的奴隶制》、《为约翰·布朗上尉请愿》（“A Plea for Captain John Brown”）等是梭罗对政府的严厉批判。然而，批判政府并不意味着梭罗批判美国的一切。梭罗认为，不是政府让这个国家自由或使人民接受教育。相反，他认为是“美国人民与生俱来的品格取得了所有成就”[②]。因此，在同一篇文章中，梭罗可能猛烈批判美国外交和国内政策，也可能对美国人民和美国充满热情。他曾明确宣称自己是“真正的爱国者”（“Walking,” 571）。

还是哈佛学生时，梭罗抄录了这样一段话：“美国……有着美丽惊人的自然风光、巨大的湖泊、宽广的河流，她的气候与地球上所有不同的气候类型相融，她的荒野与森林，依然安于原始的寂静之中。”[③] 15 年之后，《散步》中他又引用了同样流露出民族主义情怀的一句话：“在新大陆的北半球，自然不仅仅以大手笔勾画了她的作品，而且整幅图的色彩比她描绘、

① See David Mazel, ed. *A Century of Early Ecocriticism*, p. 315.

② Henry David Thoreau. *Civil Disobedience and Other Essays*. New York: Dover Publications, Inc., 1993, p. 2.

③ Henry David Thoreau. *Early Essays and Miscellanies*, p. 29.

美化旧大陆时显得更为明亮、更为奢侈。"（"Walking，" 570）1843年，梭罗在《民主评论》（*Democratic Review*）上发表了《（待）复乐园》一文。《民主评论》响应了爱默生发出的美国作家们要"了解我们在世界民族之林中无与伦比的崇高地位"的呼声①。

在文学艺术家们看来，要想真正摆脱欧洲影响，继而超越欧洲，需要实现文化的独立和发展。与欧洲相比，美国一没有历史，二没有独立的民族文化。从美国建国之初，文学艺术家们就已经开始承担这一使命。欧洲18世纪兴起了寻根热。各国寻根均试图与原始、野蛮人挂钩。德国人从中世纪传说、《尼伯龙根之歌》（*NiebelungenLied*）及仙女故事中寻找根源。瓦尔特·司各特（Sir Walter Scott）用罗布·罗伊（Rob Roy）、艾凡赫（Ivanhoe）给英国人新的历史感。美国人却发现自身根本就没有什么传奇或者祖先。欧洲人甚至认为"America"根本就不代表一个国家"美国"，而只是"美洲"。但美国人认为自己也有传说，有过去，有史诗，有文化英雄。库珀创造了纳蒂·邦波（Natty Bumppo）、"皮袜子"传奇，为美国书写了新的史诗与神话。到超验主义运动时文化独立的使命感更为强烈。荒野成为梭罗解决这个问题的文化资源。

（二）荒野与美国历史

关于美国人的过去，似乎有两种选择可以使他们获得历史感：一是欧洲的古老，二是美国的荒野。欧洲尽管历史悠久，却是他们极力想要挣脱的，最好能切断一切关联，接下来便只有荒野了——那种未被人类染指的、荒古的自然。艺术家如科尔等的解决方式是用美国荒野的崇高来弥补所缺少的厚重的历史。在当时高涨的民族主义情绪感染下，梭罗试图为美国创造一个过去。与荒野画家一样，梭罗刻意将美国安置于一个遥远的荒古。美国诞生史沾满了印第安人的鲜血，但是大多数美国人不以为然。他们认为印第安人被驱逐、被杀戮是命定的安排。托克维尔《美国之行》记述了美国人对这段历史的评价："这个世界属于我们……上帝拒绝给这里的第一批居民开化的能力，预先安排了他们命定的毁灭。真正的主人是那些知道如何利用这个大陆财富的人。"②梭罗却努力恢复印第安人的历史地位。他认为荒古的荒野与印第安人都是美国历史的一部分，试图以此为美国书写一部悠久的历史。梭罗强调欧洲殖民者到来之前的蛮荒状态的美

① John Aldrich Christie. *Thoreau as a World Traveler*. New York: Columbia University Press, 1965, p. 105.

② Alexis de Tocqueville. *Journey to America*, trans. George Lawrence, ed. J. P. Mayer. Garden City, NY: Doubleday Anchor, 1971, p. 354.

国，将印第安人视为美国历史的开端。然而，这部历史通常被遗忘，尽管远古的遗迹如印第安人的箭头很容易就可以在这里找到。印第安人是北美土著人，梭罗尊印第安人为美洲的祖先，并历时十多年大量收集有关印第安人的资料，立志写一部“印第安书”。他研究印第安人也是出于美国建构历史的需要。关于这一点笔者将在下一章中详细论述。

荒野是梭罗建构美国历史的另一资源。梭罗荒野书写的一个特点就是将野生自然与神话、历史、宗教相结合，凸显荒野的荒古性，创造一种历史感。荒野指的是一种早已存在的状态。不管是否继续存在，荒野终归曾存在过。荒野属于远古，属于史前时代、大荒时期，或是古希腊、罗马神话时代，或是欧洲人尚没有来到新大陆的时代，那时土著人尚没有被欧洲人逐出家园。在《康科德和梅里马克河上一周》中，梭罗如此描述康科德河的悠久历史：“这条河尽管可能与尼罗河、幼发拉底河一样的古老，但在人类文明史上一开始并没有自己的名字。”（*A Week*，1）。《瓦尔登湖》“豆田篇”中，梭罗发掘了“一个自古以来就生活在这片土地上的一个绝迹了的国家”（*Walden*，101）。这些没有写入历史的国家在远古时代曾经生活在天堂之下，直至白人占领这片土地，将荒野清理为耕地。

山除了神圣之外，同样具有荒古的特征。《漫步沃楚塞特》（“A Walk to Wachusett”）开篇言：“在一个春日的上午，我们与荷马一起坐在山峰林立的奥林匹斯山，或者与维吉尔和他的同伴一起在伊特鲁里亚和塞萨利安的山间（Etrurian and Thessalian hills）漫游。”①在卡塔丁山，梭罗想起擎天神阿特拉斯，罗马神话中火与锻造之神伏尔甘、独眼巨人库克洛普斯以及被缚的普罗米修斯。

在攀登沃楚塞特山时，尽管这座小山比平原只高出约 580 米（1900 英尺），梭罗却认为这样一点高度却使得这座山与平原相距无限遥远。在山顶，梭罗再一次强调了山的遥远与荒古：“当我们登到山顶时，又一次感受到了山的遥远，仿佛是进入一个遥远的地区，进入阿拉伯的佩特拉古城或者最遥远的东方……太阳下山时，我们沿着山脊到达北部，那里老鹰在头上盘旋。这是个神可能光临的地方，如此肃穆孤寂，与平原上的一切相隔绝。”②

梭罗笔下的荒野不仅有缅因森林、高山，还有另一种意义上的

① Henry David Thoreau. “A Walk to Wachusett.” *Collected Essays and Poems*, pp. 42-56, at 42.

② Henry David Thoreau. “A Walk to Wachusett.” *Collected Essays and Poems*, pp. 42-56, at 51.

荒野——海洋。1849 年、1850 年、1859 年梭罗三次去往科德角。梭罗去往科德角很大一部分原因在于，这里与缅因森林一样，也是一种荒野，只不过一为陆上，一为水上。1849 年梭罗在科德角目睹了海难发生后的场景，不由得将遇难者与哥伦布和早期清教徒移民相联系。观看远方的船只驶向寓言般的港口时，梭罗又想到了哥伦布发现新大陆的情况：

> 洪堡谈到哥伦布接近新大陆的情况时说："傍晚的空气凉爽宜人，繁星点点的苍穹缥缈纯净，夜间的陆风给他送来柔和的花香。这一切使他猜想，他正在走向人类始祖居住的地方伊甸园。他似乎觉得奥里诺科是古代传说中的四条大河之一，从天国流到地上灌溉大地，并且将大地分割，最近长出了树木花草。"①

而后，梭罗又切换至博物学的视角，再一次强调海洋的荒古。追溯到遥远的地质时代，从种种迹象看，地球上有一个时期根本不存在陆地，整个表面都被水覆盖：

> 海洋不像陆地那样，它没有古今之分。我们不会问一千年前它是什么样子，因为它总是那样荒凉，那样深不可测。印第安人没有在海面上留下踪迹，但是在文明人和未开化的人眼里海都一个样，只有海岸外观改变了。海洋是遍及地球的一片茫茫，比孟加拉丛林更原始，更加充满奇形怪状的动植物。它冲蚀城市的码头和海滨住宅的花园。随着文明的进步，蛇、熊、鬣狗、老虎迅速消失，可是人口最稠密、最文明的城市也吓不走远离码头的鲨鱼。②

在这些荒野描写中，梭罗极力渲染原始、荒古感，为美国建构一部历史。同时，荒野也是美国文化的原材料，昭示其未来的无限可能。

（三）荒野、西部与美国文学及美国精神

梭罗认为，荒野滋养文明，其荒古性正可以使其作为美国历史之根，除此之外，荒野也是美国民族文学的原材料。当他说"世界存乎野性"时，这个"世界"也包括了美国文明中的民族文化和文学。尽管忧虑美国文明的走向，但梭罗对于美国的未来和美国文化的发展持乐观态度，原因在于美国有广袤的西部，一大片尚未开发的、似乎永远也消耗不尽的荒野。梭罗得出这一结论的逻辑是，荒野是文明的希望所在，尽管他所处的东部已经高度开化，但尚有一大片蛮荒的西部。

---

① [美]梭罗:《科德角》,《梭罗集》(下),第 1036 页。

② [美]梭罗:《科德角》,《梭罗集》(下),第 1085 页。

西部长久以来寄托着美国的希望。自 1776 年建国以来，美国成功度过它的初生期，成长为不安、骚动、开拓进取的青年。脱离母体欧洲后政治上逐步进入稳定状态，经济也日趋繁荣，美国人充满乐观，确信美国就是一片新的“应许之地”。正如玛格丽特·富勒所言：“我们并不怀疑我们国家的命运——她即将取得人类最伟大的事业，即将成为一个更高贵的民族的母亲——比世人所知的任何一个民族都要高贵。”[①]年轻的美国雄心勃勃。的确，19 世纪 30 年代时还没有一个美国人怀疑过这个国家的命运。此时，广袤的西部吸引了他们，这在对前途抱有无限希望的东部的年轻人和资本家看来，那里有着无限的自由和市场潜力，广阔的土地可以私有，取之不尽的资源等待他们开发。政治上，1812 年战争后，美国与欧洲关系进入稳定期，有足够的精力来关注西部。美国不仅建立了统一的国家，而且完全宣告了与旧世界的脱离。正如东部成为早期拓殖者的梦想，此时的西部激起了美国人前所未有的热情。19 世纪 30 年代，西部荒野成为美国人梦想中的乐园。宗教热情、政治理想主义、文学和经济上的民族主义共同将目光聚焦于西部这片广袤的土地。文学和文化上的民族独立是超验主义者们的目标之一，西部则是美国学者实现这一理想的资源。

沿用荒野—文明的二分法思维模式，梭罗也将西部与东部截然相分。西部是荒野，代表着美国的未来；东部是文明，代表着过去。1840 年 3 月的日记中梭罗写道：“人类向东回首自己的脚步，直至消失湮没于无闻；向西出发，直至命运终结。”[②] 因而他说：“我必须走向俄勒冈而不是欧洲，那是国家迁移的方式，可以说，人类进步是从东向西。”（“Walking,” 567）

《散步》中，梭罗表达了其时美国上下与西进运动洪流同步的节奏，并将向西看作出自人类进取心和探险精神的本能。他赞同欧洲地理学家阿诺德·居约（Arnold Guyot）的结论：“正如植物是为动物而生，正如植物的世界是为动物的世界而生，美国是为旧大陆的人而准备的……旧大陆的人已经上路。自亚洲高原出发后，他一站一站地向着欧洲进军。每前进一步带来的是比以往更优越的、新的文明，比以往更大的进步。”他认为鞑靼这个民族之所以停滞不前，是因为无法突破对西藏以西的观念局限，对他们来说，西边是一片无垠的大海。他们完全处于东方，没有西边作为缓冲。而古希腊的赫斯帕里得斯花园（Hesperides）是古代人的西方。正

① Quoted in Elizabeth R. McKinsey. *The Western Experiment: New England Transcendentalists in the Ohio Valley*. Cambridge, MA: Harvard University Press, 1973, p. 1.

② *The Writings of Henry D. Thoreau: Journal 1: 1837-1844*, p. 131.

如它曾经是过去伟大的神话的基础，今天的西部预示着新的神话："恒河、尼罗河、莱茵河河谷已经有了自己的收成，亚马孙、布拉达河、奥里诺科河、圣劳伦斯河、密西西比河还是未知。也许，有朝一日，美国的自由会成为过去的神说——在某种程度上它是当下的神话，全世界的诗人都将被美国神话激励。"（"Walking," 568-569）

梭罗认为东部和西部成就了不同的人生："看看人类，表面看来，人和人之间没有很大差别：他们可能高矮、胖瘦、体重相同；但对于东部的人来说，生活是例行公事，令人厌倦，生命如尘土灰烬一般；他们把自己的想象力（他重要器官之间的摩擦力）溺死在碗里。而对于西部的同时代的人来说，生活是成就各种崇高事业的园地，是极乐世界（elysium），是英雄和骑士的居所。"①

梭罗对西部的赞赏决定了他的目光朝向西部或者脚步迈向西部是一件自然而然的事。梭罗说：

> 当我走出家门散步，不确定朝哪个方向迈开脚步时，我会遵从自己的本能，让它为我做决定，我发现，诡异的是，我最终总是朝向西南……对我来说，未来就在那个方向。那里的土地似乎更加辽阔和肥沃……去东边是外力所迫，去西边则是心甘情愿……如果让我随心所欲地选择居所，这边是城市，那边是荒野，那我会始终与城市渐行渐远，而渐渐隐没于荒野中。（"Walking," 567）

梭罗认为西部能够成就美国的文学、艺术："我们走向东方去认识历史，学习艺术与文学，追溯人类走过的历程；我们走向西部，如同走进未来，带着一种进取和冒险的精神。"（"Walking," 567）

梭罗所说的东方，既指美国东部，又指欧洲，同时还指东方国家；西部则相应地指向美国西部、美洲、美国。这三种指称涉及梭罗看待欧洲与美国、美国与东方、美国东部文明与西部荒野的不同态度。就美国国内而言，梭罗所在的东部，当时文明已经发展到一定高度，而西部尚为荒野。梭罗已经目睹了东部文明过度发展的瓶颈状态，认为希望就在西部的荒野。对于东方国家而言，超验主义者梭罗从东方汲取了营养。东方是智慧之源，古老但同时也意味着老迈、破旧。就欧洲而言，欧洲属母体文化，美国文化即脱胎于此。作为寻求文化独立的美国作家，由于"影响的焦虑"，梭罗极力摆脱欧洲传统。旧大陆无论文明曾经如何辉煌，毕竟是

① [美]亨利·戴维·梭罗:《寻找精神家园》(英汉对照),第 270 页。笔者根据英文原文略作修改。

“旧”的，旧则意味着专制、保守、僵化，作为新大陆的美国是一片崭新的世界，“大西洋犹如忘却河（Lethean Stream），越过后就有机会忘掉旧大陆及其制度”（“Walking,” 567）。与欧洲文明相比，美国也等同于荒野。总而言之，在梭罗看来，新大陆是光鲜年轻的，无论在道德还是文化方面都是“疲惫不堪”的欧洲的反面：“南极是地球的果蒂，欧洲和美国在它玫瑰色的面颊上，幸运的是我们这些住在美国的人，这里花朵还没有凋谢。”（*Journal* 12：335）

梭罗的民族主义情感在他对欧洲当代文学的态度上尤为明显。整体而言，梭罗认为欧陆文学偏狭。对于英国文学，梭罗认为，自吟游诗人时代到湖畔诗人时期，乔叟、斯宾塞、弥尔顿乃至莎士比亚，都没有呼吸到新鲜、野性的空气，因此，英国文学整体而言是温驯的文学，温驯是枯燥乏味的代名词。他认为乔叟的“天才是阴柔的，不是阳刚的”（*Journal* 1：329）。在梭罗看来，英国并没有荒野，有的只是绿林，英国的野人也就只有罗宾汉，尽管有野生动物，却已经灭绝了。1847 年在一篇关于卡莱尔的文章中，梭罗认为文学讲述了很多过去，却很少讲述未来；讲述东方很多，却很少讲述西方。[①]言下之意，是时候填补美国文学史那片空白了。荒野是美国文学、艺术和思想的源泉，美国人将书写一部超越旧世界的“新世界”神话：“如果说这里的月亮比欧洲的大，大概太阳看上去也会更大。如果说美国的天空显得无限高远，星星更加明亮，那么我相信，这些事实象征着她的居民的哲学、诗歌和宗教终有一天会达到的高度。”（“Walking,” 570）他说：

> 我相信与住在森林地带的人相比，乐园中的亚当所处的位置总体而言并不有利。你们都知道前者的结局有多悲惨，或者他们不得不接受这样的命运——但是令人欣慰的是，至少西部的亚当——“荒野中的亚当”（Adam in the wilderness）——命运尚可以拭目以待。
>
> 亚当堕落，　　In Adam's fall
> 我们皆罪；　　We sinned all.
> 新亚当飞升，　In the new Adam's rise
> 我们亦入天空。We shall all reach the skies.　（*Journal* 2：152-153）

梭罗认为，美国荒野比乐园位置有利，更有利于想象力的发展。在乐园中，想象力是亵渎性的，是应受惩戒之罪。“新亚当”则生活于荒野中。

① Henry David Thoreau. “Thomas Carlyle and His Works.” *Collected Essays and Poems*, pp. 165-202, at 190.

在美国，最狂野的想象都不为罪，新亚当飞升，最终会将美国人带入“非物质的天堂”（immaterial heaven），它“将在美国人的心目中更加高远，星星的光芒也更加耀眼”。（“Walking,” 570）通过将美国与伊甸园相比较，梭罗试图为美国谱写一部神话。梭罗认为，神话并非谬误或虚构，而是包含不朽的真理。神话超越个体、超越时空，要么是时间，要么是智慧创造了神话。他认为“在某种意义上，神话只是最古老的历史和传记”，并为美国神话找到了文化英雄：

> 谁会知道当哥伦布的故事与伊阿宋（Jason）和“阿尔戈号”英雄（the Argonauts）① 的远征混在一起，最终会是什么样子！还有富兰克林——在未来的权威词典中可能有关于他的条目，记载这个半人半神（demigod）的所作所为，并将在某个新的谱系中提及：“——和——的儿子。他帮助美国人获得独立，在经济方面给人类以教导，并且从云层把闪电引到地面。”（*A Week*，60-61）

除了文化英雄，梭罗还为美国找到了神兽：“未来的诗人或雕塑家会多么自然地想象或者雕刻出长着这样鹿角的奇幻动物……驼鹿、狮鹫（gryphon）、龙、巨鸟（dodo）等。”（*Journal* 3：269）

梭罗为何如此重视神话？在他看来，神话是野性的。从一开始梭罗就将神话看作一种根本的文学形式。任何诗歌都不如神话能够恰如其分地表达对野性的渴望。他认为：“较之英国文学，希腊神话植根于一片更为丰饶的自然，而那片激发了神话的自然依然繁盛，神话是旧大陆土壤没有衰竭之前的产出。西部已经准备好了将自己的神话传说加入东部的行列。”（“Walking,” 578）

梭罗希望借野性为文学注入活力，是因为看到失去荒野滋养的美国文学日益平庸。不仅梭罗，当时的历史学家弗朗西斯·帕克曼也看到了文明对美国文学的影响，在哈佛演讲时他提及“当哥伦布第一次看见陆地时，美洲是世界上最为崇高之地。这里是自然的领地”，然而，随着荒野的破坏，美国文学也因此受到了影响：“现在这种魅力已经被破坏了。从无尽的荒野中获得生息的冷峻、庄严的诗歌已经消失了，最为平庸无奇的散文充斥在她的美国家园。”②

当初美国立国者们试图建立一个罗马共和国式的美国。梭罗为美国建国找到了神话蓝本。罗穆卢斯（Romulus）和瑞摩斯（Remus）是罗马城

---

① 指希腊神话中跟随伊阿宋乘坐快船“阿尔戈号”取金羊毛的50位英雄。

② Quoted in Roderick F. Nash. *Wilderness and the American Mind*, 5th ed., pp. 98-99.

的创建人，婴儿时期被抛弃后，由母狼哺育长大。梭罗从罗马的兴衰史中发现，罗马之所以走向鼎盛就在于它发端于野性。而当文明湮没了它的野性之根时，罗马就难逃衰亡的命运。征服罗马的，是来自草原和森林的更具野性的罗马人所称的“蛮族”。梭罗亦将美国看作充满野性的母狼：“美国就是今天的母狼，疲惫不堪的欧洲的孩子们来到她那无人居住的蛮荒的海岸上，他们与罗穆卢斯和瑞摩斯一样，从她的乳房汲取了新的生命和活力，在西边建立了一个新罗马。”（*Journal* 2：151）罗马的象征是哺育两兄弟的母狼，而狼正是荒野的象征。梭罗引入这个神话，意在说明，美国的荒野正是孕育罗马双生子的狼的对应物。它将为这个国家注入生猛的力量和创造性的活力。

1851 年最初演讲《散步》时，正值美国西进运动时期。无法否认，西进运动激发了梭罗的西部冲动（western impulse），但梭罗是否也拥护美国领土扩张政策？从梭罗对“天定命运”和西进运动的态度可以看出荒野对梭罗的真正意义。事实上，梭罗反对这个国家的流行话语如进步、“天定命运”。尽管对西进运动表现出强烈的热情，但梭罗对“天定命运”及无休止的西部扩张及此进程中文明对原始自然的破坏表示怀疑。1853 年在给朋友布莱克的一封信中，梭罗写道：

> 这个国家的整个事业……不是向上，而是向西，向着俄勒冈、加利福尼亚、日本等，无论是徒步还是经由太平洋铁路，对我来说完全没有兴趣。它没有思想可以支持，无法让人怀有热情，这里面没有值得让人奉献生命的事业，没有哪怕值得让人脱下手套动手干的事情，甚至很难让人有兴趣拿起报道此类事情的报纸。它是十足的异教性质——通过伟大的西部路线很难到达天堂。不，他们可以继续他们的“天定命运”，我相信这不是我的“天定命运”……日本之外他们到底还要去往哪里？①

三年后，梭罗在写给另一位朋友托马斯·乔姆利（Thomas Cholmondeley）的信中又谈到了西部的意义：“广袤的西部和西北部无限辽远，无限壮阔，无限野性、蛮荒，定义了我们所有的思想。这是我唯一知道的美国。我特别看重这片西部保留地，主要是因为其思想价值。那是通向我生命和自由之路。”②

美国历史可以说是一部西进运动史。随着向西部的推进征服，美国越

① Henry David Thoreau. *The Correspondence of Henry David Thoreau*, p. 296.

② Henry David Thoreau. *The Correspondence of Henry David Thoreau*, p. 436.

来越失去其本土的野性。梭罗将西进运动视为人思想、心灵的追求的象征。梭罗倡导的“向西”是精神性的。他希望所有人都能够充分发挥身心之能力。西部开阔的自然，是美国成就新人的沃土，也是有待于开拓或探索的人类新领域的象征。梭罗曾说，西部是我们年轻儿子的家园。梭罗这里提到康科德的年轻一代们的西部遗产并不在于物质层面。对他来说，西部乐园之梦的实现在于人类的创造力所能及的最远处。他对西部运动的赞赏，从根本上来说是对人的想象力和创造力的讴歌。

梭罗关注美国文化和美国精神。受当时地理学观点的启发，他认为自然环境会影响人类，因而认为美国文化的辉煌和美国人精神的提升就在于美国的荒野：

> 因为我相信，气候确实会对人类产生影响——正如山间的空气中蕴含着某种东西，他能滋养人的精神，激发人的灵感。在这些影响下，人的思想和身体难道不会得到更完美的发展吗？……我确信我们的想象力会更加丰富，我们的思想会更加清晰、新鲜和空灵，就像天空一样——我们的理解力更全面、更广阔，就像平原——我们的才智普遍更加恢宏壮观，犹如电闪雷鸣、河流、山川和森林——就连我们的心脏都与陆地的内海相对应。或许，就在我们脸上，旅行者能发现什么无以名状的东西，或快乐，或安详。不然，这个世界存在的意义何在？美洲的发现又是为了什么？（“Walking,” 570-571）

第四节　荒野与文明：超越二元对立

在梭罗的时代，其对荒野保护的倡导，往往令人产生误解，即梭罗厌弃文明，主张退回原始社会。演讲过后，常会有人提出：“你是要我们重新回到野蛮状态吗?”这样的问题总是令他非常沮丧。① 20 世纪 60 年代，随着人们对环境和生态的关注，梭罗凭借其超越时代的前瞻性视野被奉为荒野运动先驱。梭罗对自然，尤其是对荒野的热爱，某种意义上成了世人

① Quoted in Roderick F. Nash. *Wilderness and the American Mind*, 5th ed., p. 94.

眼中梭罗的界定性特征："自然之子""荒野的情人"① "荒野的使徒"②等。荒野从诞生之日起，就作为文明的对立物出现。"荒野"这一概念作为一种文化建构，本身就体现了西方人惯常的二元对立思维模式。正如荒野—文明常被视为二元对立的一对概念，对荒野的热爱、对文明某些病症的批判，一定程度上将梭罗推到"文明之外"（outside of the civilization），甚至被贴上了"反对文明"的标签。在笔者看来，这些评价有失公允。梭罗意识到荒野的价值不仅体现在荒野是建构美国历史的原材料、民族自尊心和自信心的来源、美国的希望所在，更重要的是，他尊重荒野，看到了荒野本身的内在价值。他提出的荒野保护，就是建立在荒野双重价值的基础上。尽管梭罗依然以二元的思维看待荒野与文明的关系，但是二者并非敌对的关系，这是对荒野—文明二元对立思想的超越。

笔者认为，梭罗有关荒野与文明关系的见解，隐含在他本人那句广为人知、但常被误解的宣言"In Wildness is the preservation of the World"中，其中最为关键的是对于"Wildness"一词的理解。

一、"世界存乎野性"："野性"的多义性

梭罗对野性的兴趣贯穿整个写作中。从最初的日记到最后的随笔，可以发现，这种兴趣在 19 世纪四五十年代达到高峰。梭罗非常看重野性，他对荒野和野性价值的阐述集中在《散步》中。在该文中，梭罗郑重提出：

> 我所说的西部只不过是荒野（the Wild）的另一个名字。我一直准备说的是，世界存乎野性（Wildness）。树木向外伸展枝条寻找野性（the Wild）。城市不惜任何代价将其引入。男人们为它耕犁或扬帆。使人类强魂健魄的滋补品和野兽的叫声（barks）③ 正来自森林和荒野（wilderness）。我们的祖先是野蛮人。罗穆卢斯和瑞摩斯被狼哺育的故事并不是一个毫无意义的寓言。每一个伟大政权的建立者都从类似的野性源头（a wild source）中汲取了养分和活力。而（罗

① 1872 年，梭罗的朋友布朗森·奥尔科特在《康科德岁月》（*Concord Days*）一书中称颂梭罗为"lover of the wild, son of nature"。See Warter Harding, ed. *Thoreau: A Century of Criticism*, p. 54.

② 布莱德利·迪恩（Bradley P. Dean）称梭罗为美国第一位"荒野的使徒"（Apostle of wilderness），亦可译为"荒野的倡导者"。See Bradley P. Dean. "Natural History, Romanticism, and Thoreau." *American Wilderness: A New History*. Edited by Michael Lewis. New York: Oxford University Press, 2007. pp. 73-89, at 77.

③ 梭罗多次提到荒野中狗、狼、狐狸、松鼠的叫声（barks），这些"野性"的声音令他精神振奋。

马）帝国的孩子正因为没有狼的哺育，所以才会被北方森林的孩子征服和取代。（“Walking,” 572）

“世界存乎野性”（In Wildness is the preservation of the World）这句话常被视为美国环境保护运动的思想基础，梭罗因而成为荒野运动、环境伦理学的先驱。20 世纪 60 年代，美国环保组织山岭俱乐部（Sierra Club）将这句话作为俱乐部宣言，直到今天，该俱乐部杂志上仍印有这一宣言，重申其使命。然而，不少人在引用这句名言时将“Wildness”（野性）误作 Wilderness（荒野），这句话也随之被译为“世界保存在荒野中”“在荒野中保存世界”。[①] Wildness 是否等同于 Wilderness？笔者认为，一词之差，也许是“谬以千里”。表面看来，用 Wilderness 与梭罗的思想并不相悖，梭罗的确重视荒野的价值，认为希望存在于荒野。但是，理解梭罗思想不容忽视的一个前提是，梭罗研究自然的同时也研究人类，他使用 Wildness 一词，实则别有深意。

在《散步》的这段表述中，梭罗分别使用了 Wilderness（荒野）、Wildness（野性）以及 Wild（野性的）。前两个词在所指上有所侧重：Wilderness 强调空间，Wildness 侧重于特性，二者的词根均为 Wild。无论是充满野性的西部荒野（the Wild），还是树木枝条自由伸展所寻求的野性状态（the Wild）、城市及人类所需要的野性，抑或是孕育罗马文明的野性（a wild source），梭罗均意在突出 wild 一词的核心意义：“与“will”（意愿或自我意志）相关。”笔者前文提及，梭罗特别注意到特伦奇《词语研究》对 wild 一词的解释。特伦奇认为，wild 为动词 will 的过去分词形式 willed，指从未被驯化或学会屈从的，可以是野马，也可以是野人（a wild man）。梭罗对此非常认同并进行发挥，认为具有野性的人就是“有自我意志的人，也是有希望的、属于未来时态的人”，进而将野性上升至具有主宰能力的命运和上帝：“命运之神是野性的，因为她们有意志；万能的上帝同命运之神一样，是最具野性的。”（*Journal* 4：482-483）野性尽管是荒野的特性，但正如杰弗里·S. 克莱默所言，“野性”

① 李学爱将其译为“在荒野中保存世界”，参见李学爱：《在荒野中保存世界：梭罗的自然思想研究》，《社会科学论坛》，2010 年第 8 期；程虹意识到“Wildness”与“Wilderness”二者的不同，但选择将该句译为“只有在荒野中才能保护这个世界”，参见程虹：《寻归荒野》，北京：生活·读书·新知三联书店，2001 年版，第 109 页、第 119 页；程虹：《寻归荒野》（增订版），北京：生活·读书·新知三联书店，2011 年版，第 110 页；程虹：《美国自然文学三十讲》，北京：外语教学与研究出版社，2013 年版，第 347 页；程虹：《宁静无价：英美自然文学散论》，上海：上海人民出版社，2014 年版，第 62 页。

(wildness) 并不等同于“荒野”(wilderness)，而是荒野或自然所代表的自由。①

在梭罗看来，野性不仅存在于荒野和野生自然物，也存在于人。在《散步》的开端，梭罗提出将人作为“自然的居民”“自然的一部分”，那么与自然界的动植物一样，人也理所当然具有这种野性，将野性从荒野拓展到人的身上，顺理成章。他希望每个人都像一只充满“野性的羚羊”，是“自然的一部分”。(“Walking,” 579) 梭罗将“野性”视为人类与非人类生物共享的一种特性。②对于荒野而言，野性是荒野内在价值的集中体现，荒野之所以为荒野就在于其野性，“这种野性，尚没有屈从于人类，它的存在使他精神焕发”(“Walking,” 573)。

就人类而言，梭罗笔下的“野性”有着更为丰富的内涵。第一，野性是一种生命品质，是一种原始的生命力：“生命遵循野性 (consists with wildness)，最具生命力的就是最有野性的。”(“Walking,” 573) 梭罗总是将外部的荒野与内在的野性相互对应。外部的荒野能够激发、培育内在的野性，但野性却不仅仅存在于荒野之中，因为相比自然界的荒野，内心的野性才是无穷无尽的：“自然激发了我们的期待却难以满足。最纯粹的孩子梦想进入一片荒野中，野性蛮荒、陌生、无穷无尽，这个荒野自然从没有给他展示过。”(*Journal* 6：293) 1846 年 8 月的一条日记记录了梭罗去过一片沼泽后对野性的思考，尽管那里距离康科德只有 20 英里的路程，他却感觉自己像是发现了一片新大陆：蛮荒，原始，人迹罕至，未被人类改变。梭罗的思考焦点接着从荒野滑到了内在的野性：“梦想一片远离我们的荒野是徒劳的。根本就没有这样的荒野。它在我们头脑和心胸里，是我们身上原始的活力。我们绝不会在拉布拉多的荒野中找到任何比康科德一些空地中更大的野性。”(*Journal* 9：42-43) 梭罗最终的兴趣是人身上那种自然的原始活力，这种野性不需要从荒野中寻找。

第二，梭罗将野性视为文明得以健康持久的滋补品和强心剂。梭罗认为，森林和荒野中有人类强健体魄、振奋精神的滋补品。对文明而言，荒野既是文明的原材料，也是文明得以持久的关键。人类祖先都是野蛮人，母狼喂养罗穆卢斯和瑞摩斯的故事提醒人类，“每一个伟大政权的建立者

① Henry David Thoreau. *Essays* (a fully annotated edition), Edited by Jeffrey S. Cramer. New Haven and London：Yale Vniversity Press，2013，p. xlii.

② Lawrence Buell. *The Future of Environmental Criticism*：*Environmental Crisis and Literary Imagination*. Malden：Blackwell Publishing，2005，pp. 148-149.

都从类似的野性中汲取了养分和活力。而（罗马）帝国[①]的孩子正因为没有狼的哺育，所以才会被北方森林的孩子征服和取代”（“Walking,” 572)。曾经盛极一时的罗马帝国的衰亡引发西方历代知识分子如爱德华·吉本[②]等人的反思，检讨罗马帝国衰落的历史原因。罗马帝国的灭亡之所以令西方人耿耿于怀，是因为罗马帝国代表着西方文明的最高峰。在美国，罗马帝国由盛转衰而亡的历史也在警醒美国不要重蹈覆辙。科尔的大型风景画《帝国的历程》也是基于罗马帝国历史的对人类文明的反思。要想避免衰亡，关键是要避免文明过于开化，其方法就是发展文明的同时保留一定的荒野。梭罗深刻明白这一道理，并用罗马历史上母狼哺育双生子的故事进一步指出，保存荒野的目的在于让荒野所代表的“野性”为文明注入生命力。

梭罗喜欢神话，熟悉野人神话。野人神话在古代和中世纪均有存在：这种神秘的生灵，由熊或狼抚养长大，与世隔绝，拥有超强的体力和性能力，全身长满毛发，经常一言不发，在航海大发现的航程中幸存下来。“野人原型”一直存在于西方人的心灵中。野人和野蛮人都重视自由，重视自然胜于艺术，重视激情胜过抽象的理智。[③]

梭罗对白人话语体系中文明人的对立面——“野蛮人”即印第安人和猎人极为推崇，认为他们是野性、自然的化身。“野蛮人”（the savage）是白人文明的发明，背后体现的是白人种族中心主义。梭罗从词源上对其进行探讨，“野蛮人”只不过是“森林之子”：

> 当我从诸如约翰·史密斯（John Smith）的《弗吉尼亚通史》（*General Historie of Virginia*）这样的古书上看到 savage 一词被拼写为 salvage 时，我感觉自己是在一个更为蛮荒的国家，离原始时代更近。这提醒我该词是从 sylva（森林）一词派生出来的。某些野生森林和树枝仍然遗留在语言中。他们描述的 savage 实则为 salvage，是森林之子。(*Journal* 4：494)

在西方历史早期，猎人是“野人”的代表。野人是文明人的反面。“野人”概念总是与沙漠、森林、丛林、山等未被人类驯化的荒野连在一

---

① 原文中梭罗用了“the Empire”一词，笔者根据上下文及罗马历史，将其增译为“罗马帝国”。

② 爱德华·吉本（Edward Gibbon，1793—1794)，英国历史学家，著有《罗马帝国衰亡史》（*The History of the Decline and Fall of the Roman Empire*）。

③ Edward Dudley and Maximillian E. Novak，eds. *The Wild Man Within*：*An Image in Western Thought from the Renaissance to Romanticism*. Pittsburgh：The University of Pittsburgh Press，1972，p. x.

起。《旧约》中牧羊人和农夫生活稳定有序，是文明的；猎人则四处漫游，居无定所，常与野性、受诅咒相连。奥古斯丁在《上帝之城》（*The City of God*）中进一步把猎人排除文明与秩序之外，"猎人这个术语除了表示骗子、压迫者、地球上动物的毁灭者之外还有何义？"[①]地理大发现后，猎人在欧洲人的想象中变为"高贵的野蛮人"。处于巴洛克时代向启蒙时代过渡的维科（Giambattista Vico）认为野蛮是文明必经的阶段。梭罗的观点从本质上来说与维科一致，但并不能确定是否源于维科。梭罗认为猎人是"最好的人"（*Walden*，138），文明人成长的过程最好是从狩猎开始，野蛮是文明的必经阶段，荒野是所有文明的原材料（*MW*，155），"我们都需要野性的滋养"（*Walden*，205）。

第三，野性作为荒野的特性，与"驯化"（tame）、"开化"（civilized，domesticated）相对，与"原始"（primitive）、"野蛮"（savage）同义。梭罗认为："任何不受人类支配的都是野性的。在这个意义上，创造性和独立的人们都是野性的，他们不受社会的驯化，未被社会击破。"（*Journal* 8：448）野性意味着未被驯服、不可驯服，代表着某种反叛与不合作。开化、文明是一种心态，适用于任何日常社会交往、文明的举止、公民或政治组织所引起的一种心态。所有这些都是符合成规的、标准化的、可以预测的。当然，梭罗并非反文明。文明是必要的，梭罗的目标不是消除文明，而是避免被文明完全控制。他常将"野性"与"自由"相提并论，《散步》的开篇即提出"我想为自然说句话，为它绝对的自由和野性"（"Walking，" 558）。因此，野性是指"荒野所代表的不听命于文明的指令与要求的自由"[②]，过一种顺从天性与内心、自由而审慎的生活。

自文明以降，野性一直是文明试图压制、驯化、制服的对象，文明越发达，野性存在的空间越小。梭罗看到美国文明高度发展，已经没有荒野的容身之地，野性也被压制得消失殆尽，"我们文明的沙漠中几乎没有野性的绿洲"，并大声疾呼："给我一种文明无法容忍的野性！"（Give me a wildness whose glance no civilization can endure）（"Walking，" 572）

野性一词，如同西方话语中的野蛮（savage）一样，用来表征其反面的合法化。海顿·怀特指出："'野性'（wildness）（或其拉丁源形式'savagery'）这一概念属于一套在文化上自我验证的工具，其中也包括'疯狂'和'异

---

① Quoted in Hayden White. "The Forms of Wildness：Archaeology of an Idea." *The Wild Man Within：An Image in Western Thought from the Renaissance to Romanticism*，pp.3-38，at 16.

② Henry David Thoreau. *Essays*（a fully annotated edition），p. xlii.

端’。这些词语不仅是为某种特定的情形或存在状态命名，同时也是为了确认它们的对立物如‘文明’‘神志清醒’‘正统’的价值而存在。”[①]梭罗却反其道而行之，肯定、赞扬野性，行文中关于野性的修饰语多为“美丽的野性”“优雅的野性”“自由而野性”，他认为野性也是一种文明：“我们所称之为野性的是不同于我们自己的另一种文明。”（*Journal* 11：450）

第四，梭罗认为，每个人内心都有尚未发现的野性。户外容易发现野性，但它更存在于人的内心深处：“它是我们思想和心灵的沼泽、我们内心深处最为原始的活力，能够激发我们梦想。”（*Journal* 9：43）正如荒野意味着未被开发的、未被探索的领域，野性代表着诗人所需的狂野的想象力、科学人需要的向未知领域进军的探索精神和社会领域所需的改革创新精神。对于文学而言，梭罗认为，一切好的文学作品都是野性的。野性的文学才能吸引他：

> 单调乏味只是温顺的另一个名称。《哈姆雷特》《伊利亚特》以及各民族圣典和神话中未被驯服的、未开化的、自由和狂野的思想让我们愉悦，这些不是在学校里学到的，也不是在艺术中打磨的。一本真正的好书就像真菌或地衣一样，野性、自然、原始、神秘、神奇、芬芳、丰饶。假设麝鼠或河狸将它们的观点诉诸文学，又会提出有关自然怎样的新鲜见解呢？（*Journal* 2：97）

这种文学之所以是野性的，归根到底在于作者狂野的想象力和探索与创新精神。梭罗希望每一个人都能探索自己思想和道德的新的河流和海洋：“成为一个哥伦布，去探索你内心全部新大陆和新世界吧，你打开的不是贸易的新航道，而是思想的新航道。每个人都是一个王国的领主……在道德世界中有很多大陆和海洋，每一个人都是自己尚未探索过的地峡或入口。”（*Walden*，207）

既然 wildness 与 wilderness 意义并不相同，梭罗的“世界存乎野性”（In Wildness is the preservation of the World）与经常被误用的“世界保全在荒野”（In Wilderness is the preservation of the World），差别何在？在笔者看来，后者只注意到梭罗对于荒野保护的倡导，带来的是“认为梭罗放弃了文明，主张退隐至荒野之中”的误解，体现的是将荒野与文明看

① Hayden White. “The Forms of Wildness: Archaeology of an Idea.” *The Wild Man Within: An Image in Western Thought from the Renaissance to Romanticism*, pp. 3-38, at 4. 从词源上来说，wild 一词来自日耳曼语，savage 来自拉丁语，经由法语进入英语，本义是“来自森林中的人，野人”，与 wild 意义一致，所以此处怀特认为 savagery 是 wildness 的拉丁源形式。

作“非此即彼，非彼即此”的二元对立思维。而“世界存乎野性”一句中，梭罗将野性由荒野和野生自然物拓展至人，体现了对荒野与文明的双重重视。野性是理解梭罗对荒野与文明关系时思考的关键。

梭罗认为“一切美好事物都是狂野和自由的。在一种音乐中，无论是由乐器还是人的声音——以夏夜的号角声为例——它的野性，不带讽刺，使我想起了当地森林里野兽发出的叫声。我能理解的是他们的野性”，并大声疾呼：“不要给我驯服的人，给我‘野人’做我的朋友和邻居吧！”（“Walking,” 579）梭罗如此重视野性，野性的旨归是什么？作为荒野和野生自然物的特征，野性的价值是自足的。这一点笔者已经在本章第一节“荒野的内在价值”中进行了阐述。梭罗为何如此强调人的野性？在梭罗看来，具有野性的人，才是理想的“美国人”，也只有野性的人，才能回应梭罗对美国文明的所有关切。

二、“世界存乎野性”：“野性”与“新美国人”

梭罗对于理想“美国人”的设想，出于两个考虑：一是超验主义对“新美国人”的要求，二是文明过度发展造成的人内在神性与野性的丧失。

事实上，美国独立之后，美国人的民族身份问题一直是历代美国知识分子思考并尝试解答的问题。《一位美国农夫的来信》中就有对“何为美国人”问题的探讨。至超验主义时期，对于这个问题的解答更为迫切，人的重要性更为凸显。超验主义运动既是文学运动，也是宗教或社会改革运动，或者综合而言是一场文化革命。正如爱默生所说，“我们的时代是一个革新的时代”，这场运动的目的是通过革新造就新的美国人、新的文化和新的美国，而新的美国人是新文化、新国家的前提。D. H. 劳伦斯在评论库珀小说“皮袜子”系列时说：“欧洲人来到美国，一是彻底摆脱旧欧洲意识，二是生长出一层新皮……必须换上新皮才能挣脱旧皮，必须从旧皮里挣脱出来，新皮肤才能成为自己的……冲破旧皮，需要你有一种决绝的勇猛。你压根不应该在意将发生什么，只要你能挣脱出来就行。还需要对新皮肤有真正的信仰。否则你就不会如此这般的努力，就会渐渐披着旧皮烂掉，死去了事。”①劳伦斯的这番评论依然适用于超验主义运动时的美国。美国需要一个新的英雄，能够代表人的一系列的理想价值。这个新人既能彻底告别过去，从历史的负担中解脱出来，又具有独立的个性，富有冒险精神，勇往直前地开创美国的未来。正如 R. W. B. 刘易斯所言，这

① ［英］D. H. 劳伦斯：《劳伦斯论美国名著》，黑马译，上海：上海三联书店，2006 年版，第4 页。

个人“独立自主、能够自我驱动（self-propelling），准备好凭借自己独特、天生的才智来直面一切”①。最初的美国是一片荒野，早期清教徒的目的是“于荒野中建立一座花园”，19 世纪的美国依然沿用了基督教的话语体系，将这一个新英雄、新美国人称为“美国亚当”或“新亚当”。爱默生在日记中提及“朴实的老亚当（the plain old Adam），以简单、真实的自我来对抗整个世界”②。梭罗在文中也提及，美国这个新世界号召“新人”（new man）以新颖、独创的视角看待这个宇宙（*Journal* 3：384），并且称这个新美国人为“新亚当”“荒野中的西部亚当”（the western Adam in the wilderness）（*Journal* 2：153），以便与美国这个有待开拓的新世界相适应。

1837 年经济萧条后，超验主义者试图将一个物质的美国社会改造为理想主义的社会。改革与自新相辅相成。梭罗多次强调“更新”（renew）尤其是自新的重要性，《瓦尔登湖》中曾引用儒家经典《大学》中的“苟日新，日日新，又日新”。（*Walden*，58）只有改革，才能打造新美国人。很多人加入了这场社会改革运动。西奥多·帕克、玛格丽特·富勒、布朗森·奥尔科特等都投入对商业主义的声讨中，目的是建立一个可以实现超验主义目标的社会，在这个社会中个人除了物质生活之外，能够过一种智性和精神生活。超验主义者谴责商品和市场经济，主张摒弃那种沉溺于日常琐碎的生活，因为社会不是服务于人而是将人变成奴隶，在那样的社会中人很难过上一种有德性的生活。伴随着工业主义、城市主义的发展以及移民潮的到来，人的异化越来越明显。劳作的负担破坏了人们对精神生活和灵魂的关注。这种情形在梭罗看来是一种神性的丧失。

在大学时代一篇有关“人的各种追求”的论文（1834 年 12 月 20 日）中，梭罗哀叹人在追逐物质生活中放弃了内在神性：“当我们听说人所崇拜的偶像是金钱，他整个的灵魂都被裹缚在对财富的追求时，我们其实是在设想不断追求注定永远也得不到的事物，设想我们不是在生命流逝时享受生活，而是生活在期望之中。简而言之，人为自己描画了一个想象中的极乐世界，他每一步都在靠近却始终无法达到的一个至福之境。”③在有关“人的分类”的论文（1835 年 2 月 28 日）中，梭罗同样慨叹人由于追求

---

① R. W. B. Lewis. *The American Adam*: *Innocence*, *Tragedy and Tradition in the Nineteenth Century*. Chicago and London: The University of Chicago Press, 1958, p. 5.

② Quoted in R. W. B. Lewis. *The American Adam*: *Innocence*, *Tragedy and Tradition in the Nineteenth Century*, p. iv.

③ Henry David Thoreau. *Early Essays and Miscellanies*, p. 6.

错误的事物而无法获得真正的快乐："很大一部分人被束缚在他们对想象的快乐的追求上；这些（快乐）就像他们的影子一样，与其一直保持着一定的距离，却永难接近，因此，他们唯一真正的快乐在于对快乐的期待。问题似乎不在于目的，而在于所使用的手段。他们对快乐的想法是虚妄的。"①在《没有原则的生活》中，梭罗更为严厉地谴责了拜金主义："上帝成为一个有钱的绅士（moneyed gentleman），他撒一把钱就为了看着人类为此争夺。最终的结果就是，人类将自绝于一棵树上。"②

针对商业发展造成的恶果，梭罗并不赞同布鲁克农场等农业社区改革实验。在他看来，商业影响下的农业已经丧失了神圣感。梭罗认为，诗人、哲学家和所有作家向来都习惯于赞美农民生活，认为农民生活优于市民生活。从时间先后来说，农耕生活出现于城市生活之前。田地是神圣的自然所赐，城市则是人类文化的结果。农耕生活是虔诚的、有用的。古老的农耕曾经是一种神圣的艺术。然而，商业主义使农业堕落，"贸易和商业不仅是不确定的谋生方式，而且会碰上高利贷和不体面行为……如今，通过铁路、蒸汽船和电报等方式，乡村被'去自然化'，农民昔日虔诚耕作所获得的稳定、无人觊觎的收益，也会引起从前只有商人才会引起的怀疑"，最终，商业会使农民沦为"畸形的人——乡巴佬、小丑、恶棍"（*Journal* 6：106-108）。

在《瓦尔登湖》"湖泊"篇中，梭罗强烈谴责了商业主义影响下农民的贪婪、残忍无情、唯利是图："在他的农场里，一切都可以明码标价出售，他甚至会把他的上帝带到市场上出售，他到市场上去其实是为了找到他的上帝……他的田地里除了美元以外不生长任何东西，他的草地除了美元以外不长任何鲜花，他的果树除了美元不结任何果实；他爱的不是他的果实的美丽，他的果实只有在变成美元时才算成熟。"（*Walden*，128）

总而言之，梭罗看到，随着工业化、城市化和商业的进步，人们迷失了方向，堕落为矮子。他们偏狭、顺从、精于算计、迟钝呆板、缺少幽默感。劳作的压力降低他们的人格，夺走了追求神性的闲暇时间。梭罗看到，在这样的社会中，"民众没有达到其最好成员的水准，相反却堕落为最低。正如改革者所言，水平在下降，而不是上升。因而民众成为乌合之众的代名词，成为失去心智、目不能视的动物"（*Journal* 1：36）。在梭罗看来，大部分人屈服于外界事物，过着一种没有方向、没有目的的人

---

① Henry David Thoreau. *Early Essays and Miscellanies*, p. 13.

② Henry David Thoreau. "Life Without Principle." *The Portable Thoreau*, pp. 593-612, at 599.

生。他称这样的生活为一种“投降”，是对内在力量和权力的放弃，缺乏独立精神，盲从于大众。[①]梭罗告诫自己避免成为“忙于事务之人、追求享乐之人、生活于世俗之人”[②]。1837 年 10 月，梭罗在给姐姐海伦的信中，做出了解释：“你知道到目前为止，我们几乎还没有做过自己的事，思考过自己的思想，或过过自己的生活。一个人要想做自己，他必须是完全自由的。否则，他就会失去所有的责任感或自尊心。”[③]

梭罗认为，个人神性的丧失还源于当时美国政府的种种行为对个人尊严的漠视以及美国人独立精神的缺乏。他认为大多数人不是作为“人”在为这个国家尽忠，而是作为“肉体机器”。在多数情况下，他们根本无法自由地运用自己的道德感和判断力，将自己降格成为木头、泥土或石头，卑贱如稻草人或污泥，无尊严可言，他们的价值无异于马或狗。[④]梭罗认为，真正“自由、开明”的国家“承认个人是一种更高和独立的力量，并给予相应的尊重，因为政府所有的权力和权威源于此”[⑤]。梭罗一方面为自己是美国人感到自豪；另一方面，他谴责他的美国同胞没有维护自己的价值，没有维护自己的异议权利。对他来说，美国的使命是努力达到一个理想的阶段，在那个阶段，个人最终超越政府，而这是政府真正存在的理由。

针对以上两种情况，梭罗认为这个“新亚当”“新美国人”应是有野性的人。这并非指人要倒退至茹毛饮血的时代，而是指文明人与野蛮人的结合。换言之，将野性引入文明之中。人应该脚跨野性和文明，既保持内在的野性，又追求高尚的精神生活。梭罗在作品中多次表达了这一观点。他说：“园艺是文明的、社会的，但它需要森林和亡命之徒的活力和自由。正如任何事情可能过度一样，修身养性也可能过度，直至文明变得令人同情怜悯。一个高度开化的人，他全身的骨头都会折弯！他天生的德行仅仅是温文尔雅！”（*A Week*，61-62）《瓦尔登湖》“更高的法则”篇中，梭罗说在自己身上发现了两种本能，“一种是和大多数人一样向往更高的或者如人所称的精神生活的本能，同时还有一种向往原始和野蛮的本能”（*Walden*，136），而他尊崇这两者。这表明，梭罗所说的引入野性是实现

---

① Henry David Thoreau. *Early Essays and Miscellanies*, pp. 9-11.

② Henry David Thoreau. *Early Essays and Miscellanies*, pp. 13-14. 梭罗读大学时曾写过论文，对这三种人进行了辨析并表明了自己的立场。

③ Henry David Thoreau. *The Correspondence of Henry David Thoreau*. Edited by Walter Harding and Carl Bode. New York City: New York University Press, 1958, p. 15.

④ Henry David Thoreau. “Civil Disobedience.” *The Portable Thoreau*, pp. 75-97, at 77.

⑤ Henry David Thoreau. “Civil Disobedience.” *The Portable Thoreau*, pp. 75-97, at 97.

完整人性的必要途径。梭罗甚至为理想的人在文明史上找到了先例。1843年，梭罗发表了题为《荷马、奥西恩、乔叟》（“Homer，Ossian，Chaucer”）的演讲。梭罗高度赞赏爱尔兰英雄、吟游诗人奥西恩，从他身上发现了一个原始但却高贵的世界，看到社会中有着原始活力的英雄并没有在精神上沦为卑贱。他认为，与奥西恩英勇而简单的生活相比，“我们的文明史看起来如同一部有关衰弱、时尚和奢侈品艺术的编年史”。梭罗从奥西恩身上获得的启示是：“在文明人中野蛮人依然有他荣耀的位置。”[①]野蛮人身上的野性正是文明人所缺少的。

那么，如何获得人所缺乏的野性呢？除了与荒野密切接触、交流，从中汲取野性的滋养外，梭罗认为，不去荒野也能获得野性，“一点点男子气概或美德就会使地球表面的任何地方都变得耳目一新、充满野性。单单那样做就能解决问题，它能变公路为杳无人迹的蔓越莓沼泽地，因为这会将所有事物恢复到原初、生机勃勃、充满希望的状态”（*Journal* 9：42-43）。

梭罗将野性视为一种美德。他认为，文明人缺少男子气概。何为“男子气概”？他研究美德（virtue）一词的拉丁语“virtus”，发现该词词根是“vir”（男人），据此认为美德与男子气概有关，因此指出：“完整的男子气概就是美德，美德与勇敢是一回事。”（*Journal* 1：98）男子气概体现在“勇敢”上。新的美国人应当有英雄主义精神，独立而勇往直前：“一个人若勇往直前，就如同置身于荒野，被生命的原材料包围，如同攀越原始森林中的虬枝。”（“Walking，”573）勇敢就是野性的一种表现。在他看来，“美德是最勇敢者的行为。这需要极大的自信与无畏的艺术。只有那些坚强的人才敢于尝试。美德即勇敢，敢于尝试没有体验过的一切。有德行的人的刚毅勇敢连掷弹兵和拓荒者都难以匹敌。”（*Journal* 1：308）既然美德与勇敢是一回事，从这个意义上来说，野性也是美德的一种表现。在《散步》中梭罗更直接将野性定义为“野性近乎善”（how near to good is what is wild）（“Walking，”573）。梭罗将美德与“勇敢”和“野性”相连，这种理解在当时的社会环境下有着特殊意义。美国社会兴起的物质主义、商业精神让梭罗深感担忧。20岁时梭罗的《论商业精神对一国政治、道德、文学品格的影响》[②] 一文便批判了正在成为美国主导精神的商业精神对美国民族道德品格的影响。他认为这将导致人们对于财富的

---

① Henry David Thoreau. *Early Essays and Miscellanies*, p. 159.

② 这是梭罗大学时写作的一篇课程论文，题目为“The Commercial Spirit of Modern Times Considered in Its Influence on the Political，Moral，and Literary Character of a Nation”。Henry David Thoreau. *Early Essays and Miscellanies*, pp. 115-117.

盲目迷恋，结果是在人们的思想和情感中融进商业精神的自私，并因此导致爱国主义、家庭关系和宗教信仰都变得自私。他呼吁人们按照自己的真实本性，即保留内在的野性和神性，培养道德情操，过一种高尚而独立的生活。[①]

梭罗主张通过外在的荒野与内在的野性来恢复人的神性。荒野能令人的精神和灵魂得到净化与提升，实践一种超越的精神生活。梭罗认为周围尽是些开化、驯服、文明的人。他们循规蹈矩，对习俗和社会期待不假思索地遵循。对梭罗来说，很多人不仅平静地生活在绝望中，而且过着不自觉的生活，没有任何反思地顺从大众。野性则是对这一切的质疑与挑战。正如人有内在的神性，梭罗认为野性也存在于人的内心。对于这种野性的了解并不是普通的知识，而是野性知识，是“美洲豹的知识”（the knowledge of the leopard），当人们真正与这种本质的野性步调一致时，就可以自由地生活。了解并感受到内在的野性，并且遵照野性行事就意味着解放：不踟蹰于琐事，不顺从大众，不屈从于不合理的制度、机构等文明形式的压制，保持独立而清醒的判断。对梭罗来说，发现野性意味着发现人本质上的自由，同时也是反异化、修复人的神性的过程。解决人的“神性”的失落这一问题归根到底在于重新审视人的生命力或“野性”。

梭罗关注人的生存状况，主张通过野性与文明的结合，成为完整的人。他尊重人的个体价值，主张人们顺其本性生活，实践一种高尚而独立的生活。他主张人们存有野性，重视自己持有异见的权利。同时，在梭罗看来，保留野性、恢复神性的真正的美国人，不仅能够组成道德社会，促成一个真正“自由、开明”[②] 的美国，而且能将美国哲学、诗歌和宗教带到新的高度，创造“非物质的天堂”（“Walking,” 570）。

正如梭罗对荒野的野性的重视体现了他对自然的关切，他对人的“野性”的倡导，体现了他的人文关怀。“世界存乎野性”意味着“野性”对荒野与文明两个世界均不可或缺，保护荒野的野性与保护人的野性同等重要，体现了梭罗对人与自然、对荒野与文明的双重关怀。对于荒野这个野生自然界（natural world）而言，保护其特征“野性”，也就保存了荒野；鉴于荒野对文明有着重要价值，是文明的希望所在，保存了荒野，也就保护了文明。对于人类世界（human world）而言，文明最核心、最本质的基础在于人，保存了人的野性，就会为文明注入生命力，推动文明不断自新，防止文明走向衰亡。

---

① Henry David Thoreau. *Early Essays and Miscellanies*, pp. 115-117.

② Henry David Thoreau. “Civil Disobedience.” *The Portable Thoreau*, pp. 75-97, at 97.

三、荒野与文明：超越二元对立

在理解了荒野与野性的关系、野性价值以及“世界存乎荒野”的真正含义之后，可以对梭罗的荒野与文明观做一总结。如纳什所言，“野性的，狂野的”（wild）一词，如“荒野”一样，“是人类创造出来的概念，应用于动物以及地球上未被人类宰制的那部分”①。梭罗却将原本属于动植物、荒野等野生自然的野性拓展为人的属性，将野性作为人与荒野自然的共同属性，从而将人与自然界其他生命体置于平等地位，建立人与自然万物的亲缘关系，消解了人类中心主义，重构了人与自然的关系。野性历来是文明试图驯服的对象，是文明试图表征自身合法化和自身价值的发明，梭罗却高度赞赏野性，称“野性为另一种文明”，消解了荒野与文明的二元对立。“野性”一词，打通荒野与文明的边界，成为连接“荒野”与“文明”的纽带，从而打破了以往的荒野与文明的二元对立。

梭罗关心荒野，提出保护荒野，并非意味着梭罗弃掉文明，返回原始。梭罗并非愤世嫉俗者、遁世者，他厌恶美国政治、商业精神，但并非厌恶文明，他只是担心文明过度发展带来的不良后果。尽管如此，进步所激发的民族自豪感他却无法掩饰，对进步的渴望与担忧矛盾地交织在一起，不时体现在其作品中。例如，尽管火车的呼啸声在梭罗听来非常刺耳，铁路却带给他一个全新的世界：“当火车叮叮咣咣地从我身边驶过时，我觉得耳目一新，身心舒展，我闻到车上货物发出的气味，从长码头（Long Wharf）一直飘到张伯伦湖（Lake Champlain），这让我想起异国他乡，想起珊瑚礁、印度洋、热带的声息和广袤的地球…… 我更觉得自己像是一个世界公民了。”（*Walden*，78）梭罗曾严厉批判过商业，但又称“商业出人意料地自信、庄严、警觉、冒险和不知疲倦，其方法十分自然，比其他奇异的工业和感性的试验都要自然得多，这样才使它取得了非凡的成功”（*Walden*，77-78）。

对于荒野，梭罗态度模棱两可。梭罗赞美荒野，声称自己宁愿居住于沼泽中。然而，在面临真正的荒野时，对文明的渴望与赞赏却不时流露。《缅因森林》中，目睹当时的森林正在变成日趋工业化的美国的木材厂，梭罗一方面惋惜文明对森林的砍伐造成的破坏，呼吁成立荒野保护区；另一方面，梭罗又预感到森林终会变成村庄，他将林间空地和林中建起的家园视为文明进程的前沿，称先驱者的家为“城镇的萌芽”（germ of town）

---

① Roderick F. Nash. *Wilderness and the American Mind*, 5th ed., p. xiii.

(*MW*, 108)，称张伯伦湖旁开辟的农场是“树林中欢欣的开口，光束简直就是文明”(*MW*, 229)。

梭罗像关注荒野一样关注文明。他非常关心文明的走向。1852 年 8 月 29 日，梭罗在日记中谈到了康科德镇村民的人文教育问题，他认为 19 世纪的快速发展似乎并没有影响到乡村，尤其没有改善乡村的教育问题和村民的文化素养。镇上几乎没有人对他们的文化感兴趣，梭罗感慨：

> 我们吹嘘自己属于 19 世纪，正在取得最快速的发展。但是考虑一下，这个村子为自己文化所做的贡献如此之少。我们有相对体面的普通学校，但这只是婴儿学校。除了那个半死不活的学园之外，却没有自己的学校，是时候乡村变成大学了，以便村民都能够学习人文学科。乡村应该成为艺术的守护神。它已经足够富裕，只缺少文雅。如果我们生活在 19 世纪，为何却享受不到 19 世纪提供的好处？我们的生活为何如此偏狭呢？新英格兰应该聘请世界所有的智者教之。这是我们所需要的不同寻常的学校。镇上应该投入更多的钱来培养高雅的居民、办图书馆等。(*Journal* 4：323-324)

正因为关心文明，所以梭罗忧虑文明发展的后果。与那些文明的鼓吹者不同，梭罗对文明采取了一种批判态度，荒野就是其批判手段。斯奈德有句名言：“要对抗文化种族灭绝，我们需要对文明本身的批判。”[①]批判文明由来已久。对文明的不满伴随人类文明的发展。伊甸园、黄金时代、桃花源之类的神话、传说是一种世界性现象。关于文明的界定性特征，并没有一致的定论。对于人类学家摩尔根而言，文明意味着文字；对恩格斯来说，文明意味着政权；对于考古学家戈登·柴尔德（Vere Gordon Childe）来说，文明是城市的兴起。[②]对于梭罗而言，文明意味着开化(civilization)、驯化（domestication)、温驯（tame)，而荒野代表着与之相反的所有品质。梭罗看到，荒野是文明的滋补品和强心剂，但大多数人视而不见，因而才用《散步》做了一个“极端的声明”，“为自然的野性和自由”代言，不为文明代言，因为“文明的拥护者已经够多了”（there are enough champions of civilization）（“Walking,” 558）。

梭罗了解文明，也了解荒野，正如他了解自然，也了解人类。他认

---

① Quoted in John Zerzan, ed. *Against Civilization*: *Readings and Reflections* (enlarged edition), p. v.

② See John Zerzan, ed. *Against Civilization*: *Readings and Reflections* (enlarged edition), p. 2.

为，自然与人之间存在一种对应关系，研究自然也就是研究人类，研究自然也为了更好地研究人类。同样，保护荒野也就是保护文明。

就梭罗个人而言，他对自然和人类社会同样了解。事实上，正如纳什所言，梭罗骑跨（straddle）荒野与文明两个极端①，这使他可以自由行走于两者之间，从两者中获得最大的益处。从自然中梭罗可以获得从文明社会中无法获得的自由感：

> 我爱自然，部分原因在于自然并非人类，而是远离人类的退居之地（retreat）。人类的机构、制度无法控制自然。在自然的怀抱中可以充分感受到完全的欣喜。如果世界全是人的话，就无法伸展，就会失去所有的希望。人类是制约，自然是自由……我有一间独属于自己的房间，这就是自然。这是一个完全不受人类政府管辖的地方，有你们法律之外的平原，自然是离经叛道者的平原。有两个世界：邮局和自然。我对二者都很了解。（*Journal* 4：445-446）

应该承认，梭罗并非生活于荒野中，而是来自文明社会，其看待荒野与文明的关系时难以摆脱二元思维。然而，梭罗认为二者并非截然对立，他承认荒野与文明是对矛盾，但又善于将二者相互转化。梭罗的个性是矛盾的，他似乎欣然居于矛盾之中。霍桑如此评论梭罗："他是这样罕见的人，我认为，跟他交流就如同跟森林枝杈间的风交流。尽管狂野、自由，他身上也有一种高贵、文雅。"②他颇为擅长将矛盾对立的双方相互转化、相互补充，例如，孤独可以转为社会，严苛的原始森林中透着温柔。梭罗的这种思维决定了他并不认为荒野和文明截然对立。相反，荒野与文明各成系统，相互交织，相互依存。荒野有其独立于人类文明的内在价值，人类应该尊重、保护荒野。同时，他也认为，保护荒野亦是为了人类文明的发展。野性既是荒野的特征，也可以是人的特征，不仅荒野的野性需要保护，人的野性亦然。野性一词，打通荒野与文明两个世界，消解了二者的对立，尽管二者是相互独立的两个系统，但却相互交织，相互依存。这种荒野—文明观，已经不再是西方惯常的二元对立思维模式。梭罗的这种超越，很大程度上得益于其他文化传统的影响。笔者将在下面两章阐述。

---

① Roderick F. Nash. *Wilderness and the American Mind*, 5th ed., pp. 94-95.

② Nathaniel Hawthorn. *American Notebooks*. Edited by Randall Stewart. New Haven: Yale University Press, 1932, p. 175.

第四章 印第安人[①]与梭罗荒野思想

梭罗思想的形成有其特定的历史条件，同时又受到诸多因素的影响。要对梭罗思想溯源非常困难。很难说某一种影响源对他的影响更大，也很难说单单某种影响源成就了梭罗思想。说多种不同因素合力成就其思想并不为过。有论者甚至认为，梭罗基本上不算是个原创型思想家，“他的观点都是借来的，其原创性就在于融合”（His ideas are all borrowed; the originality is in the blending）[②]。这句话在笔者看来，失之偏颇。确而言之，梭罗是在辩证吸收多方智慧之源的基础上，形成了独具特色的个人思想。上述评论尽管偏激，却能说明影响因素在梭罗思想中的重要性。既然思想溯源极为困难，而要理解梭罗思想又离不开对其影响因素的考察，笔者拟从跨文化的角度，分析印第安人、东方经典与梭罗荒野思想的关系。较之东方经典，印第安人与梭罗思想关系更为直接，也更为密切，两者作用亦有不同，故分别著述，独立成章。

印第安人对梭罗荒野思想起着重要作用。在欧洲及美国白人观念中，印第安人是荒野的象征、文明的对立面。梭罗对印第安人的接触与研究，加深了他对荒野的兴趣及对荒野与文明关系的思考。梭罗不仅将印第安人作为美国白人文明的批判参照，还从其文化中汲取了自己所需要的“印第安智慧”。

---

① 本章标题采用梭罗使用的术语“印第安人”，以便更好地阐明印第安人与其荒野思想之间的复杂勾连，这一术语是在特定历史语境下产生的，亦体现了梭罗所处时代存在的局限性，这种局限性也在一定程度上影响着梭罗的思考。

② Henry Seidel Canby. *Thoreau*. Gloucester, MA: Peter Smith, 1939, p. 151.

第一节　梭罗的印第安观：超越野蛮主义

一、梭罗与印第安人的接触与研究

罗伯特·塞尔（Robert F. Sayre）称梭罗是“最像印第安人的经典美国作家，即使这一事实经常被人们忽略，它也很容易得到证实”[①]。同时代的朋友如爱默生、霍桑等都将梭罗比作印第安人，称他具有能与动物交流、能找到印第安人曾经的野营地的才能。霍桑认为“梭罗摒弃了谋生的所有正常模式，转而倾向于在文明人中过着一种印第安人的生活”[②]。在爱默生看来，“每一件有关印第安人的事在梭罗眼中都很重要”。为了寻找印第安人，他曾三次去往缅因。他极想研究石箭镞制作，临终前嘱咐一位即将前往洛基山的青年，请他寻找一位会做石箭镞的印第安人。[③]梭罗为研究印第安人专门做了 50 万字的笔记。很多研究者认为，他曾打算写一部有关“美洲印第安人的历史和特征”的书。[④]无论是《康科德和梅里马克河上一周》《瓦尔登湖》《缅因森林 》还是《日记》，有关印第安人的字眼频繁出现。梭罗称得上康科德的印第安专家和捍卫者。20 世纪 20 年代，有学者在专著《美国文学中的印第安人》中专设一章论述“梭罗——土著人的朋友”。[⑤]塞尔认为梭罗完全称得上“文学上的皮袜子”（a literary Leatherstocking）。

梭罗对印第安的一切都感兴趣，生前搜集了大约九百件美国土著手工艺品。很难确切说出梭罗对印第安人的兴趣始于何时。梭罗生活的故乡康科德在成为英国人永久殖民地之前，是一个印第安人的小渔村。毕业后的梭罗回到康科德后曾经在当地学校教书一段时间，但很快辞职。在辞职前几日，梭罗曾经和哥哥一起去寻找印第安遗存物，如弓箭头。附近有萨德伯里河畔，早在白人来临前印第安人曾在此野游渔猎。在这里梭罗陷入

① Robert F. Sayre. *Thoreau and the American Indians*. Princeton: Princeton University Press, 1977, p. ix.

② Robert F. Sayre. *Thoreau and the American Indians*, p. 60.

③ [美]爱默生:《梭罗》,《张爱玲作品集:爱默生选集》,张爱玲译,第 222 页。

④ 富兰克林·桑伯恩最先提出这种可能,但塞尔持不同看法。他认为梭罗的印第安笔记只是为了收集写作素材。See Robert F. Sayre. *Thoreau and the American Indians*, pp. 101-122.

⑤ Albert Keiser. *The Indian in American Literature*. New York: Oxford University Press, 1932, pp. 209-232.

了“对野蛮时代的狂热的歌颂”①。他曾赞美印第安人的箭头：“时间会毁掉那些著名画家和雕塑家的著作，但是印第安人的箭头是不朽的。他们不是化石骨骼，而是化石思想，永远提醒我那些造就它们的思想。当我看到这些标志时，我知道制造它们那种隐微的神灵并不遥远……这些箭头的品格要比其他的耐久。捻槌、斧头也许会变得稀缺、会坏掉，但是箭头却从不停息地飞越时光到达永恒。”（*Journal* 12：91-92）

梭罗作品不少涉及他与印第安人的接触。1845—1846 年在瓦尔登湖畔隐居期间写就的《康科德和梅里马克河上一周》的初稿中，有大量关于印第安人的材料，其中大部分是美国殖民地时代的印第安人，他们到梭罗的时代已经成为历史。梭罗用充满同情的语调讲述了印第安猎人如何被白人农夫逐出家园。他在瓦尔登湖畔的实验如搭建小木屋、将物质需求降到最低、生活在林间、与动物为邻，很像是一种印第安式生活。三次缅因之行中，梭罗得以与真实的印第安人打交道，他请了两位印第安人做向导，与他们在一起的几周对印第安人及其文化了解益深。在梭罗看来那是一个文化几近消失、几乎被白人文化同化的印第安部族。

19 世纪 20 年代起，美国政府实行西部扩张政策，驱逐印第安人并消灭那些不合作者，此举激发了一些白人有识之士对印第安文化、语言的兴趣和同情。例如，斯库克拉夫特（Henry Rowe Schoolcraft）曾对印第安历史与文化做了相当多的研究，其六卷研究著作出现于 1851—1857 年。与同代人一样，梭罗也急于了解印第安人鲜为人知的历史。尽管对印第安的兴趣始于儿时，很早在乡间散步时就开始收集印第安文化遗留物，但直到 1848 年，梭罗才开始进行有关印第安人及其文化的广泛阅读。在生命的最后 14 年中，梭罗阅读了大约 200 本相关书籍，留下 12 卷②笔记，约 3000 页，字数达 50 万。笔记手稿现存于摩根图书馆暨博物馆，以“印第安人摘录”（“Extracts，Mostly Concerning the Indians”）命名。梭罗将自己的印第安笔记称为“印第安书”（Indian Books），学界通常称其为“印第安笔记”（Indian Notebooks）。梭罗的印第安阅读与记录更像是系统化的学术研究，不少学者认为他本打算撰写一部有关印第安人的著作，但因身体状况未果。这些笔记引自 270 种不同源文，包括史书，旅行家、探

① Robert D. Richardson，Jr. *Henry Thoreau*：*A Life of the Mind*，p. 6.

② 不少论者认为梭罗“印第安书”有 11 卷，塞尔则考证为 12 卷。

险家及传教士等的地理探险和游记，古文物研究，民族志，人类学著作[①]，资料获取渠道为美国各历史学会、美国民族学学会、美国哲学学会、美国艺术与科学院、史密森尼学会等机构，这表明梭罗在生命后十年的主要学术兴趣为印第安人。梭罗似乎有意避开那些有关“高贵的野蛮人”的书，夏多布里昂、卢梭等人都没有出现在笔记中。他对印第安人的见解可以与当时最好的作品如斯库克拉夫特、摩尔根[②]的印第安人研究相媲美。梭罗读过摩尔根的《易洛魁联盟》。该书被誉为有关印第安人部落的第一本科学性记载。在梭罗研究专家罗伯特·理查森看来，梭罗笔记中的历史资料并不比摩尔根的逊色，是其重要补充。[③]

梭罗的“印第安书”主要涉及三个方面。一是印第安人起源，摘录的笔记包括印第安人与亚洲的关联，如印第安人来自西伯利亚、印第安人与鞑靼人的同源关系、日本人和某印第安部族在语言和习俗上的相似、印第安人与以色列人的关系等。二是印第安文化与其他原始部落的比较。例如，在读完《密西西比河谷的古代遗迹》(*Ancient Monuments of the Mississippi Valley*)后，梭罗在第三本笔记中抄录了一段有关美洲遗迹与其他几大洲的比较：“在丹麦和西伯利亚的坟岗上，在马拉松平原的坟墓中，甚至在金字塔的阴影下，探险者发现了遗迹，它们几乎与美洲的坟丘中发现的一样。这些坟丘分布在印度、斯堪的纳维亚和英国的岛屿。”[④]通过这些相似之处，梭罗发现了一段比美国更为悠久的历史。梭罗也注意到美洲印第安人与其他部族的差异，例如美洲印第安人遗迹不属于埃及、印度这样的古老文明，而是来自原始野蛮时代。三是对印第安创世故事、习俗、语言和族群等方面的研究。梭罗笔记详细记录了印第安人的计时方法、宗教习俗以及丧葬习俗等，对印第安人的外貌如肤色、头颅形状，以及服饰也都进行了详细记录。在第六卷笔记中，他甚至抄录了白人传教士对印第安人的观察：“他们的肉天然为白色，比如小孩子，颜色变深只是

---

① 梭罗读过的民族学、人类学著作主要有：*The American Nations*，*Researches on America*、*Distinctive Characteristics of the Aboriginal Race of America*、*The Natural History of Man*、*The Races of Man*、*Types of Mankind and Indigenous Races of the Earth*、*New Views of the Origins* 等。See Lawrence Willson. “Thoreau: Student of Anthropology.” *American Anthropologist*. Vol. 61, No. 2 (April 1959): 279-289.

② 斯库克拉夫特(Henry Rowe Schoolcraft, 1793—1864)，美国地理学家、地质学家、民族学家，以研究印第安文化著称；摩尔根(Lewis Henry Morgan, 1818—1881)，美国人类学家，1851 年出版《易洛魁联盟》(*League of the Iroquois*)。

③ Robert D. Richardson, Jr. *Henry David Thoreau: A Life of the Mind*, p. 221.

④ Quoted in Lawrence Willson. “Thoreau: Student of Anthropology.” *American Anthropologist*. Vol. 61, No. 2 (April 1959): 282-283.

因为日晒、使用海豹油和某种动物的脂肪。”在第九卷中，梭罗摘录了《太平洋铁路报告》有关白人神父对印第安人的称呼：“1539 年尼卡神父见到来自祖尼的第一位印第安人，他称其为‘肤色白皙的白人’。”[①]梭罗对印第安人的研究受当时人类学、民族学以原始部落、后进文化为研究对象的范式的影响，是在白人民族中心主义框架下的研究，但另一方面也表明梭罗似乎有意寻找证据来证明印第安人在人种上与白人并无优劣高下之分。

在野外观察自然时，梭罗不慎患上肺结核。1861 年 5 月 11 日至 7 月 9 日，出于健康需要，也为了解当地印第安人，梭罗在 17 岁的贺拉斯·曼（Horace Mann，Jr.）的陪同下，远赴明尼苏达州进行了人生中最后一次旅行。这给了梭罗最后一次了解印第安人的机会。在这次旅行中，梭罗做了大量有关印第安人语言、习俗、仪式、舞蹈、印第安人对白人的反应以及当地动植物等博物学方面的田野笔记。与缅因之行一样，当地的印第安词汇对梭罗来说有着很大的吸引力。例如，他记录了“明尼苏达”在印第安语中意思为“天空色”（sky-tinted）。这些词成为了解、研究印第安人的方式。梭罗还曾在官员陪同下去往明尼苏达的苏族（the Sioux）部落，参加了苏族酋长与当地官员的会谈。当然，梭罗并不了解苏族与白人的冲突，更没有机会了解这种冲突在一年后升级为战争。

1862 年 5 月 15 日，梭罗与世长辞。“驼鹿”和“印第安人”是他生前说的最后两个词。[②]梭罗对印第安人的兴趣可谓持续终生。早期他对印第安人的印象是一种理想化、高贵的猎人的形象，带有当时普遍流行的“野蛮主义”印记。但梭罗对印第安人有强烈的认同感，重视印第安人的价值观。去世前 10 年不再仅将印第安人作为象征，而是以更为成熟、现实的态度了解、研究印第安人。同时代的印第安人或被理想化，或被以野蛮人的定型观念审视。梭罗是第一位以现实性的笔触描写印第安人的美国作家。[③]

---

① Quoted in Lawrence Willson. “Thoreau：Student of Anthropology，” pp. 282-283.

② Thomas Blanding. “A Last Word from Thoreau.” *The Concord Saunterer*. Vol. 11，No. 4 (1976)：16-17.

③ 两位梭罗研究者在谈到梭罗与印第安人的关系时，表达了相同的看法。See Robert F. Sayre. *Thoreau and the American Indians*. Princeton：Princeton University Press，1977；Richard F. Fleck. *Henry Thoreau and John Muir Among the Indians*. Hamden：Archon，1985.

二、白人文明视野中印第安人的历史形象

在美国，印第安人通常以“荒野的象征”“自然或荒野之子”的形象出现。“自然之子”的观点最早可溯至地理大发现之后。欧洲人将北美土著人视为“高贵的野蛮人”（noble savage），生活在蛮荒的森林之中。他们被理想化为和平、智慧、天真的一群人，与大自然和谐相处，生活简单自在，未沾染文明社会的恶习。启蒙时代的思想家如蒙田和卢梭赞赏土著人的品德，认为他们遵循自然法则，奉行平均主义，与欧洲君主专制、阶级、资本、城市、文明形成鲜明对比。他们荒古的自然风景、广袤的荒野与欧洲开化、封闭的风景形成强烈对比。可见，从一开始，欧洲人想象中的印第安人就是作为欧洲的批判参照系出现，他们并不关心真正的印第安人到底如何。

地理大发现后，欧洲人误以为到达了印度，用“印第安人”（Indians）来称呼美洲土著人，由此开启了欧洲对印第安人的想象时代。“新大陆”第一批航海者、传教士等对印第安人的看法是正面的，充满赞赏，这种态度与欧洲人对“新大陆”的浪漫想象密切相关。哥伦布萌生了经由大西洋开拓亚洲商路的念头，在西班牙王室的支持下，开始了所谓的“印度事业”（enterprise of the Indies）。1492 年、1493 年、1498 年和 1502 年，哥伦布进行了四次航海，其书信记录了他初到殖民地的心路。信中极力渲染“新大陆”之美：这里的岛屿无限肥沃，港口鳞次栉比。这里山脉绵延，山峰险峻，到处都美轮美奂，千姿百态。树种成百上千，棵棵直插云霄。这里植被丰富，鸟儿种类上千，夜莺在一直歌唱。这里有宏伟壮观的松树林，有大量可以开垦的土地。哥伦布对美洲“新大陆”的描写符合欧洲人心目中一直以来的“尘世的天堂”形象。在这些信件中，生活在美洲大陆的土著加勒比人被描述为有德性、温文尔雅、美丽、天资聪颖，赤身裸体却又天真无邪，共享财富。因此可以说，“高贵的野蛮人”的概念尽管不是哥伦布提出，其观念却最早孕育于哥伦布发现“新大陆”之时。随后的欧洲殖民者又延续了这种浪漫想象，认为这些土著如同生活在黄金时代一样。《弗吉尼亚首次航海》（*First Voyage Made to the Coast of Virginia*）的作者将土著描述为“一群英俊善良的人，他们举止与欧洲人一样彬彬有礼，非常温和、仁爱、忠诚，不会背信弃义，如同生活在黄金时代一样”。英格兰探险家、作家瓦尔特·罗利（Walter Raleigh）曾在美洲拓展殖民地，也持相同观点：“我一点也不觉得那些印第安人野蛮。

相反，他们彬彬有礼、充满仁爱、忠诚，像黄金时代的人那样生活。”①随后蒙田、洛克、卢梭也将“高贵的野蛮人”形象不断叠加。卢梭1754年发表《论不平等的起源》，提出了“高贵的野蛮人”这一概念，赞美自然状态的人。②

对印第安人的理想化想象招致了反对意见。印第安人到底是一群纯洁高贵的自然之子还是无知、粗鲁的野兽？由此引发了“高贵的野蛮人”和“卑鄙的野蛮人”（ignoble savage）之争。这种由来已久的对印第安人的定型观念随着欧洲人的拓殖延续至美国。欧洲浪漫主义者讴歌印第安人为“高贵的野蛮人”，因为缺少直接接触，这充其量是种浪漫的想象，借以批判、讽刺或在意念上逃离欧洲文明和社会。卢梭笔下的“高贵的野蛮人”以及野蛮人所居住的荒野，对读者并不形成压力，他们至多后退一步，安然地观看种种文明之病。荒野是一种想象物，无非是作者为他们营造出来的新鲜感和感伤主义情感。然而，在美国早期历史上，印第安人是英裔美国人不得不直面的现实。美国早期文化与文学就是在印第安人与白人两种文化的对峙中产生。两者尽管有着不同的价值观、思维方式、对待自然与荒野的态度，在欧洲殖民者和印第安人之间却存在着某种可以共情的纽带。生活在同一片荒野中，两种文化都同样不可避免地受到荒野的模塑。白人在印第安人身上发现自己所缺少的从容自在适应荒野的能力，印第安人也对白人的宗教、习俗、科技羡慕与恐惧参半。然而，对家园的不同理解又造成两者不可调和的矛盾。对印第安人来说，荒野是家园，对白人来说，家园意味着消灭荒野，换句话说，白人家园的建立是以毁灭印第安人的家园为代价。两种文化之间排斥与吸引、同情与反感交织。正如早期清教徒将美洲大陆看作希望与危险并存之地，印第安人也有了“好印第安人”（the good Indian）和“坏印第安人”（the bad Indian）之分。这种对立的态度固然继承自欧洲的定型观念，在美国却因印第安人与殖民者的直接接触有了新的内涵。清教殖民时期，以布拉德福德为代表的清教殖民者将荒野和印第安人视为征服的对象，托马斯·莫顿却主张白人不该排斥荒野与印第安人，而是应该与之充分相融。印第安人的情感与爱可以补充清教徒的苦修、自我否定。异教的印第安人会为信仰基督教的白人注入一股

① 有关自哥伦布时代起的“高贵的野蛮人”的概念，参见 Hoxie Neale Fairchild. “The Noble Savage: A Study in Romantic Naturalism.” *Against Civilization: Readings and Reflections* (enlarged edition), pp. 16-17。

② Jean-Jacques Rousseau. “Discourse on the Origins of Inequality.” *Against Civilization: Readings and Reflections* (enlarged edition), pp. 19-24.

新鲜的活力，两者的融合会为“人类的宗教生活与社会生活带来希望”①。启蒙时代思想家本杰明·富兰克林在《有关北美野蛮人的讲话》（“Remarks Concerning the Savages of North America”）一文中，对北美印第安人给予较高评价。考虑到富兰克林曾经在法国住过很久，这种态度固然可以说受到卢梭等人的影响，但从另一方面来说，又是出于实际的需要。初创期的美国，显然不需要用印第安人作为对文明的批判，相反，白人需要印第安人的帮助。首先，他们要从印第安人身上学会新大陆的“荒野”生存技能。其次，为真正独立、自立，脱离欧洲社会僵化的仪式、教条，他们往往会从印第安人那里寻找支撑。1813 年，华盛顿·欧文发表了《印第安人的性格特征》（“Traits of Indian Character”）一文，他笔下的印第安人是野性自然的象征，与他们所生活的那片风景——广阔的湖泊、无边的森林、磅礴的河流和无人迹的平原一样，都是崇高的。在欧文笔下，野蛮人与美国荒野一样崇高，作家也极力塑造印第安人的正面形象。自然可以满足他们的需求，人人共享劳动成果，他们慷慨大度、仁爱慈悲、富有同情心，“他们就像那些野生植物，只有在林间的树荫下才能蓬勃生长，文明之手会令其退缩，阳光会让他们消亡”②。印第安人的勇气、道德感、复仇、迷信、孝顺以及战争与狩猎中的计谋亦是如此，都是以印第安人赖以生存的幽暗、危险却壮美的森林为条件。库珀也将荒野和印第安人作为自己的写作资源，他塑造的“皮袜子”是一个有着印第安人技能、能代表欧文笔下印第安人性格的白人形象。在这片蛮荒却自由的土地上有着旧大陆不曾拥有的荒野，某种意义上其成为实现独立的精神资源。这片荒野中栖居的印第安人则被视为荒野的一部分，成为荒野的象征。简而言之，印第安人只能以野性自然来表征和解释。这也说明，在白人传教士和政治家试图同化印第安人的同时，美国作家、艺术家等也以不同方式或多或少被印第安人同化。

与之相对立的另一种观点则认为，印第安人残忍、野蛮，如同野兽一般，与其栖身的荒野一样，需要征服、消灭，为文明让路。早期清教殖民者认为荒野的恐怖与其中的野兽、野人不可相分。在“咆哮的荒野”中，印第安人自然就是野兽、最凶猛的动物，荒野的形象总是与印第安人相连。科顿·马瑟曾用栖居于荒野的野兽隐喻来强调印第安人与荒野独特而

---

① Richard Slotkin. *Regeneration Through Violence: The Mythology of the American Frontier, 1600-1860*. Middletown, CT: Wesleyan University Press, 1973, p. 60.

② Washington Irving. *The Sketch Book*. Edited by Elmer E. Wenworth. Boston: Allyn and Bacon, 1894, pp. 321-330.

天然的关系。森林是“新英格兰黑暗的地方，是残忍的栖居地，那里有不可接近的印第安人的窝”。印第安人被描述为龙、虎、狼人、熊、狼以及魔鬼。①

丹尼尔·布莱恩（Daniel Bryan）的这首诗也延续了印第安人同样的形象：

> 那时只有野兽和嗜血的印第安人栖居
> 在这片广袤的荒地，
> 残忍、死亡和迷信三同盟
> 统治的王国里，
> 到处是恐怖与不敬。
> ……
> 文雅的拓荒之手，
> 会抹平其粗糙
> ……
> 我们将改善、提升
> 那未开化的西部的野蛮人，
> 赋予其人性。②

如欧洲人将新大陆“高贵的野蛮人”视为批评参照系一样，美国白人对印第安人的态度——“好印第安人”与“坏印第安人”，也是白人自己的善恶观及理想在印第安人身上的投射。

印第安人通常被视为美洲历史和荒野的象征。塞尔认为，印第安人能成为荒野的象征，与欧洲人发明的“野蛮”（savagism）一词有关。“savage”一词的意思与 wild 以及 wilderness 有交叠之处，都含有 uncivilized、

---

① See Andrew Wiget. “Wonders of the Visible World: Changing Images of the Wilderness in Captivity Narratives.” *The Westering Experience in American Literature: Bicentennial Essays*. Edited by Merrill Lewis and L. L. Lee. Bellingham, WA: Bureau for Faculty Research, Western Washington University, 1977, pp. 69-93, at 70.

② Daniel Bryan. *The Mountain Muse: Comprising the Adventures of Daniel Boone; and the Power of Virtuous and Refined Beauty*. Harrisonburg: Davidson and Bourne, 1813, pp. 22, 30. The original text is: “When nought but Beasts and bloody Indians dwelt/ Throughout the mighty waste, and Cruelty/And Death and Superstition triple-leagued/ Held there their horrid reign, and impious sway;/... When by Refinement's civilizing hand/ Itsroughness shall be smoothed away./... We will refine, exalt and humanize/ Th'uncivilized Barbarians of the West.

untamed、rude、cruel 之意。《韦氏词典》将 wild、savage 列为同义词。① 以今日眼光观之，savagism 一词带有很深的民族中心主义色彩，是所谓开化、文明民族对未开化民族的普遍用语。19 世纪时的美国，savage 或 savagism 为美国白人对印第安人的蔑称。野蛮主义，“从本质上来说，是白人的政治、历史意识，是一种文学和文化上的神话，换言之，是一种文化的造物。在梭罗的时代，这种思想广泛流行。印第安人，或高贵，或低俗，但归根到底，印第安人就是一群不信基督教、处于蒙昧状态、头脑简单的猎人”②。梭罗对印第安人的认识也是从这种意识框架出发的。因此，要理解印第安人对梭罗荒野思想的作用，应从 savagism 一词出发。

《美语词典》(*American Dictionary*) 将 savagism 定义为“人的粗野、未开化状态；人的原始野性、粗野状态”(the state of rude，uncivilized men; the state of men in their native wildness and rudeness)。与此相适应，savage 的定义为“原始、粗野状态中的人；未受过教育、未开化或思想未开化或行为不文明的人”(a human being in his native state of rudeness，one who is untaught，uncivilized or without civilization of mind or manners)。接着又以印第安人为例：“美洲野蛮人，当其未受到文明人的恶习腐化时，对陌生人热情好客，对朋友真诚、忠信、感恩，对敌人却残忍、报复心极强。”③

这样一个定义，体现了欧洲及美国白人对印第安人的普遍看法。“野蛮”原本只是白人对印第安人的某种看法，在他们看来却表征着有关印第安人的某种事实。他们对印第安人的定义无涉印第安人的自我定义，而是将自己的观念强加于印第安人。事实上，印第安人并不自称为“savage”。根据罗杰·威廉姆斯的研究，最早到达美洲的欧洲殖民者对土著的命名有土著 (natives)、野蛮人 (savages，barbarians)、印第安人 (Indians)、野人 (wild-men)、异教徒 (pagans，heathen) 等。而说到土著人对自己的命名，他们并不知道在英、法、荷兰人到来之前如何区分自己与陌生人，因为他们根本不知道有陌生人，但是他们内部称所有土著为兄弟、伙计 (men)、家人 (folk，people)。他们并不知道“印第安人”“土著”的

---

① *Webster's Unabridged Dictionary*, 2nd ed. New York: Random House, Inc., 1998, p. 1707.

② Robert F. Sayre. *Thoreau and the American Indians*, p. xi.

③ Robert F. Sayre. *Thoreau and the American Indians*, p. 3.

意思，但经过解释，开始自称印第安人（Indians）。①

早期殖民者、传教士、旅行家们对印第安人的刻板印象一遍遍被重述，形成了一部由欧洲人为印第安人书写的历史，进而影响后来者对印第安人的价值判断。根据塞尔的研究，19世纪以前关于“野蛮人”的刻板印象有：孤独的猎人，而不是农民；依循传统，不容易发展、进步；被文明腐蚀的天真无邪的人；迷信的异教徒，不愿意接受基督教文明的恩赐；注定要灭绝。在塞尔看来，上述五条中只有第五条符合印第安人的现实。②

人口学家和历史学家的研究表明，1500年左右的新大陆与旧大陆在人口密度上相差无几。1492年，现在美国所在地区估计有500万名土著，到了1809年只剩下60万人。印第安人大量死亡的原因有战争、暴力和传染性疾病，其中以后者为最主要的原因。欧洲和非洲移民带来的疾病是灾难性的，天花、麻疹、白喉、沙眼、百日咳、水痘、黑死病、疟疾、伤寒症、霍乱、黄热病、登革热、猩红热、阿米巴痢疾、流感以及肺结核，使印第安人不堪一击，人口锐减。③原本属于自己的土地，也被欧洲移民侵占。独立战争时期，大部分印第安部族与英军联盟，一小部分站在美军一边，英美两方都允诺印第安人对土地的所有权，但战争结束后，两方的诺言都没有兑现。自18世纪末开始的西进运动是美国国内一次大规模的拓殖运动，给印第安人带来无尽灾难。1830年，美国国会通过《迁移法》，东部印第安人被迫迁往密西西比河流域。在这一过程中，饥寒与疾病造成很多印第安人死亡。梭罗1839年在日记中提到，印第安人口在目前的新罕布什尔、马萨诸塞、罗德岛、康涅狄格境内估计不超过4万人，而白人人口却超过150万人，有三分之二的土地没有开垦。（*Journal* 1：445）随着美国农业文明的推进，印第安人遭受灭顶之灾，家园被毁，人数急剧减少。

三、梭罗对印第安人历史形象的超越

梭罗眼中的印第安人形象也从野蛮—文明的二元对立出发，仍然带有某些野蛮主义的色彩。他也将印第安人看作野蛮人，这种白人对印第安人

---

① Roger Williams. “A Key into the Language of America.” *Norton Anthology of American Literature* (*1820-1865*), 3rd ed. Edited by Nina Baym. New York: W. W. Norton, 1989, pp. 81-89, at 82.

② Robert F. Sayre. *Thoreau and the American Indians*, p. 6.

③ ［美］斯塔夫里阿诺斯：《全球通史：从史前史到21世纪》（第7版），董书慧等译，北京：北京大学出版社，2006年版，第638—638页。

的定型观念偶尔会出现在行文中。1852 年秋天，梭罗一直在思考印第安人与白人之间的相似性与延续性、白人文化与印第安文化的差异、高级和低级文化等人类学问题。梭罗与同时代所有白人一样，也有意无意地流露出白人的优越感。在“印第安书”第七卷中，有六页梭罗本人关于印第安人的评论，他认为印第安人就像淡水大坝上的麝鼠（muskrat）一样，两者的生活都亲近自然，但最后同样将被白人的进步灭绝。印第安人“坚强、顺从，性情冷漠，与麝鼠一样分享食物……野蛮人和文明人之间存在多么大的差异！乍一看这种差异很小——野蛮人在许多身体素质方面胜出很多。我们低估了文明人总体上的相对优越”①。梭罗曾在相当长的一段时期内将印第安人等同于猎人、士兵，难以摆脱对印第安人的定型观念，并且夹杂着浪漫想象：“松树立在林间如同印第安人——未被驯化，即使在林间空地依然有着一种奇妙的野性。如果给印第安士兵画一幅画，以松树为背景，他一定会与树融合，构成和谐的画面。”（*Journal* 1：258）“印第安人是猎人”这种定型观念直到后期梭罗对印第安人及其文化进行了系统性的研究后才得以突破，印第安人从事农业这一事实也被梭罗记入了“印第安书”。梭罗后期作品《野果》《越橘》中也提到了印第安人的农业耕作。

然而，与普遍流行的白人的印第安人观相比，尽管也从野蛮主义意识框架出发，但梭罗一直努力跳出白人种族主义和民族中心主义的窠臼，很大程度上超越了野蛮主义。梭罗首先对“savage”一词进行重新定义，还原该词的本义，剥除白人文化强加于其上的负载意义。正如“文明的，开化的”（civilized）源于“城市”，与“城市”相关，“savage”一词所负载的是城市人对于森林中的人的偏见和想象。关于这一点，梭罗在《缅因森林》中已经阐明。他认为 savage 源于拉丁语 sylvan，意思是“树林”（woods），selvaggia 是指“居住在森林中的人”。（*MW*，143）

在白人观念中，印第安人通常被看作淳朴、天真无邪的儿童。政府通过谈判缔结条约，将他们纳为国家的一部分，总统经常被称为印第安人的“白人父亲”。与基督教传教士一样，他们认为自己对印第安人负有“父亲”的责任。这其中隐含着一种根深蒂固的种族主义，即白人先进，印第安人原始、落后。美国人类学将印第安部落作为研究对象，亦是基于此观念。总体而言，梭罗眼中的印第安人与此相反。从他早期写作开始，印第安人就与日落、黄昏、古代相连，白人意味着日出、黎明、年轻。印第安

① Robert F. Sayre. *Thoreau and the American Indians*, pp. 115-116.

人是古老的，因而是智慧的象征。同时，印第安人又被想象为英勇的、具有男子气概的猎人和战士。青年时代的一篇论文中，梭罗这样评述印第安人："野蛮人往往是圣贤。我们的印第安人比城里人更像个男人。他活着时像个男人，思考时像个男人，死时也像个男人。"①

梭罗尊重印第安民族和印第安人的历史，甚至将印第安人视为美国人的祖先、父亲。1859年2月3日，梭罗记下了父亲的去世："2点55分，父亲去世了。"接着用两页半的篇幅记录了他对死亡的思考和对父亲生平的回顾，这让他想起了祖先："我们的身体是多么持久！我们兄弟姐妹、父母、子女、妻子，就静静地躺在在我们周围的山上和田间，更不用提我们那遥远的祖先，构成我们人类始祖身体的物质仍以另一个名字存在着。"随后，同天的日记又用了两页的篇幅来纪念印第安人，认为历史没有给予印第安人应有的尊重："有人将印第安人贬低为一个没有技能和才智的民族，是人类的低端，野蛮而不值得被铭记，只配得上痛苦、悲惨、可怜这些词。"（*Journal* 11：437-438）其实，早在22岁时，梭罗就已经开始思考印第安人的历史了。他说："历史未来的读者在他们的思想中会将这一代人与红皮肤的人相连，并对那一种族给予某种同情……然而印第安人绝对被某些固执的诗人遗忘了。白人开始了一个新纪元，我们的纪念日除了纪念白人的英雄事迹，还能纪念什么？印第安的事迹，印第安人理应记住；白人只记得他们自己的，我们忘记了印第安人的敌意，也忘记了他们的友好。"（*Journal* 1：443-444）1859年后，梭罗有关印第安人的思考更为成熟，少了一分诗人的浪漫想象，多了一分更为理性的思考："尽管历史学家宣称自己比那些开枪杀人如杀野兽一样的捕兽人、山地人和淘金者更仁慈，对印第安人却表现出并做出同样残忍的行径，只不过用笔代替了枪支。"（*Journal* 11：438）

梭罗不仅尊重印第安历史，更为印第安人的现实际遇担忧。19世纪20年代起，美国政府实行西部扩张政策，驱逐印第安人并消灭那些不合作者。此举激发了部分美国人对印第安文化、语言的兴趣及对印第安人的同情。政府与印第安部落签订协约，印第安人被迫迁移时，一些美国人进行了抗议。爱默生曾在1838年4月就政府驱赶切诺基人的行为给时任总统马丁·范布伦（Martin Van Buren）写信进行抗议，认为这是对切诺基部族的极大伤害。梭罗虽没有公开谴责美国的印第安政策，却在作品中批判了白人文明对印第安文化的破坏。他认为白人一直讨论开化印第安人，

① Henry David Thoreau. *Early Essays and Miscellanies*, p. 109.

但这并非促其进步的方式。他们的森林生活独立、超然，这使他们保持了与本土神的交流，并可以不时与自然交流，“如果能够倾听哪怕片刻的印第安人的吟唱，我们就应该懂得他们为何不愿用野性换取开化”（*A Week*，62）。

不难看出，梭罗对印第安人的同情也夹杂着白人对印第安人的浪漫想象。他认为印第安人的理想生活方式就是狩猎，可是在白人文明的侵蚀下，印第安人的生活方式发生了根本性的变化。梭罗自己承认对印第安人和猎人抱有深深的同情：

> 印第安人最安全的方式就是耕犁。他必须放下弓箭、鱼叉和猎枪，紧紧抓住犁柄。如若不然，便会被驱赶至太平洋一带。
>
> 命运严厉地对他说，放弃你猎人的生活，步入农耕，也即人的第二状态，如果你想继续在这个国家居住的话，那就把根在土壤中扎得更深一些。
>
> 我承认，我对印第安人和猎人抱有深深的同情。他们对我来说是一个不一样的但同样值得尊敬的民族，四处漫游，狩猎为生，不会受到白人文明之暮光的照射。（*Journal* 1：444-445）

事实上，印第安人不仅从事渔猎，他们也种植棉花、豆子、瓜果、烟草和其他作物。梭罗三次去往缅因，为的是寻找真正的印第安人，并请印第安人做向导。然而，与印第安人的近距离接触让他颇为失望。雇佣的印第安向导波利斯已经被文明同化，打猎只是他谋生的一部分。他拥有农场，向往波士顿、纽约、费城等大城市，向往现代文明。从宗教信仰看，波利斯已经皈依基督教。梭罗看到白人文明对印第安文明的破坏并为之忧虑。梭罗目睹印第安打猎毫不节制，非常痛惜。在《科德角》中，梭罗将印第安人的这种行为归咎于白人，尤其是白人的毛皮生意。他认为，印第安人的贪心是从白人那里学来的。印第安猎人杀死那么多驼鹿，就是为了将驼鹿皮卖给白人。正因为目睹了印第安人的现状，梭罗开始以保护印第安文化的心态研究印第安人，最终形成了 50 万字的“印第安书”。

值得注意的是，尽管梭罗对印第安人充满了同情和尊重，表现出很强的认同感，但他的立场仍然是白人的。对他而言，印第安人依然是一种“他者”。这种立场决定了他对印第安人及其文化的态度存在矛盾之处。1858 年 1 月 23 日，梭罗日记流露出与以往矛盾的观点，他预见到印第安人难以摆脱种族灭绝的命运，却将其归因于停滞、不肯改变：

> 谁能怀疑人的状况是受某种命运的安排，他们或者与看不见的、

> 难以想象的困难抗争，或者受到同样神秘的、顺利的境遇的鼓励与帮助？想到像印第安人这样的种族，尽管我们曾努力要使他们皈依于基督，努力教化他们，他们依然不可避免地听从命运的安排而死亡，谁能怀疑人与人之间本质、天生的差别？个体会接受自己的命运并听从命运的安排来生活，就如印第安人这样。任何人都会注意到印第安人极好地保留了自己的习惯，他们就如地理大发现时一样。事实是，白人的历史是一部进步史，红皮肤的人的历史则是一部习俗一成不变的停滞史。（*Journal* 10：251-252）

这里梭罗延续了他一贯的观点：美国是年轻的，富有进取精神的；印第安文化与东方文化一样，古老却又迟滞。他尊重印第安文化，以印第安为师、以印第安为鉴，却哀叹印第安人听天由命、缺乏变革精神。这里反映了梭罗的矛盾之处：梭罗一方面批判印第安人的“停滞”，另一方面却希望印第安人能够保持他们的印第安性。事实上，如果不是印第安文化的“停滞”，梭罗所看重的“印第安性”在现代文明冲击下，早就永远地消失了。

那么，印第安人到底起到何种作用呢？对于梭罗来说，印第安人的真正价值体现在两点。其一，印第安人作为“他者”，充当了白人的批评参照。梭罗将印第安人看作史前美国的化身，是简朴生活的理想、英雄的猎人、自然亲密的伙伴等。这一切都是他在白人文明中寻而不得的，是对白人文明的批判。在美国，森林与田园、野蛮与文明之间古老的战争决定了梭罗的立场。世界分为野蛮和文明，印第安人代表了文明的反面，是白人一切之所不是。随着梭罗对 19 世纪美国白人社会不满情绪的增强，梭罗在印第安人身上发现或者建构了他所需要的白人缺失的东西，从而将印第安人作为参照。例如，梭罗对农业持怀疑态度，他认为农业生活造成了文明人偏狭、顺从、精于算计、迟钝呆板、缺少幽默感，而荒野生活使得印第安人视野开阔、自由奔放。

其二，梭罗多次提到印第安人对白人的补充作用：“我们不会总是安抚、制服自然，驯服母牛，而是有时骑马狂奔，追猎野牛”（*A Week*，63-64）。野性印第安人可以为温驯的白人文明带来活力：“毕竟，最好的诗人展示的也只是自然温驯、文明的一面——他们没有看到山的西面。日日夜夜，大山和树林在荒野中清晰可见，如同村庄一样，它们有自己原始的一面，比任何诗人所歌唱的更严酷，更为蛮荒。那只是白人的诗歌，我们需要印第安人的传说。华兹华斯对齐佩瓦族人（the Chippeway）来说太温驯了。”（*Journal* 1：272-273）可见，梭罗更为看重的是，印第安人和印第安文化能为白人文明提供新鲜血液，能够带来美国文明的更新。

由于印第安人常被视为野蛮人，是荒野的象征，梭罗对印第安人的思考必然涉及野蛮与文明、荒野与文明的关系。梭罗还原了“野蛮”（savage）一词的本义，将印第安人视为野性而非野蛮、荒野的象征。因此，野蛮与文明就变成了野性与文明、荒野与文明。这正是梭罗荒野思想的中心。梭罗看到了当时白人文明统治下印第安人的命运，在对其同情、忧虑的同时，也对印第安文化开始了抢救性学习、研究与保护，他提出的荒野保护，亦有保护印第安人家园的考虑。因为，在他看来，“假如印第安人灭绝了……其危险在于我们也会灭绝”[①]。

第二节 野性、“印第安智慧”与梭罗荒野思想

较之19世纪正忙于征服荒野的美国人，印第安文化例如印第安语言、生活方式和思维方式等更接近野性自然。印第安人及其文化是梭罗思想的重要源泉。印第安人对梭罗荒野思想的启发主要表现在两个方面。首先，梭罗从印第安人身上看到了他所需要的野性；其次，印第安文化给了梭罗所需的“印第安智慧”，丰富了梭罗有关人与自然、荒野与文明关系的思考。

一、印第安人与野性

不少评论者注意到梭罗与印第安猎人之间的类似。有论者认为梭罗的瓦尔登湖实验是“皮袜子式的印第安生活模式的回归”[②]。爱默生在《梭罗》一文中认为，梭罗对于博物学研究的冲动，源自对狩猎的热情。他推断，如果梭罗生活在印第安人中间，一定是个“凶猛的猎人。但是，受马萨诸塞州的文化所限，（梭罗）只能选择研究植物学与鱼类学，用这温和的方式打猎”。他像猎人一样与动物接近，身上有种猎人般的勇敢和冒险精神。[③]

梭罗崇尚猎人和狩猎生活。在《瓦尔登湖》“更高的法则”篇中，梭

---

① Henry David Thoreau. *The Writings of Henry D. Thoreau: Journal 1: 1837-1844*, p. 168.

② Richard Slotkin. *Regeneration Through Violence: The Mythology of the American Frontier, 1600-1860*, p. 519.

③ ［美］爱默生：《梭罗》，《张爱玲作品集：爱默生选集》，第220页。笔者对译文略作修改。

罗追溯了在个人生命史或种族史中，狩猎曾是最重要的技能。狩猎时期是人类文明发展的必经阶段，在熟悉人类历史的基础上，梭罗提出个人生命史中也需要经过狩猎这个发展期。梭罗认为，正如印第安阿尔冈昆部族（Algonquins）称呼猎人那样，猎人是“最好的人”。他理想中的人首先是“猎人和渔夫，假如他内心有更高尚生活的种子，到最后，他就会明确自己的目标，成为诗人或博物学家，放弃他的猎枪和钓竿”（*Walden*，138）。在这里，梭罗将猎人和诗人、博物学家相提并论，有几层意思。正如荒野可以教化人，猎人亦可为白人的老师。猎人和渔夫一样，在荒野中度过一生，都是大自然的一部分，他们与自然亲密接触，获得第一手的知识，这种知识，在白人眼里，是“无知”，梭罗称其为“美丽知识”，这是一种“更高的知识”（“Walking”，588，599），梭罗用“理解的同情”来表示，而这种“理解的同情”正是梭罗所追求的一种“印第安式智慧”，可以纠正19世纪美国实用主义至上的风气，弥合科学造成的知识与智慧的鸿沟。

梭罗发现真理的方法也如同印第安猎人的狩猎行为。他要完全服从荒野环境对他提出的任何要求，甚至冒着将生命交付于荒野的危险。真理的获得如同边疆猎人接近荒野一样：让自己完全融入简单、直接的荒野体验中。作为回报，猎人就会从荒野中获得知识、力量和意想不到的启示。梭罗将发现真理比作开拓边疆：

> 边疆不在东部或西部，不在南部或北部，而在于任何人需要直面事实时。尽管这个事实可能是他的邻居，但是在他和加拿大之间、他和落日之间——或者，更远一点——在他和它之间，有一片未被拓居的荒野。就让他在自己所处之地用树皮建一座木屋，直面它。在那里与印第安人或游击队或者在他与真相之间出现的任何事物，发动一场长达7年或70年的法国战争。如果可能的话，保留头皮。（*A Week*，262）

梭罗认为，常年的荒野生活给了印第安人宽广的视野、博大的思想，还赋予他们一种诗意的生活。他将猎人比作诗人：“野蛮人视线长远，他的目光如同诗人，从天堂到大地，从大地到天空。他眼望未来，从容地穿梭于神灵的土地，他的生活就是一首诗，一首完美的史诗；大地就是他的狩猎场。”①

梭罗将猎人与诗人相提并论，认为两者都是野性与自由的化身。他认

① Henry David Thoreau. *Early Essays and Miscellanies*, pp. 108-109.

为，猎人与诗人一样，都是自由的灵魂，他们生活目的不是播种、收获，而是感知并对生活做出回应。在进入瓦尔登湖畔林间小屋之前，他提醒自己："我一定不要因为做农民或地主而失去任何的自由。当适宜的风吹起，或者星星召唤时，我可以离开这片农田和草地。"（*Journal* 1：242）

梭罗羡慕印第安人在自然中的自由自在、无拘无束：

> 印第安人的魅力在我看来，是他在自然中的自由、无拘无束。他是自然的栖居者，而不是她的客人。他可以从容、优雅地穿行其中。但是文明人拥有定居生活的习性。他的房舍是监狱，那里他感到的不是一种庇护和保护，而是一种压制和禁闭。他行走时好像也撑着房顶；他端着胳膊，唯恐墙壁会倒塌砸碎他；他的双脚想着脚下的地下室。他的肌肉从没放松过……漫步是一种伟大的艺术（It is a great art to saunter）。（*Journal* 1：253）

梭罗也将狩猎那一套理论转换为诗学理论。真正的诗人像猎人一样，只在为满足自己身体和灵魂需要时才打猎。真正的文学是自发的、充满野性的，源自诗人的心灵："有两类人可以称为诗人：一类人栽培生命，另一类人栽培艺术；一类人追求食物的营养，另一类人追求食物的味道；一类人为满足饥饿，另一类人为满足味蕾。两类作品伟大而罕见：一类是天才或灵感之作，另一类属于灵感间歇期的才智和品味之作。"在猎人和诗人之间，梭罗更看重前者，因为猎人的生活本身就是一首诗，这类诗"超越批评、一贯正确"，"它永远追随生命的律动，是神圣的，应该怀着崇敬之心来阅读，就像研究大自然的作品"。梭罗认为，文明人的诗歌之所以堕落，就在于缺少狂野与自发性。（*A Week*，63）

简而言之，梭罗理想的生活在于文明与野蛮生活的结合，理想的人是白人思想与印第安智慧的结合，假如印第安人难以避免灭绝的命运，那么白人可以吸收印第安人的英勇与男子汉气概，重生为"白色的野蛮人"。

二、印第安智慧与梭罗荒野思想

梭罗曾说，印第安人的思维与白人完全不同："印第安人熟悉自然的另一面。他用冬天而不是夏天来衡量自己的生活。他的年不是用太阳来衡量的，而是由一定数量的月亮组成的。他的月亮不是用白天，而是用夜晚来衡量。他抓住的是自然黑暗的一面，而白人则抓住了那明亮的一面。"（*Journal* 4：400）梭罗喜欢在冬天、夜间和月光下散步，也曾表示喜欢自然黑暗的一面——"玉米生长的夜晚"，这表明尽管是欧裔白人，但梭罗在精神上却认同印第安人。

梭罗需要的是一种印第安智慧。早在大学时期关于“判断一个国家文明或野蛮的标志或标准”的文章中，梭罗就谈到了这个问题。他认为文明的标准在于艺术或人文能够战胜自然，但显然自然给人们的影响更大。自然是道德，是课堂。完美的人需要从自然中获得启示。一个国家可能很文明，但缺少智慧。智慧是教育的结果。教育从何而来？梭罗认为就是从“非我”，也即自然而来。人文培育不了智慧，智慧来自自然。在他看来，印第安人是智慧的。[①]

梭罗尊印第安人为老师，认为：

> 即使是本土的动物对我们都有着无穷的吸引力。土著人对我们的吸引力更大。如果与我们自己更为相像的野蛮人在我们之前就居住在这片土地上，那么我们希望特别了解他们的行为方式、他们的生活方式、他们与自然的关系、他们的艺术和风俗、他们的奇幻故事和迷信。他们在水里划桨，在树林中漫游，他们的幻想和信仰与大海和森林有关，正如东方国家的寓言一样影响到我们。（*Journal* 11：437-438）

梭罗曾三次去往缅因探访真正的荒野和印第安人。1857 年 8 月 18 日，刚刚结束缅因荒野之行的梭罗给朋友布莱克写了一封信，信中提及他兴奋地发现这次旅行开阔眼界，因为“任何能让我们钦佩的东西都能拓展我们的视野和能力”。那里的印第安人比白人“更具神性”，“他们能在丛林中准确地找到自己的路，拥有白人无法企及的智慧（intelligence），观察这种现象提升了我自己的能力以及信仰”。这种与印第安人直接接触的经历也让梭罗对印第安人有了新的看法：“我高兴地发现智慧在比我所知的更多渠道流淌——有些东西以前看来是野蛮的（brutish），现在我的看法变了。”[②]如果说此前梭罗对于印第安人的赞赏是想象的，那么与印第安人的近距离接触与交流同样让他学习到了印第安智慧。这种智慧大致体现在四个方面：印第安动植物观、印第安语言、印第安宗教信仰、印第安“自然即家”观念等。

（一）印第安动植物观

印第安人视动物为兄弟姐妹、父母、祖父母。它们是印第安部落的图腾。“图腾”一词即来自印第安语。印第安人认为，每一部落都与某种动植物有亲属关系，这种动植物便成为该部落的图腾，被加以崇拜和祭祀。

---

① Henry David Thoreau. *Early Essays and Miscellanies*, p. 109.

② ［美］亨利·戴维·梭罗：《寻找精神家园》（英汉对照），第 219—220 页。

这些图腾形象包括熊、蛙、蛇、老鹰、河狸、乌鸦、玉米等。印第安人的图腾更像是人与动植物之间的一种契约关系，与其说是一种宗教信仰，不如是说一种世界观，一套朴素的有关生态平衡逻辑的象征结构，一种维持人与自然和谐相处的生存法则。①

欧洲人对待动物的态度则完全不同，这与《圣经》有关。根据上帝的指令，亚当与夏娃要制服土地，统治游鱼飞鸟等地球上一切可以走动之物。随之而来的是对人与动物身份、地位的规定：人类的地位比动物优越，人类是动物的管家，甚至可以宰杀动物。印第安人将自然界中的一切视为造物主化身。人类无权制服自然、滥杀动物。在白人基督教体系之外，“人为上帝形象的化身”这一观点是愚蠢的。如果人必须要制服某物的话，他必须制服的是他自己。对他自己和动物来说，人类是危险的。动物可以帮助人类了解、制服自己。欧洲的伊索寓言、拉·封丹（La Fontaine）的寓言等都包含这样的劝诫。但后来随着文明的发达，人与动物的疏离感愈强。

印第安不少部落视动物为文化英雄。有部落认为是仿声鸟（Mockingbird）教会他们说话和唱歌，蜘蛛女（Spider Woman）教给他们编织。②梭罗希望自己能够拥有更多土著人的知识、更完美的“印第安智慧”。《瓦尔登湖》中他不断地与动物打交道，在“动物邻居”“乔迁”“从前的居民”“冬天的访客”四章中达到顶峰。在“动物邻居”中他饶有兴趣地描写了如何与一只老鼠交好，如何用食物屑喂它，如何让它在衣袖上跑来跑去。在该章最后，梭罗详细描述了自己与一只潜鸟嬉戏的情景。

实际上，不仅仅是动植物，印第安人将周围的自然物与人都看作自己的亲属。某印第安部族有这样的警句：“你的一言一行必须思及所有亲属——无论认识与否。你必须永远记住植物、动物，生者、往者——你们的先人。”③

---

① Diana Ferguson. *Native American Myths*. London: Collins & Brown Limited, 2001, p. 28.

② J. Donald Hughes. *American Indian Ecology*. El Paso: Texas Western Press, 1983, p. 21.

③ 该句系笔者摘自美国印第安人国家博物馆。The original text is:“When you act and speak you must think of all your relatives—known and unknown. You must also remember the plants, the animals, the living things, and the ancient ones—those who have gone before you. —Jean Chaudhuri, Muscogee, 2001.”

(二) 印第安语言

笔者在第二章中论及，梭罗强调真正的科学人需要有“印第安式的智慧”①。1858年5月，哈佛大学图书馆一位馆员的日记记录了与梭罗的一段谈话。梭罗曾兴奋地向他提及，印第安人能够听懂许多动物的语言，他们会模仿麝鼠的叫声，把它们引到身边。此外，印第安某部族方言中鳕鱼的名字恰能体现这种鱼的习性：成年鱼带领幼鱼，就像母鸡带领小鸡一样。这种现象梭罗曾经见过，但却没有出现在任何一本书中。这位馆员在日记中写道：“今天，梭罗给我详细指出了科学人的错误。他们没有给予印第安人及其语言和习惯足够的重视。就地质学、植物学、动物学而言，印第安人介于科学人和他们研究的对象之间，因此科学人可以向他们学习。”最后，他得出结论：“科学人最能从印第安人那里学习到研究对象的诸多特性。”②

这种印第安智慧涉及如何从自然界获得真理。除了概念、逻辑外，还要完全参与到自然界中，依靠感觉、感知、想象力、情感、象征和神灵。印第安语言就是这种方式的体现。梭罗非常重视印第安的语言，从中看到了印第安人与自然的亲密关系：“印第安语有这么多词来表示驼鹿、桦树皮！印第安人比我们离自然更近。”（*Journal* 10：294）随着梭罗对印第安语言的了解，他也开始从新的视角看待印第安人：“一本印第安语言词典向我们展示了别样的、全新的生活。看看独木舟（canoe）一词，就会了解它讲述的户外生活……或者看看棚屋（wigwam）一词，看看它如何让你与大地亲近，或者‘印第安玉米’，看看哪一种族最为熟悉……”（*Journal* 10：295）

梭罗在“印第安书”中抄录了不少印第安人的药材名，这些名字大多与疗效有关：

> 天使草（Angelica）——是用来吸的，印第安语表示“宜人的味道”。
>
> 茴芹（Anise）——印第安语表示“祛风”。
>
> 灰末（Ashes）——“火熄灭”，用来治疗胃酸等。
>
> “吓跑熊”（“It scares bears away”）——植物，也是一种泻药。

---

① Henry David Thoreau. “The Natural History of Massachusetts.” *Collected Essays and Poems*, pp. 20-41, at 41.

② See Walter Harding. *The Days of Henry Thoreau*: *A Biography*. Princeton: Princeton University Press, 1982, pp. 391-392.

黑蝗虫（Black locust）——印第安语是“让人恶心”，一种催吐药。①

从印第安语言中，梭罗不仅学会了印第安人的实用技能，还了解了一种完全不同的观察和思考人与自然万物的方式，并将其纳入自己的思想中。

印第安人的名字通常是以动物来命名，如“大鹰”（Big Eagle）、“站立之熊”（Standing Bear）等。梭罗在明尼苏达州做的田野笔记中记录了他与印第安苏族人的会面，提到了其中最有名望的酋长的名字“小乌鸦”（Little Crow），并特别记录了他们跳的“梦舞”（Dream Dance）：“印第安人，30人跳舞，12位乐手擂鼓，其他人拉弓射箭。舞者吹了几首笛子曲。很守时。舞动脚和肩膀，一只或两只都动…… 跳了梦舞。”②

（三）印第安宗教信仰

梭罗尊重印第安信仰。早期梭罗也曾对印第安人某些信仰持怀疑态度，认为是迷信，对基督教的批判使他自然而然地站在印第安文化等白人基督教徒眼中的“异教”思想一边。随着对印第安文化的进一步了解，他的思想发生了很大变化。41岁时，梭罗在日记中表达了对印第安信仰的同情与尊重。他发现，在书写美国历史时，历史学家往往“带着轻蔑而不是同情心告诉人们，印第安人没有宗教信仰”。梭罗认为，有这种想法的人是“浅薄之徒，偏执之徒”，事实上信仰之间本身并无差异，有无宗教信仰只是人为的区分，“请问，历史学家就比印第安人更有宗教信仰？”（*Journal* 11：437-438）

的确，印第安语言中并没有“宗教”一词，他们表述宗教的术语为“生活方式”（life-way）或“生活需要”（life-need）。对他们而言，生活中的一切都是神圣的。例如，印第安霍皮族（the Hopis）认为，宗教仅仅是霍皮族的一种生活方式。他们生命中除了睡眠，有三分之一的时间是在舞蹈、祈祷、歌唱、为典礼做准备。他们并不认为这些活动与生活有什么不同：“每一个黎明的到来都是一个神圣的事件，每一天都是神圣的。”③

在印第安人观念中，人与自然界中的动植物、神灵以及周围人均和睦

① Indian Notebooks 8/441. Quoted in Robert F. Sayre. *Thoreau and the American Indians*, p. 142.

② Walter Harding, ed. *Thoreau's Minnesota Journey: Two Documents—Thoreau's Notes on the Journey West and The Letters of Horace Mann, Jr.*, Thoreau Society Booklet No. 16. Geneso, NY: The Thoreau Society, Inc., 1962, p. 22.

③ J. Donald Hughes. *American Indian Ecology*, p. 14.

相处。他们的仪式、命名习俗、语言、艺术、信仰都是这种观念的体现。梭罗曾在"印第安书"第四卷、第六卷中抄写了两个版本的美洲创世神话。①在第七卷中，梭罗提到印第安巫医（medicine man），认为其价值等同于文明人中的医生。②梭罗最初认为，印第安人"世界是一只海龟的背"的神话是愚蠢的迷信，为了一探究竟，甚至专门去仔细观察海龟。他对印第安信仰也非常熟悉，几次提及"大神"(Great Spirit)。在 1850 年 4 月 3 日写给布莱克的信中，梭罗说："如果要使身体得到休息，我们就会停止支撑身体，斜倚在大地的怀抱中。因此，要使我们的精神得到休息，我们必须倚靠在'大神'上。不要打扰周围的事物，让它们自由地存在；任由它们高飞或降落。"③ "大神"瓦坎坦卡（Wakan-Tanka）是印第安神话中地位最高的神，相当于造物主，通常被冠以亲属的称谓。有的印第安部族向"大神"祈祷时，会将其尊称为父亲、祖父或祖母："哦，父亲、祖父瓦坎坦卡！你是万物之始终。我的父亲瓦坎坦卡，你掌管并维持所有的生命。哦，我的祖母，你是所有存在的尘世之源。"④ 祖尼（the Zunis)、尤特（the Utes）等部族中的"大神"意思是"伟大的他—她"（The Great-He-She)，特瓦族（Tewa）的造物主为"玉米母亲"。不管称谓如何，在印第安人观念中，自然界中的一切都是"大神"的礼物。所有好的事物都来自造物主"大神"的恩赐，应带着感恩的心态使用。⑤

印第安人认为自然界的一切都是有生命的，而且像人一样有意识、有感情。祖尼人称自然万物为"活着的人"，无论是星辰、山川、树木、花朵、老鹰还是大地本身。有些印第安人是猎人、渔人、采集者或者种植者，但所有人都将自然界看作精神实体，他们不是用来利用的事物，而是拥有力量的人格神。印第安人并非出于理性思考发明了神灵、保护神、动物智慧等观念来试图解释自然现象，实际上这种世界观源自心灵深处。他们认为自然界的神灵能与自己发生共鸣。山、熊、植物等有感知能力和情感，能够听到、理解自己的话并发出回应。⑥

梭罗非常熟悉印第安人的这种自然观念。他认为印第安人"在幽暗的森林生活，保持着小心翼翼的独立与超然，因而他能够维持着与本土神灵

---

① Robert F. Sayre. *Thoreau and the American Indians*, p. 93.

② Robert F. Sayre. *Thoreau and the American Indians*, p. 114.

③ [美]亨利·戴维·梭罗:《寻找精神家园》(英汉对照),第 39 页。

④ Joseph Epes Brown, ed. *The Sacred Pipe: Black Elk's Account of the Seven Rites of the Oglala Sioux*. New York: Penguin Books, 1973, p. 14.

⑤ J. Donald Hughes. *American Indian Ecology*, p. 19.

⑥ J. Donald Hughes. *American Indian Ecology*, pp. 15-16.

的交流，而且经常被允许与自然进行珍贵而独特的交往”（*A Week*，62）。他认为，印第安人与自然的交流是自由而自然的，他既不需要向大自然屈尊自己的精神，也不需要大自然屈尊自己的精神来满足他的欲求。印第安人与其心爱的大自然保持超然的关系，在梭罗看来，这使得“他与自己的情妇维持一种超越、贞洁的关系”。17—18世纪人们观念中，猎人因其对女神过分的性激情堕落为野蛮人的形象，梭罗则扭转了猎人这一不光彩的形象，取而代之的是农民：“农民与土地的亲近中夹杂有粗俗下流。”他认为，正是农业导致人的堕落：“如果说印第安人在自然界中有几分像陌生人，那么这园丁就太像个熟人了，后者同他情妇的亲密有些卑污，而前者则同其保持距离，体现某种高贵和纯洁。”（*A Week*，64）

梭罗在此将大自然比作“情妇”[①]，与他曾经说过的“大自然就是我的新娘”，以及早期殖民者将未开发的美洲大陆称为“处女地”一样，都采用了性别隐喻，体现了白人男性的视角 。然而，梭罗倡导的印第安式的人与自然关系是一种超然、纯洁、平等的关系。在这种前提下，人在对待自然的态度上是尊重与保护而不是征服与践踏。

在攀登卡塔丁山时，梭罗极力渲染身处荒野的荒古感，那里的自然遥远、蛮荒、严苛，令他想起创世史诗、宇宙的混沌时期，也是这个时候他想起了印第安神帕莫拉（Pomola）[②]。原始民族如印第安人是不爬山的，因为“山顶属于神圣之地、神秘之所。帕莫拉常常对那些攀爬卡塔丁山的人生气”（*MW*，58）。在梭罗看来，登山是勇敢却又傲慢无礼的行为，是对神圣大自然的冒犯与亵渎，这种事情只有白人干得出来。梭罗在这里将印第安人与白人对山的态度两相比较，借以批评白人对自然的征服与践踏。在卡塔丁山，梭罗见识了自然的另一面：冷峻、毫无人情味、一种非人的物质自然。梭罗认为印第安人无疑了解自然的这一面。他们是这里的守护神，不是白人的亲属，而是荒野公平相待的野生动物的亲属。自然的荒野形象与自然的母亲形象一样，也该被白人知晓，使其从中获得教益和

① 此处笔者将“mistress”译为“情妇”。梭罗通常将自然视为女性，或为母亲，或为新娘，此处则将自然视为情妇，以表达对自然的爱恋。这与欧洲白人传统将自然视为新娘、处女的性别隐喻思维一致。对于两性关系，即使是在婚姻中，梭罗亦倡导一种纯洁的关系。1852年9月，在写给布莱克的信中，梭罗说：“如果婚姻是纯洁爱情的产物，那婚姻中就不包含肉欲。”有关梭罗论两性关系，参见[美]亨利·戴维·梭罗：《寻找精神家园》（英汉对照），第81—87页。

② 在印第安部族佩诺布斯科特（Penobscot）的民间传说中，帕莫拉是住在卡塔丁山上的巨大神鸟，与夜晚、风、雪和暴风雨有关，据说是卡塔丁山的守护神。佩诺布斯科特人将攀爬卡塔丁山视为禁忌，唯恐惊扰帕莫拉。参见“Native American Legends: Pomola (Pamola, Bemola).” http://www.native-languages.org/pomola.htm。

领悟。

（四）印第安人“自然即家”观念

古老的印第安人并没有野性、驯化的概念，亦没有荒野的概念。印第安拉科塔族（Lakota）首领“站立之熊”对荒野如此解释：

> 我们并不认为广袤、开阔的平原，连绵起伏的美丽山川，蜿蜒曲折的溪流为“野性的”，只是对白人来说自然意味着荒野（wilderness land），只是对白人来说这片土地上满是野生动物和野蛮人。对我们而言，它是驯化的。大地是丰饶的，我们为“伟大的奥秘”（the Great Mystery）的赐福所环绕。直到浑身长毛的人自东部来到这里，给我们及我们所爱的家人带来了残忍、令人发指的种种不公，这里才变成荒野。当森林里的动物四下逃窜，对我们来说“蛮荒的西部”（the Wild West）才开始。”①

梭罗熟悉“站立之熊”所表达的印第安人的荒野家园意识。在缅因荒野旅行时，印第安向导波利斯也持同样观念。缅因森林对于梭罗来说是荒野，对波利斯来说仅仅是自然，自然即家，是人与野生动植物的家园。在印第安人的传统中，“自然不是人逃向的隐居之地，而是印第安帐篷的延伸，越来越多的人围着火谈天说地。自然中有重要事件、神灵、山雀和行为如人一样的鹿。自然是房舍（house）”②。

自然是一个生物社区，印第安人是其中的一部分，而不是全部，动物、植物、河流、山川都在其中。印第安人并不是高高在上，而是将它们看作自己的亲属。印第安人将自己与自然融为一体，相信“天人合一、众生一体”。人类只是自然的一部分。人们并非远离自然界，而是身处其中；人们并非主宰自然，而是依赖自然。印第安人并不以在土地上留下印记为荣，相反，他们尽可能不去打扰土地：穿越树林时注意不折断树枝、生火时尽可能少产生烟等。印第安人懂得人必须依赖自然环境，与自然环境保持小心翼翼的平衡是生存的法则。他们同样小心翼翼地对待大地上的其他生物，因为一切生命体都相互依赖、相互关联。

很多印第安部族崇拜“大地母亲”（Mother Earth）或者“大地祖母”（Grandmother Earth）。大地母亲仁慈慷慨，孕育并维持着所有生命的延

---

① Chief Luther Standing Bear. *Land of the Spotted Eagle*. Boston: Houghton Mifflin, 1933, p. 38.

② Williams Bevis. “Native American Novels: Homing In.” *Recovering the Word: Essays on Native American Literature*. Edited by Brian Swann and Arnold Krupat. Berkeley: The University of California Press, 1987, p. 620.

续。某部族祈祷词中包含这样的语句："我们属于大地，属于您。哦，大地母亲！您赋予了我们食物，您关心我们的成长，如同我们自己的母亲。我们每向你迈出一步都必须用神圣的方式，每一步都是一份祈祷。"①

白人定义的"荒野"在印第安人看来是美丽的家园。这种爱无关浪漫主义情调，而是产生于日常交流与接触中的一种朴素、真实的情感。印第安诗歌、歌曲和口头叙事表达了对自然的欣赏与赞美。纳瓦霍人说："我行走时，我周围的一切都是美的，大地是美的。"②

1853年，太平洋西部印第安苏魁米什和杜瓦米什部落（Suquamish and Duwamish）的酋长西雅图（Chief Seattle）发表《西雅图宣言》（"Chief Seattle's Manifesto"），充分体现了印第安人对土地、自然的赞美与眷恋，以及人与自然和谐共生的文化传统：

> 对我们这个民族来说，地球上的每一部分都是神圣的。每一根闪光的松针、每一处沙滩、每一片密林中的雾霭、每一声清晰的昆虫的嗡鸣，在我们这个民族的记忆和生命体验中都是神圣的。流经树干的汁液承载着红人（the red man）的记忆。
>
> 白人的魂灵在星际游走时，他们忘记了自己出生的国家。我们的魂灵永远不会忘记这美丽的地球，因为她是红人的母亲。我们是地球的一部分，她也是我们的一部分。芬芳的花朵是我们的姐妹，鹿、马、雄鹰是我们的兄弟。山岩之峰、草地上的露水、小马身体散发的热量，都和人类一样，我们同属于一个家庭。③

身为白人价值体系中"开化"的人，梭罗身心无法像印第安人一样将荒野作为家园，却从印第安人身上看到了人与自然和谐共处、互惠平衡的关系，倡导荒野保护，提倡做荒野的访客，求得身心的滋养与更新。梭罗对荒野有着强烈的偏爱，对印第安人的同情与认同强化了对荒野的感情。梭罗相信自然的更新力量，白人到来之前，印第安人生活的自然环境是"青草常生水长流"（water will always run and the grass will always grow）（*A Week*，1），这在梭罗看来是一幅理想的图景。

梭罗在作品中多次谴责了白人殖民者和美国政府对印第安人领土的占领。《康科德和梅里马克河上一周》既是梭罗写给其兄长约翰的挽歌，也

---

① Joseph Epes Brown, ed. *The Sacred Pipe: Black Elk's Account of the Seven Rites of the Oglala Sioux*, pp. 12-13.

② J. Donald Hughes. *American Indian Ecology*, p. 13.

③ W. C. Vanderwerth, ed. *Indian Oratory: Famous Speeches by Noted Indian Chieftains*. Norman: University of Oklahoma Press, 1971, pp. 120-121.

是他写给濒临灭绝的印第安人的挽歌。梭罗以哀婉的笔触描述了白人对印第安领地的占领、对印第安人生活方式和赖以生存的自然环境的破坏。欧洲殖民者贪得无厌、得寸进尺。他们先是砍倒树林，建了房舍，建起农场，扩张地盘，接着建起一个镇，种上英国草，用英国名字比勒里卡（Billerica）取代原来的印第安名字肖夏恩（Shawshine），使得印第安痕迹在地图上消失。象征印第安人野性力量和生活方式的松树被砍倒，印第安人的猎场上种上了象征文明的苹果树。梭罗写道："白人来了，面色苍白如拂晓的天色，带着满脑子的念头……他盖了一座坚固耐用的房子，一幢木屋。他买下印第安人的鹿皮鞋和篓筐，接着买下印第安人的狩猎场，最后忘记了印第安人埋葬在何处，犁田时将其尸骨从地里翻出。"（*A Week*，58-59）

拓殖者不仅将印第安人的猎场变为果园，还通过语言巩固了自己对土地的所有权和控制权："那白人随身带来一份写有古撒克逊、诺曼底和凯尔特名字的名单，将那些名字撒播在这条河的沿岸。"（*A Week*，59-60）白人就这样一步步改变了原有的自然景观，进而改变了印第安文化景观。

在梭罗后期作品《野果》中，梭罗再一次谴责了白人强占印第安领土的行径："有时在到达一处地点时，每一个男孩就会冲到山坡上，匆忙选择一个据点，大喊'我为这个地方代言'，来宣示自己的地盘……这种法则与我们占领印第安人和墨西哥人领土的法则一样。"①

随着美国生态环境的恶化和生态意识的觉醒，印第安智慧引起了美国生态主义者和环保主义者的重视。他们将印第安人塑造成生态主义者和环保主义者，希望借印第安的生态智慧，带领美国走出环境破坏的道路。美国环保主义者，尤其是20世纪六七十年代的环保主义者，受到反文化运动的影响，通常将美国当代社会与前哥伦布时代北美印第安人部落做比较。前者是人化的、物质的，与自然疏离；后者则被想象为在一个野性自然的"伊甸园"中，与自然保持着完美的和谐。他们认为，印第安人为20世纪后期与自然失衡的美国社会提供了答案。印第安人的"宗教与图腾信仰和部落习俗使他们避免了土壤枯竭和灭绝"，"印第安人解决了所有美国人面临的生态困境"。② 美国环境史学家唐纳德·休斯（J. Donald

① Henry David Thoreau. *Wild Fruits*. Edited by Bradley P. Dean. New York: W. W. Norton, 2000, p. 56.

② Christopher Vecsey and Robert W. Venables, eds. *American Indian Environments: Ecological Issues in Native American History*. Syracuse, NY: Syracuse University Press, 1980, p. 50.

Hughes）指出，印第安人懂得“如何与大地母亲和睦相处的秘诀”，他们适应北美的生活环境，没有破坏、污染、耗尽自然界的资源。[1]西雅图酋长的宣言也成为印第安人生态智慧的代言。

梭罗荒野思想已经包含着生态意识，只是“生态”一词直到20世纪中后期才成为美国人关注的热点。毫无疑问，在印第安生态智慧的发掘与运用上，梭罗是先行者。他在了解和尊重印第安文化的基础上，将其纳入美国荒野的生态和环境视野。梭罗在著作中多次提及不同民族的万物有灵和泛神论思想，他本人亦表现出很强的泛神论倾向。他背离了基督教，将自己的终生兴趣转向印第安人的生活实践、宗教和世界观，对所有生命之间的相互依赖、相互关联进行了一种生态的理解。同时，他承认对自然的强烈信仰，推进对生物多样性的关注。在梭罗之前，人们对自然与荒野的欣赏大多还是出于人类中心主义视角，或者因其审美的情趣，或者因其对精神的启示，或者因为荒野能够激发年轻美国的民族自尊心和自豪感。自梭罗始，人们对自然、生态的认识有了根本性转折，开始用整体观理解荒野生态系统，倡导生态和环境保护。在这其中，印第安智慧无疑起着重要作用。

① J. Donald Hughes. *American Indian Ecology*, p. 1.

第五章　东方经典与梭罗荒野思想

要全面理解梭罗荒野思想，不能忽略东方[1]文化这一重要因素。梭罗常被称为“非常美国式的东方人”（a very Yankee sort of Oriental）[2]。他思想中很多方面都与东方思想有着亲缘关系。除了被称为“东方人”，梭罗还是“瓦尔登的瑜伽士”“美国佛教的先驱”“最像中国人的美国人”。事实上，自梭罗起，不同时期的荒野思想者例如缪尔、斯奈德等都曾借鉴美国主流文化之外的其他文化传统中的思想智慧。有论者认为，美国的荒野思想是合成体，是本土意识与外来思想的结合。[3]就梭罗个人而言，他一生思考的课题除了人与自然、个体与社会、荒野与文明之外，还在不断协调欧洲、东方、印第安和美国荒野之间的关系。梭罗荒野思想涉及人与自然、荒野与文明的关系，其中又受到多种因素的牵制或影响。例如，尽管梭罗将人视为“自然的居民”（“Walking，” 557）、“宇宙的自由民”（*A Week*，181），但他的人文关怀及民族主义情感却又导致其在荒野与文明，美国与欧洲文化、印第安文化、东方文化之间摇摆。梭罗在这之间不断调适直至取得了某种平衡。美国、新英格兰、康科德终归是梭罗身心安放之地，但欧洲传统之外的思想与智慧对梭罗的荒野思想也有着重要意义。东方文化与梭罗荒野思想的关系无法回避。

---

① 在梭罗时代，欧美看待世界依然是用惯常的东—西二分法，直到 19 世纪末 20 世纪初，学术界才逐渐以“亚洲”来代替“东方”。故此处笔者采用“东方”一词。

② 1880 年，罗伯特·路易斯·史蒂文森（Robert Louis Stevenson）评述：梭罗雄心勃勃地要成为一个东方哲学家，但他一直是位非常“美国式的东方人”。See David Scott. “Rewalking Thoreau and Asia：‘Light from the East’ for ‘A Very Yankee Sort of Oriental’.” *Philosophy East and West*. Vol. 57，No. 1 (January 2007)：14-39.

③ Christoper Conte. “Creating Wild Places from Domesticated Landscapes：The Internationalization of the American Wilderness Concept.” *American Wilderness：A New History*. Edited by Michael Lewis. New York：Oxford University Press，2007，pp. 223-241，at 224. The original text is：“American wilderness ideology，itself a historical product of foreign and homegrown conceptualizations of nature.”（美国的荒野思想，本身是外来和本土自然观念结合的历史产物。）

梭罗曾说："一切美好的事物都是野性而自由的。"（"Walking," 579）野性的文学才能吸引他。欧洲经典如乔叟、斯宾塞、弥尔顿、莎士比亚的作品，相对而言是温驯的，甚至罗宾汉也是温驯的。(*Journal* 2：144) 他更喜欢"神话和各民族的圣典"(*Journal* 2：97)。而在这些圣典中，印度、中国等东方经典是他最喜欢的。梭罗与东方的渊源始于超验主义对东方经典的接纳。

第一节　阅读东方："于荒野中建造一座图书馆"

一、超验主义时期阅读东方与建构美国

在美国历史上的几个重要时期，东方文化都是美国文化发展的智慧源泉和重要批评参照系。① 例如，18 世纪的美国，东方是强化西方启蒙时代价值观的手段。北美殖民地时期及建国早期的美国，即"美国启蒙时代"(1680—1820)，本杰明·富兰克林、托马斯·杰斐逊等从孔子思想中吸收营养，作为自身政治思想的补充，中国的农业、技术、哲学、文学亦为美国提供有益启示。② 19 世纪的美国处于从农业经济过渡到工业经济的转折期，印度、中国等的东方思想是对美国现实的补充。超验主义初衷是打破僵化的加尔文主义和唯一神教的宗教信条对人的束缚，主张宗教自由和人作为个体的自由与独立，其精神是兼容并包、广采众长，其目标是发展一种独具特色的美国宗教与思想。除了康德先验主义、欧洲浪漫主义、洛克经验主义、新柏拉图主义、基督教神秘主义等西方思潮，东方文化如印度、中国、巴勒斯坦、波斯文化也被纳入其中。东方尤其是印度和中国思

① 戴维·威尔(David Weir)从政治、神学、学术研究、审美、现代主义及大众文化等诸方面阐述了从殖民地时期到 20 世纪东方对于美国自我建构的作用。See David Weir. *American Orient*：*Imagining the East from the Colonial Era through the Twentieth Century*. Amherst and Boston：The University of Massachusetts Press，2011.

② 几位学者论述了中国对美国启蒙时代的影响。See Alfred Owen Aldridge. *The Dragon and the Eagle*：*The Presence of China in the American Enlightenment*. Detroit：Wayne State University Press，1993；Henry Hughes. "Reorienting Orientalism：China in Early American Writing，1738-1870." PhD diss.，Purdue University，2002；David Weir. *American Orient*：*Imagining the East from the Colonial Era through the Twentieth Century*；Dave Wang. "The US Founders and China：The Origins of Chinese Cultural Influence on the United States." *Education about Asia*. Vol. 16，No. 2 (Fall 2011)：5-11；Dave Wang. "Confucius in the American Founding：The Founders' Efforts to Use Confucian Moral Philosophy in their Endeavor to Create New Virtue for the New Nation." *Virginia Review of Asian Studies*. Vol. 16 (2014)：11-26.

想在其中的作用不容忽视。关于东方文化与欧洲文化对超验主义的影响，有论者称超验主义是“德国父亲与印度母亲的后代”（the offspring of a German father and a Hindu mother）①，是“印度使得超验主义不致过于德国化”②。换言之，超验主义尽管源自欧洲，是东方思想推动了德国先验论变为美国超验主义。这也表明，超验主义不可避免地带有东方色彩。

无论是在《美国独立宣言》发表之前还是之后，美国人对国家建设和民族性建构的需求在很大程度上渗透至美国读者和他们阅读的书籍。本杰明·富兰克林、植物学家约翰·巴特拉姆等人对孔子的推崇即是一例。1724年，富兰克林借赴伦敦购买打印机之机，阅读各类书籍，对1691年在伦敦出版的、译自法语的《孔子的道德学说》（*The Morals of Confucius*）推崇备至。回到北美后，他摘录《孔子的道德学说》发表在1737年《宾夕法尼亚州公报》（*The Pennsylvania Gazette*）上。孔子的道德观不仅为富兰克林个人修身养性提供指导，也成为他为美国人设计的道德原则的基础。巴特拉姆也对中国哲学感兴趣，他尤其钦佩孔子的人品，写了三页读书笔记，题为《中国哲学家孔子的生平与人格》（“Life and Character of the Chinese Philosopher Confucius”），手稿现藏于纽约市摩根图书馆暨博物馆（Morgan Library & Museum）。

1800年以来，在欧洲游历和学习的美国人回国时往往会带回大批书籍，引发了美国人对外国文学和哲学的兴趣。1815年，乔治·蒂克诺（George Ticknor）和爱德华·埃弗雷特（Edward Everett）去欧洲学习。他们游历各地，在德国哥廷根大学学习，回美国后在哈佛大学担任重要的学术职位（蒂克诺教授外国文学，埃弗雷特教授希腊语），爱默生是他们的学生。蒂克诺和埃弗雷特还带回大量书籍，部分赠给了哈佛大学图书馆。对读书的需求伴随民族性建构的呼声日益高涨并在19世纪的超验主义运动中达到高峰。1839年，《民主评论》将当时的美国思想环境描述为：“我们国家的诞生是一部新历史的开始……它将我们与过去分离，只与未来相连。”③超验主义者积极参与新文化的创造，希望缔造一个从历史中解放出来，独立、自立而又不断自新的新美国。他们普遍意识到要发展独具特色的美国宗教和思想，要实现美国文化独立，需要广泛学习。东方

① Klaus K. Klostermaier. *A Survey of Hinduism*, 3rd ed. Albany: State University of New York Press, 2007, p. 498.

② David Weir. *American Orient: Imagining the East from the Colonial Era through the Twentieth Century*, p. 57.

③ Quoted in R. W. B. Lewis. *The American Adam: Innocence, Tragedy, and Tradition in the Nineteenth Century*, p. 5.

文化作为美国急于摆脱的欧洲母体文化的异质文化，无疑是超验主义者重要的知识与智慧之源。

作为超验主义的精神领袖，爱默生对东方文化的积极接纳显然有着极大的影响力。爱默生早期的东方研究受到其姑母玛丽·爱默生（Mary Moody Emerson）的鼓励，早在19世纪20年代就通过阅读《亚洲学刊》等刊物了解亚洲。在哈佛大学神学院学习时，爱默生常将有关东方的谈话、讲座和书籍摘录在日记中。爱默生曾摘录他最喜欢的教授爱德华·埃弗雷特讲座中的一句话："一切都趋向于那神秘的东方。"（*JMNE* 1：12）他对东方地理和传奇产生了浪漫化的想象：中亚山坡上的水连同"所有小溪都倾入中国和黄海"（*JMNE* 1：328）。爱默生认为一切人类文明起源于"神秘的东方"，那是文明的曙光。东方经典让他看到了一种比基督教和当时哈佛盛行的柏拉图主义等西方思想传统更深刻的精神传统。正如爱默生所呼吁的"人与自然和宇宙建立原初联系"，他也希望通过学习东方，美国人能够摒弃从欧洲继承的过时的传统，与新大陆培养一种完全"原初的关系"，结束美国依赖欧洲影响的时代，也借以重新定义美国与世界的关系。爱默生超验主义思想的产生和发展与其东方兴趣携手相行，由此使得超验主义带有强烈的东方色彩。

超验主义者们学习东方的主要途径就是阅读。阅读不仅是重要的智性活动，亦演变成一场文化运动。这一时期，公共图书馆寥寥，阅读多依赖私人藏书，建立图书馆成为超验主义者的一个目标。布朗森·奥尔科特每周日上午举办一系列有关东方思想家的讲座，并设想成立"人类图书馆"（Mankind Library），这座图书馆汇集东西方的圣典和神话。[①] 1840年，伊丽莎白·帕尔默·皮博迪（Elizabeth Palmer Peabody）在波士顿西街开了一家兼具流通功能的书店，方便其同道们阅读外国作品。皮博迪为佛教和印度教所吸引，曾摘译了法文版《莲华经》，发表于《日晷》。爱默生家中甚至有专门的东方学图书馆，正是在那里梭罗开启了东方经典的阅读之旅。梭罗家中也有藏书，但他理想的图书馆是一座"位于荒野中的图书馆"，这个图书馆收藏有诗人、哲学家和博物学家的著作，位于遥远的原始森林深处，"英勇的学子只有冒险经过野人和野兽出没的荒野，才能到达"（*Journal* 3：271）。某种意义上，这个隐喻是梭罗对于荒野与文明的思考。图书馆是人类文明成果的集合地，文明与荒野两者并非截然相分，而是可以完美地融为一体。彼时的美国，荒野是最具美国特色的地理特征

① Carl T. Jackson. *The Oriental Religions and American Thought: Nineteenth-Century Explorations*. Westport, CT: Greenwood Press, 1981, p. 72.

和文化表征，东方则是文明的集大成者，故而梭罗阅读东方经典这一行为更像是为他“荒野中的图书馆”理想所做的努力。

在导师爱默生的建议下，梭罗开始学习东方经典。1837—1838年，梭罗曾读过《凤凰：古稀片语集》（*The Phenix: A Collection of Old and Rare Fragments*），其中包括《四书》摘录和《琐罗亚斯德的神谕》等。1838年8月22日，他在日记中记录了发现东方经典时的兴奋：“这些最古老的书中的高尚情感是多么令人激动啊——荷马、《阿维斯陀经》[①]或孔子!”阅读这些来自遥远东方的古代经典让梭罗产生了一种陌生的熟悉感。他将东方经典描述为“沿着亘古的长廊，乘着时间的微风飘来的一段音乐。正是它的崇高使我们如此接近并能听到它的声音”（*Journal* 1: 52）。1841年，梭罗开始住进爱默生家，经常出入其小型东方学图书馆。阅读东方，让梭罗想起一个遥远过去的清晨，它清新，如鲜花般美好，令人振奋：“这些文字似乎是在黎明时刻以清晨般令人清醒的先见之明说出的……句子毫不用力、毫不刻意地展开，如同花瓣一般。”（*Journal* 1: 325）作为一场宗教、社会及文化革新运动，超验主义者致力于打破旧的传统，建立新的文化，打造新的美国人，于东方经典中发现的智慧无论对于个人还是美国文化而言都是一股强大的革新力量。梭罗将东方经典与清晨、绽放的鲜花联系在一起，正是超验主义将东方作为更新之源的例证。

二、梭罗的东方经典阅读：“创造性的阅读”与“选择性的接受”

正如梭罗传记作者桑伯恩所言，“到44岁时，梭罗对经典的掌握已经胜过爱默生、钱宁、霍桑”[②]。无可否认，这得益于梭罗的广泛阅读。他兼容并包，既读东西方经典，又读当时流行的异域小说和各类游记。梭罗是勤勉的读者、图书馆的常客。大学毕业后的梭罗甚至凭着借书量获得了哈佛图书馆的借阅权。尽管声称喜欢户外胜过书房，但梭罗每次出门却鲜有不带书的时候。1833—1862年，梭罗阅读的各类书籍、报刊条目达1500条。[③]他在著作中多次提及阅读经典的重要性。《瓦尔登湖》第二章探讨了“生活在何处、生活的目的”，第三章则倡导读者“阅读经典”。在他看来，“好的阅读，就是以求实的精神读真正的书。这是一种高贵的行为”

---

① 《波斯古经》(*Zendavestas*)，亦称《阿维斯陀经》(*Avestas*)，古代波斯琐罗亚斯德教经典。

② Franklin B. Sanborn. *The Life of Henry David Thoreau*, p. 260.

③ 参见 Robert Sattelmeyer. *Thoreau's Reading: A Study in Intellectual History with Bibliographical Catalogue*. Princeton: Princeton University Press, 1988。该书梳理了梭罗所读书籍、报刊等达1500条目录。

(*Walden*，66)。就梭罗本人而言，阅读不仅是可以实现自我教化的高贵的精神活动，实现“虽不能行，心却至”的思接圣贤、游于宇内的逍遥游，阅读还是一种高度自觉的行为。

超验主义者们阅读经典是因为相信“书籍是历史影响中最好的一种，而以往人类的思想——无论是以什么形式，也无论它是文学、艺术，还是某种制度，历史都会在今人的心灵上打下烙印”①。但正确的读书方法，正如爱默生所言，是“严格地让书服从于读者”。对于包括梭罗在内的所有超验主义者来说，他们对书籍的选择是兼收并蓄，但只摘取自己感兴趣或对自己有用的事实或观点。梭罗的思想建立在广泛阅读的基础上，他非常擅长利用从中获得的资源。爱默生曾提出：“既要创造性地写作，又要创造性地阅读。”②梭罗是爱默生的积极响应者。针对所接触的一切材料，他的阅读原则是有意识地从中摘取契合自己的观点，采纳百家，为我所用。梭罗有种才能，能够将许多看似不相关的元素天衣无缝地融合在一起。同一个材料，甚至可以应用于不同的场合，表达不同的需要。例如，印度神话认为地球坐落在大象身上，大象则踩在乌龟身上，乌龟则踩在蛇身上。梭罗在《散步》中提及这个神话，表明自己对野性的热爱：“我承认我偏爱这些天马行空般的狂野的幻想，它们超出了时间和发展演变的顺序。”（“Walking,” 579）但在1863年发表的《没有原则的生活》中，梭罗将这一神话用作隐喻，来批判某些人演讲以及大多数的日常交谈内容肤浅空洞，没有思想的深度。③

梭罗非常注重古典文献和古代历史的现代价值。他认为：“古代史应该更现代化。太阳很少在历史上发出光芒，一半因为灰尘，一半因为混乱，当我们遇到这发光体存在着的令人鼓舞的事实时，我们摘录引用并使之现代化。”（*A Week*，190-191）在梭罗看来，中国、印度、波斯、希伯来等东方经典是“人类圣典”，是“令人鼓舞的事实”。然而，它们存在的价值在于后世人对它们的运用。他说：“人们运用批判的目光、敏锐的头脑揭示过去，这是徒劳无功的；过去不可能被呈现，我们无法知道我们之所不是（we cannot know what we are not）。然而一块面纱笼罩着过去、现在和未来。历史学家的职责不是弄清过去，而是现在。”（*A Week*，190）梭罗认识论的核心就是“我们无法知道我们之所不是”。读者从阅读

① ［美］爱默生：《美国学者》，《爱默生集：论文与演讲录》（上），第67页。

② ［美］爱默生：《美国学者》，《爱默生集：论文与演讲录》（上），第70页。

③ Henry David Thoreau. “Life Without Principle.” *The Portable Thoreau*, pp. 591-612, at 604.

中所看见的、所理解的取决于他们是谁。一切历史阐释都含有某些自我建构，因为最终历史学习或研究的目的不过是呈现自己。如此看来，梭罗是借古代文本来发出自己的声音。1860 年 1 月，梭罗在日记中重申："人只接受自己愿意接受的事物，不论是身体上、思想还是道德上，正如动物只在某些季节孕育自己的同种一样。我们听到、理解的只是我们已经一知半解的事物。如果某些事物与我无关，在我的路径之外，无论如何新奇和脱俗，从经验和天性上都不会吸引我。"（*Journal* 13：77）

这种以自我需要为出发点的认识论，决定了梭罗对于经典的取舍。至于观点的来源，梭罗说："我一点都不关心我观点从何而来，或者是谁提出的观点。"（*Journal* 8：135）这种认识论在超验主义时期颇为典型，也决定了他们对东方国家的关注仅限于那些他们奉为圣典的东方智慧之源。对于这些国家的现实，他们的态度则不乏批判。在他们心目中，亚洲与美国是对立的，亚洲是年老而虚弱的，美国是强壮而富有活力与朝气的。1824 年，年轻的爱默生在日记中曾说过："亚洲、非洲、欧洲，年老的、麻风病的、邪恶的。但是现在，一个强壮的人进入了比赛，将要超过他们。强壮的人啊！青春、荣耀与你同在！你会繁荣但不要忘记人类的希望。尽管无甚价值，不要踩踏你的对手。欧洲是你的父亲，把他举起在你亚特兰蒂斯般有力的肩膀上。亚洲是你的祖父，革新他。非洲，他们古老的受虐待的奴隶，给他自由。"（*JMNE* 2：218）在爱默生看来，亚洲是古老的，美国是年轻的。梭罗也表达了同样的见解：《瓦尔登湖》"结论"篇中，梭罗提到"破旧不堪的中国和日本"（*Walden*，322）。

梭罗行文时有对现实中国的贬抑与批判。在《论公民的不服从》一文中，梭罗描述了他因拒绝交税而被关押了一天的监狱生活后，回到康科德镇见到周围人时的心情："他们属于与我不同的民族，就像中国人和马来人一样，充满了迷信和偏见。"[①]中国人的一些不良习气也在轻描淡写间受到了批判："中国人通过贿赂用罐子或中空的芦秆把鱼卵从一个省带到另一个省，或是用水鸟将鱼卵运到山间小湖或内陆湖中。"（*A Week*，25）梭罗嘲讽美国人对于亚洲时尚装饰品的追逐，认为"它们本来是为后宫的嫔妃和天朝那些脂粉气十足的当地人发明的"（*Walden*，23）。

对于印度而言，19 世纪欧洲对于东方的态度是极端分裂的，印度尤其是两极对立式解读的对象：一面充满非难，一面则是浪漫想象。欧洲关于印度最早的印象是由商人或传教士带回的，通常是负面的，诸如焚烧寡

① Henry David Thoreau. *Civil Disobedience and Other Essays*. New York：Dover Publications，Inc.，1993，p. 14.

妇之类的传说、迷信充斥等。青年时期的爱默生就批判过印度的迷信，随着年龄的增长和对印度了解的加深，爱默生转而赞赏印度。梭罗对印度的态度也是矛盾的。当时比较流行的观点是，印度是人类文明的摇篮，在初次与印度圣典接触时，梭罗在日记中表达了对印度古老文明的敬意："印度广袤的平原如同一个杯子，北边是喜马拉雅山，南边是海洋，东边是布拉马普特拉河（Brahmapootra），西边是印度河（Indus），人类的原初居民就在那里，那里是人类的摇篮。"①他也对那里的自然现象感兴趣："我喜欢读喜马拉雅山向南一面的松树、落叶松、云杉、银枞。"②但他反感印度的浮屠崇拜（pagoda worship）。梭罗一向反对基督教的礼拜日，说听到礼拜日的钟声令他想起浮屠崇拜，好似印度地下寺庙的敲锣声。（*Journal* 1：55）尽管他激赏《摩奴法典》，但在用较长篇幅进行赞美时，却非常突兀地穿插了对印度种姓制度的批判："幸亏在世界建构时没有印度的专制统治，而我们现在是宇宙的自由民，并未被判属任何种姓。"（*A Week*，181）

简而言之，爱默生、梭罗一方面钦佩东方文明的悠久，将东方经典视为文学、艺术、智慧之源，并作为参照系；另一方面又认为与年轻、朝气蓬勃、处于上升期的美国相比，东方意味着老迈、迷信、专制、封闭、僵化。这其中有不少误读与偏见，既与早期欧洲传教士、商人等传达的东方的负面形象有关，也与现实印度、中国等亚洲国家在当时的国际地位有关。对东方复杂的感情在很大程度上缘于他们对年轻美国的热爱。然而，尽管热爱美国，但他们并不支持现实美国的一切。梭罗对美国对太平洋的野心极为不满，他并不认为在远东设立贸易港口有任何价值。东方对梭罗只是思想上的吸引，实际上，他害怕去任何一个过于拥堵、无法通航的地区。梭罗曾在南卡基特（Nantucket）的街上迷路，说那令他有种身临中国某个城镇的感觉。③梭罗也排斥"天定命运"论，认为这只对美国的商业和政治利益有益。他关注的是美国的精神与灵魂。这种心态也决定了梭罗在接受东方文化时有意识地进行了文化过滤，即"根据自身文化积淀和文化传统对外来文化进行有意识的选择、分析，借鉴与重组"④。

---

① Henry David Thoreau. *The Writings of Henry D. Thoreau. Journal 1：1837-1844*，p. 52.

② Henry David Thoreau. *The Writings of Henry D. Thoreau. Journal 1：1837-1844*，p. 173.

③ Henry David Thoreau. *Familiar Letters of Henry David Thoreau*. Edited by Franklin B. Sanborn. Boston：Houghton Mifflin Co.，1894，p. 290.

④ 乐黛云、陈跃红、王宇根、张辉：《比较文学原理新编》，北京：北京大学出版社，2002年版，第92页。

三、东方经典：智慧与诗学之源及批评参照系

梭罗看重东方经典对于思想智慧的启发，在作品中几次提及西方自古以来的一句箴言“Ex oriente lux”（拉丁语，“光自东方来”）。他认为东方是人类文明及智慧的源头。他说：“在每一个人的青春梦想中，哲学仍然模糊却不可分割地与东方联系在一起，其中倒不乏真知灼见。即使若干年后，他也无法在西方世界发现哲学在当地的落脚之处。”在他看来，“‘光自东方来’或许仍是学者们的座右铭，因为西方世界尚未从东方取得它注定要从那接受的全部光亮”（*A Week*，174-175）。他认为美国思想受益于印度哲学思想：“正如我们的家禽据说起源于印度的野鸡，我们国内的思想以印度哲学家的思想为原型。”（*A Week*，183）而他本人的成长亦深受东方宗教和道德传统的影响。《康科德和梅里马克河上一周》《瓦尔登湖》中梭罗频繁引用印度经典《薄伽梵歌》《奥义书》《吠陀经》和中国经典《四书》，甚至能从中国的铭文中发现智慧。梭罗有每天湖中晨浴的习惯，某日忽然想起《大学》中读到的“汤之盘铭”：“据说成汤王的浴盆上刻有这样的字眼：‘苟日新，日日新，又日新。’我现在可以理解了。”（*Walden*，58）发现古代中国人的自新如同在曙光中沐浴一样让梭罗振奋。也许梭罗感到有趣的是，成汤王洗浴时会提醒自己要自新，梭罗也是在沐浴这一日常时刻顿悟了古老的中国道德箴言。这个发现对梭罗既是精神上的提振，又具有一种实践上的指导意义。1852 年 7 月的一天，梭罗读到一则埃及底比斯地下墓藏中再次发现中国瓷器的消息，瓷器上的铭文“花儿开了，瞧！又是一年”（The flower opens，and lo！another year）让他感到兴奋：“一些最古老的诗句以此方式欢庆春天的到来，这是崇高之象！有多少次鲜花绽放，新的一年又开始啊！再没有比这更令人欢欣鼓舞的了！春天何其古老——一个仍然新鲜的现象！我们能感觉大自然中有什么衰败吗？这简短的句子中有多少关于地球先民的证据啊！这是一个刻在瓷器皿上的句子，这表明这么多年已经过去了，但那时对春天的观察发现也同样也适用于现在。”岁月沧桑，人类历史固然悠久，但人类生命及其文明会衰败消亡，最终湮没于尘土，大自然却以自身永恒的法则，四时更替，冬去春来，自然界永远欣欣向荣。梭罗补充道：“中国读书人可以轻松自如地阅读这句铭文。”（*Journal* 4：205）他发现了中国古人与自然的相处之道：凭着对自然的仔细观察，发现了天候、物候的周期性转换。这说明，只有与自然亲密接触，才会发现自然界的真理，而真理又以铭文的形式保存在日常器物中，发挥教化之功。对梭罗而言，东方的语言和思想

传统，是人类文明的曙光；与古老的春天一样，古老的东方智慧焕发着青春的活力，成为梭罗思想的源泉。

对梭罗来说，东方经典与人类早期历史上的各类神话是发展美国文学的诗学来源。在他看来，英国文学已经失去了西方文学传统中的那种活力，而美国要开创与崇高、壮美的荒野相匹配的民族文学，必须从古代神话和东方经典中寻找诗学灵感。梭罗曾说过，在所有的读物中最喜欢的就是印度、中国、波斯等民族的经典（*A Week*，83），那些都是诗歌，那里的自然“比我们诗人吟诵的自然更蛮荒、更古老”（*A Week*，63）。人类原初使用的语言就是诗歌，诗歌就是大自然的语言。梭罗常创造性地使用东方经典，通过引用、化用、翻译等形式与自己的美国文学写作融为一体。《日晷》中曾摘登了《孟子·告子上》中的“仁，人心也；义，人路也。舍其路而弗由，放其心而不知求，哀哉！人有鸡犬放，则知求之，有放心而不知求。学问之道无他，求其放心而已矣”。这段话先是被梭罗引用在《康科德和梅里马克河上一周》①，继而又化用在《瓦尔登湖》中：“我很久以前丢失了一头猎犬、一匹枣红马和一只斑鸠，我仍然在寻找它们。我曾向许多路人打听……他们也急着找到它们，好像是他们自己丢掉的一样。”②（*Walden*，17）但梭罗将《孟子》原文“鸡、犬”这类人类驯化的动物喻体创造性地转换为“猎犬、马、斑鸠”这种野性尚存的动物喻体。梭罗阅读的东方经典多为翻译文本，但梭罗也经常自己翻译，翻译古代经典是梭罗在哈佛所受的学术训练的一部分。除了翻译古希腊时期的《被缚的普罗米修斯》等经典外，梭罗还从法语转译了印度史诗《摩诃婆罗多》（*The Mahabharat*）中的故事《七个婆罗门的轮回》（“The Transmigration of the Seven Brahmins”）。对于中国经典，梭罗亲自摘译了96段儒家经典中的段落，均转译自法国汉学家鲍狄埃的《孔子与孟子：中国道德与政治哲学四书》一书。③这些翻译部分被梭罗用于《瓦尔登湖》《康科德和梅里马克河上一周》《论公民的不服从》以及写给他人的书信中。这说明，梭罗除了将儒家经典视为学习东方智慧的来源，亦准备将儒家经典放入其写

① The original text is: “Mencius says: ‘If one loses a fowl or a dog, he knows well how to seek them again; if one loses the sentiments of his heart, he does not know how to seek them again... The duties of practical philosophy consist only in seeking after those sentiments of the heart which we have lost; that is all.’” 此处为梭罗本人的翻译。

② 《瓦尔登湖》注疏者杰弗里·S. 克莱默(Jeffrey S. Cramer)认为这几句话可能与孟子的“求放心”典故有关。参见[美]亨利·戴维·梭罗:《瓦尔登湖》,第20页。

③ 梭罗的儒家经典翻译并未公开出版,记录其翻译的札记簿藏于纽约公共图书馆,共96段,达23页。See Tan Hongbo. “Emerson, Thoreau, and the Four Books: Transcendentalism and the Neo-Confucian Classics in Historical Context.” PhD diss., Washington State University, 1989, p. 187.

作素材库中备用。《孟子》中“求放心”的典故先是在《康科德和梅里马克河上一周》中直接引用，后在《瓦尔登湖》中化用，说明梭罗既借古代经典蕴含的智慧替自己发声，又将其作为诗学来源。借助这些手段，梭罗将东方经典片段与美国文学文本交织，让古代东方经典穿越遥远的时空与自己的当下声音交汇，读者必须时而停下来，跟随梭罗进行一场跨时空的对话，从而使文本保持一种开放性。同时，与超验主义的“普同”精神相对应，异质文学元素的汇入使作品呈现一种世界性特色，这在《康科德和梅里马克河上一周》《瓦尔登湖》中均有体现。

东方经典还被梭罗作为批评参照系，一是用来批评美国文明出现的现实问题，二是用来批评欧洲。以下以梭罗对于“佛陀”的理解和借用，来例证梭罗将东方经典作为批评参照系。《康科德和梅里马克河上一周》是梭罗在瓦尔登湖畔隐居期间所写，最能代表梭罗早期著作和关注焦点。从初稿到修改、增补、扩充直至出版，历时五年。他将这本书视为献给去世不久的哥哥约翰的挽歌。《康科德和梅里马克河上一周》追忆了二人穿行在新英格兰风景中的河上一周，这也是一种穿行在相互冲突的思想世界的旅行。此书中梭罗探讨了不同宗教思想和价值观。其中有这样一段话：“我相信有些人可以不为他们教会的藩篱所限，对佛陀或基督或斯威登堡同样亲近。若要能够欣赏基督一生的美好及其深刻意义，就必须不信基督教。我知道某些人一听到他们的基督与我的佛陀相提并论，就会对我耿耿于怀。但我确信我宁愿他们爱基督胜过爱我的佛陀，因为这种爱才是主要的，而且我也爱基督。‘上帝的写法既可以是 Khu，也可以是 Ku’，为什么基督徒仍然要偏狭、迷信呢。”（*A Week*，78）

梭罗口中“我的佛陀，他们的基督”，是否意味着他更偏好佛教？1850 年的日记表明梭罗对一切文化、宗教和哲学思想都保持超然的距离，即使从中获得过很大的启发：“我并非偏好某一宗教或哲学，我只是不认同那种将人类的信仰区分为基督教和异教的偏执和无知，这种区分是不加考虑、有失公允、幼稚的行为。我祈愿自己能摆脱狭隘、偏袒、夸张和偏执。对哲学家来说，一切民族、一切教派都是一样的。我喜欢上帝，也喜欢梵天、佛陀和大神。”（*Journal* 2：4）他对婆罗门感兴趣，“但至于婆罗门的信条，我们倒不大关心他们所持的是什么教义，只要这些教义有人信奉就好”（*A Week*，186）。

这种有关佛陀的说法显然自相矛盾。这表明梭罗更多是在用东方思想作为参照系。无论东方思想对梭罗的影响有多大，他都不可能皈依佛教。借用“我的佛陀”与其说是在表达对宗教信仰的认同，不如说梭罗试图表明自己对不同宗教的宽容，并借以表达对基督教成规与传统的反叛。梭罗将佛陀视为一个他想要理解的更大的精神领域，试图用一个更广阔的精神世界来弥补新英格兰基督徒的偏狭。事实上，与大量引用印度教和中国的《四书》相比，梭罗在文本中很少引用佛经，对佛教思想的借鉴也较罕见。摘译并发表在《日晷》的佛教经典《莲华经》长达一个多世纪以来被误认为出自梭罗之手，实际译者经考证却是伊丽莎白·皮博迪。[①] 至于为何要提及佛陀，或许跟梭罗一向保持对新事物、新思想的敏感有关。梭罗写作《康科德和梅里马克河上一周》时，正值法国东方学者欧仁·比尔努夫(Eugène Burnouf) 的《印度佛教史导论》(1844) 出版，美国国内对佛教的兴趣兴起。

梭罗亦借用东方思想来批判美国的社会现实。例如，梭罗极为关注东方的冥想、道德与精神的一个重要原因是，针对伴随商业发展出现的美国社会的物质主义和普遍下滑的道德和精神水准，希望用冥想获得的宁静来对抗社会的躁动不安，用东方的道德和精神来启迪美国人过更高尚的生活。针对工商业发展造成的自然环境的破坏和荒野的减少，梭罗希望借东方文明对自然的尊重加以批判与纠正。针对当时的美国政府，梭罗在《论公民的不服从》中引入孔子的“邦有道，贫且贱焉，耻也；邦无道，富且贵焉，耻也”[②] 进行批判。

笔者在前文中曾谈及梭罗作为美国知识分子对于现实的美国和现代欧洲的矛盾之情。与极力挣脱欧洲母体文化影响的同时代的美国人一样，梭罗对现代欧洲的态度是贬抑的。东方宗教与哲学被梭罗用作参照系，借以批判欧洲文化的肤浅、狭隘和排他性：“自认为正代表全世界说话的欧洲作家仅仅是他所居住的那个角落的代言人。”他认为欧洲的子孙没有一人为波斯和印度诗人说句公道话。即使歌德更接近印度哲学，他也缺少能够鉴赏印度哲学的广博胸怀。与东方哲学相比，可以说现代欧洲尚未产生真正的哲学家。同《薄伽梵歌》相比，莎士比亚是稚嫩的。然而，美国人却没有这样的偏狭：“对于一个美国读者——他凭借自己的位置优势，可以越过大西洋的狭长地带看到亚洲和太平洋。”(*A Week*, 173) 梭罗的潜台词是，唯有美国人，尤其是像梭罗这样的美国人，能克服欧洲人的缺陷，

---

① David Scott. “Rewalking Thoreau and Asia: ‘Light from the East’ for ‘A Very Yankee Sort of Oriental’.” *Philosophy East and West*. Vol. 57, No. 1 (January 2007): 14-39.

② 梭罗将此言译为：Confucius said, “If a state is governed by the principles of reason, poverty and misery are a subject of shame; if a state is not governed by the principles of reason, riches and honors are then the subjects of shame.” Henry David Thoreau. *Civil Disobedience and Other Essays*, p. 11.

对所有文化兼容并包，用一种天下大同之心来看待不同文化：“我们能容忍各种哲学，原子论者、圣灵论者、无神论者、有神论者——柏拉图、亚里士多德、留基伯、毕达哥拉斯、琐罗亚斯德以及孔子。”（*A Week*，186）追求一种普同性的确是超验主义者的共同特征。

与同时代知识人如爱默生、惠特曼一样，梭罗也用二元极性的定型观念看待东方与西方：东方是静止无为的，是冥想的国度，也是保守的；西方是积极行动的。“一个凝视太阳直到双目失明，一个追随太阳渐渐偏斜西下。”（*A Week*，172）但梭罗努力超越这种观念定式，试图将二者整合起来。梭罗的东方和西方经常超越地理概念，成为精神的象征。他说：“在每个民族内存在着东方人和西方人的斗争。有些人将永远凝视太阳，有些人则追赶落日……正如我们已指出的，在最躁动不安的拓荒者身上存在着一种东方特征，而最遥远的西方不过是最遥远的东方。”（There is an orientalism in the most restless pioneer, and the farthest west is but the farthest east.）（*A Week*，184）在瓦尔登湖畔林中生活时，梭罗用一种隐喻的方式谈到了自己与东方经典的神遇：

> 我放下书，走到我的井前喝水，啊！我在那里碰见了婆罗门的仆从、梵天、毗湿奴和因陀罗的僧侣，他仍旧坐在恒河边的庙宇前读着他的《吠陀经》，或者带着他的干粮和水钵寄居在树下。我碰到他的仆从来给主人汲水，我们的水桶在同一口井里互相碰撞过。纯净的瓦尔登湖水与恒河的圣水融为一体。（*Walden*，193）

对于波斯的琐罗亚斯德、苏菲主义者萨迪（Sadi）[①]，梭罗亦能跨越时空与他们神交，与他们合而为一。他说：“越过最漫长的时间的鸿沟，思想可以带着准确无误的共鸣迎接思想。比如说我知道萨迪曾经有过跟我一样的思想，我与他之间没有本质的区别，他不是波斯人，不是古代人，也不是陌生人。他的思想和我的思想相同，所以他还活着。”（*Journal* 4：290）

这或许可以解释为何后期梭罗对东方的兴趣看似衰减，著作和日记中也很少提及东方。1855 年 11 月的日记中，梭罗再一次提到了亚洲：“现在我的思想集中了，我万物具备……我的观察能力和冥想能力大大提高。我的注意力不再漫游。世界和我的生活简化了。现在欧洲和亚洲于我有什

① 萨迪（Sadi 或 Saadi，1184—1291），波斯诗人，著有《蔷薇园》（*The Gulistan or Rose Garden*）。爱默生也推崇萨迪，将他的许多诗歌由德语译文翻译为英语，并作有一首题为《萨迪》的诗，还曾专文讨论过波斯诗歌。

么关系呢?”(*Journal* 8：14)后期梭罗的注意力转移到荒野上。他已经超越了东方—西方的二元对立，或者说，东方思想已经深入骨髓，成为梭罗身心的一部分。

梭罗对历史的认知态度是“我们无法知道自己之所不是”，同样地，他从东方经典中摘取“自己之所是”，以东方智慧来批判、纠正或补充“美国之所不是”。在谈到梭罗荒野思想时，不能忽略印度和中国经典的重要影响。梭罗有次提道：“难道亚洲在出现于任何地图之前，不是镶嵌在我脑中吗?”(*Journal* 1：344)的确，梭罗从东方发现很多契合自己的思想资源，将其吸收成为自己思想的一部分。

第二节　印度经典与梭罗荒野思想

一、梭罗与印度经典的接触

尽管超验主义者对东方文化表现出折衷性和内省的美国特色，但他们对东方的兴趣在早期不过是欧洲兴起的一种文化现象“东方文艺复兴”(the Oriental Renaissance)在美国的延伸。东西半球的相互交流早在公元前就已经开始。西方的印度学最早可溯及公元前327—前325年马其顿的亚历山大大帝的印度战役。当时，新柏拉图主义创立者普罗提诺曾参加一支东方远征队，获得了有关印度宗教哲学的第一手知识，这使得新柏拉图主义与吠檀多和瑜伽呈现惊人的一致性。但现代东方学则始于1784年孟加拉国亚洲学会(the Asiatic Society of Bengal)的成立。亚洲学会成立的目的是推介印度文明。在该协会的赞助下，一些派驻印度的英国学者和地方官员开始翻译印度经典，这些人的翻译与研究对西方印度学影响深远。最有影响力的学者的是威廉·琼斯(Sir William Jones，1746—1794)和查尔斯·威尔金斯(Charles Wilkins，1749—1836)。亚洲学会首任主席琼斯在孟加拉国最高法院任职，是位通晓数种语言的语言学家和博学多识的学者。威尔金斯是殖民地政府官员，通晓梵语，曾辅导过琼斯的梵文学习，被誉为“将梵文翻译为英语的第一位欧洲人”。威尔金斯1785年翻译的《薄伽梵歌》(*Bhagavad Gita*)是现代印度学史上的里程碑。随后亨利·托马斯·科尔布鲁克(Henry Thomas Colebrook)和贺拉斯·黑曼·威尔逊(Horace Hayman Wilson)也加入其中。1787年威尔金斯翻译了《嘉言集》(*Hitopadesa*)，琼斯翻译了《沙恭达罗》(1789)、胜天的《牧童歌》（1792）以及对爱默生、梭罗尤为重要的《摩奴法典》[①]（*The Laws of Manu*，1794）。科尔布鲁克出版了《论印度宗教与哲学》（*Essays on the Religion and Philosophy of the Hindus*，1815）和译作《数论颂》（*Sankhya Karika*，1837）[②]。这一时期亚洲典籍英译仍处于开拓阶段，能够推介到西方世界的典籍只占一小部分。一些佛教和印度教典籍不是以英译本的形式而是以法文版传到欧美。梭罗精通法语，曾将法文版典籍翻译为英语在美国发表，对亚洲思想在美国的传播做出了重要贡献。

在欧洲，德国哲学家、作家、诗人率先热情接纳印度文明。在约翰·哥特弗雷德·赫尔德（Johann Gottfried Herder）及后来的浪漫主义者看来，印度是欧洲黄金时代的遗迹，是哲学和智慧之源，是人类文明的摇篮，是一个理智与情感、艺术与宗教、科学与想象力和谐并存的国度。浪漫主义之所以会产生这种想象，是因为从18世纪末到19世纪初，欧洲东方学者往往忽略亚洲的现实，单单关注其古老的经典篇章。在德国，东方思想与浪漫主义运动不可分割。席勒和其他作家认为，东方文艺复兴既是人类精神的突破，又是学术研究的成就。正如德国浪漫主义运动在美国的反响要比英、法迟缓得多，东方思想在美国的反响亦是如此。独立战争时期，美国读者所了解的东方大多是来自定型观念式的东方传说。本杰明·富兰克林等人是一个例外。他与琼斯相熟，熟读过法国启蒙时期的作品，对中国儒家思想极为推崇。另一位值得一提的东方学者是约瑟夫·普利斯特里（Joseph Priestley），1794年由英国移居美国，出版了《摩西要义与印度及其他古国的要义比较》（*Comparison of the Institutes of Moses with those of the Hindoos and other Ancient Nations*），是美国出版的第一部关于东方宗教的严肃研究。这些早期研究助燃了超验主义时期的东方热情。1842年美国东方学会成立，标志着东方学在美国由神学倾向转向学术研究。

梭罗与东方经典的密集性接触是在大学毕业后与爱默生交往后开始的。1840年，梭罗从爱默生那里借来了琼斯翻译的《摩奴法典》，并在日记中记下了第一条有关东方经典的日记。1845年，梭罗研读过威尔逊的《毗湿奴往世书》（*Visnua Purana*），1851年研读过科尔布鲁克翻译的

---

① 《摩奴法典》成书于公元前1世纪，相传作者为摩奴（Manu或Menu），摩奴为印度教中具有原型意义的第一人、人类始祖、洪水中的幸存者。

② 全称为：《数论颂，或大自在天克里希纳的数论哲学中的纪念诗篇》（*The Sankya Karika, or Memorial Verses on the Sankhya Philosophy by Iswara Krishna*）。

《数论颂》。梭罗熟悉印度宗教哲学其他经典篇章如《奥义书》[①]，还仔细研读过法译本经典。1849年9月，梭罗从哈佛图书馆借了印度民族史诗《摩诃婆罗多》法译本，并翻译了其中一个故事《七个婆罗门的轮回》。1849年10月他得出结论："我们的生活是永恒的，我们的轮回是无限的。"[②]梭罗还曾将加尔辛·德·塔西（Garcin de Tassy）的法文版《印度教和印度斯坦文学史》译为英语。

超验主义的旗帜刊物《日晷》上专门设置了"各民族圣典"专栏，刊登东方典籍节选。从1842年7月到1844年4月，《日晷》先后刊登儒家、琐罗亚斯德、印度和佛教经典摘选。篇章的选择彰显了超验主义的基本特点：一切宗教与哲学从深层来说，不论出自各种文化和历史背景，都要处理同样的道德困境，并且有着同样的解决方法。梭罗与爱默生一道从《摩奴法典》《四书》中选取适合的章节，在《日晷》上发表。

印度经典内容复杂丰富，在1849年到1854年期间，梭罗广泛阅读印度经典，并将思想写入日记。1850年在读《吠陀经》[③]后，梭罗写道："我读过的吠陀摘录，像一束更高、更纯洁的光芒照在我身上，透过更纯净的介质描绘着更崇高的过程——不拘泥于细节，简单，普遍。像繁星满天后一轮明月在我头顶冉冉升起，在夏日遥远的天空穿行。"（*Journal* 2：4）他写作时经常引用印度经典。梭罗在《康科德和梅里马克河上一周》中引用的印度经典有：《摩奴法典》《薄伽梵歌》《吠陀经》《沙恭达罗》《毗湿奴往世书》《数论颂》，而且引用非常准确。[④]《瓦尔登湖》中引用的有《毗湿奴往世书》、《诃利世系》[⑤]、《沙恭达罗》、《摩奴法典》、印度神秘学家卡比尔的诗篇[⑥]。1854年后，梭罗日记中不再出现印度思想，在这之后的手稿中也鲜有提及，但是梭罗对印度典籍的喜爱有增无减。梭罗的英国朋友乔姆利1854年9月曾寄宿在梭罗母亲家，两人因而结下了深厚

① 《奥义书》(*Upanisad*)，原意为"近坐""秘密的相会"，引申为师生对坐所传的"秘密教义"。《奥义书》为古印度婆罗门教的根本经典，在印度哲学史和宗教史上占有重要地位。印度学术界一般将其视为印度哲学史的真正开端。

② Rick Anthony Furtak, Jonathan Ellsworth, and James D. Reid, eds. *Thoreau's Importance for Philosophy*, p. 211.

③ 《吠陀经》(*The Vedas*)，为印度教最古老和神圣的经典。吠陀本集分为四部：《梨俱吠陀》(颂歌之书)、《耶柔吠陀》(祭仪之书)、《娑摩吠陀》(歌书)、《阿闼婆吠陀》(咒语之书)。

④ Ellen M. Raghavan and Barry Wood. "Thoreau's Hindu Quotations in *A Week*." *American Literature*. Vol. 51, No. 1 (March 1979): 94-98.

⑤ 《诃利世系》(*The Harivansa*)，印度5世纪前后关于克里希纳(Krishna)的史诗。

⑥ 卡比尔(Kabir, 1440—1518)，印度神秘学家，热爱和平，试图调和印度教徒和穆斯林之间的宗教矛盾。

友谊。乔姆利深知梭罗的喜好，回到英国后，四处收集印度典籍。1855年11月30日，梭罗收到乔姆利从英国寄来的一批印度经典和评论文章，共44卷。梭罗喜出望外，专门为这批书做了个书架，用的木材是他在河上旅行时带回家的浮木。在给朋友们的信中，梭罗形容这批书是“天赐之物”(godsend)[①]，是一份“盛大的礼物”(a royal gift)，并像宣告新生儿诞生一样宣告这一消息[②]。这些书梭罗一直珍藏至生命的最后，在他去世后，转送给了爱默生和奥尔科特。

二、印度经典对梭罗荒野思想的启发

(一)“梵我一如”与梭罗的人与自然观

梭罗不仅引经据典，而且吸收契合自己思想和内在需要的印度智慧来发展自己的思想。他推崇《薄伽梵歌》，多次流露出对其的赞赏。《康科德和梅里马克河上一周》中他说：“我想对《圣经》的读者说，假如他们渴求一本好书，那么就去读《薄伽梵歌》和《摩诃婆罗多》中的一部。”因为该书值得美国人“毕恭毕敬地阅读；聪明的希伯来人将欣喜地从中发现与他们自己的圣典相类似的道德上的庄严和崇高(moral grandeur and sublimity)”(*A Week*, 173)。梭罗又将《薄伽梵歌》与现代欧洲作家及其作品相比，“同《薄伽梵歌》恢宏博大、关乎宇宙起源的思想相比，甚至我们的莎士比亚有时似乎只是稚嫩而仅仅注重实际”(*A Week*, 175)。梭罗在用印度经典批判现代欧洲和基督教的偏狭的同时，也从中汲取智慧。他赞赏印度思想的冥想性，曾修习瑜伽，故被称为“瓦尔登的瑜伽士”。那么，梭罗自己如何看待瑜伽修习呢？

> 那些修炼“瑜伽”的人在这个世界上挣脱了所有的束缚，就像天空中的小鸟一样自由自在，他们从梵天收获他们工作的果实。
>
> 毋庸置疑，即使我粗鲁又粗心，我也会欣然虔诚地修炼“瑜伽”。
>
> 沉浸在冥想中的瑜伽修习者，在某种程度上参与了创造：他呼吸充满神性的芳香，聆听奇妙的圣音。神的形式穿透他却没有撕裂他，反而与他相合。他游走，行动，如同充满生机的原始物质。
>
> 在某种程度上，就连我偶尔也是瑜伽士。[③]

---

① 摘自1855年12月9日梭罗给朋友布莱克的信。See Henry David Thoreau. *The Correspondence of Henry David Thoreau*, p. 403.

② 摘自1855年12月25日梭罗给朋友丹尼尔·里基森(Daniel Ricketson)的信。See Henry David Thoreau. *The Correspondence of Henry David Thoreau*, p. 402.

③ [美]亨利·戴维·梭罗：《寻找精神家园》(英汉对照)，第33页。

梭罗说，“在某种程度上，就连我偶尔也是瑜伽士”（To some extent，at rare intervals，even I am a yogin），这表明他并非真正从宗教角度来修习瑜伽，吸引他的是冥想带来的自由、梵我合一。有朋友这样描绘冥想中的梭罗：“他凝视着太阳，长时间静坐冥思，俨然一位瑜伽修行者。他是那么全神贯注，以致藤蔓爬上颈项、蛇在腰间蜕皮、鸟在肩头栖息都浑然不知。这位诗人—博物学家同周围的动物一起，与原野和森林全然融为了一体。”①对梭罗而言，真正看重的是“同周围的动物一起，与原野和森林全然融为了一体”。万物合一、与宇宙合一是梭罗瑜伽冥想的真正目的。

《梵经》《奥义书》《薄伽梵歌》通常合称为吠檀多“三经”，分别代表着吠檀多哲学思想的不同发展阶段。梵书时代，“梵”为宇宙本源。印度教认为，所有造物都是梵天的一部分。梵（Brahman）原义为“祈祷”。古印度相信祈祷能够使人意与天意相通，并能使天神降福祛祸。后来“祈祷”被推到宇宙本原的地位，在神格上，“梵”被称为“梵天”。所谓“梵”即人格化的宇宙。到奥义书时代，“我”论成熟，地位与“梵”相等，这一时代出现的“梵我一体论”代替了梵书时代的“梵至上论”。②《奥义书》的主旨就是“梵我一如”。作为外在的、宇宙终极原因的“梵”和作为内在的、人的本质的自我在本性上是同一的，也就是说“大宇宙”和“小宇宙”是统一的。进至《薄伽梵歌》时代，《薄伽梵歌》继承“梵我同一”论，同时吸收其他哲学观点，这是吠檀多哲学的发展阶段。此时“我”上升到至高无上的地位。所谓“我”，也叫“自我”（Atman），或曰“大我”“无上我”“灵魂”，它“无始无终、隐而不明、不生不灭、遍满太空、亦是亦非、平静常恒”③。《薄伽梵歌》要人们用智慧目光观察世界，去发现世界的统一性，这种统一性就在于“自我”。万有的分体“自我”是宇宙总体“自我”的部分，宇宙总体“自我”又寓于万有分体“自我”之中。这样一来，人就可以通过修持瑜伽、反观内照来实现个体与宇宙的统一。当将世界的多样性看作同归于一，也即万物平等时，就进入了“梵”的境界，即个体灵魂与宇宙灵魂合而为一。灵魂的最高境界是与宇宙本质合为一体，进入一个至高无上、不可名状、妙趣无穷的永恒境界。个体生命通过冥想能使一己之有限存在与无限的宇宙存在同其广大、同其深邃、同其光辉神圣。荒野的孤独体验更能澄怀观道，洞见真理，与自然

---

① Beongcheon Yu. *The Great Circle：American Writers and the Orient*. Detroit：Wayne State University Press，1983，p. 42.

② 张保胜译：《薄伽梵歌》，北京：中国社会科学出版社，1989年版，第21—23页。

③ 张保胜译：《薄伽梵歌》，第20页。

万物、与宇宙融为一体，让梭罗体会到人是自然的一部分："我怎么能不和大地心心相印呢？难道我自己不就是树叶和蔬菜的一部分吗？"(*Walden*，90)

印度教认为，所有的造物都是梵天的一部分，整个自然为一体，这也使梭罗将自然界看作一个完整的、互相作用的整体。既然万有的分体"自我"是宇宙总体"自我"的部分，宇宙总体"自我"又寓于万有分体"自我"之中，那么所有的分体"自我"就能通过宇宙总体"自我"而相互关联。如果"梵"遍布于自然，那么自然中每一个动物和植物都成为一个更大的统一体的正常运转的一部分。这种思想使得梭罗在观察、研究时，将自然视为相互关联的有机整体。

（二）印度思想对梭罗荒野与文明观的启发

在梭罗的荒野思想体系中，荒野与文明，或者说自然与文化同等重要。二者互相补充，缺一不可，共同维护某种平衡。在他看来荒野具有独立的价值，其自身价值值得尊重。同时，荒野也具有补充与滋养文明的价值。一个好的文明形态，应该给荒野生存空间，从而形成荒野与文明二元互补的平衡关系。是什么使得梭罗能够超越欧洲固有的荒野与文明二元对立，从二者的相互作用关系出发，提出荒野与文明的二元互补关系呢？梭罗从印度经典中获得了很大启发。在阅读《摩奴法典》有关苦修后，他在日记中做了如下记录：

> 这些印度人的苦修对那些虔诚的修行者来说就如更高雅、高贵的奢侈品一样诱人。他们似乎带有某种节制和克制地投身于法典所要求的严格苦修。这是一种至今不能过分使用的神圣操练……人们可能在他个人的生命史中发现印度宗教的根——在白天寂静时或夜晚，他们有时会让自己像苦修者那样，并从这种严苛中获得一种满足感。(*Journal* 1：278-279)

不难看出梭罗对《摩奴法典》中规定的苦修行为的兴趣，但他认为对苦修的兴趣只是顺乎天性，因为它就在自己的个人生命史中。梭罗对智慧的态度一向是知行合一，他奉行素食主义、禁欲，无疑受此影响。更重要的是，苦修者以及《数论颂》等印度圣典对梭罗有关荒野与文明互补的思想产生了重要启发。

荒野是印度宗教的一个本质特征。①在印度传统中，荒野就字面意思而言与西方语境中的荒野并无不同，都与“野兽或蛮荒”相关，但荒野并非与有序世界冲突从而需要回避。相反，荒野对有序世界的维持来说必不可少。人们因而包容、接纳、体验荒野。事实上，荒野是通向精神世界或灵性世界之路，这是一切宗教的共性。例如，基督教的修道士、萨满、伊斯兰教的苏菲派等都有在荒野中获得精神提升的传统。这必然涉及世俗的文明社会与荒野的关系。但是在印度教中，这两个领域相互交织，相互作用。荒野和有序世界有如天平的两端，共同维持各个层面的平衡。这两个世界既关乎个体，也关乎社会，通过荒野与社会的平衡来实现个人自身、个人与世界的平衡。

印度教将世界分为文明世界和荒野世界。荒野世界是神的世界或者是站在文明世界对立面的苦修者的世界。一为世俗，一为隔绝文明并且通常处于山林、沙漠之中的荒野世界。但荒野也可以在人身上找寻。比如那些尽管身处世俗社会，但样貌举止形同野人、行为方式不流于俗的冥想苦修者。他们与荒野尽管对立，却是世俗世界的补充。印度教中的荒野一方面可以是混乱无序、妖魔鬼怪出没之地，另一方面却能够通过支持社会，实现某种秩序。

这种荒野与文明的互补可从印度古老的苦修传统略见一斑。印度早期的宗教婆罗门教有三大主神，其中梵天被尊为万物的创造者和宇宙的主宰者。湿婆为苦行之神，常年在喜马拉雅山上的吉婆娑山上苦行修炼，通过严格、艰苦的修行和冥想沉思获得真理和神奇的力量。印度教视荒野生活为苦修者解脱轮回的方式。在印度宗教中有一种小宇宙和大宇宙相互对应的体系。个人作为社会的一部分是小宇宙，与此相对，宇宙则为大宇宙。个体与宇宙紧密相关。个体的混乱失调必定引起宇宙的混乱失调，反之亦然。根据《数论颂》(梭罗在 1851 年时曾经仔细研读）的观点，要摆脱轮回之苦首先要实现个体小宇宙与外部大宇宙的平衡，即梵我一如或梵我合一，这是一种万物同一、众生平等的状态。就个体而言，要寻求解脱必须融合所有的对立物从而将身体作为一个小宇宙。理想的人一生历经四大阶段：净行期、居家期、林栖期、弃世期。净行期为学生生活阶段，从入法礼仪式后开始，要做到生活简朴、独居，虔诚修读《吠陀经》。居家期以

① See Marianne C. Qvortrup Fibiger. "Wilderness as a Necessary Feature in Hindu Religion." *Wilderness in Mythology and Religion: Approaching Religious Spatialities, Cosmologies, and Ideas of Wild Nature*. Edited by Laura Feldt. Berlin and Boston: De Gruyter Inc., 2012, pp. 131-156.

结婚成家为仪式，在家生活，生儿育女，从事职业。在完成居家期所规定的任务后隐居山林，苦行修习。林栖者脱离与家庭的所有关系，除了妻子，有时妻子会选择陪丈夫一起。他必须居住在荒野中，并践行一种荒野的生活：戒除所有的物质欲求，通常只穿一件单衣，不修剪头发、胡须和指甲，直接生食森林的野生植物，唯一可以从以前居家生活带来的是圣火和献祭用的器皿。林栖期除非绝对需要，不得接受馈赠，但要尽其所能接待来访者。这表明，尽管隐居，他仍然对社会负有责任。林栖期要修读《吠陀经》、献祭、苦行，以此来克制世俗欲念，控制意念，逐渐对一切尘世物无动于衷。这一阶段既是从物质生活到精神生活的过渡，又是意识的过渡，万物将失去差别或者变得同等重要。林栖期是由此前的完全社会人向弃世期的完全苦修者过渡的阶段，这一过程就在荒野中完成。通过生活在与文化和物质生活相对立的荒野，林栖修行者开始走向内在平衡（小宇宙的平衡）阶段。①

林栖修行阶段表明在印度教语境中，就其与苦修四阶段的关系来看，荒野至少可以从三方面来理解：其一，荒野是具体的地理空间，人需要走向荒野寻找内心的平衡，忘却所有物质欲望；其二，荒野可以是一种生活方式，人可以生活得形同野人；其三，荒野可以是一种心理状态。荒野不再被视为驯化的反面，而是被纳入一个统一的完整系统，在那里世俗世界中正反事物的区别消失。如果这一阶段过渡成功，就可以进入最后一个苦修阶段，即完全放弃社会的弃世期。林栖期与弃世期的显著差异就是火的使用：这一阶段就连圣火也放弃了。他只能乞食或生食。正如法国结构主义人类学家列维-施特劳斯所言，“生与熟是自然与文化的标志”，放弃熟食转向生食，也就是放弃文明转向一种完全自然的状态，也可以称为荒野状态。苦修者与社会的唯一关联就在于乞食。乞食这种行为出于为俗世人考虑。通过施舍，这些人就可实现更好的果报。另一方面，通过在荒野生活，苦修者能实现内在平衡，进入一种万物平等的境界，从而获得轮回的解脱。换言之，要实现个体的解脱，维护小宇宙和大宇宙的平衡，就必须经历并融合对立的二元：野性与驯化、荒野与文明、自然与文化、洁净与不洁、男与女。梭罗在《瓦尔登湖》中曾引述一位印度王子的故事：王子从小被迫离开故土，被森林中的樵夫收养长大。直至有一天被父亲的大臣找到，方知自己的真实身份。讲故事的那位印度哲学家说灵魂因受其所处环境的影响而弄错了自己的身份，直到某位神圣的导师向他揭示真相，他

① Gavin Flood. *An Introduction to Hinduism*. Cambridge: Cambridge University Press, 1996, pp. 61-65.

才知道自己是“梵”。这个故事在《瓦尔登湖》中被梭罗用来说明人内心具有神性，应该追求高尚的生活。但从某种意义上来说，这也符合印度传统中人的精神成长过程：从文明世界进入荒野开始一段林栖生活，唯其如此方能发现自身的内在神性——“梵”。

印度教的苦修者有两种：一种即上文提到的经过四个阶段直至弃世的苦修者；另一种就是可以不经过这四个阶段直接进行苦修的人，这些人在梵文中被称为“sadhus”。这类苦修者主动远离社会或在社会外围生活以便获得灵性和精神的成长。他们生活在山上、恒河河边或者火化场这些与正常社会生活相对的、可被归为荒野的地方，为的是过一种超越尘世的生活。然而，他们并非不参与社会或不履行宗教职责。从宗教的角度而言，苦修者的生活和苦修者本人可视为一种牺牲祭品。苦修者在印度有着独特、重要的地位，他们的任务就是冥想苦修，从生死轮回中得到解脱，被视为普度众生的神的使者。

简而言之，处于互相对立状态的两类人都是印度宗教中理想的人生：一类是积极入世的居家者，他们娶妻生子、成家立业，承担社会责任；另一类是出世的苦修者，他们生活在荒野中，行为举止不循常规如同“野人”。居家者的首要职责是维护社会的安定，因此要遵循社会的习俗与规范。苦修者的职责是通过寻求轮回解脱之道实现救世的目标。为适应出世的生活，遵循的规则使他能够面向一个超越的世界，切断与俗世的联系，过一种与文明世界对立的生活。从俗世社会的角度来看，他们生活在荒野中。根据《摩奴法典》教义，这两类人相互依赖，缺一不可。如果没有居家者维持社会，苦修者就无法从社会责任中脱身修行。同样，没有苦修者来寻求解脱之路，居家者就无法通过向苦修者布施来取得更好的果报(karma)。缺少其中的一方，世界的平衡就无法维持。没有这种矛盾统一的辩证性体系，印度教就无法运转。

总之，以苦修者为例可以看出印度人对荒野的态度。苦修者在荒野环境中形同野人一样生活，完全脱离了文明、有序世界规则的约束，可以看作荒野世界的代表。一方面，荒野是危险混乱而无法控制的；另一方面，荒野又是有魅力的，人通过荒野可以解脱与因果界的关联，最终超越因果报应。在印度教中，荒野有三重意义：地理概念、生活方式和心理状态。荒野既可以是自然界中荒野的地方，如山林、河畔，也可以是一种荒野的生活状态，又是一种自身小宇宙与外界大宇宙平衡，万物平等，荒野与文明、自然与文化的区别消弭的状态。荒野世界不仅是文明的世俗世界的对立物，更是其不可缺少的平衡物。

印度文化对于荒野的态度体现了一种普遍存在的矛盾性或悖论性(paradoxicality)。这种悖论性甚至可以说是印度教的一个核心特征，而佛教、基督教、伊斯兰教和犹太教都不具备这种特征。[①]在印度教及其他经典都可以发现这种悖论性，以《奥义书》最为明显。《由谁奥义书》(*Kena Upanisad*)(Ⅱ：3)有关梵天的描述表明，要想理解真理必须理解人生的悖论。对梵天的理解不是通过思考得来，"思此而有得，其人不知此，识者不知此，不识乃识此"(He who thinks it not thinks it, he who thinks it knows it not; it is not understood by those who know and known by those who do not know)[②]。印度宗教大部分流派的总目标就是意识到悖论的存在并将看似对立的两部分统一起来。《薄伽梵歌》称"梵"为"非有非无"(13. 13)，"它在万有之外亦在其中，它既是静物又是动物，它极近却又相距辽远，它不可知乃微妙之故"[③]。这样的思维也体现在《梨俱吠陀》中："无既非有，有亦非有；无空气界，无远天界。"(X. 129)这就是典型的印度二重辩证法思维："无"与"有"并非静止固定，而是处于运动变化中，"无"不会永恒为"无"，"有"也不会永远是"有"。"无"与"有"二者既有对立的一面，又有统一的一面。从此原理出发，吠陀哲学家推断任何两个相反的命题或判断，甚至生与死的矛盾，也同样发展到合二为一。[④]在上述苦修者的例子中，真理的获得首先通过意识到悖论的存在，即人生需要经过四个矛盾的阶段，荒野与文明及驯化世界是对立的，继而通过实践这种悖论，将相互矛盾对立的因素融合，消除矛盾对立的同时，也获得了真理即实现了对尘世的超越和轮回的解脱。

笔者认为，印度文化中的悖论性契合了梭罗本人的特点，因而被他拿来吸收。梭罗一生充满矛盾，他本人就是矛盾的统一体。这个毕业于哈佛的博古通今、贯通东西、文理兼容的学者型思想家、文学家，堪称文明的杰出代表，却是向往荒野、热情讴歌野性自然的人，热爱荒野却又认为乡村生活更适合家园；有着诗人、艺术家的才华与气质，却又是博物学家；自称"宇宙自由民"、熟稔世界文化，却谢绝朋友国外旅行的邀请。曾经

---

① Marianne C. Qvortrup Fibiger. "Wilderness as a Necessary Feature in Hindu Religion." *Wilderness in Mythology and Religion: Approaching Religious Spatialities, Cosmologies and Ideas of Wild Nature*, pp. 131-156, at 131.

② J. L. Brockington. *The Sacred Thread: Hinduism in Its Continuity and Diversity*. Edinburgh: The Edinburgh University Press, 1981, p. 48.

③ 引自张保胜译:《薄伽梵歌》,第151—152页。

④ 转引自巫白慧:《印度哲学——吠陀经探义和奥义书解析》,北京:东方出版社,2000年版,第5—6页。

的导师和朋友爱默生或许最了解他这种矛盾性，在给梭罗的悼词中，爱默生做了如下总结：

> 一个现实主义者总惯于发现事物与它们的外表相反，这使他有一种倾向，总喜欢使用矛盾的方式陈述。他那种敌意成了一种习惯，这习惯毁伤了他早期作品的外貌——那是一种修辞学上的手法，就连他后来的作品也还没有完全摆脱这种作风，以一个完全相反的字眼或思想来代替那通常的字眼或思想。他赞美荒山与冬天的树林，说它们有一种家庭气氛，发现冰雪是闷热的，称赞荒野，说它像罗马与巴黎。“它这样干燥，你简直可以叫它潮湿。”①

梭罗本人也承认自己的毛病，在 1854 年 9 月 2 日的日记中，他说：“我的毛病是悖论——话反着说——这种风格是可以模仿的。独创性的。”(My faults are：—Paradoxes—saying just the opposite—a style which may be imitated. Ingenious)（*Journal* 7：7-8）“毛病”一词本身也是这种悖论式语言的体现，梭罗并不认为这是种毛病，相反他认为这种语言风格是独创性的。梭罗的悖论不仅体现在语言风格上。早在 1840 年，梭罗曾在日记中提出“真理总是悖论性的”（Truth is always paradoxical）（*Journal* 1：153）。梭罗写这条日记的时间是 1840 年 6 月，而他首次接触印度经典《摩奴法典》是在 1840 年秋，梭罗的悖论要么是独创性的，要么就是来自其他渠道的影响。但可以肯定的是，在接触印度文明前，悖论就已经是梭罗的特色了。换言之，印度教中的悖论契合了梭罗的思想，这种契合的结果就是阅读印度经典强化而不是削弱了梭罗思想中的悖论性。印度教中的苦修者引起了梭罗的共鸣，他读过并熟悉《数论颂》《摩奴法典》《奥义书》中有关苦修者的规定，故而对于印度教荒野与文明的关系有了更深刻的理解，并运用到自己的有关荒野与文明的思考中。不仅如此，梭罗在一定程度上践行了印度教的苦修，离开社会暂时退居到瓦尔登湖畔的林间，将物质需求降到最低，禁欲素食，苦修冥想，以获得真理，提升精神，但却没有断绝与社会的关系，时常回归社会，接待访客。他的冥想沉思也是为了建立人与宇宙的原初联系、思考人与自然的关系，反思人的身份归属，其落脚点为人。在此过程中梭罗实现了个体小宇宙和外界大宇宙的平衡：在孤独冥想中，梭罗感受到了自己与万物合一，自然万物皆为亲属。

梭罗极有可能也从印度神话中看到了这种悖论性。梭罗赞赏神话，认

---

① ［美］爱默生：《梭罗》，《张爱玲作品集：爱默生选集》，第 226—227 页。笔者对译文略作修改。

为神话充满野性。在某种意义上，神话是唯一最为古老的历史和传记。神话并非谬误或是虚构，相反，神话含有不朽的真理。(*A Week*，68) 在写作中他多次引用印度神话，例如在《瓦尔登湖》的“孤独”篇，梭罗提到了天空中的因陀罗 (Indra)①。《吠陀经》中的女神可分为善恶对立的两类：仁慈的母亲形象，如诸神之母阿底提 (Aditi)、大地女神波哩体毗 (Prthivi)、黎明和朝霞女神乌莎斯 (Usas)；生命破坏者形象，如代表死亡和恐惧的尼尔蒂 (Nirrti) 等。甚至有的神本身就有善恶两相，如印度教三大主神之一湿婆本身就兼具创造与毁灭力量。另一个例子是大女神 (Mahadevi) 崇拜。大女神既是仁慈的女神、生命的创造者，体现了有序的文明世界的理想；又是狂野的、未经驯化的、可怕的生命的毁灭者，代表着混乱无序的荒野世界。大女神集这两种对立的力量于一身，表明对立双方可以并存。这种信仰在整个印度普遍流行，具有原型的意义。

梭罗眼中的自然也具有这种大女神的双重性：一是慈母形象，一是野蛮、咆哮的自然母亲也即荒野形象。《卡塔丁山》中梭罗领教过自然母亲的荒野形象，这种母亲形象让梭罗产生了敬畏，意识到人类的渺小。梭罗一直执着于在荒野中寻找远古，试图恢复远古时代自然（荒野）或为众神之母，或为大地母亲的地位。此为梭罗倡导荒野保护的一个动因。

为什么说荒野与文明的二元互补关系是受到印度教的影响，有无其他影响因素？答案是肯定的，单一的影响因素很少，往往是多个影响源经过整合而导致某种结果。如第二章所述，亚历山大·冯·洪堡的思想也影响到梭罗。洪堡认为自然界的各个方面相互关联，自然与文化也相互作用。但洪堡的这种思想要考镜源流的话，亦可以追溯至东方尤其是印度思想，这一点已有学者做出论证。②

---

① 因陀罗为印度教中的雷电神，为天神之王，是吠陀众神中最重要的神。仅《梨俱吠陀》中就有近250首诗歌颂因陀罗。据《考史多启奥义书》(*Kausitaki Upanisad*)记载：因陀罗自称为：“我为生命气息，为般若（智慧）自我。汝其敬我为寿命，为永生。寿命者，生气也；生气者，寿命也。唯生气为永生；盖生气若犹寓此身中也，斯即犹有寿命。盖唯以生气，人在斯世乃得永生、以智慧乃得真知识。有人敬我为寿命为永生者，在斯世则得一切寿，在天界则得永生而不灭。”引自《五十奥义书》，徐梵澄译，北京：中国社会科学出版社，1995年版，第57—58页。

② 环境史学者理查德·格鲁夫(Richard H. Grove)在代表作《绿色帝国主义》中谈到东方文明对欧洲环境保护思想的影响，认为洪堡的“人与自然关系”思想几乎全部受惠自“印度哲学家的整体式、统一式思维”。See Richard H. Grove. *Green Imperialism: Colonial Expansion, Tropical Island Edens and the Origins of Environmentalism, 1600-1860*. Cambridge: Cambridge University Press, 1995, p. 11.

第三节　中国经典与梭罗荒野思想

如前所述，梭罗是超验主义运动中一位兼收并蓄的思想家，他能够统摄古今东西诸多不同时代、不同文明的影响因素为我所用，形成自己独特的思想。中美学者均有相关著述谈及中国文化与梭罗的关系。研究者们出现了两种倾向，美国学者如亚瑟·克里斯蒂（Arthur Christy）、瓦尔特·哈丁等集中探讨印度文明对于梭罗的影响，忽视了梭罗思想的中国源头。例如，克里斯蒂指出，梭罗的性情从根本上来说不是儒家的，故很难在梭罗与孔子之间找到爱默生与孔子之间的那种相似，要在梭罗身上找到儒家的伦理道德是徒劳的[①]。作为东方与超验主义关系研究的先驱，克里斯蒂的观点对后来的梭罗研究产生重要的导向作用。终生致力于梭罗研究的哈丁亦将东方的影响源归为印度和波斯，而将中国排除在外。[②] 这种倾向又导致了另一种倾向的产生：出于文化自觉与民族自尊心，中国学者努力发掘中国思想尤其是儒家思想在参与构建梭罗思想中的作用，但没有考虑到中国之外其他可能的影响因素。梭罗毕竟是美国人——在爱默生看来，“梭罗是真正的美国人”[③] ——既然如此，就不能不考虑欧洲母体文化及美国自身的历史和社会现实对梭罗的影响。此外，梭罗所接触的不同文化中可能会具有一些共核特征，例如北欧神话、印第安文化、印度、中国文化都强调人与自然的和谐关系。这种普同性、共通性正是超验主义的精神。笔者认为，要探讨中国与梭罗荒野思想的关系，应该尽可能以语境与文本为基础。

那么，梭罗的荒野思想到底有无中国源头？答案是肯定的。梭罗在《散步》中称道孔子的哲学思想，认为其伟大可与荷马相提并论，认为两者都出自受荒野滋养之地。（“Walking,” 575）不仅儒家思想对梭罗荒野思想产生一定的影响，道家思想对梭罗的影响亦有迹可循。

一、想象中国——“荒野滋养”的文明

在《散步》中，梭罗将孔子与荒野相连：

---

① Arthur Christy. *The Orient in American Transcendentalism: A Study of Emerson, Thoreau and Alcott*. New York: Octagon Books, 1969, pp. 195-196.

② Walter Harding and Michael Meyer. *The New Thoreau Handbook*. New York and London: New York University Press, 1980, p. 130.

③ 此为爱默生在致梭罗的悼词中做出的评价。

> 拯救一座城镇不仅要靠义士，更要靠其周围环绕的森林和沼泽。一座城镇，地上有起伏的原始森林，地下有腐烂的原始树林，不仅适宜种植玉米和土豆，也适宜造就未来的诗人和哲学家。从这样的土壤里走出了荷马、孔子，从这样的荒野中走来了吃蝗虫与野蜜的改革者。（“Walking,” 575）

梭罗这段话意在说明，荒野是文明的基础，文明出自荒野。科尔的组画《帝国的历程》也表达过同样的观点。尽管没有明确提及孔子来自荒野，但从这段话的语境依然可以推断出梭罗的观点。在梭罗看来，中国是受“荒野”滋养的文明，孔子就出自这样的土壤。在中国人的文化心理中，野性自然、荒野与自然之间并没有多少区分。森林、沼泽与山水一样，只是自然。从孔子时代的审美心理来说，对荒野的审美尚包孕于自然审美之中。显然，梭罗这种见解是基于对中国的一种想象，是用19世纪中期美国人的荒野审美心理对古代中国的解读。

那么，梭罗是如何获得中国受荒野滋养的这种印象呢？梭罗在文本中经常提及中国，比如美国与中国（天朝）的贸易往来、中国的贿赂、街道的拥挤等。不仅如此，梭罗还经常为康科德的人讲述中国的情况，这一事实在《瓦尔登湖》的开端及1846年的日记中都有暗示。梭罗写道：“今天晚上我不想谈中国人或桑威奇岛民，我想谈你们这些来听我演讲的、据称住在新英格兰的人。”（*Journal* 1：395）可见梭罗对中国是比较熟悉的。梭罗与中国的接触有两种渠道：一是通过中美商贸往来带来的文化交流，二是阅读东方经典、游记和文学作品。这些接触渠道从不同方面形成了梭罗关于中国的印象。

19世纪的美国与中国贸易往来密切。梭罗在《瓦尔登湖》的“经济”篇中就曾提及。[①] 中国的茶、瓷器、装饰品等因而进入美国。19世纪早期，美国大众文化中中国的经典形象为郁郁葱葱的花园，象征着生命的生生不息以及与大自然的和谐。花朵、竹子、柳树的图案是丝绸制品和壁纸的主题。中国南方花草主题出现于巴尔的摩的银质茶具和烛台。柳树是19世纪欧洲及美国想象中国的重要视觉图像，是一度风行欧洲的中国符号，这种现象与贸易有密切关系。商人们进口中国瓷器（以山水为主题）时通常选择质量上乘的产品以满足少数人的需要，同时也将一些次品带到美国。这些价格低廉的瓷器在海运中正好可以防止上面的丝绸、茶叶受潮。青花瓷在美国市场也广受欢迎，也促使一部分欧洲生产商从18世纪

① 《瓦尔登湖》“经济”篇中梭罗提及“如果你是在和天朝做贸易”。

80年代开始仿制中国瓷器，其中以柳纹瓷器最为著名。当中国景德镇瓷器商发现这种纹样的瓷器占有了美国相当一部分市场份额后，便开始仿制。于是，更多的柳纹瓷器进入美国普通家庭。这种瓷器颜色是红褐色的，通常有几个元素：柳树、鸟儿、果树、一叶扁舟上的渔人、桥、塔。这些瓷器上的纹样除了装饰功能，还满足了欧美人对一个不同世界的浪漫想象：一个不同于现实中国（China）的古代中国（Cathay）。在美国，与欧洲一样，古代中国是个梦幻般的地方。修·昂纳（Hugh Honor）在他的《中国风》中生动描述：

> 在这片神秘而迷人的土地上，诗人是唯一的历史学家，瓷器绘画是最可靠的地志学家。单凭他们就可让人感受到风景的优美：白雪覆盖的山脉……城市有着梦幻般的塔，这里垂柳依依，有着竹子、菊花、树林，一派春天无尽的美丽风景。枝头的鸟儿，园中的蝴蝶，池塘中穿梭于莲花间的金鱼……简而言之，古中国就是一个完全不现实但如万花筒般美妙的国家。①

轻啜一口中国茶，唇齿间的余香似乎可以化掉现实中所有难以承受之重，人们仿佛进入一片乐土：春天永远没有尽头，人们与自然界达到完美的和谐。自然不仅友好而且慷慨：河里有数不尽的鱼，树上挂满了果实、树荫蔽日，呈现一片美好的田园景色。在美国人看来，这无异于伊甸园、曾经的黄金时代。除了艺术和工艺品上的植物形象，中国植物也极大丰富了美国的园艺：栀子花、菊花、牡丹、郁金香和不同品种的玫瑰，山茶花、杜鹃花、紫藤、榆树、樟树、银杏、木兰、垂柳、柑橘树都是来自中国。这一切使得中国成为不少美国人的向往之地。康科德艾斯特布鲁克树林（Estabrook Woods）中有一个小挖掘场，人称“中国洞”（hole to China），有人试图挖个地洞去往中国。梭罗在《瓦尔登湖》“经济”篇中提及此事。

康科德博物馆至今陈列着梭罗当年在瓦尔登湖畔小木屋居住时使用的一张单人藤条床，由梭罗从一张自中国进口的藤条床改造而来。这种藤条家具，经当时的波士顿和塞勒姆港来到美国。床框和藤条原是中国制造的沙发床的一部分，梭罗用当地的木材做了床腿。当时的康科德镇有位船主兼船长，专门从事与中国的贸易运输，带回很多中国的东西，其中包括这

---

① Hugh Honor. *Chinoiserie*: *The Vision of Cathay*. New York: E. P. Dutton, 1961, pp. 1-7.

张沙发床。[1]因此可以说，尽管没有到过中国，梭罗通过器物已经对中国有了近距离的接触。

梭罗从中国小说《玉娇梨》中也注意到中国的自然环境，尤其受到柳树的吸引。梭罗在哈佛大学读书时，受到良好的古典教育，注重语言修养，其所修课程包括古典学术语言，如希腊语、拉丁语及各国现代语言。梭罗尤为擅长法语和德语，这为他进入中国文化之门提供便利。自 17 世纪开始，大量中国古典文献和小说被译介至欧洲。法国汉学家雷慕沙（Jean-Pierre Abel-Rémusat）1817 年在巴黎出版了“四书”之一的《中庸》，1826 年又出版了中国小说《玉娇梨》。雷慕沙法文版《玉娇梨》被一位未具名的译者译成英语，1827 年在伦敦出版。雷慕沙在法文版《玉娇梨》的前言中说：“中国传奇极好地弥补了航海者和一般地理官方游记中所欠缺的信息。”[2]尽管梭罗声称自己从不读小说，因为小说中没有真正的生活或思想（*A Week*，71），但 1852 年，他兴奋地读起《玉娇梨》，除了抄下书中的几句格言，还做了如下记录：“《玉娇梨》的作者在 800 多年前就开始欣赏柳树之美了。男主人公白，后来搬到离城市 20 多英里的一条柳树依依的小溪旁，每日饮酒作诗度过余生。他将女主人公的眉毛描画为一片柳叶漂浮在水面上。”[3]（*Journal* 11：81）这段日记表明，梭罗感兴趣的并非才子佳人故事，而是自然物柳树以及中国人与自然两相和谐的生活。

游记是梭罗了解中国的重要渠道之一。18—19 世纪欧美博物学家者往往也是旅行家。亚历山大·冯·洪堡曾历时五年（1799—1804）在美洲探险旅行。美国植物学之父约翰·巴特拉姆曾在卡茨基尔山、卡罗来纳和佛罗里达等地进行探险考察。达尔文也曾环球旅行并提出旅行的价值在于：见证自然现象的奇观；了解原始人，与广袤的、未知的、超越时间的荒野相接触；获得一种户外、蛮荒生活的探险经历。[4]梭罗曾读过达尔文

---

① 资料来自康科德博物藏品目录。See David F. Wood. *The Observant Eye*: *The Thoreau Collection at the Concord Museum*. Concord, MA: The Concord Museum, 2006, p. 57.

② Arthur Christy. *The Orient in American Transcendentalism*: *A Study of Emerson*, *Thoreau and Alcott*. New York: Octagon Books, Inc., 1963, p. 321.

③ The original text is:"The author of the Chinese novel 'Ju-Kiao-Li', some eight hundred years ago, appears to have appreciated the beauty of willows. Pe, his principal character, moved out of the city late in life, to a stream bordered with willows, about twenty miles distant, in order to spend the rest of his days drinking wine and writing verses there. He describes the eyebrow of his heroine as like a willow leaf floating on the surface of the water." “白”指苏友白。

④ John Aldrich Christie. *Thoreau as a World Traveler*, p. 80.

的《一个博物学家的环球航行》。在当时的美国，去荒野旅行休假正成为一种时尚。对于作家、艺术家而言，旅行的意义还在于能够提供游记或风景画的素材。梭罗也热爱旅行，旅行范围不限于新英格兰地区，他还曾去过卡茨基尔山、明尼苏达、加拿大北部等。然而，较之身体上的旅行，梭罗更喜欢通过阅读进行意念上的旅行。梭罗曾建议朋友布莱克“居家旅行”(Live at home like a traveler)①。他本人也是这句话的践行者。比起亲自动身的旅行，他更喜欢借用别人的双脚来旅行——在阅读中跟随作者一起环游世界。梭罗相信深刻的阅读是他进入世界不同地区、了解不同哲学的通行证。在一个虚拟的世界中，梭罗可以随心所欲地去往任何一个国家，而不必舟车劳顿或是经受他无法忍受的印度、中国这些国家的拥挤。这样一个世界对他来说是一个合适的舞台，可以扮演任何的角色，可以尝试任何一种想要的生活：“明年春天可以是秘鲁的邮差，或是南非的种植园主，或是西伯利亚的流放者，或是格陵兰的捕鲸者，或是哥伦比亚河的拓居者，或是广州的商人，或是佛罗里达的士兵，或是太平洋的鲁滨逊·克鲁索，或是任何海域的安静的航海家。”梭罗也想到在小亚细亚种植无花果和橄榄树，在内蒙古大草原骑马驰骋，或者是“从努卡特运送皮货到中国”。(*Journal* 1：129-130）梭罗甚至想象自己可以重复马可波罗的探险之旅。对他来说，旅行更多是给生活注入一种活力——套用梭罗自己的概念，也就是一种野性：“要过真正的生活，就要往遥远的国家旅行。我们逐渐会发现身边被新景象和新事物所包围。只要我被旧景象、旧事物包围，我就感到自己没有过上一种真正的崭新、更好的生活。”②

除了日记，梭罗还留有大量笔记，多为从阅读书目中摘抄的笔记，从游记中摘抄的占了较大部分。他曾摘录了鞑靼草原、爪哇国的怀孕习俗、印度的菩提树、中国女性的裹脚等。③梭罗曾读过依达·法伊弗（Ida Pfeiffer）的《一位女士的环球航行》（*A Lady's Voyage Round the World*，1852）。该游记中的航程包括中国、新加坡、锡兰、美索不达米亚、波斯、亚美尼亚、俄罗斯、君士坦丁堡和雅典等。1852 年梭罗读了两位著名旅行家法国天主教遣使会传教士古伯察神父（Evariste Régis Huc）与秦噶哔神父（J. Gabet）的《鞑靼西藏旅行记》。两人 1844 年出发，先进入甘肃，后进入长城以北的蒙古草原。梭罗在日记中记有古伯察的这段经历，特意提及“古伯察先生受到了一户中国人家的热情相待”

① Henry David Thoreau. *The Correspondence of Henry David Thoreau*, p. 538.
② Henry David Thoreau. *The Correspondence of Henry David Thoreau*, p. 214.
③ John Aldrich Christie. *Thoreau as a World Traveler*, pp. 38-40.

(*Journal* 4：15)，并将古伯察游记中记载的两人穿越草原、沙漠后重返文明的种种不适原封不动写进《散步》中，赞美荒漠纯净的空气和孤独对人的益处，大声疾呼："给我海洋、沙漠或者荒野！"（"Walking，" 575）

除上述渠道之外，中国经典是梭罗接触中国最直接、最重要的方式。梭罗接触中国经典主要通过以下渠道：新教传教士柯大卫（David Collie）翻译的《四书》（*The Chinese Classic Work*，*Commonly Called the Four Books*，1828）、乔舒亚·马什曼（Joshua Marshman）翻译的《孔子的著作》（*The Works of Confucius*，1809）以及《凤凰：古稀片语集》中收集的从比利时耶稣会士柏应理（Philippe Couplet）《中国哲学家孔子》中摘译的孔子语录。梭罗曾在超验主义的旗帜刊物《日晷》的"各民族圣典"专栏中专门介绍中国的"四书"与孔子。1843 年 4 月的《日晷》中选取 21 条孔子语录，出自马什曼的翻译，1843 年 10 月期摘录的 43 条则出自柯大卫翻译的《四书》，并分七节编排，除第一节未设标题外，其余为设"学者篇"（"The Scholar"）、"道篇"（"The Tao"）、"革新篇"（"Of Reform"）、"战争篇"（"War"）、"政治篇"（"Politics"）和"美德篇"（"Virtue"）。除了三位传教士的英译本儒家经典之外，法国汉学家雷慕沙翻译的《中庸》梭罗和爱默生亦了解。雷慕沙的学生 M. G. 鲍狄埃（Guillaume Jean-Pierre Pauthier）的法译本中国经典如《孔子与孟子：中国道德与政治哲学四书》（*Confucius et Mencius*，*Les Quatre Livres de Philosophie Moral et Politique de la Chine*，1840）和集录印度、中国和伊斯兰等东方经典篇章的《东方圣书》（*Les Livres sacrés de l'Orient*，1841），梭罗非常熟悉，还直接将鲍狄埃的法文版摘译为英语。《瓦尔登湖》《论公民的不服从》等书中对儒家经典的引用，都出自梭罗的翻译。梭罗最早阅读中国经典是在 1838 年，直到 1856 年 12 月 12 日，梭罗仍然在谈论孔子思想："我不记得孔子直接说过与人的起源、目的和命运有关之类的话，较之这些，他更讲求实际。他有着适用于人的关系的十足的智慧——有关个人生活、家庭、政府。"这封信中，或许出于超验主义对各民族文化普同性的追求，梭罗指出孔子学说的要义在于"己所欲，施于人"（To do as you would be done by）①。但无论怎样，可以说，儒家经典在梭罗的生命中有着持久影响。

梭罗在《瓦尔登湖》中曾引用《孟子·告子上》中"是其日夜之所息，雨露之所润"一段，因此他一定不会错过这句话的前句"牛山之木尝

---

① Franklin B. Sanborn, ed. *Familiar Letters of Henry David Thoreau*, p. 350.

美矣，以其郊于大国也”，从中国经典中梭罗了解到孔孟时代中国的自然环境情况，大都市郊外的牛山上树木曾枝繁叶茂，城市与荒野比邻，“五亩之宅，树之以桑”（《孟子·梁惠王上》）。这些大山、树木在梭罗看来，正是可以滋养文明的“荒野”，梭罗荒野保护的核心内容即为此。梭罗阅读东方经典并非为了消遣，而是出于超验主义时代赋予的一种使命，从中寻找美国所需要的智慧作为补充，因而，从儒家经典中获得的这种教益很难说没对梭罗产生过影响。

梭罗说：“地球的另一边只是与我们通信者的家。我们的航海只是一个伟大的环形的扬帆之旅。”（*Walden*，207）在这种阅读中，梭罗到达了中国：从他的小木屋的门口，他看到了“长满低矮橡树的平原，向西部的平原和蒙古的草原延伸”（*Walden*，87）。在想象中梭罗曾到达过“产生了孔子”的那片“荒野滋养”之地。正如前文所言，梭罗对东方文化是有选择地接受，并出于自身需要挪用儒家经典为我所用，其中不乏创造性误读。因而，至于中国那片文明之地是否真为荒野所滋养，这个问题也许不是梭罗所关注的。诚然，阅读游记有可能让梭罗明白，中国不仅有欧洲人遥想的古中国的黄金时代的风光、中国器物如柳纹瓷器所传达的田园风光，还有着古伯察在《鞑靼西藏旅行记》中描述到的沙漠、天山、草原、大山大水，这些是符合美国人审美的荒野形象。也许梭罗更关注的是，中国与产生荷马的古希腊一样，可以作为树木不断遭受砍伐、荒野不断减少的美国的批评参照。

二、儒家的“天人合一”观与梭罗荒野思想

对梭罗而言，中国不仅受“荒野滋养”，还以其自身的文化传统滋养着梭罗的思想。天人关系是中国哲学的重要命题，儒家的天人之学包含着一些非常重要的关于人与自然关系的思想。从儒家经典中所蕴含的“天人合一”精神中，梭罗更深刻地理解了人与宇宙、自然的关系。

作为梭罗的老师，爱默生开启了梭罗有关人与宇宙、自然的思考。爱默生“对东方的兴趣逐渐构成了在破旧立新中寻找新思想源泉的重要部分，他要从中汲取灵感和依据去巩固自己新建立的体系”①。他以自然为基础的思想体系一定程度上受到儒家的影响。1830 年，爱默生在日记中摘抄了雷慕沙翻译的《中庸》：“中国人的‘中庸’……以这些充满希望的定义开始，天建立起来的秩序叫作‘自然’，与自然一致者为法则，法则

① 钱满素：《爱默生和中国：对个人主义的反思》，北京：生活·读书·新知三联书店，1996 年版，第 50 页。

(在心灵中?）的确立则称‘教’。”[①]（*JMNE* 3：362-363）

《中庸》的开篇为：“天命之谓性，率性之谓道，修道之谓教。”原文字面意思不难理解：天然赋予人的秉性叫作“性”，遵循本性自然发展的规律而行动叫作“道”，把道加以修明并推广于民众叫作“教”。[②] 朱熹注为：

> 命，犹令也。性，即理也。天以阴阳五行化生万物，气以成形，而理亦赋焉，犹命令也。于是人物之生，因各得其所赋之理，以为健顺五常之德，所谓性也。率，循也。道，犹路也。人物各循其性之自然，则其日用事物之间，莫不各有当行之路，是则所谓道也。修，品节之也。性道虽同，而气禀或异，故不能无过不及之差，圣人因人物之所当行者而品节之，以为法于天下，则谓之教，若礼、乐、刑、政之属是也。盖人之所以为人，道之所以为道，圣人之所以为教，原其所自，无一不本于天而备于我。学者知之，则其于学知所用力而自不能已矣。[③]

雷慕沙的翻译以朱熹所定三十三章《中庸章句》为底本，其译文较为忠实于原文。但与雷慕沙法语译文[④]比较，爱默生用英文摘抄时，将nature（本性）改为Nature（自然），并增加了in the mind（在心灵中）。如此看来，心灵与自然应该是爱默生一直思考的一对概念，并最终在六年后发表的《论自然》(1836）中郑重提出“宇宙是由自然和心灵构成”[⑤]。自然是人类心灵的产物，自然法则就是心灵法则。宇宙是整体，自然万物、人类都包含其中。人通过自然与宇宙相连，自然是沟通宇宙和人类之间的纽带，这就是宇宙的秩序。带着自己的前理解，爱默生对儒家典籍进行了创造性误读——或者在爱默生看来，是“创造性的阅读”[⑥] ——从中发现了与中国古老智慧的共鸣，并将中国智慧用于构建自己的美国思想：

---

① 爱默生原文为：the “Invariable Medium” of the Chinese... begins with these promising definitions. “The order established by heaven is called *Nature*. What is conformed to nature is called *law*. The establishment of law (in the mind?) is called *instruction*.” (*JMNE* 3：362-363)

② 参见陈晓芬、徐儒宗译注：《论语 大学 中庸》，北京：中华书局，2011年版，第290页。

③ (宋)朱熹：《四书章句集注 · 中庸章句》，北京：中华书局，1983年版，第17页。

④ 雷慕沙法译文为：L'ordre établi par le Ciel s'appelle *nature*; ce qui est conforme à la nature s'appelle *loi*; l'établissement de la loi s'appelle *instruction*. 参见罗莹：《雷慕沙〈中庸〉译文新探——兼论传教士汉学与早期专业汉学的关系》，《国际汉学》2014年第1期，第101页。

⑤ [美]爱默生：《论自然》，《爱默生集：论文与讲演录》(上)，第7页。

⑥ [美]爱默生：《美国学者》，《爱默生集：论文与演讲录》(上)，第70页。

他将“天命”理解为“天确立的秩序”，实际上等同于他的“宇宙”；将“性”理解为大写的Nature，也即“自然”，而非“本性”，自然就是宇宙的秩序；将“道”理解为按照自然法则来行事，使人们认识法则的过程就是道德的教化。

《中庸》中的这段话对爱默生来说，至少有两个意义。首先，他通过“创造性的阅读”将儒家的道德观念理解为建立在“自然”基础之上。道德在爱默生思想中占有重要地位。爱默生认为，上帝、国家、社会都无法提供可靠的道德立场，唯有自然可以。从本质上来说，自然法则和人性法则是一致的，因而人可以自然为基础，构建美好合理的生活。在《论自然》（1836）中他明确指出，“每一自然过程都是一篇道德箴言。道德法则存在于大自然的核心中”，自然对人所显示的真理就在于自然对个人的道德作用。①爱默生高度重视儒家的道德观，并将自然视为儒家道德法则和教化的基础，从而形成自己基于自然的道德观。②

其次，爱默生从《中庸》中的“天人合一”观中看到了个人、自然与宇宙的密切关系——“盖人之所以为人，道之所以为道，圣人之所以为教，原其所自，无一不本于天而备于我”，简而言之，“天人合一”是天道和人道的合一。“天人合一”是儒家思想的重要基石，在爱默生、梭罗所熟悉并摘录过的儒家典籍《论语》《孟子》《中庸》中均有涉及。

“天人合一”的观念与“天”这一概念的含义有关。张岱年先生认为，中国哲学上的“天”有“最高主宰”“广大自然”和“最高原理”三种基本含义。③汤一介先生认为，儒家典籍中的“天”的含义归纳起来至少有三种：主宰之天（有人格神义）、自然之天（有自然界意义）、义理之天（有超越性义、道德义）。这些含义在春秋战国之前的文献就已涵盖，但往往意义混合多重，直至春秋，这三种不同内涵才在不同思想学说中逐渐明确。④主宰之天如“皇天上帝”，与西周的“天命”信仰有关。孔子“天何言哉！四时行焉，百物生焉，天何言哉！”（《论语·阳货》）中的天是“自然之天”，体现了宇宙的运行规律。但孔子多将“天”视为神圣超越的力量，如“天生德于予”（《论语·述而》）。孟子的“天”既有神圣的超越力量，如“天之生此民也，使先知觉后知，使先觉觉后觉也”（《孟子·

---

① [美]爱默生：《论自然》，《爱默生集：论文与讲演录》（上），第32—33页。

② Henry Hughes. “Re-orienting Orientalism: China in Early American Writing, 1738-1870.” PhD diss., Purdue University, 2002, p. 193.

③ 张岱年：《中国哲学中“天人合一”思想的剖析》，《北京大学学报》（哲学社会科学版）1985年第1期，第1页。

④ 汤一介、[法]汪德迈：《天》，岳瑞译，北京：北京大学出版社，2011年版，第29页。

万章上》），又有道德的意义，如“夫仁，天之尊爵也”（《孟子·公孙丑上》），也有自然的意义，如“天油然作云，沛然下雨”（《孟子·梁惠王上》）。至南宋朱熹，又提出“天即理”，并总结了中国历史上的天：“经传中‘天’字”，“要人自看得分晓，也有说苍苍者，也有说主宰者，也有单训理时。”（《朱子语类》卷一）[①] 因此，汤一介先生总结道，正是因为“天”具有多重含义，“天”不仅指外在于人的自然界，而是与人“有着内在联系的生生不息的、有道理的有机体”。[②]

综合看来，儒家的“天”是整个自然界的总称，具有宇宙性，但也具有超越和道德的层面。儒家天与人的关系，尽管不能等同于人与自然的关系，但包含人与自然、人与宇宙的关系。[③]儒家的天人关系是“天人合一”，天、地、人之间并不是各自独立、相互对立的系统，而是彼此之间有着不可分割的内在联系。

西方哲学的思维为“天人二分”。古希腊哲学尽管承认自然是有机的生命体，但也提出“人是万物的尺度”。基督教的神学观认为人与自然皆为上帝所造，人被指派管理自然。人与上帝、与自然之间最初关系和谐。但随着人类的犯罪堕落，原本和睦的神人关系遭到破坏，导致整个自然界失去和谐。此时的人既与上帝为敌，也与自然对立。人与自然对立的观念影响西方甚远。笛卡尔哲学又将“天人二分”推进一步，正如罗素在《西方哲学史》中所指出的，“笛卡尔的哲学……完成了或者几近完成了由柏拉图开端而主要因为宗教上的理由，经过基督教发展起来的精神、物质二元论，……笛卡尔体系提出来精神和物质界两个平行而彼此独立的世界，研究其中之一能够不牵涉另外一个。”[④]精神与物质相互独立，互不牵涉。爱默生尽管也认为精神和物质相互独立，但将物质也即“未被改变的自然”视为精神的象征，在二者之间建立起对应关系。不仅如此，他还通过人的认识将二者联系起来，因而提出“认识你自己”与“研究大自然”合二为一，研究自然，也即研究人。这其中不能不说是受到儒家思想的影响。

---

① (宋)黎靖德编，王星贤点校：《朱子语类》第一册，北京：中华书局，1986年版，第5页。

② 汤一介、[法]汪德迈：《天》，第34页。

③ 徐春：《儒家“天人合一”自然伦理的现代转化》，《中国人民大学学报》2014年第1期，第41页。

④ [英]罗素：《西方哲学史》(下)，马元德译，北京：商务印书馆，1976年版，第91页。See also Bertrand Russell. *The History of Western Philosophy*. New York: Simon and Schuster, 1945, p. 567.

在《日晷》中，梭罗和爱默生共同摘录儒家名言达 64 条[①]，其中一半出自《孟子》，三分之一出自孔子，其余出自《中庸》。这些语录中多条含有"天"，英译来自马什曼和柯大卫，此处试举几例，并将英语与汉语并置，以便更接近梭罗从中获得的对"天人关系"的理解。

1. 天何言哉！四时行焉，百物生焉，天何言哉！（《论语·阳货》）

Heaven speaks, but what language does it use to preach to men, that there is a sovereign principle from which all things depend; a sovereign principle which makes them to act and move? Its motion is its language, and it reduces seasons to their time; it agitates nature, it makes it produce. This silence is eloquent.

2. 获罪于天，无所祷也。（《论语·八佾》）

He who offends heaven, has none to whom he can pray.

3. 诚者，天之道也；诚之者，人之道也。（《中庸》）

Sincerity is the Tao or way of heaven. To aim at it is the way of man.

4. 尽其心者，知其性也。知其性，则知天矣。（《孟子·尽心上》）

He who employs his whole mind, will know his nature. He who knows his nature, knows heaven.

5. 夫君子所过者化，所存者神，上下与天地同流。（《孟子·尽心上》）

Wherever the superior man passes, renovation takes place. The divine spirit which he cherishes above and below flows on equal in extent and influence with heaven and earth.

6. 《诗》曰："天生蒸民，有物有则，民之秉彝，好是懿德。"孔子曰："为此诗者，其知道乎！"（《孟子·告子上》）

The *She King* says, "Heaven created all men having their duties and the means or rules of performing them. It is the natural and constant disposition of men to love beautiful virtue." Confucius says,

① 关于《日晷》中儒家语录数目，参见 Lyman V. Cady. "Thoreau's Quotations from the Confucian Books in *Walden*." *American Literature*. Vol. 33, No. 1 (March 1961): 20-32. 具体语录转引自谢志超：《超验主义对儒家思想的接受研究》，北京：北京大学出版社，2011 年版，第 181—187 页。

that he who wrote this ode knew right principles.

7. 君子之道，造端乎夫妇，及其至也，察乎天地。（《中庸》）

The principles of great men illuminate the whole universe above and below. The principles of the superior man commence with the duties of common men and women. but in their highest extent they illuminate the universe.

“天何言哉！四时行焉，百物生焉，天何言哉！”揭示了宇宙运行的法则：天或宇宙具有生长养育万物的功能，四季更替，万物生发，一切按照宇宙法则或自然规律运行。“获罪于天，无所祷也”是说自然界的万事万物虽然变幻莫测，实则有其固有的运行规律，这种规律是客观存在的，是不以人的主观意志为转移的。人类必须严格按照自然规律行事，违背了自然规律，就会遭到大自然的惩罚。“诚者，天之道也；诚之者，人之道也”“尽其心者，知其性也，知其性，则知天”“夫君子所过者化，所存者神。上下与天地同流”，说明天是一种超越的、神圣的力量，也代表个人修身养性的至高境界。人与天并非一种外在的关系，而是存在着内在关系。人通过反观内求，通过认识自我从而认识天。通过个人修养，就可以获得内在的超越。“天生蒸民，有物有则”经过翻译，变成了“上天创造了人，并赋予他们职责，以及履行职责的方法或规则”，不难为有着基督教背景的读者所理解。但梭罗将“天”或“天地”理解为“宇宙”：“君子之道，造端乎夫妇，及其至也，察乎天地”原本讲的是“君子所恪守的中庸之道是从匹夫匹妇都可以知、可以行的浅近的道理开始的，达到最高深、最精妙的境界时，就可以洞察贯彻至天地间一切事物了”①，经过翻译，转换为“君子之道炳曜宇宙上上下下。君子之道始于普通男女的职责与义务，但若达到至高境界却可炳曜整个宇宙”。从这些语录中，梭罗看到了儒家人与自然、宇宙的密切关系。

爱默生、梭罗读过的《四书》并非相互独立的儒家经典，而是属于宋代新儒学经典体系，缺一不可，由朱熹编撰选定并亲自注疏，指出阅读《四书》需次第进行：“先读《大学》，以定其规模；次读《论语》，以定其根本；次读《孟子》，以观其发越；次读《中庸》，以求古人之微妙处。”（《朱子语类》卷十四《大学一·纲领》）②“四书”文本及其相关研究构筑起包括理气论、天人合一、格物致知等在内的新儒学思想体系。从天人

① 参见陈晓芬、徐儒宗译注：《论语 大学 中庸》，第306页。

② （宋）黎靖德编，王星贤点校：《朱子语类》第一册，北京：中华书局，1986年版，第249页。

关系来看，新儒学吸收了佛、道的思想，更注重人与宇宙、自然的内在关联。马什曼和柯大卫的翻译，以朱熹的“章句集注”为依据。比较而言，柯大卫翻译初衷是为英华书院用作学习英汉双语的教材，其译文基本忠实于原文。

对梭罗来说，阅读与翻译东方经典更像是寻找投契的灵魂。所以，尽管基督教立场一定程度上制约了柯大卫等对于儒家思想的客观理解，但翻译中所传递的儒家的“天人合一”观在梭罗那里得到了回应。这使得梭罗从儒家经典中发现了有助于自己与宇宙、与自然万物建立直接关联的那种力量。梭罗不仅专门摘录儒家语录，更将这些语录巧妙地融合在自己的写作中。梭罗在《瓦尔登湖》多处引用儒家经典，但此时不再依靠英文译本，而是自己直接从鲍狄埃的法译本儒家经典中翻译。“孤独”篇中有这样几段文字①：

> 万物的周围，是创造了它们的力量，我们的周围，是那些永远不断运行的伟大法则，周围不是我们雇佣的我们乐意与之交谈的工匠，而是创造了我们的那位工匠。
>
> “天地的隐微力量是多么巨大和深远啊!”
>
> “我们试图感知它们，却看不见它们；我们想听到它们，却听不到它们；它们与事物的本质一致，无法分离。”
>
> “它们使宇宙之中的人们沐浴净心，穿上节日的盛装，为他们的祖先祭祀。它似乎是一片精微智慧的海洋。它们无处不在，在我们上边，在我们左边，在我们右边；在四面八方包围着我们。”(*Walden*，87)
>
> “How vast and profound is the influence of the subtile powers of Heaven and of Earth !”
>
> “We seek to perceive them，and we do not see them；we seek to hear them，and we do not hear them；identified with the substance of things，they cannot be separated from them. ”
>
> “They cause that in all the universe men purify and sanctify their hearts，and clothe themselves in their holiday garments to offer sacrifices and oblations to their ancestors. It seems to be an ocean of subtile intelligences. They are everywhere，above us，on our left，on our right；they environ us on all sides.”

---

① 为与《中庸》中的原文做一比较，笔者对梭罗文中相关引用尽可能忠实地进行了回译。

此处梭罗引用了《中庸》中的“鬼神之为德，其盛矣乎。视之而弗见，听之而弗闻，体物而不可遗。使天下之人，齐明盛服，以承祭祀。洋洋乎如在其上，如在其左右”。《日晷》摘录自柯大卫译文的版本与此有很大不同：

> 鬼神（神灵）的影响如此广大！
>
> 你找它们时，却看不见它们；你去听时，也听不见它们；它们体现了万物，也与万物无法分离。
>
> 当它们让人类斋戒沐浴着衣时，一切似乎都充满了它们。它们似乎立刻就在上边，在右边，在左边。
>
> How vast the influence of the Kwei Shin (spirits or gods).
>
> If you look for them, you cannot see them; if you listen, you cannot hear them: they embody all things, and are what things cannot be separated from.
>
> When they cause mankind to fast, purify and dress themselves, everything appears full of them. They seem to be at once above, and on the right, and on the left.

《中庸》中的这段借孔子关于“鬼神”的论述来说明中庸之道无所不在，“道不可须臾离”，道广大而又精微，虽然看不见，却体现在万物之中。朱熹《中庸章句》将鬼神注为：“余谓以二气言，则鬼者阴之灵也，神者阳之灵也。”[①]儒家认为，宇宙间一切事物都是由阴阳二气化育而成，并且相互作用，使得自然界在无形之中变化发展。“神”代表阳气，“鬼”代表阴气，“鬼神”其实就是造化之力，存在于宇宙间，充满在人的周围。《日晷》摘录与《瓦尔登湖》相比，最明显的区别在于“鬼神”一词。摘录中柯大卫采用了 the Kwei Shin (spirits or gods) 一词，并没有译出“鬼神”的含义，但随后又将“鬼神”按照朱熹的注释进行了释译。[②] 鲍狄埃的译本亦含有朱熹的注释。由此看来，梭罗是在领会了中庸之道的基

① (宋)朱熹:《四书章句集注・中庸章句》,北京:中华书局,1983年版,第25页。

② 为了使英语读者理解“鬼神”一词,译者先谈鬼神为“天地之功用(kung yung),是造化之遗迹(traces of creating and innovating)”,后以“阴阳”“气”解释:“鬼神就是阴阳之气(Ke, the subtile, and ethereal parts of the Yin and Yang),没有鬼神就没有宇宙间的万物”;又将鬼神比于“道”:“鬼神或许是‘道’的另一种说法,鬼神是天地造化用来创造万物的隐微力量。”(the Kwei Shin is some extreme fine, subtitle spirit, employed by heaven and earth the great creators, as the substratum of all things)——See David Collie. “Chung-yung.” *The Chinese Classical Work Commonly Called the Four Books*. Malacca: At the Mission Press, 1828, pp. 12-13n。

础上，将“鬼神”译为“天地隐微的力量”(the subtile powers of Heaven and of Earth)，并将其等同于创造万物的力量、宇宙间永恒的法则，同时突出了“天下”，将其等同于“宇宙”(universe)，意在表明这股力量环绕在宇宙中的自然万物与人的周围。这段话写于“孤独”篇，正是在荒野孤独中梭罗与宇宙发生了最直接的联系，体会到了宇宙间统摄万物于一体的那种力量。

爱默生通过“创造性的阅读”从儒家经典中看到了建立在自然基础上的道德观，这对梭罗亦有启发。正如本书第三章中所述，梭罗认为荒野具有道德意义，无论大自然中温和的一面，如白睡莲、春天的早晨，还是大自然蛮荒的一面，如沼泽地、狂风暴雨，大自然中有一种无穷的力量，能提升人的道德感。《瓦尔登湖》“春天”篇赞美了春天的清晨会令人洗心革面，恢复道德感，随后融入了一整段摘自《孟子·告子上》的语录：

> 每天在清晨宁静而有益的气息中回归善心，唤起对美德的爱和对恶的恨，就会向接近那被砍伐掉的森林新条嫩芽一样的善良本性。同样道理，一个人在白天所做的恶会压制并消灭掉再次萌发的美德芽孢。美德的芽孢受到多次压制后，夜晚的有益气息便不足以保全它们。一旦夜晚的气息无法让它们存在下来，那么人的本性便离禽兽不远了。人们看到某人如同禽兽一样，便认为此人从来没有天生的理性能力。难道这些是此人真实的天生性情吗？(*Walden*，204) ①
>
> 《孟子·告子上》：是其日夜之所息，雨露之所润，非无萌蘖之生焉，牛羊又从而牧之，是以若彼濯濯也。人见其濯濯也，以为未尝有材焉，此岂山之性也哉？虽存乎人者，岂无仁义之心哉？其所以放其良心者，亦犹斧斤之于木也，旦旦而伐之，可以为美乎？其日夜之所息，平旦之气，其好恶与人相近也者几希？则其旦昼之所为，有梏亡之矣。梏之反覆，则其夜气不足以存；夜气不足以存，则其违禽兽不

---

① The original text is: “A return to goodness produced each day in the tranquil and beneficent breath of the morning, causes that in respect to the love of virtue and the hatred of vice, one approaches a little the primitive nature of man, as the sprouts of the forest which has been felled. In like manner the evil which one does in the interval of a day prevents the germs of virtues which began to spring up again from developing themselves and destroys them. After the germs of virtue have thus been prevented many times from developing themselves, then the beneficent breath of evening does not suffice to preserve them. As soon as the breath of evening does not suffice longer to preserve them, then the nature of man does not differ much from that of the brute. Men seeing the nature of this man like that of the brute, think that he has never possessed the innate faculty of reason. Are those the true and natural sentiments of man?”

远矣。人见其禽兽也，而以为未尝有才焉者，是岂人之情也哉？

这段语录依然是梭罗转译自鲍狄埃的法译本，与《孟子》原文有差异，但总体而言传达了孟子的思想：人性本善，但仁义之心需要培养。孟子的“牛山之木”并非寓言故事。牛山曾经树木茂盛，但被人类过度砍伐、放牧，变成荒山，孟子多次登临牛山，对“牛山之木尝美”变成“牛山濯濯”极为痛心，提出“斧斤以时入山林，材木不可胜用也”，主张尊重自然，反对人类对自然资源的过度使用。由“牛山濯濯”，孟子联想到人的道德，如果不去培养仁义之心，失去道德，人便与禽兽无异，社会因而失序，因此主张仁民爱物，将用于调整人际关系、维护社会秩序的儒家道德原则推及到自然万物，通过涵养道德，使人类能够运用道德原则，调整人与自然关系，保护自然生态秩序。梭罗的翻译并没有遵照原文，属于缺省翻译，却保留了孟子原文中的形象隐喻：将人类丧失的善心比作是“被砍伐掉的新条嫩芽”。显然，梭罗注意到了孟子有关荒野与人类道德关系的隐喻：牛山树木茂盛时，仁义之心亦存；当文明侵犯荒野、树木被砍伐时，人的善良之心丧失。宇宙上下贯通一股涵养道德的力量，就连日夜气息都会滋养人的道德心，引人向善。但如果不加反思，不去培养道德，人类就彻底为恶了。这与爱默生《论自然》中论及的“自然的每一过程都是道德的箴言”并无二致。梭罗之所以发出保护荒野的呼声，其中一个原因便是看到了自然对人的道德价值。

梭罗非常注重美德，并寄希望于一个道德社会。在《瓦尔登湖》“村庄”篇中他曾引用《论语·颜渊》中的“子为政，焉用杀。子欲善，而民善矣。君子之德风，小人之德草。草上之风，必偃”。[①]（*Walden*，112）他认为，“一个好的政府，在于使人生活得更有价值”，要使人生活得有价值，“又怎么能降低对人与自然和谐关系的需求，又怎么能在美德和高尚品质上节俭呢”？[②]在他看来，这种美德亦包括个人对于自然的伦理。梭罗认识到野性生命的内在价值，这其中也有来自儒家思想的启迪。儒家主张为仁善行，“民胞物与”，由爱民而至珍爱万物：“万物并育而不相害，道并行而不相悖。”[③]孟子主张人皆有仁心、恻隐之心，并将这种感情兼及动

① The original text is: “You who govern public affairs, what need have you to employ punishments? Love virtue, and the people will be virtuous. The virtues of a superior man are like the wind; the virtues of a superior man are like the wind; the virtues of a common man are like the grass; the grass, when the wind passes over it, bends”.

② Henry David Thoreau. “Slavery in Massachusetts,” pp. 333-347, at 346.

③ (宋)朱熹:《四书集注·中庸章句》,陈戍国标点,长沙:岳麓书社,2004年版,第42页。

物："君子之于禽兽也，见其生，不忍见其死；闻其声，不忍食其肉。是以君子远庖厨也。"①在儒家看来，动物与人一样，有其内在的价值，人应该尊重、爱护动物，从而培养出对动物的道德关怀。尽管也将动物作为人类的资源，也同意宰杀、打猎，但儒家主张节制、合理利用动物。孔子主张"钓而不纲，弋不射宿"（《论语·述而》），即只钓鱼，而不用大网捕鱼；不射归巢之鸟。孟子主张尊重自然规律，反对滥用资源："不违农时，谷不可胜食也。数罟不入洿池，鱼鳖不可胜食也；斧斤以时入山林，材木不可胜用也。谷与鱼鳖不可胜食，材木不可胜用，是使民养生丧死无憾，王道之始也。五亩之宅，树之以桑，五十者可以衣帛矣。鸡豚狗彘之畜，无失其时，七十者可以食肉矣。百亩之田，勿夺其时，数口之家可以无饥矣。"②梭罗提出荒野的内在价值，尊重动物的生命权，他也主张打猎，但反对滥杀。他这种思想更多来自与动物亲密交流基础上的"同情心"，这种同情心也是与儒家相似的一种扩大化的爱。

孟子所说的"牛山之木"变成"牛山濯濯"的故事，在梭罗看来也是一部环境变迁史。人类文明尚未涉足时，牛山处于荒野状态，林木自然生长，一派生机。当在附近建起都城，文明始现，人类行为开始伤害那片荒野，最终改变了山的本来面目。科尔的《帝国的历程》所展示的诞生于荒野中的文明最终湮没于荒芜的组画，是对历史的反思，也是对未来的警示，这也是梭罗所担忧的：如果失去了荒野，人类文明最终会走向何方？

总而言之，梭罗从儒家经典中看到的是"天人合一"，是中国人思考人与自然、宇宙的方式：人是自然的一部分，人与天并非敌对关系，而是和谐共存，人主动与宇宙、自然结合，参与宇宙进程，与宇宙秩序保持一致，遵循宇宙和自然规律。人必须顺应自然，培养道德，肩负起保护自然的责任。在阅读儒家经典时，梭罗不可能不受到潜移默化的影响。相反，因为与梭罗思想相契合，这些思想与其他影响源一道，强化了其荒野思想。

三、道家与梭罗荒野思想

要探讨道家对梭罗荒野思想的影响，首先要回答一个长期以来悬而未决的问题：梭罗是否读过《道德经》？毕竟首个英译本《道德经》（1868）在梭罗去世几年以后才得以问世，然而道家思想与梭罗哲学的相似又是显而易见的。作家和评论家早就注意到梭罗身上的道家倾向。西奥多·德莱

① （宋）朱熹：《四书集注·孟子集注·梁惠王章句上》，陈戍国标点，第237页。

② （宋）朱熹：《四书集注·孟子集注·梁惠王章句上》，陈戍国标点，第232页。

塞（Theodore Dreiser）将梭罗比作佛陀、耶稣和老子。[①] 1948 年，林语堂在其英文著作《老子的智慧》中强调道家与超验主义哲学的相似以及梭罗与老子和庄子的相似。林语堂认为庄子与梭罗有着相似的"个人主义者的粗犷、坚硬和急躁"（ruggedness, hardness and impatience of an individualist）[②]。鲁枢元发现颇具道家色彩的陶渊明与梭罗之间存在诸多相似之处。[③]谢尔曼·保罗（Sherman Paul）在谈到梭罗主张"人必须顺应而非违背生命的潮流"时断言："一定是老子的智慧支持了梭罗。"[④]莱曼·卡迪（Lyman V. Cady）也曾探讨过《瓦尔登湖》中的道家倾向，认为老子与道家在"自然神秘主义、热爱简朴与原始，厌恶成规和政府的干预以及反复使用悖论上"有契合之处。[⑤]陈长房认为梭罗与老庄在水的意象、热爱简朴和对政府的批判三个方面有着惊人的相似。[⑥]陈大卫（音译，David T. Y. Chen）注意到梭罗与老庄语言风格的相似。[⑦]的确，梭罗与道家的相似性是不可否认的，林语堂断言："就其全部的生活观而言，梭罗是所有美国作家中最为中国式的。作为中国人，我感觉自己与他在精神上很近。我将他的段落篇章翻译为我自己的语言，可以拿来当作是一位中国诗人的原创，而不会引起任何怀疑。"[⑧]

笔者认为梭罗是知晓老子的，并且极有可能读过《道德经》。尽管在梭罗生前美国并没有出现过英译本《道德经》，但梭罗有渠道接触了法国人对老子和《道德经》的译介。[⑨]这一时期对老子或《道德经》做过译介

---

① Theodore Dreiser, ed. *The Living Thoughts of Thoreau*. New York: Longmans, Green and Co., 1939, p. 8.

② Lin Yutang. *Wisdom of Laotse*. New York: Radom House Publication, 1948, pp. 7-8.

③ 鲁枢元：《陶渊明的幽灵》，上海：上海文艺出版社，2012 年版，第 123—133 页。

④ Sherman Paul. *The Shores of America: Thoreau's Inward Exploration*. Urbana: The University of Illinois Press, 1958, p. 228.

⑤ Lyman V. Cady. "Thoreau's Quotations from the Confucian Books in *Walden*." *American Literature*. Vol. 33, No. 1 (March 1961): 20-32.

⑥ Chang-fang Chen. "Thoreau's Orientalism: Chinese Thought in *Walden*." *Tamkang Review*. Vol. 18, Nos. 1-4(1987-1988): 287-322, at 308.

⑦ David T. Y. Chen. "Thoreau and Taoism." *Asian Responses to American Literature*. Edited by C. D. Narasimhaiah. New York: Barnes & Nobles, 1972, pp. 406-416.

⑧ Lin Yutang. *The Importance of Living*. New York: Reynal & Hitchcock, 1937, p. 128.

⑨ 金义英（音译，Kim Eui-Yeong）和陈大卫均认为梭罗可能通过法语译本与《道德经》有过接触。参见 Kim Eui-Yeong. "Thoreau's Orientalism: A Study of Confucian and Taoist Elements in Thoreau's Readings and Writings." PhD diss., Urbana: The University of Illinois at Urbana-Champaign, 1991; David T. Y. Chen. "Thoreau and Taoism." *Asian Responses to American Literature*. Edited by C. D. Narasimhaiah. New York: Barnes & Nobles, 1972, pp. 406-416.

的有汉学家雷慕沙及其两个学生鲍狄埃和儒莲（Stanislas Julien）。据金义英考证，美国《1956 年前出版物全国联合目录》（*National Union Catalogue Pre-1956 Imprint*）显示，1816 年雷慕沙就曾翻译过《老子》。[①] 1823 年，雷慕沙发表了论文《论老子的生平与学说》。1835 年，儒莲也翻译过《道德经》上部《道经》并发表在《亚洲学刊》上，除了《东方圣书》和《孔子与孟子：中国道德与政治哲学四书》之外，1831 年鲍狄埃还出版了《论道教源流与传播》，其中含有作者翻译的《道德经》数章。1836 年鲍狄埃曾提交过全译本《道德经》但并未获出版。[②] 1838 年，鲍狄埃编著的《中国图识·第一部》对老子及其学说进行了介绍，并附其翻译的《道德经》法语译文数章。[③] 1842 年，雷慕沙与儒莲合译了《道德经》全译本。在这三人中，梭罗很可能读过雷慕沙和鲍狄埃对《道德经》的译介。

雷慕沙《论老子的生平与学说》(1823) 不仅对老子的生平做了介绍，而且翻译了《道德经》第一、十四、二十五、四十一及四十二章。雷慕沙同时还翻译了《中庸》（1817）和《玉娇梨》（1826），爱默生曾阅读过《中庸》，而梭罗对由雷慕沙译本转译来的《玉娇梨》非常感兴趣，多次在日记中摘抄。不仅如此，梭罗大学期间读过的维克多·库辛（Victor Cousin）《哲学史导论》中亦曾提到过雷慕沙对《道德经》的译介。

金义英将《康科德和梅里马克河上一周》中的文本与雷慕沙的《论老子的生平与学说》相对照，认为两者在论及基督教的有些段落存在高度相似，从而推断梭罗曾读过雷慕沙有关《道德经》的译介。[④]雷慕沙探讨了希伯来语“上帝”一词的写法在不同文化下的变体：

> ……大抵是犹太人将这个名称传到了邻国，于是这个名称之后被引入到好些宗教教派和哲学教派中，但意思出现了些许差异。“Juba”，在摩尔语中代表着“神”，摩尔人用以称呼他们的国王；这个词被古代人用来称呼毛里塔尼亚的一个与众神同列的国王，一些现

---

① Kim Eui-Yeong. “Thoreau’s Orientalism: A Study of Confucian and Taoist Elements in Thoreau’s Readings and Writings.” PhD diss., Urbana: The University of Illinois at Urbana-Champaign, 1991, p. 197.

② 关于《道德经》翻译情况，参见姚达兑、陈晓君：《雷慕沙、鲍狄埃和儒莲〈道德经〉法语译本及其译文特色比较》，《国际汉学》2018 年第 2 期。

③ 参见姚达兑、陈晓君：《雷慕沙、鲍狄埃和儒莲〈道德经〉法语译本及其译文特色比较》，《国际汉学》2018 年第 2 期，第 92 页。

④ Kim Eui-Yeong. “Thoreau’s Orientalism: A Study of Confucian and Taoist Elements in Thoreau’s Readings and Writings,” p. 199.

代人用这个词代替“耶和华”（Jehovah）；所以这个词可以同时表示几种含义。这与我们联想到的东西几乎没什么不同……最终，人们将异教徒对神名“耶和华”的认识起源提到了一个新高度。人们看见神名朱庇特（Iovis）最初的使用缘由，有时在一些间接情况下用“朱皮特”（Jupiter），有时在直接情况下用。这样的例子人们还可找出很多，人们甚至可以找出神名朱庇特（Iovispiter）的起源。①

雷慕沙认为，不同宗教中的神同源，只是名字发生了变形。在梭罗的《康科德和梅里马克河上一周》中也出现了类似的观点，如：

尽管耶和华（Jehovah）在我们这有了新的属性，更抽象，也更难以接近，但很难说比朱庇特（Jove）更具神性。（*A Week*，74）

“上帝（God）的写法既可以是 Khu，也可以是 Ku。”②为什么基督徒仍然要偏狭、迷信不可呢？（*A Week*，78）

梭罗善于将各种素材为我所用，有时整段引用，有时分散编织在自己的观点中，此处所用素材目的用来反讽基督教。基于此，笔者认为上述两段文本所表达的观点③与雷慕沙上文中的观点存在相关性。

除了雷慕沙，梭罗也有可能通过鲍狄埃的译介了解了《道德经》。梭罗非常熟悉并信赖鲍狄埃翻译的儒家经典，《瓦尔登湖》引用的儒家经典大多来自梭罗本人对鲍狄埃法译本《孔子与孟子：中国道德与政治哲学四书》的翻译。《康科德和梅里马克河上一周》一书除了引用《孔子与孟子：中国道德与政治哲学四书》外，还曾引用过鲍狄埃的《东方圣书》。梭罗提及：“一位法语翻译家在谈到中国和印度民族的古老性和持久性以及他们立法者的智慧时说，‘这里有一些支配世界的永恒法则的痕迹’。”（*A*

① ［法］雷慕沙（Jean-Pierre Abel-Rémusat）：《论老子的生平与学说》，陈新丽、王雅婷译，《国际汉学》2018 年第 4 期，第 95 页。

② 据罗伯特·塞尔考证，该句系梭罗引自 Rammohun Roy. *Translation of Several Principal Books, Passages, and Texts of the Veds*（《吠陀本集若干主要书籍、段落和文本的翻译》，1832）。梭罗熟悉印度经典，经常引用。See Henry David Thoreau. *A Week on the Concord and Merrimack Rivers, Walden; or, Life in the Woods, The Maine Woods, Cape Cod*. Edited by Robert Sayre. New York: Library of America, 1985, p. 1072. 同时参见［美］罗伯特·塞尔编：《梭罗集》（下），“注释”部分，第 1176 页。

③ 金义英以《康科德和梅里马克河上一周》中三段文本为例说明梭罗可能读过雷慕沙的《论老子的生平与学说》，但笔者认为其中一段较为牵强，故舍去。

Week，164）这位法语翻译家就是鲍狄埃，这段文字就出自《东方圣书》。[①]梭罗曾引用《论语·微子》中孔子论柳下惠和少连的典故："谓：'柳下惠、少连降志辱身矣，言中伦，行中虑，其斯而已矣。'"（*A Week*，160）[②]这段亦出自鲍狄埃《东方圣书》，[③] 梭罗将其由法语转译为英语。在这段法语原文同一页面的脚注中，鲍狄埃将儒家和道家作为对立的两派思想，并对《道德经》和老子做了简要介绍："如果一个人必须履行他对家庭的责任，他也要承担更重要的社会责任，并且不到失败的时候，他不能放弃这种责任。如果能对国家有用，他就必须履行其公共职责。如果在有用之时选择远离政治生活、退隐，他就是没有履行自己的职责。选择远离政治、退隐是一位中国哲学家的思想，他必须与其相反学说的追随者们论争。参见本人翻译的《道德经》，作者是老子——孔子的同时代者。"[④]这表明，梭罗通过阅读鲍狄埃的脚注知晓老子，了解儒道思想的差异。

此外，梭罗亦知晓鲍狄埃的《中国图识》，曾在转译鲍狄埃翻译的儒

---

① 莱曼·卡迪（Lyman V. Cady）和金义英均持此观点。See Lyman V. Cady. "Thoreau's Quotations from the Confucian Books in *Walden*." *American Literature*. Vol. 33，No.1（March 1961）：21-32，at 20-22；Kim Eui-Yeong. "Thoreau's Orientalism：A Study of Confucian and Taoist Elements in Thoreau's Readings and Writings，" pp. 203-204.

② The original text is："They say that Lieou-hia-hoei and Chao-lien did not sustain to the end their resolutions，and that they dishonored their character. Their language was in harmony with reason and justice；while their acts were in harmony with the sentiments of men."

③ 莱曼·卡迪将鲍狄埃《东方圣书》法语原文与梭罗在《康科德和梅里马克河上一周》引文做了比较，认为无论从形式还是措辞都与《东方圣书》对等。法语原文为：On dit que Lieou-hia-hoei et Chao-lien ne soutinrent pas jusqu'au bout leurs résolutions，et qu'ils déshonorènt leur caractère. Leur language était en harmonie avec la raison et la justice；leurs actes étaient en harmonie avec les sentiments des hommes. See Lyman V. Cady. "Thoreau's Quotations from the Confucian Books in *Walden*." *American Literature*. Vol. 33，No.1（March 1961）：21-32，at 22；Kim Eui-Yeong. "Thoreau's Orientalism：A Study of Confucian and Taoist Elements in Thoreau's Readings and Writings，" p. 205.

④ See Kim Eui-Yeong. "Thoreau's Orientalism：A Study of Confucian and Taoist Elements in Thoreau's Readings and Writings，" pp. 203-205.

家经典中提及该书。[①]或许是经由上述两位法国汉学家的译介，梭罗接触了《道德经》。鲍狄埃的《道德经》译本从风格上看更像是诗歌。[②]在《道德经》第六章中，鲍狄埃评述老子的行文风格为“书中大部分运用了押韵和辅音韵”。[③]在1837年出版的《中国图识》中他再次重申：“《道德经》原文几乎全部由不规律的诗句组成，句尾的韵脚经常是重复的。为了更方便读者记忆，其行文简洁至于极致。这两种文本特征，类似于宗教的文本，比如适用于通过口耳相传的印度哲学和宗教。”[④] 1840年6月24日梭罗在日记中做了如下记载：“毫无疑问，书中最高的道德标准是押韵或有节奏的——在形式和实质上都是诗歌。所有民族的圣典就该是这样（such is the scripture of all nations）。如果我要编一本书来包含人类的浓缩智慧，我就不能引用没有韵律的诗行。”（*Journal* 1：151）日记中的这段话也被他植入《康科德和梅里马克河上一周》中：“毫无疑问，最崇高的书面智慧要么是押韵的，要么具有音乐的节奏——在形式和实质上都是诗歌。一本包含人类浓缩智慧的书，无需一条无韵诗句。”（*A Week*，108）在另一处，他写道：“这个时代最值得做的是将中国人、印度人、波斯人和其他民族的经典收集起来一起印刷，作为‘人类圣经’”。（*A Week*，175）超验主义的一个特征是兼容并蓄，奥尔科特曾计划建一座“人类图书馆”，梭罗设想编纂一部全人类圣典，包含各民族的智慧，尤其是东方的智慧。这部人类圣典需是诗歌的形式。之所以是诗歌的形式，是因为

① 梭罗翻译手稿显示，他在翻译鲍狄埃的《孔子与孟子：中国道德与政治哲学四书》时，记录了鲍狄埃对孔子的介绍：“孔子生活在公元前6世纪中叶，收集了他那个时代宗教、政治、哲学、道德文献，形成一个学说体系，包括《易经》（*Yi-King*, or *Sacred Book of Permutations*）、《书经》（*Chou-king*, or *Sacred Book Par Excellence*）、《诗经》（*Chi-King*, or *Book of Verses*）、《礼记》（*Li-ki*, or *Book of Rites*）.《四书》是孔子弟子收集的孔子语录和箴言。”接着又提及孔子编写的《春秋》（*Spring Time &Autumn*）：“鲍狄埃在《东方圣书》中的有关《书经》的翻译就出自目前这个译本（《孔子与孟子》——笔者按）。他1837年还由Didot出版了《中国图识》（《中国历史、地理、文学描述》（*Descriptions historique, geographique et litteraire de la Chine*—Didot—1837）”——Quoted in Tan Hongbo. “Emerson, Thoreau, and the Four Books: Transcendentalism and the Neo-Confucian Classics in Historical Context.” PhD diss., Washington State University, 1989, p. 201.

② 关于鲍狄埃翻译《道德经》的诗歌特色，参见姚达兑、陈晓君：《雷慕沙、鲍狄埃和儒莲〈道德经〉法语译本及其译文特色比较》，《国际汉学》2018年第2期，第98页。

③ See Kim Eui-Yeong. “Thoreau’s Orientalism: A Study of Confucian and Taoist Elements in Thoreau’s Readings and Writings,” p. 210; David T. Y. Chen. “Thoreau and Taoism.” *Asian Responses to American Literature*. Edited by C. D. Narasimhaiah. New York: Barnes & Nobles, 1972, pp. 406-416, at 410.

④ 参见姚达兑、陈晓君：《雷慕沙、鲍狄埃和儒莲〈道德经〉法语译本及其译文特色比较》，《国际汉学》2018年第2期，第98页。

“诗歌具有普遍性的真理”。(*A Week*, 113) 两天后，也即 1840 年 6 月 26 日，梭罗写道：“最完美的诗歌还没有出现，也许出现过，但诗人已经忘记了”，接着一连写下具有格言色彩的九个诗句，其中七句采用了悖论式修辞 (*Journal* 1：153)，不妨将这七句与《道德经》逐一比对：

1. The highest condition of art is artlessness.

直译：艺术/技巧的最高境界是朴拙。

《道德经》对译：大巧若拙。(《第四十五章》)

2. Truth is always paradoxical.

直译：真理总是似是而非的。

《道德经》对译：正言若反。(《第七十八章》)

3. He will get to the goal first who stands stillest.

直译：最先达到目标者是最能站着一动不动的人。

《道德经》对译：是以圣人后其身而身先。(《第七章》)

4. There is one let better than any help, and that is, Let-alone.

直译：比任何帮助更好的是，放手不管。

《道德经》对译：为无为，则无不治。(《第三章》)

5. By sufferance you may escape suffering.

直译：通过忍耐，你可以逃脱痛苦。

《道德经》对译：曲则全。《第二十二章》

6. He who resists not at all will never surrender.

直译：不抗争者永远不会屈服。

《道德经》对译：夫唯不争，故天下莫能与之争。(《第二十二章》)

7. Stand outside the wall, and no harm can reach you. The danger is that you be walled in with it.

直译：站在墙外，你就不会受任何伤害。危险在于你被墙围住了。

《道德经》对译：外其身而身存。(《第七章》)

《道德经》的读者一定不会错过这种似曾相识的感觉。如前所述，梭罗喜欢悖论，作品中不乏悖论式的表达。然而，悖论句如此密集地出现在 1840 年前后即梭罗满怀热情地阅读东方经典之际却并非偶然。年轻的梭罗决心以写作为志业，正向作家之路迈进，语言技巧的锤炼必不可少。梭罗热爱文字，喜爱文字游戏，故亦可假定这几句是梭罗创造的文字游戏。但梭罗在日记中不仅记录了自己的思想心得或妙手偶得的佳句，也有大量摘录。这七句中，个别对译有些勉强，但鉴于译文是经过不同语言间的转译，且译者对《道德经》原文的把握难免会有误解，这种现象是可以理解的。整体而言，这些句子无论从修辞还是意思来看都与《道德经》如此惊人的高度相似，要说纯属巧合未免令人难以置信，以致无法断言它们与《道德经》无关。

既然梭罗读过《道德经》，却为何没有明确提及老子呢？其中一个原因可能与当时普遍流行的对老子的理解有关。雷慕沙、鲍狄埃都将老子思想看作是印度宗教思想传统的一部分。雷慕沙在《论老子的学说与生平》中称老子为“中国的柏拉图”，并试图表明老子与毕达哥拉斯、柏拉图等古希腊思想家的相似之处，不仅如此，他还暗示印度思想对老子的影响：“关于印度对老子时期甚至更久远时代的中国哲学的影响，我们并非无法找出源头。也许通过研究这本书，我们就能找到些许头绪和线索。”①鲍狄埃在《论道教源流与传播》中认为“老子的道德学说与印度的瑜伽派和托钵僧（Sannyasis）学说相似”②，1838 年的《道德经》译本延续了老子受到印度思想影响的论调，但转而寻求老子与基督教精神的共同之处。③梭罗 1841 年 1 月 29 日的一条日记，似乎印证了梭罗接受了雷慕沙、鲍狄埃对老子的理解。在这条日记中，梭罗谈及自己日记的风格：

> 在所有奇怪、无法解释的事情中，这种日记的记法是最奇怪的。什么也无法预测。说它好也不好，说它坏也不坏。假如我竭尽全力想展示我珍藏的最昂贵的物品，结果我的柜台上乱糟糟地堆满低劣无比的自家制品；但几个月或几年后，我可能会在那混乱的一堆里（in that confused heap）发现印度财宝以及从古中国运来的随便什么稀世宝贝（whatever rarity is brought overland from Cathay）。看似一堆干苹果或南瓜的饰物，没准却是串巴西钻石或科罗曼德尔的珍珠。（*Journal* 1：182）

这里梭罗谈到的印度财富和中国宝贝指的是日记中摘录的印度和中国经典。“从古中国运来的随便什么稀世宝贝”显然并不指早已为美国人所

---

① ［法］雷慕沙（Jean-Pierre Abel-Rémusat）《论老子的生平与学说》，陈新丽、王雅婷译：《国际汉学》2018 年第 4 期，第 85-86 页。雷慕沙在文中指出，他正在阅读一本中国有关老子的介绍，但未提及书名。本节摘自《论老子的生平与学说》的相关文字，以此译文为参考。

② See Kim Eui-Yeong. “Thoreau’s Orientalism：A Study of Confucian and Taoist Elements in Thoreau’s Readings and Writings,” p. 213.

③ 参见姚达兑、陈晓君：《雷慕沙、鲍狄埃和儒莲〈道德经〉法语译本及其译文特色比较》，《国际汉学》2018 年第 2 期，第 96 页。

熟悉的儒家经典。梭罗的意思是，这些宝贝其实他也搞不清楚是什么，因为都“在那混乱的一堆里”。至于为何说不清楚，或许是因为梭罗受到鲍狄埃等将老子思想归为印度宗教传统的影响，毕竟悖论式思维与语言是《道德经》和梭罗所读过的印度经典如《奥义书》《薄伽梵歌》《梨俱吠陀》的共同特色。

不妨做个假设，即便梭罗清楚老子与《道德经》为何人何书，是否会直接引用并给出来源？答案应该是否定的。简而言之，老子思想若要移植至美国，需要适宜的条件。1835 年美国出版的《凤凰：古稀片语集》中曾提及老子，但该书只是在介绍孔子时略带提及了老子，并对其做出了不利的评价，认为孔子“比他同时代的老子要高出许多，老子的怀疑论和对世事的漠然既不能造就伟人，也不能造就好公民”①。此书爱默生、梭罗都读过，梭罗还从中引用了一个故事，将其化用在《瓦尔登湖》中。②单凭此书推断，梭罗至少是知道老子的。但在当时的美国尚不具备适宜的土壤使得老子思想生根发芽。即便梭罗去世后几年《道德经》英译本问世，当时健在的爱默生是有机会阅读的，但其各类文中均未见提及。这或许还要归结到美国人长期以来对老子的想象。

早在 17 世纪，亚历山大·罗斯（Alexander Ross）就出版了《世界宗教观》(*Pansébeia*: *or*, *A View of All Religions in the World*)，该书的副标题为“从创世至今的几个教会—政府及世界异教邪说大全”(*With the Several Church-Governments*, *From the Creation*, *to These Times*; *Also*, *a Discovery of All Known Heresy in All Ages and Places*)。罗斯是苏格兰颇有争议的作家，其有关世界宗教的介绍先后在英国、德国、荷兰等国出版，其英文版至 1696 年已是第六版，在欧洲有着广泛影响。他认为，在中国，除了有些人信仰基督教、有些蒙古人信仰伊斯兰教之外，还盛行偶像崇拜。他们尊崇一个“三首偶像”，这三个头分别代表着三位伟大的哲学家：孔夫子、佛陀和老子。罗斯对中国思想分儒、释、道三家

① *The Phenix*: *A Collection of Old and Rare Fragments*. New York: W. Gowan, 1835, p. 139. 引文转引自钱满素:《爱默生和中国:对个人主义的反思》,北京:生活·读书·新知三联书店,1996 年版,第 63 页。

② 《瓦尔登湖》中“村庄”篇梭罗写他丢了一本书,但相信“它一定是落到了与我志趣相投的同道人中”,《瓦尔登湖》注疏者杰弗里·S. 克莱默(Jeffrey S. Cramer)认为该典故出自《凤凰:古稀片语集》中《孔子的伦理》(*Morals of Confucius*)中收录的一个故事:齐国一个士兵丢了盾;他四处寻找了好久,依然找不到;他用这个想法安慰自己:一个士兵丢了盾,但肯定是我方的士兵得到了它;他还可以用得上这只盾。梭罗曾在 1843 年 4 月《日晷》上发表的《孔子的言论》中摘录了这一故事。——参见[美]亨利·戴维·梭罗:《瓦尔登湖》,第 199 页。

的见解基本正确，却将孔子、佛陀、老子统归为宗教类。

鉴于美国人对于东方经典的了解往往转道自欧洲，这种态度也影响了美国人对老子的认知。美国有关中国宗教的了解主要源于汉娜·亚当斯（Hannah Adams）编撰的《世界宗教词典》（*A Dictionary of All Religions*）。该词典于1784年首次出版、1791、1801、1804年再版，至1817年时已是第四版。首次出版时题为《各教派纲要》（*An Alphabetical Compendium of the Various Sects*），第二、三版修订版分别于1791、1801年以《宗教观》（*A View of Religions*）为题出版。1784首版中对于中国宗教做了介绍，将老子视为道教创始人，道教信徒痴迷于方术，故称之为“方士派”（the Magicians），他们掌握有长生不老的秘诀。《宗教观》中补充了道士们的道德观为“摒弃激情，无忧无虑，不念过去，不畏未来。”①这样看来，在美国，老子代表道教，与法术有关。此外，老子在美国相当长一段时间还曾被误认为与公元前8世纪的一位赛西亚老师阿巴里斯（Abaris）是同一人，他来自极北地区，曾在希腊旅行。据说他可以不吃不喝就能行走不息，可预测地震、平息风暴、驱除瘟疫。②梭罗、爱默生就读的哈佛大学图书馆曾收藏汉娜·亚当斯编撰的《世界宗教词典》的第二版、第三版，不排除梭罗曾借阅过并对老子和道教有一定的了解。有学者认为梭罗亦可能读过1835年儒莲翻译的《太上感应篇》③，译者对“太上”的解释为“太上”是“道教里最受欢迎的人”，“太上”是“太上老君”的简写，“太上老君，是道教对其创始人老子的尊称”。④

---

① 有关欧洲、美国对中国宗教的介绍，参见 Alfred Owen Aldridge. *The Dragon and the Eagle*: *The Presence of China in the American Enlightenment*. Detroit: Wayne State University Press, 1993, pp. 38-41。

② See Alfred Owen Aldridge. *The Dragon and the Eagle* : *The Presence of China in the American Enlightenment*, p. 208. 赛西亚(Scythia)是古希腊人对欧洲东北部和黑海北岸游牧民族的称呼。笔者认为，这种说法也许与汉学家的译介有一定关系。雷慕沙的《论老子的生平与学说》中也提及老子西行后，他“游历西域各国，包括强大的大秦和其邻国，它们在古波斯国的西部。当地的人们尊称他为‘长老’，他在这里教诲民众”，“如果我们要客观地深究这些细节的话，我们不是不可以推测这位中国哲人在公元前6世纪游历过古波斯，或者叙利亚。”参见[法]雷慕沙著，陈新丽、王雅婷译，《论老子的生平与学说》，《国际汉学》2018年第4期，第85、86页。

③ 肯尼斯·瓦尔特·卡梅隆(Kenneth Walter Cameron)认为梭罗可能读过《太上感应篇》法译本。See Kenneth Walter Cameron. *Transcendentalists and Minerva*: *Cultural Backgrounds of the American Renaissance with Fresh Discoveries in the Intellectual Climate of Emerson*, *Alcott and Thoreau*. 3 vols. Hartford, CT: Transcendental Books, 1958, Vol. 1, p. 376.

④ Stanislas Julien, trans. *Le Livre des Récompenses et des Peines*. Paris: Oriental Translation Fund, 1835, p. 1.

如此看来，被认为是“从属于印度宗教”“玩法术的宗教领袖”“孔子比起来要高出很多”的老子身份如此混乱，未免令梭罗困惑，也阻断了他进一步研读《道德经》之路。不过，这一切对梭罗也许并不重要。他的接受原则是只摘取对自己有用的部分。刚刚确立以写作为志业的梭罗，对一本说不清、道不明的书，也许更为关注的是其中的语言层面。梭罗对于词语非常敏感。他的书架上有各式词典，有美语词典、方言词典、过时语汇词典、词源词典、发音词典、历史词典等。他曾仔细阅读过特伦奇的《词语研究》。他曾在1840年7月27日写道：“词比任何人、任何一连串的话都富有智慧。语言是世界上最完美的艺术风格。是千年时光雕琢的。”（*Journal* 1：172）来自不同文化传统的新词语在梭罗看来具有野性的魅力，他思考的是如何吸收这些外来词语使自己的写作风格更具独特性，这正如他对自己的悖论式文体特色的概括：“我的毛病是悖论——话反着说——这种风格是可以模仿的。独创性的。”（*Journal* 7：7-8），梭罗承认自己的悖论特色是从模仿中形成的个人风格。

吸引梭罗的不仅是《道德经》中的悖论，梭罗极有可能注意到了《道德经》开篇的“无名”并从“道”的特性看到他所重视的“野性”。梭罗在《康科德和梅里马克河上一周》中对东西方宗教做了比较，在谈到印度人的保守主义时，他认为，一方面印度的保守主义是最为明智的，保守主义使他们崇敬远古的习俗，因而保存了道德性和良心，留下了某些永恒的律法，但另一方面，保守主义又令“他们的思想不敢超越他们自己的高原”，“他们思考的是律法的必然性和不可改变、性情和体格的力量、出身和姻亲关系的情况”，这使得他们对“梵天有着永恒的关注”，“但是那‘无名’所具有的五种品质，他们的信仰都不涉及。”在梭罗看来，印度人的信仰缺少五种特质，并进而提出理想中的“神性”的五种特质：轻快活泼、自由自在、灵活自如、千变万化、无限可能（buoyancy，freedom，flexibility，variety，and possibility）。对于这五种特质，梭罗用了“无名”（the Unnamed）一词来概括。（*A Week*，164）

梭罗谈到的“无名”及其五种特质不由让人想起老子《道德经》中的“道”。“道”为宇宙的本原：“有物混成，先天地生，寂兮寥兮，独立而不改，周行而不殆，可以为天下母。吾不知其名，字之曰道，强为之名曰大。”[①]对于“道”，老子用“无名”称之：“无名，天地之始；有名，万物

① 《道德经》第二十五章。

之母。”①这个道有何特点呢？“道之为物，惟恍惟惚”②，所谓惚恍，“复归于无物是谓无状之状，无物之象，是谓惚恍”③。老子所言的“道”具有无名、无形、无相、无限生成性，正可以对应梭罗提出的“无名”的五种品质。“无名，天地之始”，“道隐无名”④，在老子那里，道是自然界原动力和创造力。在梭罗看来，具有“轻快活泼、自由自在、灵活自如、千变万化、无限可能”这五种品质的“无名”似乎只有“野性”一词才能包容。事实上，梭罗常将“无名”与“野性”相提并论。1860年2月12日的日记中，梭罗谈道：“无论从科学术语的使用中能获得多大的帮助，只要我们记住我们的无知所强加给的这个术语，我们永远不会看到事物的真实面貌。自然物和自然现象从这个意义上来说永远是野性的，永远是无法命名的（无名）。”（*Journal* 13：141）“无名”成为野性的同义词。梭罗甚至认为上帝和命运之神也是野性的。至于梭罗为何用“无名”而不是“道”来定义野性，或许是因为儒家经典中已经出现了“道”一词。梭罗对儒家的“道”是熟悉的，但显然道家之“道”又与儒家之“道”有着明显的不同。一个半世纪以后，与梭罗荒野思想一脉相承的加里·斯奈德在解释“野性”时，亦用中国的“道”来进行阐发。斯奈德摒弃了惯常从人类立场出发的对于野性的定义，转而从野性本身出发，对其进行重新界定，赞赏野性的价值，并认为在这种界定方式下“大多含义与中国人说的‘道’极其相近，即远离分析、超越分类、自我组织、自我探寻、随性自如、出人意料、因时而变、虚幻莫测、独立自主、完美无缺、井然有序、无须调和、任意展示、自我甄别、固执己见、错综复杂、相当简朴”。⑤这不能说只是一种巧合。应该说梭罗、斯奈德两人共同发现了荒野的内在特性“野性”与道家之“道”的契合。不同的是，在斯奈德的时代，道家思想已经在美国扎根。从“无名”的理解来看，梭罗先是抓住了语言，进而超越语言层面拥抱了老子的思想智慧。

退而言之，即便不去大费周折考证梭罗与《道德经》是否有过直接接触，梭罗与老子思想的某些契合也不难理解。约翰·爱默生（John Emerson）就在假定梭罗没有读过道家经典的前提下，试图解开两者之间如此相似之谜。他指出，道家对梭罗的间接影响有三个渠道。首先，儒家

---

① 《道德经》第一章。

② 《道德经》第二十一章。

③ 《道德经》第十四章。

④ 《道德经》第四十一章。

⑤ [美]加里·斯奈德：《禅定荒野》，陈登、谭琼琳译，桂林：广西师范大学出版社，2014年版，第9—10页。

与道家都包含有自然神秘主义，道家思想对后来的儒家思想产生过影响，梭罗所读过的儒家经典《四书》经过程朱理学的阐释，已经融进不少道家思想。其次，道家思想通过中国园林对欧洲浪漫主义产生影响，而欧洲浪漫主义对美国浪漫主义和超验主义又产生影响，因而他认为道家思想对梭罗产生间接影响是成立的。最后，中国文明对西方现代有机论哲学的贡献间接影响了梭罗。李约瑟（Joseph Needham）在《中国的科学与文明》（*Science and Civilization in China*）中论及，近两个世纪以来，西方科学与哲学从机械宇宙论过渡到了有机论。他将这种发展线索从黑格尔向前追溯，经谢林、赫尔德直至莱布尼茨。他认为部分原因在于莱布尼茨曾经读过耶稣会士翻译的朱熹新儒学学说。李约瑟所提到的思想家均对浪漫主义产生影响，甚至影响到康德，鉴于康德对美国超验主义的影响，可以说，中国又一次间接影响到梭罗。对于这种影响，约翰·爱默生借用“刺激扩散”（stimulus diffusion）和“趋同进化”（convergent evolution）来解释梭罗与道家的相似性。①因而，无论梭罗有没有直接接触过道家思想，有多种间接因素促成了梭罗与老子的“相遇”。

超验主义兼容并包的特征及梭罗对基督教传统和西方正统思想的批判，使他积极接纳东方思想，这也使他得以拥抱更广阔的世界。梭罗从东方经典中并非寻求一种可以代替他的美国意识的思想，而是有选择地寻求自己思想的补充，其中不乏创造性的误读。他于东方遇见了相似的灵魂，在遇见东方智慧的同时也遇见了自己。他是瑜伽士、君子、道家，他更是他自己，一个吸收了不同文明养分，不断生成、更新的自我。

东方思想只是梭罗思想源泉之一，但无疑是非常重要的一支。尽管1850年后梭罗的兴趣转向了博物学，但是1855年，在收到朋友乔姆利的44卷东方经典后，梭罗在回信中写道：“现在你去了东方或者向东而行，帮助照亮你身后的西边，你走向了光明之源！我祈祷你离它越来越近。”②在康科德学园发表的演讲《散步》中，梭罗为荒野的德行做了有力的辩护，特别指出了野性的价值。东方经典充当了西方的智慧之源，梭罗从中汲取营养，赋予美国以野性——新的活力，让东方之光继续照耀西方，结出荒野思想的果实。

---

① John Emerson. “Thoreau's Construction of Taoism.” *Thoreau Quarterly Journal*. Vol. 12, No. 2 (1980): 5-12.

② Henry David Thoreau. *The Correspondence of Henry David Thoreau*. Edited by Walter Harding and Carl Bode, p. 398.

结 论

一、遮蔽与澄明：被建构的梭罗与真实的梭罗

一个半世纪以来，梭罗身上的标签有“怪人”“游手好闲者”“厌恶人类者”“爱默生的模仿者”“浪漫的自然主义者”“无政府主义者”“瓦尔登湖的隐居者”“真正的美国人”“瓦尔登湖畔的圣人”“生态主义先驱”“荒野运动先驱”。梭罗也由美国文学经典作家变为美国文化偶像，同时也被奉为荒野保护运动圣人、生态和环境运动先驱。梭罗还是那个梭罗，但其在公众视野和学术视野中的形象一直发生着变化。梭罗是美国文化的一面镜子，折射出时代的图景。通过其荒野思想可以较为全面地理解梭罗本人。

梭罗的荒野思想首先离不开他本人集野性与文明于一体的特质，这种特质使得他的思想呈现鲜明的特征，使得他对人与自然、荒野与文明的关注顺理成章。尽管梭罗素以思想独立、反叛常规而著称，与所有人一样，梭罗作为个体也镶嵌在他当下的历史中。梭罗可以说是19世纪中期美国文化的代表，这种文化的界定性特征在于与自然环境之间的密切关系。无论是“哈德逊河画派”的创作，抑或是布莱恩特、欧文、库珀以及爱默生等人的作品，都呈现这一特征。至这一时期，美国人对荒野的态度从早期的憎恶、贬抑转变为欣赏、赞美，荒野作为独具美国特色的资产，成为美国民族自信心之源泉、民族性格与民族认同的根基，也成为“自然之国”设想的基础。荒野书写成为这一时期美国文学、艺术、思想界表达美国文化民族性的重要载体，荒野旅行、荒野写作与思考是一种有关民族自豪感的、有意识的行为。同时，随着美国文明进程的加快，荒野日渐减少，工业革命带来的商业主义、物质主义对人的异化也让梭罗开始重新审视人与自然关系，开始思考荒野与文明关系。

梭罗一生都在与自然打交道。他提出人是“自然的居民”，是“自然的一部分”。对人与自然关系的探究是梭罗荒野思想的出发点。这既源于

梭罗对野性自然的热爱，又是对超验主义建立“人与宇宙原初联系”的回应。梭罗从超验主义出发，在与荒野心神交汇时悟到人与宇宙的原初联系：人作为精神通过身体与宇宙建立联系，自然万物在某种程度上都是人类的亲属；人最终会以某种方式回归自然，因而人是宇宙、自然的一部分。梭罗理解人与自然关系的另一进路是荒野孤独。荒野孤独并非指一种空间或情感上的隔绝状态，而是一种与万物平等交流的灵魂状态。荒野孤独是梭罗实现自我教化的方式。在这种孤独中，梭罗将同情推及万物，在比人类社会更大的自然社区找到归属。在更为蛮荒原始的自然中，梭罗感受到了对自然的敬畏，意识到野性自然是孕育万物、滋养人类的母亲。梭罗极力将读者拉回未经人类染指的蛮荒的远古时代，意在恢复被文明切断的人与自然的纽带。后期梭罗转向了博物学研究与写作，主张用印第安式智慧即与自然的亲密接触与交流来观察、了解自然，获得真理。作为诗人—博物学家，梭罗意识到自然是有机的生命体，宇宙万物之间存在关联，并开始思考人作为自然的一分子，如何与其他物种相处。

关于梭罗与荒野、自然的关系，在 20 世纪六七十年代以前就存在两种对立的态度。一些人看到了梭罗对荒野、自然真正的热爱与捍卫，却因此认为他是厌恶人类者、逃离文明者、遁世者，除却洛威尔，爱默生对梭罗过于热爱荒野的批评对早期的这种定型观念亦有着重要影响。与之相反，另一些人认为梭罗并不真正关心自然，并且他对自然的描写与研究是肤浅的。他对自然描写的意义是借用自然谈论自己。1958 年，梭罗研究者谢尔曼·保罗认为梭罗对自然的爱是肤浅的，他对自然的兴趣与其说在于自然本身，不如说他是将自然作为文明的来源和基础，作为年轻的美国构建自己合法的过去的原材料。在保罗看来，梭罗与他同时代的人一样，“高涨的民族意识唤醒了其对美国历史的需求感”，而“自然的最高用途就是用来创造这样的历史”。① 1959 年，佩里·米勒的批判更为尖刻。他认为梭罗“并非热爱自然本身，正如他自己所言，他一直从中寻找修辞的原材料。对他来说，这些隐喻……是利用自然资源的回报，这与那些修建铁路者或者木材商一样以自我为中心，一样贪图利益”②。

米勒刺耳的论调标志着 20 世纪 50 年代对自然文学的忽视。20 世纪 60 年代，纳什首次提出梭罗为荒野保护运动和生态主义先驱。纳什对梭罗的解读适逢荒野保护运动蓬勃发展，同时思想史成为纳什时代“美国研

① See David Mazel, ed. *A Centry of Early Ecocrticism*, pp. 329, 337.

② Perry Miller. *Consciousness in Concord: The Text of Thoreau's Hitherto "Lost Journal" (1840-1841) Together with Notes and a Commentary*, pp. 181-182.

究”的范式。学者往往会找出在他们看来能够定义美国的神话和象征，并追溯其内在发展历程。[1]正如 R. W. B. 刘易斯在其《美国亚当：19 世纪的纯真、悲剧与传统》前言中指出，他在该书中并不关注人类学、社会学、民俗和传说、神话心理学、经济地理学和政治史，“我关注的是思想史，尤其是串起整个思想史的代表性的形象和事件。我的兴趣仅限于雄辩的思想家和有思想的艺术家”[2]。在《荒野与美国思想》中，纳什是将梭罗作为串起美国荒野思想史的一个代表性人物进行探讨。自此，梭罗对自然的思考越来越被置于思想史的框架中。生态批评家将梭罗誉为首位“荒野的捍卫者”，认为他的作品体现了一种不同于主流的思想意识，开创了反主流文化的关注土地本身而非美国土地的环境写作。[3]正如布伊尔所言，梭罗作为“绿色”作家（“green” writer）经历了经典化（canonization）的过程。早期是缪尔，后期随着生态意识的增长，民众也不断拜访瓦尔登湖进行文化朝圣，这一切都参与到将梭罗作为荒野运动圣人的建构中。[4]

20 世纪 60 年代以来，荒野保护运动兴起。民间环保组织山岭俱乐部（Sierra Club）将梭罗的“世界存乎野性”作为俱乐部宣言。该组织民间人数甚众，其使命在于保护荒野。在荒野保护的语境中，梭罗原句中的“野性”（wildness）一词也被置换为“荒野”（wilderness）。这种脱离梭罗文本语境的置换强调了梭罗对荒野的倡导，却忽视了“野性”一词本身具有的双重含义，即野性不仅来自荒野，也来自人自身。忽视了人的野性，也就忽视了梭罗的人文和社会关怀，忽视了梭罗对文明的重视。将这句话重新置于梭罗所处时代的语境，我们知道，梭罗提出这一宣言的目的既是表达对荒野内在价值的尊重，更是为美国文明的未来考虑，保护荒野也是为了文明的发展。梭罗承认荒野的内在价值，尊重其野性，认为野性与文明一样，自成体系，自足自在，故提出荒野保护。荒野亦对美国文明有着重要价值。荒野对文明起着批判作用，同时又是文明不可缺少的补充：荒野提升道德情操，是最好的课堂，是文明健康和生命力的源泉。梭罗同样关心文明的走向，他认为拯救文明、发展文明的关键在于保留荒

---

① See Lance Newman. *Our Common Dwelling: Henry Thoreau, Transcendentalism and the Class Politics of Nature*. New York: Palgrave Macmillan, 2005, p. 7.

② R. W. B Lewis. *American Adam: Innocence, Tragedy and Tradition in the Nineteenth Century*, p. 1.

③ Lance Newman. *Our Common Dwelling: Henry Thoreau, Transcendentalism and the Class Politics of Nature*, p. 8.

④ Lawrence Buell. *The Environmental Imagination: Thoreau, Nature Writing, and the Formation of American Culture*, p. 315.

野，呼吁文明给荒野以空间。只有荒野才是美国的希望。荒野是建构“美国性”的资源，既为美国书写历史，也是美国文学的资源和美国精神的源泉。理解梭罗荒野与文明观的关键在于对“野性”的理解。梭罗提出“世界存乎野性”，人类及其文明都需要野性作为补充。“野性”一词，打通荒野与文明的边界，成为连接“荒野”与“文明”的纽带，从而打破了西方惯常的“荒野与文明二元对立”模式。梭罗将“野性”从荒野及野生自然物的属性拓展至人类，称其为连接荒野与文明的纽带，从而打破了原有的荒野与文明的二元对立。

由此可见，上述两种对立态度呈现的是时代的棱镜折射出来的梭罗、被建构的梭罗形象，并非梭罗本人的真实面貌。这与荒野在美国不同时期所起的作用有关。以 20 世纪 60 年代为界，此前的荒野仍然关乎美国自身建构的问题，荒野被视为“美国性”的自然资源和文化资源。在梭罗时代，对国家上升和进步的渴望是主旋律，能够看到文明自身发展的瓶颈以及对自然的破坏的毕竟是少数派，甚至是异类。超验主义者们虽然关心自然，但却出于为美国前途的考虑，其出发点依然是为了文明。梭罗的超越之处在于他的前瞻意识，即看到了荒野的内在价值。20 世纪 60 年代之前的学者关注的仍然是荒野与美国民族性、文化的创新和精神再生的问题。20 世纪 60 年代以后，随着反文化运动的开展和大众生态意识的觉醒，梭罗对荒野的倡导重新被时代发现，梭罗逐渐被抬至荒野运动的圣殿，被塑造为荒野捍卫者，这一形象遮蔽了梭罗的真实面目，忽视了他对文明的关心。

因而，笔者认为，梭罗既非逃离文明的消极避世者、厌恶人类者，也非对自然缺乏真正的爱。梭罗并非真正的隐士，也并不憎恨人，他在瓦尔登湖畔的林中生活只是一种实验。当梭罗旅行到缅因森林发现真正的隐士隐居时，感到震惊。他在瓦尔登湖畔只待了两年，可以轻易利用到文明社会的种种便利。无论是瓦尔登湖畔的林中生活，还是荒野旅行体验，梭罗寻求的是与荒野的亲密交流和荒野中的孤独体验以及从在此过程中发现的自然事实和真理。正是在与荒野的亲密接触中梭罗实现了爱默生提出的“人与宇宙的原初联系”的建立。荒野中的孤独体验并不是逃避文明，而是他实行自我教化的土壤，梭罗寻求的是一种灵魂上的超越。逃避与超越有着本质的不同。梭罗在荒野孤独中体会了人是自然的一部分，人与自然万物平等。梭罗以诗人—博物学家身份研究自然，深刻体会了自然是生命之网，万物相互关联。梭罗严厉批判政府，批判文明社会中的种种病症，并非表明他因而就弃掉文明和社会，转向荒野。荒野在他看来只是逗留而非栖居之地，满足了人们偶尔逃离文明的压迫、寻求孤独与自由的愿望。事实上，他呼唤人们走向荒野，也正是为了文明的健康发展。他对荒野自然的热爱亦是真诚的。

梭罗的性格倾向于矛盾，并喜欢居于矛盾之中。他既向往野性本能，又追求高尚的精神生活。研究荒野自然，在他看来又是研究人与社会。《散步》开篇宣言中，梭罗表面是将自然与社会、文化相对立，但也暗示他对人在宇宙中的位置的思考没有脱离这两种看似对立的场域。梭罗主张“人是自然的居民”，并非意味着放弃社会。换言之，他在关注自然的同时，也关注人类。他的自然关怀与人文关怀携手并进。这也说明，梭罗尽管主张人是自然的居民，但并非“退隐”至荒野，他从未真正离开过人类社会。他脚踏荒野与文明，在两者之间自由行走。也正因此，他对两个世界均有很好的认识，并意识到二者相互依赖的关系，提出人是自然的一部分，荒野与文明相互交织，相互补充，文明给予荒野存在空间，荒野又为文明提供滋养，两者相互支撑，共同维持世界的平衡与秩序。这种态度和思维方式已经超越了西方惯常的二元对立模式，在很大程度上源于梭罗对印第安文化与东方文化的拥抱。

印第安人及其文化在梭罗生活及思想中占据重要地位。梭罗的印第安兴趣持续终生。他对印第安人的态度由浪漫的想象转为以更为成熟的态度了解、研究印第安人，留下 12 卷笔记手稿。梭罗的印第安观从野蛮—文明二元对立论出发，却努力跳出种族主义的窠臼，尊重并认同印第安历史，以印第安为师、为鉴。印第安文化是白人文明的参照与补充，又是智慧来源。印第安人作为猎人形象，体现梭罗所看重的“野性”。梭罗重视印第安智慧，从中学习到印第安人与自然的交流方式。印第安人与周围人及自然万物和谐相处，以荒野为家，其中蕴含着重要的生态智慧，引起了美国荒野保护者、生态主义者和环保主义者的重视。梭罗则是先行者。自梭罗开始，人们对自然的态度发生根本性的转折，开始用整体观来理解荒野生态系统，倡导对生态和环境的保护。

超验主义者的共同特点是对东方文化的接纳，但这种接纳是折中的、有选择的。他对 19 世纪现实的中国持怀疑态度，却将印度和中国经典奉为圣典，将其作为美国文化的智慧之源和参照系。梭罗非常注重古代经典的现代价值，从东方经典中汲取营养为我所用，发展并丰富自己的思想。印度教的“梵我一如”观对梭罗理解人与自然的关系有很大的启发。印度教的苦修特别吸引梭罗，他甚至认为苦修就在自己的个人生命史中。苦修使梭罗了解了印度传统荒野与文明的关系。印度文化充满悖论，也体现在荒野与文明的关系上。荒野世界和文明社会既相互对立，又相互交织，两者共同维持世界的秩序与平衡。除了印度，中国文化对梭罗也起着重要作用。梭罗称道孔子思想，认为其伟大可以与荷马相提并论，而两者均出自深受荒野滋养的土地。梭罗通过中美贸易中的器物、游记、东方经典触及了中国这个在他看来受荒野滋养的古老文明。从儒家的“天人合一”观中梭罗更深刻地认识到人与宇宙、自然的关系。人是自然的一部分，人必须顺应自然。自然具有道德意义，人必须培养道德，肩负起保护自然界的责任。梭罗极有可能受《道德经》“道”之“无名”的启发，用 the Unnamed（无名）对应他所重视的野性。

回到梭罗当时的语境，我们发现，梭罗并非如某些生态批评家所说，只关注土地本身，而不关注“美国”的土地。事实上，梭罗的民族主义情怀同样参与建构了其荒野思想。笔者探讨了梭罗荒野思想产生土壤及外部影响，这涉及梭罗与几种文化之间的关系：欧洲文化传统、美国、印第安文化及印度、中国等东方文化。这其中，美国始终是他的出发点与归宿。欧洲文化是美国的母体文化，作为寻求文化独立的美国人，梭罗承接其欧洲传统，却努力摆脱这种传统的影响，尽管这很难真正做到。印第安文化和东方文化是美国的参照系和智慧之源。梭罗对现实美国的态度是复杂的，他批判政府，主张公民不服从，批判美国对墨西哥战争和奴隶制问题的立场，却又对美国和美国人民充满感情。他的民族主义情怀体现在他对待欧洲文明、印度安人和东方文化的态度上。他尊重印第安历史，认同印第安文化价值观，将其作为美国白人文明参照系和智慧之源，却又认为印第安历史是一部停滞史，而白人历史是进步史。东方文明同样是古老的，是智慧之源和参照系，但同美国的年轻与朝气蓬勃相比，东方国家老迈、破败不堪。与同时代的民族主义者一样，梭罗要求脱离欧洲母体文化、实现文化独立的愿望强烈。他认为美国荒野是可以与欧洲抗衡的地理资源，是实现文化、文学独立的文化资源，也是美国文明发展的精神资源。他认为，荒野是文明的滋养，提出荒野保护也是为了解决文明发展中的瓶颈问题，提出野性价值，也是为打造美国需要的理想的人。梭罗穿梭于美国荒野、欧洲以及印第安文化、东方文化之间，但归根结底，美国尤其是他生活的康科德，是他身心安放之地。他爱那里的一草一木，对此爱默生做出了恰切评价：“梭罗以全部的爱情将他的天才贡献给他故乡的田野与山水。”①康科德对于梭罗来说是生于斯、长于斯、葬于斯之地。梭罗 23 岁

① ［美］爱默生：《梭罗》，《张爱玲作品集：爱默生选集》，第 216 页。

时在日记中曾说："我认为自己可以写一首诗，就叫《康科德》，其中可以有河流、树林、池塘、山丘、天涯、沼泽、草地、街道和建筑以及村民。然后会有早晨、中午、晚上，春、夏、秋、冬，夜、印第安之夏和地平线的高山。"(*Journal* 1：282) 1853年11月12日，梭罗在日记中再一次写道："由于缺少金钱上的财富，我长时间、牢牢地被钉在我的出生地，进而研究并越来越热爱这方土地。相比而言，四处漫游而获得的对整个地球的那种浅薄、分散的爱与了解又有何意义?"(*Journal* 5：497) 梭罗是一个热爱家乡的人。从这里出发，他远足、旅行，思想环游世界、做宇宙的自由民，但其归宿依然是家乡康科德。

二、梭罗荒野思想在美国的发展

就美国荒野思想自身发展而言，经过约翰·缪尔、奥尔多·利奥波德等，到加里·斯奈德时，美国荒野思想已经有了新的发展。梭罗时代原始蛮荒的大山尽管给人思想、精神和灵魂的滋养，但并不是人类的家园。荒野是人可以逗留的、体验孤独的所在。但这种孤独正如爱默生所言，"是一位崇高的情妇，但却是难以忍受的妻子"①。19世纪70年代起，缪尔开始了荒野探索的历程。作为虔诚的基督徒，深受梭罗影响的缪尔将其"In Wildness is the preservation of the World"变为"In God's wildness lies in the hope of the world"②。缪尔常年在加利福尼亚州优胜美地(Yosemite)山谷居住，此时荒野已经向着人类家园演变。缪尔称，"去往森林就是回家，因为我们原本就来自森林"③，在《国家公园》开篇又言："去往山野就是回家；野性是一种必需品；山野公园与保护地的用处不仅在于它们是木材和河流灌溉的源泉，更是生命的源泉。"④ 民间环保组织山岭俱乐部正是由缪尔于1892年5月创立。同梭罗一样，也是在荒野中，缪尔感受到人是自然的一部分，万物平等齐一，这些思想直接影响到20

---

① Quoted in Roderick F. Nash. *Wilderness and the American Mind*, 5th ed., p. 126. 1872年，爱默生在给缪尔的信中提及"Solitude is a sublime mistress, but an intolerable wife."。

② Linnie Marsh Wolfe, ed. *John of the Mountains: The Unpublished Journals of John Muir*. Boston and New York: Houghton Mifflin Co., 1938, p. 317. 缪尔此言是在模仿梭罗，事实上他所言的God's wildness为上帝的"荒野"，而非梭罗所指的"野性"。全文为：In God's wildness lies in the hope of the world—the great fresh, unblighted, unredeemed wilderness.（世界的希望存乎上帝的荒野——那清新的、未被毁坏的、未被开垦的大荒野。）

③ Linnie Marsh Wolfe, ed. *John of the Mountains: The Unpublished Journals of John Muir*, p. 317.

④ John Muir. *Our National Parks*. Boston: Houghton Mifflin Co., 1901, p. 3.

世纪 70 年代以来生态思想的发展。

奥尔多·利奥波德（1887—1948）在很小的时候就对自然界产生了兴趣，每天会花几个小时观察、记录和描绘周围的环境。1909 年从耶鲁大学林学院毕业后在林务局工作。作为一名狂热的博物学家和户外运动爱好者，林务局的工作使他有机会接触荒野。他将荒野欣赏与生态科学结合起来，为保护荒野提出了新的观点。1935 年，利奥波德与自然科学家罗伯特·马歇尔（Robert Marshall）等一起创建了"荒野协会"（The Wilderness Society），旨在保护面临被侵害和被污染的荒野以及荒野上的自由生命。此外，利奥波德将伦理观从人与人、人与社会的关系拓展至人与土地的关系，提出了"土地伦理"（land ethic）。"共同体"是土地伦理的核心概念，他认为"到目前为止，所有的伦理观都建立在一个前提上：个人是相互依赖的群体的一员"，而"土地伦理只不过是将这个共同体的边界拓展至包括土壤、水、动植物在内的统称为大地的共同体"①。土地是一个由植物、动物、土壤和自然过程组成的相互依赖的有生命的共同体，人类亦属于这个共同体。利奥波德认为，人们之所以会滥用土地，是因为将土地视为属于人类的商品。当人们"将土地视为自己所从属的共同体，才能带着尊敬与热爱来使用土地"②。人类不应以土地征服者自居，而应作为土地共同体中平等的一员来自觉维护土地共同体的利益。人类只有改变对土地的道德态度，才能保护土地及野生生物。

梭罗承认荒野与文明互补，是对西方荒野与文明二元对立的超越，但仍然没有消解两者之间的界限。到斯奈德时，情况已经发生很大变化。斯奈德试图消解文明与荒野之间的对立，主张文明与荒野的融合，他提出荒野是人类的家园，不仅仅野兽居住于荒野，人亦可以居住于荒野，他本人就是一个有说服力的例子。斯奈德少年时在华盛顿州、俄勒冈州的山野间长大，成年后又一直住在内华达州的山上，他一生都在荒野自然及其周围生活工作，从事探索与研究，对荒野培养了深厚的感情。斯奈德反对将荒野视为"远在别处，与人相分"的观点。他认为，并不能将人类从荒野景观中抹去，几十万年来，没有一处荒野不是有着人类的存在。通过使人类重新返回荒野景观，斯奈德消解了荒野与文明之间的二元对立，认为应该将"文明的文化同野性自然共同融入未来的世界结构中"③。梭罗提出的

① Aldo Leopold. *A Sand County Almanac*. New York: Oxford University Press, 1949, pp. 203-204.

② Aldo Leopold. *A Sand County Almanac*, p. viii.

③ Gary Snyder. *Back on the Fire*: *Essays*. Berkeley: Counterpoint, 2007, p. 24.

“世界存乎野性”，到斯奈德时已经变成“野性即世界”（Wildness is the world）[①]。梭罗尽管提出人是自然的一部分，但就荒野与文明关系而言，梭罗并不认为文明是荒野的一部分，而是将荒野与文明视为相互交织的两个系统。斯奈德则提出“文明是自然的一部分”[②]。

这变化说明，人们越来越注意到荒野自在自为的价值。这一转折背后的因素有二。其一，荒野作为美国本土的概念，有其内在的发展逻辑，美国荒野思想者如缪尔推动了荒野的发展。随着生态运动和美国环境保护运动的深入，人们对荒野思想有了更深的认识。其二，纵观美国荒野思想的发展走向，美国文化下的荒野尽管有其内在发展的脉络或理路，却受到如印第安文化和东方文化等其他文化的影响，从中吸收了不少养分。荒野是文明的造物，从产生之时便作为文明的对立物存在，因而在西方文明发展历程中担当起思想家反思、批判过度文明的价值工具。荒野思想的重要性就在于其对美国文明、现代社会的批判价值。思想家以西方文明主流话语之外的资源为参照系及补充。美国人的荒野意识是一个以美洲本土印第安人和东方思想为参照、吸收了这些文化中的营养而形成的合成体。就梭罗而言，超验主义时期常被称为美国的“东方化”时期，重要成员爱默生、梭罗都获益于东方文化。梭罗时代尽管荒野观发生了很大变化，美国人对荒野的赞美与欣赏是其思想产生的沃土，但梭罗的荒野思想并非止于此，他对人与自然、荒野与文明关系的思考得益于白人主流以外思想的启发，其中既有北欧神话，也有美国土著印第安人思想和东方如印度和中国思想。荒野思想发展经历两个重要阶段：一是梭罗参与的超验主义运动，美国开始敞开心胸接纳东方思想；二是 20 世纪 50 年代“垮掉派运动”及 20 世纪六七十年代“反文化运动”，其掀起了另一种回归荒野自然的热潮，荒野意识得以加强。“垮掉的一代”的作家斯奈德、金斯堡、凯鲁亚克尽管从现代城市边界写起，但已经开始质疑这个国家正在步入的世界军事与工业霸权之路，质疑美国的进步。凯鲁亚克称“垮掉的一代”为“城市梭罗”（urban Thoreau）[③]，与梭罗一样，这些作家也从城市走向荒野。斯奈德曾将反传统文化的长发标志与荒野相连。修剪整齐的短发代表田园景观和对秩序的顺从，乱蓬蓬的长发则代表着荒野、野性和对秩序的反

① Gary Snyder. *The Practice of the Wild: Essays*. San Francisco: North Point Press, 1990, p. 6.

② Gary Snyder. *The Practice of the Wild: Essays*, p. 194.

③ Rod Phillips. *"Forest Beatniks" and "Urban Thoreaus": Gary Snyder, Jack Kerouac, Lew Welch, and Michael McClure*. New York: Peter Lang Publishing, Inc., 2000, p. 5.

叛。这些作家都深受禅宗、佛教、道家思想影响，推动了20世纪五六十年代道家和佛教思想在美国的播布，并进而推动了美国生态意识的发展。这其中斯奈德为核心人物，他吸收了禅宗、道家、印第安思想，形成了自己特有的荒野思想。东方文化对其荒野思想起到重要作用。

梭罗提出“世界存乎野性”，指出了野性的多重意义，即野性不仅存在于自然之中，也存在于人的身上。无论是人类还是人类文明，均需要“野性”的注入。沿着梭罗开辟的“野径”，斯奈德进一步发展了野性的价值。对于梭罗曾说过的“给我一种文明无法容忍的野性”，斯奈德认为，“这种野性其实并不难找，更为困难的是想象一种野性可以容忍的文明”，这正是当今时代人们需要为之努力的，“世界不仅存乎野性，野性即世界”①。与梭罗一样，斯奈德也将“野性”从荒野拓展到人类及文明。他认为，野性不仅仅存在于官方认定的荒野区域，“换种界定标准来看，野性无处不在，不只在人们生活的周围环境中，也在人的体内”②。而就文化而言，斯奈德认为“无论是其作为一种审美和智性生活，还是一整套社会行为模式，都从未远离其生物学词根义”③。人类生存的人造空间与荒野自然同属一个世界，荒野与文明并非二元对立，而是可以相互转化、相互融合，野性便是连接二者的关键。当今美国，城市文明愈发挤压了荒野存在的空间。美国官方认定的荒野区域，只占美国国土的百分之二，这使得荒野体验变得更加珍贵。“野性”作为荒野的特征，便成为延续荒野体验的重要方式，因而人们应该从人类生存环境中寻找并保护其中的野性。环境史学者则发现了“野性”的学理价值，威廉·克罗农在《荒野的困境》一文中分析了“荒野”概念在现实与文本之间的矛盾，主张关注“野性”。④对“野性”的关注，正是后现代世界中“荒野”概念呈现的新维度。⑤

三、梭罗荒野思想的当代价值

梭罗目睹了文明过度发展的恶果，为19世纪美国开出的疗方是恢复人与自然的亲密关系，倡导荒野与文明的互补。那么，在一个高科技发达的现代社会，文明与荒野是否依然可以兼容，我们能否既享受文明的果

---

① Gary Snyder. *The Practice of the Wild*, p. 6.

② Gary Snyder. *The Practice of the Wild*, p. 14.

③ Gary Snyder. *The Practice of the Wild*, p. 15.

④ William Cronon. “The Trouble with Wilderness; or, Getting Back to the Wrong Nature.” *Uncommon Ground: Toward Reinventing Nature*, pp. 69-90.

⑤ 马特:《论“荒野”概念的嬗变与后现代建构》,《文史哲》2018年第3期。

实，又给荒野中的生命系统生存和可持续发展的空间？该采取怎样的态度才能让两者同时获益？

梭罗意识到人类的生活离不开荒野世界，也指出了人类的行为对荒野可能带来的影响。的确，人和自然世界之间的关系是复杂的。人类的生存有赖于一个健康的自然支持系统。正如博物学家爱德华·威尔逊所言："如果所有的人类都消失了，世界将会回到一万年前所存在的那种富足的平衡状态。但如果昆虫消失了，环境就会陷入混乱。"①可以说，在自然的整体平衡中，人类对其他物种的依赖要超出其他物种对人类的依赖。人类如此依赖环境，但人类物种改变其环境的能力是不可否认的。没有其他生物对自然世界产生过如此大的影响。可悲的是，这种影响似乎都是负面的。

人类一贯自视比自然优越，自视为主人而不是生命共同体中的成员。文明愈发展，人类离荒野愈疏离。在文明的紧逼之下，荒野支离破碎，所剩无几。当人类不再以自然的一分子来思考和行事时，环境问题、生态破坏便随之而来。人类活动正在破坏生态系统，并比以往任何时候以更快的速度导致生物多样性的丧失，对自然栖息地造成了不可逆转的破坏。人类似乎已经忘记了，这种行为不仅会灭绝物种，还会导致生态系统停止运行，而这直接影响到人类的福祉。所幸，梭罗在19世纪发出的对荒野和野性价值的呼唤在今天得到了响亮的回应。他所倡导的荒野保护运动，不仅惠及美国本土，如今也成为全球性的运动，国家公园与自然保护地体系建设方兴未艾。梭罗曾多次描写康科德及其周边的野生动物，视它们为朋友。今天，人们意识到，除了保护所剩无几的荒野之外，还需要进一步恢复受损的生态系统。"再野化"（rewilding）② 成为重建生态系统的一种方式。从本质上来说，"再野化"是"指经过数千年的人类控制和改造，让土地回到一种自然状态"③。"再野化，其实质是把土地归还给野生动物，

① Quoted in Rosemarie Jarski. *Words from the Wise: Over 6,000 of the Smartest Things Ever Said*. London: Skyhorse Publishing, 2007, p. 269.

② 亦可译为"复归野性"。美国荒野保护活动家戴夫·福尔曼(Dave Foreman)于1992年提出"再野化"这一概念，1998年美国保护生物学家迈克尔·苏勒(Michael Soulé) 和里德·诺斯(Reed Noss)将"再野化"定义为"对核心区、廊道和食肉动物的保护"，简称 the 3 C's—conservation of Cores, Corridors, and Carnivores。See Michael Soulé and Reed Noss. "Rewildling and Biodiversity: Complementary Goals for Continental Conservation." *Wild Earth*. Vol. 8, No. 3 (Fall 1998): 19-28, at 22.

③ Steve Carver. "(Re)creating Wilderness: Rewilding and Habitat Restoration." *The Routledge Companion to Landscape Studies*. Edited by Peter Howard, Ian Thompson, and Emma Waterton. London and New York: Routledge, 2013, p. 386.

把野生动物归还给土地。”[①] “再野化”这一概念源于美国，黄石国家公园对狼的重新引入常被视为“再野化”的经典案例。19世纪末，由于过度捕猎，灰狼在黄石公园灭绝，导致驼鹿数量大大增加，草、灌木和其他树木遭遇过度放牧。随着植物的死亡和土壤的侵蚀，植被的退化使科学家们感到担忧。1995年重新引入狼之后，黄石国家公园的生态系统才逐渐恢复到健康状态。在欧洲，自然资源保护主义者通过保护野生动物栖息地，重新引入物种，一些物种如棕熊、驼鹿、金豺和马鹿正在欧洲大规模回归，且数量保持稳定。梭罗曾指出文明（人）与荒野（自然）之间相互依存，这对当今的生态学极具启发意义。按照一些学者的观点，自然分为“第一自然”（荒野）、“第二自然”（以农田为代表）、“第三自然”（以花园为代表）。通过生态恢复或“再野化”（重新）创造的荒野则为“第四自然”，这代表着当今时代自然范式的一种转向。从荒野到农田到花园再到荒野，“再野化”通过减少或消除人类活动来创造或恢复荒野，重建人与自然的平衡，实现了自然—文化的循环（the cycle of nature-culture）。[②]

环境的问题实则是人的问题，是文明的失控。对文明来说，自我设限、自我约束并不容易，荒野引发我们重新思考节制的意义和价值。荒野让我们学会尊重其他生命栖居的权利，质疑人类征服并改变地球的道德合法性。荒野告诉我们人类只是这个地球的一员，而非主宰。人类的福祉并非地球存在的主要原因。技术文明的基础是控制与剥削，荒野让我们学会欣赏其他生命体，尊重其利益，因为人类的力量是有限的。

反过来而言，尽管技术的力量强大，文明本身却很脆弱，比荒野、自然本身都要脆弱。一场核战争会毁掉人类文明，但微生物依然会利用光、水、二氧化碳等维持并繁衍生命，人类文明却难以从此类灾难中幸存。因此，与荒野世界一样，文明也理应成为人类的关切。一个半世纪以前，梭罗就已经给出了一种参考：他既欣赏、热爱并寻求与自然的身心联系，同时，他也欣赏、热爱文明的成果。正如他关心荒野的未来，他也关心文明的走向。荒野与文明是同样具有价值的相互支撑的两个系统。

文明愈发达，人类离自然、荒野愈远，野性就愈是一种稀有品质。在高度发达的城市化、技术等现代文明形式的压制下，人的野性所剩无几。

---

① John Davis. “Rewilding Distilled.” https://rewilding.org/rewilding-distilled/. The original text is: “Rewilding, in essence, is giving the land back to wildlife and wildlife back to the land.”

② See Steve Carver. “(Re)creating Wilderness: Rewilding and Habitat Restoration.” *The Routledge Companion to Landscape Studies*, pp. 383-384.

葆有野性意味着一种充满生命活力、创造力、自由与独立的生活。人们需要拥抱荒野自然，获取滋养，复归野性，顺从内心，自由而审慎地生活。

梭罗对荒野的倡导并非原始主义，而是寻求荒野与文明、自然与文化的平衡。在 1841 年 3 月的一天，年轻的梭罗在日记中描写了一幅美妙的画卷，抒发了对人类未来的展望："人类的作品必须处于大自然的怀抱之中。屋舍要像岩石一样，掩映在绿树之间，藤蔓悠然垂下，青苔覆盖其上，这样才不会激怒周围的风景……只有从远处看城市、小村庄或小屋时，人才会与宇宙和谐相处……远处城市上的阳光是一种欺骗性的美，但却预示着人类与自然的最终和谐。"（*Journal* 1：233）与自然建立真正的伙伴关系并不需要谴责文明的成果与资源，人也无须扯去衣服赤裸着退回到野蛮状态以便重返自然，而是按照本能和感觉，自由、欢欣地生活，寻求安静与孤独；既热爱荒野、自然，也思考、求知、艺术地生活。今天的我们已经无法再退居荒野，一万年的人类文明发展史使得人类越来越远离自然的怀抱，但荒野依然可以让我们有机会与自然交汇，思考生命与宇宙，思考生存的意义与价值。

附　录　梭罗年表[①]

1817	7 月 12 日出生于马萨诸塞州的康科德，在家排行第三（姐姐海伦出生于 1812 年，哥哥约翰出生于 1815 年，妹妹索菲亚出生于 1819 年）。受洗名为戴维·亨利·梭罗（David Henry Thoreau），祖父为法国新教流亡者后裔，1773 年自泽西岛（the Isle of Jersey）迁至波士顿，美国独立战争时曾在武装民船上服务，随后发迹，死后财产被遗嘱执行者掠夺。父亲务农，并在康科德经营店铺。
1818—1821	举家迁至康科德北十英里外的村庄切姆斯福德（Chelmsford），其父经营一家食杂店。幼年的梭罗喜爱滑雪橇，一次玩斧头时将脚趾削去一截。1821 年举家迁往波士顿，其父任中学老师。
1822	在看望外祖母时梭罗初见瓦尔登湖，记忆深刻，写下“那片林地景色长久以来是我梦境展开的帷帐”（That woodland vision for a long time made the drapery of my dreams）。
1823—1827	举家迁至康科德，其父接管梭罗舅舅的铅笔厂。梭罗先后在当地私立幼儿学校和镇中心学校学习。背诵《圣经》、莎士比亚、约翰·班扬、塞缪尔·约翰逊的段落篇章。因表情严肃，被同学称为“法官”。因经济情况不稳定，其母开始接收寄宿者。梭罗开始了周边乡村的终生探索。
1828	与其兄约翰一同入读创立于 1822 年的私立学校康科德书院（the Concord Academy），学习地理、历史、科学、法语、拉丁语和希腊语。
1829	在新成立的康科德学园（Concord Lyceum）听博物学讲座。

① 本年表参见 Henry David Thoreau. *Collected Essays and Poems*, pp. 645-656;［美］罗伯特·塞尔编:《梭罗集》(下),第 1151—1164 页。

1833　进入哈佛大学学习，成绩勉强过关。在必修课程之外学习意大利语、法语、德语、西班牙语，听矿物学、解剖学、博物学讲座。在同学的印象中，梭罗“冷峻、不易动情，”（cold and unimpressionable）。成绩中上，经常独处、阅读、散步。

1835　爱默生迁居至康科德。为了赚钱，梭罗冬季学期请假，在马萨诸塞州的堪顿（Canton）教书。同新英格兰知识分子、唯一神教牧师奥雷斯蒂斯·布朗森（Orestes Bronson）一道居住六周，一起学习德语。

1836　5 月因病短期离开哈佛。7 月参加康科德桥纪念碑落成仪式，加入合唱团颂唱爱默生创作的《康科德赞歌》（“Concord Hymn”）。与哈佛朋友查尔斯·斯特恩斯·惠勒（Charles Stearns Wheeler）一同在林肯县的弗林特湖畔（Flint’s Pond）棚屋中住了六周。与父亲前往纽约推销铅笔。

1837　从哈佛大学毕业。开始在康科德中心学校任教，后因上级责令而违心鞭打学生后辞职。加入新英格兰超验主义组织“赫奇俱乐部”，成员不定期在爱默生的书房聚会。10 月 22 日开始写日记，最终完成日记达 200 万字。与爱默生的友谊开始。着手改进铅笔芯质量。改原名为亨利·戴维·梭罗。

1838　为谋教职，首次前往缅因州，未果。4 月 11 日首次在康科德学园举行演讲，题为“社会”；当选为康科德学园秘书和图书馆馆长。6 月起曾在家中开办私立学校，直到 9 月接管康科德书院。

1839　约翰加入康科德书院任教。梭罗教授希腊语、拉丁语、法语和自然科学。课程富有革新精神，强调推理而非死记硬背。经常组织学生去乡村和工厂进行实地考察。兄弟二人同时爱上一位学生的姐姐——17 岁的爱伦·西瓦尔（Ellen Sewall）。8 月 31 日，兄弟二人登上自造船“草地河”号（*Musketaquid*），开始为期两周的康科德和梅里马克河上旅行。超验主义旗帜性刊物《日晷》（*The Dial*）创立，爱默生写道：“我的亨利·梭罗将成为这种社交聚会的大诗人，有朝一日将成为所有社交聚会的大诗人。”

1840	路易莎·梅·奥尔科特入读康科德书院，开启了她对梭罗终其一生的仰慕。7月《日晷》第一期面世，玛格丽特·富勒任编辑。梭罗在总共16期的《日晷》上发表诗歌、随笔和译文达31篇，并不时担任编辑。爱伦先后拒绝了梭罗兄弟二人的求婚。梭罗邂逅终生挚友埃勒里·钱宁。开始自学土地测量。
1841	婉拒加入布鲁克农场的邀请。因约翰身体状况，关闭康科德书院。随后搬至爱默生家中，做些零活，料理花园。借阅爱默生藏书，开始阅读东方文献。梦想去弗林特湖畔生活，但在该地构建木屋被土地所有人拒绝。
1842	1月11日，哥哥约翰因破伤风去世。梭罗邂逅纳撒尼尔·霍桑。霍桑在读了梭罗发表于《日晷》（1842年7月号）上的文章《马萨诸塞自然史》后，断断续续为梭罗提供文学上的赞助。攀登沃楚塞特山。
1843	2月发表《瓦尔特·罗里爵士》的演讲。4月代替爱默生编辑《日晷》，并登出自己的古代史随笔《黑暗时代》（“Dark Ages”）。5月去往纽约斯泰顿岛，为爱默生兄弟家的孩子做家庭教师。在《民主评论》上发表随笔《（待）复乐园》[“Paradise (to Be) Regained”]。
1844	4月30日，同爱德华·豪尔（Edward Hoar）一起野营时，不慎引燃300英亩康科德的树林。7月同埃勒里·钱宁徒步旅行，横穿伯克希尔（Berkshires）和卡茨基尔山（Catskills）。8月1日，敲响第一教区教堂的大钟，召集康科德妇女废奴协会年度集会。会上爱默生做了《解放西部印第安人》的演讲，梭罗安排将该演讲稿付印成册出版。
1845	春季在瓦尔登湖畔爱默生林地上建造小木屋，7月4日搬入，开始了为期两年两个月零两天的湖畔生活，其间与家人和朋友仍保持密切联系。动笔写作《康科德和梅里马克河上一周》及有关托马斯·卡莱尔的讲稿。
1846	开始写作《瓦尔登湖》，2月在康科德学园发表关于卡莱尔的演说，7月因拒交人头税而被捕入狱一夜。8月31日至9月初攀登缅因州的卡塔丁山。
1847	2月在康科德学园宣读《瓦尔登湖》初稿的部分内容。

为哈佛大学的路易斯·阿加西兹收集动物标本。9 月 6 日离开瓦尔登湖，完成了《康科德和梅里马克河上一周》手稿及《瓦尔登湖》大部分初稿。爱默生赴欧期间住进爱默生家帮忙照顾其家人。

1848 1 月 26 日，在康科德学园发表有关“个人与国家关系”的演讲，演讲原文于 1849 年以《抵抗公民政府》为题发表在伊丽莎白·皮博迪的《美学论文》上，梭罗去世后再版时又改为《论公民的不服从》。7—11 月《联合杂志》连载了《卡塔丁和缅因森林》一文，贺拉斯·格雷利在《纽约论坛报》对其大力推崇。大幅修改《康科德和梅里马克河上一周》，着手修改《瓦尔登湖》二稿。

1849 5 月 30 日《康科德和梅里马克河上一周》出版，反响寥寥，销售不佳。姐姐海伦因肺结核去世。与爱默生的友谊渐淡。10 月，与钱宁首次去往科德角。

1850 加大有关博物学和印第安人的阅读，1847—1861 年做的有关印第安人的笔记“印第安人书”近 3000 页。6 月独自重游科德角。7 月受爱默生嘱托，前往纽约火岛，寻找海难中遇难的玛格丽特·富勒的遗体和手稿。去往加拿大旅行。

1851 为《逃亡奴隶法案》的通过而恼火。对几年来一直支持的“地下铁路”日渐投入，家中收容逃亡奴隶，帮助他们逃往加拿大。

1852 《瓦尔登湖》第四版部分摘录发表于《联合杂志》，并未引起人们注意。

1853 《普特南月刊》连载发表《一个美国人的加拿大之行》前三部分。拒绝编辑要求删除某些“异端”段落，连载中止。拒绝加入美国科学促进会的邀请。9 月，在印第安向导的带领下，二度去往缅因旅行，这成为游记《奇森库克》的基础。

1854 为逃亡奴隶在《国家废奴标准》《解放者》《纽约论坛报》上发表《马萨诸塞州的奴隶制》一文。8 月 9 日，经过七年笔耕不辍、七次重大修改后，《瓦尔登湖》出版发行 2000 册。作为演说家的声誉在东北部日隆。

1855 双腿虚弱无力，断续两年。6 月至 8 月，在《普特南月

	刊》发表《科德角》。获赠托马斯·乔曼德利 44 卷东方哲学、宗教和历史书籍。
1856	去往新泽西州的伊格尔斯森林勘测。11 月在布鲁克林拜会惠特曼。
1857	3 月初在家中与约翰·布朗共进午餐。7 月 20 日至 8 月 7 日最后一次去缅因。
1858	6 月至 8 月，在《大西洋月刊》上发表《奇森库克》，7 月2—19 日，穿越白山山脉，登顶华盛顿山。
1859	2 月 3 日父亲去世，梭罗担负起赡养家人的重任。动笔写作《野果》(直到 2000 年才得以出版)。10 月约翰·布朗袭击哈伯斯渡口被捕。10 月 3 日至 11 月 3 日，在康科德、波士顿和伍斯特发表《为约翰·布朗上尉请愿》的演说。12 月 2 日布朗被处决当天，在康科德组织追悼会并发表演讲。帮助布朗手下逃往加拿大。
1860	阅读达尔文的《物种起源》，撰写《约翰·布朗最后的日子》，着手将《森林树木的演替》扩展为《种子的散播》。12 月染上重感冒，很快转成支气管炎。
1861	与青年朋友小贺拉斯·曼去往明尼苏达，希望改善健康，兼了解西部，观察印第安人，比较康科德与中西部动植物的差别。收集植物标本，搭乘蒸汽船去往雷特伍德的下游苏族办事处 (Lower Sioux Agency)，拜见后来领导 1862 年苏族起义的酋长，体察印第安人的不满。7 月初返回康科德，身体未见好转。最后修改《康科德与梅里马克河上一周》，与妹妹一同安排身后出版《缅因森林》《科德角》和其他著作事宜。最后一次游瓦尔登湖。日记记至 11 月 3 日。
1862	病重不能出门，拒服麻醉剂，继续会见访客。2—4 月，动手完成将要发表在《大西洋月刊》上的《没有原则的生活》《秋色》《散步》《野苹果》等文章。将藏于阁楼的《康科德与梅里马克河上一周》全部卖给出版商詹姆斯·菲尔兹 (James T. Fields)。两个月后，该书换上新扉页重新发行。5 月 6 日死于肺结核。死前能听清的最后两词是“驼鹿”和“印第安人”。5 月 9 日葬于“康科德新墓场”，后移葬于“睡谷公墓”。

参考文献

一、中文文献

（一）梭罗作品集

［美］亨利·戴维·梭罗：《寻找精神家园》（英汉对照），方碧霞译，北京：外语教学与研究出版社，2009年版。

［美］亨利·戴维·梭罗：《瓦尔登湖》，杰弗里·S.克莱默注，杜先菊译，上海：华东师范大学出版社，2015年版。

［美］罗伯特·塞尔编：《梭罗集》（上、下），陈凯等译，北京：生活·读书·新知三联书店，1996年版。

（二）其他相关文献

1. 著作

［德］安德烈娅·武尔夫：《创造自然：亚历山大·冯·洪堡的科学发现之旅》，边和译，杭州：浙江人民出版社，2017年版。

［古罗马］奥维德：《变形记》，杨周翰译，北京：人民文学出版社，1984年版。

［古希腊］柏拉图：《柏拉图文艺对话集》，朱光潜译，北京：人民文学出版社，2008年版。

［法］布丰：《博物志》，李洪峰等译，北京：外语教学与研究出版社，2017年版。

［美］查德伯恩：《自然神学十二讲》，熊姣译，上海：上海交通大学出版社，2015年版。

陈长房：《梭罗与中国》，台北：三民书局，1995年版。

陈鼓应注译：《老子今注今译》，北京：商务印书馆，2016年版。

陈茂林：《诗意栖居：亨利·大卫·梭罗的生态批评》，杭州：浙江大学出版社，2009年版。

陈晓芬、徐儒宗译注：《论语 大学 中庸》，北京：中华书局，2011

年版。

程虹：《寻归荒野》，北京：生活·读书·新知三联书店，2001 年版。

程虹：《寻归荒野》（增订版），北京：生活·读书·新知三联书店，2011 年版。

程虹：《美国自然文学三十讲》，北京：外语教学与研究出版社，2013 年版。

程虹：《宁静无价：英美自然文学散论》，上海：上海人民出版社，2014 年版。

董衡巽、朱虹、施咸荣、郑士生：《美国文学简史》，北京：人民文学出版社，1978 年版。

何云燕：《超验主义与梭罗的文学创作》，北京：中国社会科学出版社，2018 年版。

［英］亨利·H. 索尔特：《瓦尔登湖的隐士：梭罗传》，贾辰阳译，北京：北京大学出版社，2021 年版。

［美］吉欧·波尔泰编：《爱默生集：论文与讲演录》（上、下），赵一凡等译，北京：生活·读书·新知三联书店，1993 年版。

季羡林主编：《简明东方文学史》，北京：北京大学出版社，1987 年版。

［美］加里·斯奈德：《禅定荒野》，陈登、谭琼琳译，桂林：广西师范大学出版社，2014 年版。

［美］劳拉·达索·沃尔斯：《梭罗传》，钱佳楠译，郑州：河南文艺出版社，2021 年版。

［英］D. H. 劳伦斯：《劳伦斯论美国名著》，黑马译，上海：上海三联书店，2006 年版。

李玲：《从荒野描写到毒物描写：美国环境文学的两个维度》，北京：北京理工大学出版社，2013 年版。

李雪涛主编：《寻找》（第二辑），郑州：大象出版社，2019 年版。

（宋）黎靖德编，王星贤点校：《朱子语类》第一册，北京：中华书局，1986 年版。

鲁枢元：《陶渊明的幽灵》，上海：上海文艺出版社，2012 年版。

［英］罗素：《西方哲学史》（下），马元德译，北京：商务印书馆，1976 年版。

［美］罗德里克·弗雷泽·纳什：《荒野与美国思想》，侯文蕙、侯钧译，北京：中国环境出版社，2012 年版。

［美］罗伯特·米尔德：《重塑梭罗》，马会娟、管兴忠译，北京：东方出版社，2002 年版。

［美］罗伯特·D. 理查德森：《梭罗传：瓦尔登湖畔的心灵人生》，刘洋译，杭州：浙江文艺出版社，2020 年版。

孟宪平：《荒野图景与美国文明》，杭州：浙江大学出版社，2013 年版。

［英］弥尔顿：《失乐园》，朱维之译，上海：上海译文出版社，1984 年版。

［法］米歇尔·福柯：《词与物——人文科学考古学》，莫伟民译，上海：上海三联书店，2002 年版。

钱满素：《爱默生和中国》，北京：生活·读书·新知三联书店，1996 年版。

邱永辉：《印度宗教多元文化》，北京：社会科学文献出版社，2009 年版。

［美］斯蒂芬·哈恩：《梭罗》，王艳芳译，北京：中华书局，2014 年版。

［美］斯塔夫里阿诺斯：《全球通史：从史前史到 21 世纪》（第 7 版），董书慧、王昶、徐正源译，北京：北京大学出版社，2006 年版。

孙霄：《瓦尔登湖畔的自由之帆：梭罗散文诗学研究》，北京：中国社会科学出版社，2014 年版。

汤一介、［法］汪德迈：《天》，岳瑞译，北京：北京大学出版社，2011 年版。

汤用彤：《印度哲学史略》，北京：北京大学出版社，2010 年版。

王惠：《荒野哲学与山水诗》，北京：学林出版社，2010 年版。

巫白慧：《印度哲学——吠陀经探义和奥义书解析》，北京：东方出版社，2000 年版。

吴雅凌：《劳作与时日笺释》，北京：华夏出版社，2015 年版。

谢志超：《超验主义对儒家思想的接受研究》，北京：北京大学出版社，2012 年版。

徐梵澄译：《五十奥义书》，北京：中国社会科学出版社，1995 年版。

许抗生：《道家思想与现代文明》，北京：中华书局，2015 年版。

薛小惠：《美国生态文学批评研究》，北京：北京大学出版社，2013 年版。

杨伯峻译注：《论语译注》，北京：中华书局，2015 年版。

杨金才：《美国文艺复兴经典作家的政治文化阐释》，上海：上海外语教育出版社，2009 年版。

杨怡爽：《印度神话》，西安：陕西人民出版社，2014 年版。

[英] 伊懋可：《大象的退却：一部中国环境史》，梅雪芹、毛利霞、王玉山译，南京：江苏人民出版社，2014 年版。

[以色列] 伊萨玛·泰奥多、徐达斯：《〈薄伽梵歌〉通解》，拉萨：西藏藏文古籍出版社，2016 年版。

余英时：《中国思想传统的现代诠释》，南京：江苏人民出版社，2006 年版。

袁珂：《山海经校注》，上海：上海古籍出版社，1983 年版。

[美] 约翰·缪尔：《加州的群山》，梁志坚译，成都：四川文艺出版社，2015 年版。

乐黛云：《多元文化中的中国思想》，北京：中华书局，2015 年版。

乐黛云、陈跃红、王宇根、张辉：《比较文学原理新编》，北京：北京大学出版社，2002 年版。

张爱玲：《张爱玲作品集：爱默生选集》，广州：花城出版社，1997 年版。

张保胜译：《薄伽梵歌》，北京：中国社会科学出版社，1989 年版。

钟玲：《史耐德与中国文化》，北京：首都师范大学出版社，2006 年版。

（宋）朱熹：《四书集注》，陈戌国标点，长沙：岳麓书社，2004 年版。

（宋）朱熹：《四书章句集注》，北京：中华书局，1983 年版。

朱新福：《美国经典作家的生态视域和自然思想》，上海：上海教育出版社，2015 版。

2. 期刊论文

曹亚军：《特立独行：在中国现代语境中接受梭罗》，《深圳大学学报》（人文社会科学版）2003 年第 5 期。

陈爱华：《梭罗在中国：1949 至 2005》，《四川外语学院学报》2007 年第 3 期。

陈茂林：《"另一个"：梭罗对人与自然二元对立的解构》，《外国文学研究》2009 年第 6 期。

陈榕：《西方文论关键词：崇高》，《外国文学》2016 年第 6 期。

戴晓东：《荒野中的天国之梦——论清教徒的宗教使命感》，《上海师范大学学报》（哲学社会科学版）2001 年第 9 期。

高山：《荒野审美与荒野价值的超验主义哲学渊源——以梭罗的〈瓦

尔登湖〉为例》，《南京工业大学学报》(社会科学版) 2009 年第 1 期。

蒋颖：《原始文明中的自然中心生态伦理研究——以梭罗和克罗农对印第安人的研究为例》，《昆明理工大学学报》(社会科学版) 2016 年第 1 期。

金莉：《从玛丽·罗兰森的印第安囚掳叙事看北美殖民地白人女性文化越界》，《外语与外语教学》2016 年第 1 期。

[法] 雷慕沙：《论老子的生平与学说》，陈新丽、王雅婷译，《国际汉学》2018 年第 4 期。

李莉、曾繁仁：《“褐色语法”与生态语言——梭罗自然写作探讨》，《西南大学学报》(人文社会科学版) 2021 年第 7 期。

李学爱：《在荒野中保存世界：梭罗的自然思想研究》，《社会科学论坛》2010 年第 8 期。

[美] 琳达·布朗·霍尔特：《中国智慧文献对 H. D. 梭罗的影响》，生岩岩译，《南阳师范学院学报》2010 年第 5 期。

刘略昌：《祛魅与重估：对梭罗与中国古代文化关系的再思考》，《上海对外经贸大学学报》2016 年第 3 期。

刘略昌：《梭罗在中国的传播与接受：1926—1949》，《中国出版》2011 年 11 月下。

刘略昌：《梭罗自然思想研究补遗》，《浙江师范大学学报》(社会科学版) 2016 年第 4 期。

鲁枢元、马治军：《元问题：人与自然——关于陶渊明与卢梭、梭罗的比较陈述》，《文艺研究》2011 年第 2 期。

罗莹：《雷慕沙〈中庸〉译文新探——兼论传教士汉学与早期专业汉学的关系》，《国际汉学》2014 年第 1 期。

马特：《论“荒野”概念的嬗变与后现代建构》，《文史哲》2018 年第 3 期。

乔清举：《“恩至禽兽”——儒家生态哲学中的动物观》，《北大中国文化研究》2015 年第 1 辑。

孙霄：《儒家生态智慧的美国之旅及其精神还乡——以梭罗的〈瓦尔登湖〉为例》，《南通大学学报》(社会科学版) 2021 年第 6 期。

孙霄：《美国文艺复兴时期的生态转向与中国视野》，《中国比较文学》2022 年第 3 期。

苏贤贵：《梭罗的自然思想及其生态伦理意蕴》，《北京大学学报》(哲学社会科学版) 2002 年第 2 期。

王光林：《美国的梭罗研究》，《华东师范大学学报》（哲学社会科学版）2006年第6期。

吴国盛：《西方博物学的兴衰》，《广西民族大学学报》（自然科学版）2016年第1期。

王焱：《六十年回眸：梭罗在中国大陆的接受》，《阅江学刊》2011年第5期。

肖铥：《梭罗与中国经典：东西文化的交流和再建构——以〈瓦尔登湖〉为例》，《三峡论坛》2013年第6期。

谢志超：《美国超验主义的跨文化研究》，《上海师范大学学报》（哲学社会科学版）2005年第6期。

徐春：《儒家“天人合一”自然伦理的现代转化》，《中国人民大学学报》2014年第1期。

杨金才：《美国文学中的“荒野”意象》，《外国文学研究》2000年第2期。

杨金才：《梭罗的遁世与入世情怀》，《南京社会科学》2004年第12期。

杨靖：《“浪漫的”科学：论梭罗后期写作的转向》，《外国文学评论》2016年第3期。

姚达兑、陈晓君：《雷慕沙、鲍狄埃和儒莲〈道德经〉法语译本及其译文特色比较》，《国际汉学》2018年第2期。

叶舒宪：《“大荒”意象的文化分析——〈山海经·荒经〉的观念背景》，《北京大学学报》（哲学社会科学版）2000年第4期。

张岱年：《中国哲学中“天人合一”思想的剖析》，《北京大学学报》（哲学社会科学版）1985年第1期。

张箭飞、杨丽：《从乡村到荒野：华兹华斯与梭罗的“自然”之比较》，《长江学术》2015年第3期。

张明娟：《〈圣经〉及殖民地时期清教徒的荒野观》，《世界宗教文化》2020年第1期。

张芝慧（编译）：《一场关于梭罗博物学的对话》，《世界科学》2017年第9期。

3. 博士论文

陈乐福：《亨利·戴维·梭罗自我完善式社会改革思想研究》，南京大学，2010年。

程爱民：《论梭罗的自然观》（英文），南京大学，1994年。

李洁:《论梭罗与中国的关系》，复旦大学，2008年。

李莉:《梭罗的自然文学思想研究》，山东大学，2021年。

宁梅:《加里·斯奈德的“地方”思想研究》，南京大学，2010年。

孙霄:《瓦尔登湖畔的自由之帆》，陕西师范大学，2011年。

谢志超:《爱默生、梭罗对〈四书〉的接受》，上海师范大学，2006年。

二、英文文献

(一) 梭罗作品集

Thoreau, Henry David. *Civil Disobedience and Other Essays*. New York: Dover Publications, Inc., 1993.

——. *Collected Essays and Poems*. Edited by Elizabeth Hall Witherell. New York: Library of America, 2001.

——. *The Correspondence of Henry David Thoreau*. Edited by Walter Harding and Carl Bode. New York: New York University Press, 1958.

——. *Early Essays and Miscellanies*. Edited by Joseph J. Moldenhauer, Edwin Moser and Alexander C. Kern. Princeton: Princeton University Press, 1975.

——. *Essays* (a fully annotated edition). Edited by Jeffrey S. Cramer. New Haven and London: Yale University Press, 2013.

——. *Faith in a Seed: The Dispersion of Seeds and Other Late Natural History Writings*. Edited by Bradley P. Dean. Washington, D. C.: Island Press/Shearwater Books, 1993.

——. *Familiar Letters of Henry David Thoreau*. Edited by Franklin B. Sanborn. Boston: Houghton Mifflin Co., 1894.

——. *The Indians of Thoreau: Selections from the Indian Notebooks*. Edited by Richard F. Fleck. Albuquerque: Hummingbird Press, 1974.

——. *The Journal (1837-1861)*. Edited by Damion Searls. New York: New York Review Books, 2009.

——. *The Maine Woods* (a fully annotated edition). Edited by Jeffrey S. Cramer. New Haven and London: Yale University Press, 2009.

——. *The Portable Thoreau*. Edited by Jeffrey S. Cramer. New York: Penguin Books, 2012.

——. *Reform Papers*. Edited by Wendell Glick. Princeton: Princeton University Press, 1973.

——. *The Writings of Henry David Thoreau: Journal*. 14 vols. Edited by Bradford Torrey. Boston and New York: Houghton Mifflin Co., 1906.

——*The Writings of Henry D. Thoreau: Journal 1: 1837-1844*. Edited by Elizabeth Witherell, William L. Howarth, Robert Sattelmeyer, and Thomas Blanding. Princeton: Princeton University Press, 1981.

——*The Writings of Henry D. Thoreau. Journal 3: 1848-1951*. Edited by Robert Sattelmeyer, Mark R. Patterson, and William Rossi. Princeton: Princeton University Press, 1991.

——. *Walden; or, Life in the Woods*. New York: Dover Publications, Inc., 1995.

——. *A Week on the Concord and Merrimack Rivers*. New York: Thomas Y. Crowell Co., 1961.

——. *A Week on the Concord and Merrimack Rivers, Walden; or, Life in the Woods, The Maine Woods, Cape Cod*. Edited by Robert Sayre. New York: Library of America, 1985.

——. *Wild Fruits*. Edited by Bradley P. Dean. New York: W. W. Norton, 2000.

（二）其他文献

Abbey, Edward. *Down the River*. New York: Dutton, 1982.

Abrams, Robert E. *Landscape and Ideology in American Renaissance Literature*. New York: Cambridge University Press, 2004.

Aldridge, Alfred Owen. *The Dragon and the Eagle: The Presence of China in the American Enlightenment*. Detroit: Wayne State University Press, 1993.

Allen, Francis H. *Men of Concord*. New York: Bonanza Books, 1936.

Asquith, Pamela J. and Arne Kalland. *Japanese Images of Nature: Cultural Perspectives*. London: Curzon Press, 1997.

Bacon, Francis. *New Atlantis and The Great Instauration*. Edited by Jerry Weinberger. Hoboken: Wiley, 2016.

Bammel, Gene. "Solitude in Classical Antiquity and Wilderness Solitude." *Proceedings of the Wilderness Psychology Group: Third Annual Conference*. Morgantown, WV: The Division, 1982 pp. 61-65.

Baym, Nina. *The Norton Anthology of American Literature* (shorter 7th edition). New York and London: W. W. Norton & Company, 2008.

Bear, Luther Standing. *Land of the Spotted Eagle*. Boston: Houghton Mifflin, 1933.

Bennett, Jane. *Thoreau's Nature: Ethics, Politics, and the Wild*. Thousand Oaks, CA: Sage Publications, 1994.

Bergon, Frank. "Wilderness Aesthetics." *American Literary History*. Vol. 9, No. 1 (Spring 1997): 128-161.

Bevis, Williams. "Native American Novels: Homing In." *Recovering the Word: Essays on Native American Literature*. Edited by Brian Swann and Arnold Krupat. Berkeley: The University of California Press, 1987, pp. 580-620.

Blanding, Thomas. "A Last Word from Thoreau." *The Concord Saunterer*. Vol. 11, No. 4 (1976): 16-17.

Botkin, Danie B. *No Man's Garden: Thoreau and a New Vision for Civilization and Nature*. Washington, DC: Island Press, 2000.

Bradford, William. *Of Plymouth Plantation*. New York: Random House, 1952.

Brault, Robert Joseph. "Writing the Wilderness: Conserving, Preserving and Inhabiting the Land in the Nineteenth Century American Literature." PhD diss., Minnesota University, 2000.

Bray, Jessie N. " 'A More Perfect Indian Wisdom': Transcultural Exchange in the Writings of Henry D. Thoreau." PhD diss., The University of South Carolina, 2010.

Brian, Thomas. "Contested Terrain: Nature Writing and the Shaping of American Culture." PhD diss., University of Arkansas, 2006.

Brown, Dona. *Inventing New England: Regional Tourism in the Nineteenth Century*. Washington, D. C.: Smithsonian Institution Press, 1995.

Brown, Joseph Epes, ed. *The Sacred Pipe: Black Elk' s Account of the Seven Rites of the Oglala Sioux*. New York: Penguin Books, 1973.

Bryan, Daniel. *The Mountain Muse: Comprising the Adventures of Daniel Boone; and the Power of Virtuous and Refined Beauty*. Harrisonburg: Davidson and Bourne, 1813.

Buell, Lawrence. *The Environmental Imagination: Thoreau, Nature Writing, and the Formation of American Culture*. Cambridge, MA.:

The Belknap Press of Harvard University Press, 1995.

——. *The Future of Environmental Criticism: Environmental Crisis and Literary Imagination*. Malden: Blackwell Publishing, 2005.

Burnet, Thomas. *The Sacred Theory of the Earth*. London: Centaur, 1965.

Byrant, William Cullen. *Poetic Works of William Cullen Byrant*. New York: AMS, 1969.

Cady, Lyman V. "Thoreau's Quotations from the Confucian Books in *Walden*." *American Literature*. Vol. 33, No. 1 (March 1961): 20-32.

Cafaro, Philip. "Thoreau's Environmental Ethics in *Walden*." *The Concord Saunterer*. Vol. 10 (2002): 17-63.

Callicott, J. Baird and Michael P. Nelson, eds. *The Great New Wilderness Debate*. Athens: University of Georgia Press, 1998.

Cameron, Kenneth Walter. "Emerson, Thoreau and the Society of Natural History." *American Literature*. Vol. 24, No. 1 (March 1952): 21-30.

——. *Transcendentalists and Minerva: Cultural Backgrounds of the American Renaissance with Fresh Discoveries in the Intellectual Climate of Emerson, Alcott and Thoreau*. 3 vols. Hartford, CT: Transcendental Books, 1958, Vol. 1.

Cameron, Sharon. *Writing Nature: Henry Thoreau's Journal*. New York: Oxford University Press, 1985.

Canby, Henry Seidel. *Thoreau*. Gloucester, MA: Peter Smith, 1939.

Cannovo, Peter F. "To the Thousandth Generation: Timeless, Jefferson Republicanism and Environmentalism." *Environmental Politics*. Vol. 19, No. 3 (May 2010): 356-373.

Canup, John. *Out of the Wilderness: The Emergence of an American Identity in Colonial New England*. Middletown: Wesleyan University Press, 1990.

Carver, Steve. "(Re) creating Wilderness: Rewilding and Habitat Restoration." *The Routledge Companion to Landscape Studies*. Edited by Peter Howard, Ian Thompson, and Emma Waterton. London and New York: Routledge, 2013, pp. 383-394.

Channing, William Ellery. *Thoreau: The Poet-Naturalist*. Boston:

Roberts Brothers, 1973.

Chen, Chang-fang. "Thoreau's Orientalism: Chinese Thought in *Walden*." *Tamkang Review*. Vol. 18, Nos. 1-4 (1987-1988): 287-322.

Chen, David T. Y. "Thoreau and Taoism." *Asian Responses to American Literature*. Edited by C. D. Narasimhaiah. New York: Barnes & Nobles, 1972, pp. 406-416.

Christie, John Aldrich. *Thoreau as a World Traveler*. New York: Columbia University Press, 1965.

Christy, Arthur. *The Orient in American Transcendentalism: A Study of Emerson, Thoreau and Alcott*. New York: Octagon Books, 1969.

Clark, Kenneth. *Landscape into Art*. Boston: Beacon Press, 1961.

Clough, W. *The Necessary Earth: Nature and Solitude in American Literature*. Austin: The University of Texas Press, 1964.

Cochran, Stuart. "Styles of the Wild." PhD diss., The City University of New York, 2000.

Cole, Thomas. "Essays on American Scenery." *American Monthly Magazine*. N. S. Vol. 1 (January 1836): 1-12.

Collie, David, trans. *The Chinese Classical Work, Commonly Called The Four Books*. Gainesville, Florida: Scholars' Facsimiles & Reprints, 1970; Malacca: Mission Press, 1828.

Collingwood, R. G. *Idea of Nature*. London: Oxford University Press, 1945.

Cook, Reginald L. *Passage to Walden*. New York: Russell & Russell, 1966.

Cronon, William. "The Trouble with Wilderness; or, Getting Back to the Wrong Nature." *Uncommon Ground: Toward Reinventing Nature*. Edited by William Cronon. New York: W. W. Norton, 1995, pp. 69-90.

Dollar, J. Gerald. "In Wildness Is the Preservation of China: Thoreau, Gao Xingjian and Jiang Rong." *Neohelicon*. Vol. 36, No. 2 (December 2009): 411-419.

Dreiser, Theodore, ed. *The Living Thoughts of Thoreau*. New York: Longmans, Green and Co., 1939.

Dudley, Edward and Maximillian E. Novak, eds. *The Wild Man Within*:

An Image in Western Thought from the Renaissance to Romanticism. Pittsburgh: The University of Pittsburgh Press, 1972.

Emerson, Edward Waldo. *Henry Thoreau as Remembered by a Young Friend*. Boston: Houghton Mifflin, 1917; reprinted, 1968.

Emerson, Ralph Waldo. *Collected Works of Ralph Waldo Emerson*. Edited by Robert Spiller, et al. 5 vols. Cambridge, MA: Harvard University Press, 1971.

——. *Journals and Miscellaneous Notebooks*. Edited by William H. Gilman, et al. 16 vols. Cambridge, MA: The Belknap Press of Harvard University Press, 1960-1982.

——. *Nature*. Boston: James Munroe, 1836.

——. *Society and Solitude*. Boston: The Riverside Press, 1892.

——. "Thoreau." *The Portable Emerson*. Edited by Jeffrey S. Cramer. New York: Penguin, 2014, pp. 404-421.

Emerson, Ralph Waldo, and Thomas Carlyle. *The Correspondence of Emerson and Carlyle*. Edited by Joseph Slater. 2 vols. New York: Columbia University Press, 1964.

Emerson, John. "Thoreau's Construction of Taoism." *Thoreau Quarterly Journal*. Vol. 12, No. 2 (1980): 5-12.

Fairbanks, Jonathan. "Thoreau: Speaker for Wildness." *The South Atlantic Quarterly*. Vol. 70 (September 1971): 487-506.

Feldt, Laura, Gustavo Benavides and Kocku von Stuckrad, eds. *Religion and Society: Wilderness in Mythology and Religion: Approaching Religious Spatialities, Cosmologies, and Ideas of Wild Nature*. Berlin and Boston: De Gruyter Inc., 2012.

Ferguson, Diana. *Native American Myths*. London: Collins & Brown Limited, 2001.

Fink, Steven. *Prophet in the Marketplace: Thoreau's Development as a Professional Writer*. Princeton: Princeton University Press, 1992.

Fleck, Richard F. *Henry Thoreau and John Muir Among the Indians*. Hamden: Archon, 1985.

Flexner, James Thomas. *That Wilder Image: The Paintings of America's Native School from Thomas Cole to Winslow Homer*. Boston: Little, Brown and Company, 1962.

Flood, Gavin. *An Introduction to Hinduism*. Cambridge: Cambridge University Press, 1996.

Foerster, Norman. "Thoreau and 'the Wild.' " *The Dial* 63 (June-December 1917): 8-11.

——. *Nature in American Literature: Studies in the Modern View of Nature*. New York: Macmillan, 1923.

Fritzell, Peter A. *Nature Writing and America: Essays upon a Cultural Type*. Ames: Iowa State University Press, 1990.

Fuller, Margaret. *Summer on the Lakes, in 1843*. Edited by Susan Belasco Smith. Urbana: The University of Illinois Press, 1992.

Furtak, Rick Anthony, Jonathan Ellsworth, and James D. Reid, eds. *Thoreau's Importance for Philosophy*. New York: Fordham University Press, 2012.

Glacken, Clarence J. *Traces on the Rhodian Shore: Nature and Culture in Western Thought from Ancient Times to the End of the Eighteenth Century*. Berkeley and Los Angeles: The University of California Press, 1967.

Glick, Wendell, ed. *The Recognition of Henry David Thoreau: Selected Criticism since 1848*. Ann Arbor: The University of Michigan Press, 1969.

Goethe, Johann Wolfgang von. *Italian Journey: 1786-1788*, trans. W. H. Auden and Elizabeth Mayer. New York: Random House, 1962.

Gottlieb, Roger S., ed. *This Sacred Earth: Religion, Nature, Environment*. New York and London: Routledge, 1996.

Gray, Timothy. *Gary Snyder and the Pacific Rim: Creating Counter-Cultural Community*. Iowa City: The University of Iowa Press, 2006.

Grove, Richard H. *Green Imperialism: Colonial Expansion, Tropical Island Edens and the Origins of Environmentalism, 1600-1860*. Cambridge: Cambridge University Press, 1995.

Gura, Philip F. *American Transcendentalism: A History*. New York: Hill and Wang, 2007.

Hall, Dewey W. *Romantic Naturalists, Early Environmentalists: An Ecocritical Study, 1789-1912*. Farnham: Routledge, 2016.

Harding, Walter. *The Days of Henry Thoreau: A Biography*.

Princeton: Princeton University Press, 1982.

Harding, Walter and Michael Meyer. *The New Thoreau Handbook*. New York and London: New York University Press, 1980.

Harding, Walter, ed. *Thoreau: A Century of Criticism*. Dallas: Southern Methodist University Press, 1954.

——. *Thoreau's Minnesota Journey: Two Documents—Thoreau's Notes on the Journey West and The Letters of Horace Mann, Jr.*, Thoreau Society Booklet No. 16. Geneseo, NY: The Thoreau Society, 1962.

Hawthorne , Nathaniel. *American Notebooks*. Edited by Randall Stewart. New Haven: Yale University Press, 1932.

Hedge, Fredric Henry. "The Art of Life—The Scholar's Calling." *The Dial*. Vol. 1, No. 2 (October 1840): 175-182.

Hesiod. *The Works and Days, Theogony, The Shield of Herakles*, trans. Richmond Lattimore. Ann Arbor: The University of Michigan Press, 1959.

Hinton, David. *Mountain Home: The Wilderness Poetry of Ancient China*. New York: Counter Point, 2002.

Hodder, Alan D. " 'Ex Orient Lux': Thoreau's Ecstasies and the Hindu Texts." *The Harvard Theological Review*. Vol. 86, No. 4 (October 1993): 403-438.

——. "The Gospel According to this Moment: Thoreau, Wildness, and American Nature Religion." *Religion and the Arts* 15 (2011): 460-485.

——. *Thoreau's Ecstatic Witness*. New Haven and London: Yale University Press, 2001.

Honor, Hugh. *Chinoiserie: The Vision of Cathay*. New York: E. P. Dutton, 1961.

Hughes, J. Donald. *American Indian Ecology*. El Paso: Texas Western Press, 1983.

Hughes, Henry. "Re-orienting Orientalism: China in Early American Writing, 1738-1870." PhD diss., Purdue University, 2002.

Hussey, Christopher. *The Picturesque: Studies in a Point of View*. London and New York: G. P. Putnam's Sons, 1927; reprinted, London: Frank Cass, 1967.

 Irving, Washington. *The Sketch Book*. Edited by Elmer E. Wenworth. Boston:

Allyn and Bacon, 1894.

Jackson, Carl T. *The Oriental Religions and American Thought: Nineteenth-Century Explorations*. Westport: Greenwood Press, 1981.

James, William. *The Varieties of Religious Experience*, New York: Penguin Books, 1982.

Jarski, Rosemarie. *Words from the Wise: Over 6, 000 of the Smartest Things Ever Said*. London: Skyhorse Publishing, 2007.

Jefferson, Thomas. "First Inaugural Address." 4 March, 1801.

——. *Notes on the State of Virginia*. Chapel Hill: The University of Northern Carolina Press, 1955.

Julien, Stanislas, trans. *Le Livre des Récompenses et des Peines*. Paris: Oriental Translation Fund, 1835.

Kalland Arne. "Culture in Japanese Nature." *Asian Perceptions of Nature: A Critical Approach*. Edited by O. Bruun and A. Kalland. London: Curzon Press, 1995, pp. 243-257.

Kalland, Arne and Pamela J. Asquith. "Japanese Perceptions of Nature: Ideas and Illusions." *Japanese Images of Nature: Cultural Perspectives*. Edited by Pamela J. Asquith and Arne Kalland. London: Curzon Press, 1997, pp. 1-35.

Keiser, Albert. *The Indian in American Literature*. New York: Oxford University Press, 1933.

Kim, Eui-Yeong. "Thoreau's Orientalism: A Study of Confucian and Taoist Elements in Thoreau's Readings and Writings." PhD diss., University of Illinois at Urbana-Champaign, 1991.

Klostermaier, Klaus K. *A Survey of Hinduism*, 3rd ed. Albany: State University of New York Press, 2007.

Knott, John R. *Imagining Wild America*. Ann Arbor: The University of Michigan Press, 2002.

Kolodny, Annette. *The Land Before Her: Fantasy and Experience of the American Frontiers, 1630-1860*. Chapel Hill and London: The University of North Carolina Press, 1984.

Leopold, Aldo. *A Sand County Almanac*. New York: Oxford University Press, 1949.

Lewis, Merrill and L. L. Lee, eds. *The Westering Experience in*

American Literature: Bicentennial Essays. Bellingham, WA: Bureau for Faculty Research, Western Washington University, 1977.

Lewis, Michael, ed. *American Wilderness: A New History*. New York: Oxford University Press, 2007.

Lewis, R. W. B. *The American Adam: Innocenle, Tragedy, and Tradition in the Nineteenth Century*. Chicago and London: The University of Chicago Press, 1955.

Lin, Yutang. *The Importance of Living*. New York: Reynal & Hitchcock, 1937.

——. *Wisdom of Laotse*. New York: Random House Publication, 1948.

Lovejoy, Arthur O. "The Chinese Origin of a Romanticism." *Journal of English and Germanic Philology*. Vol. 32, No. 1 (January 1933): 1-20.

Lowell, James Russell. *The Poetical Works of James Russell Lowell*. Vol. 3. Boston and New York: Houghton Mifflin Co., 1890.

Marek, Paryz. *The Post Colonial and Imperial Experience in American Transcendentalism*. New York: Palgrave Macmillan, 2012.

Markale, Jean. *Celtic Civilization*. London: Gordon and Cremonesi, 1977.

Marty, Martin. *Religion and Republic: The American Circumstance*. Boston: Beacon Press, 1987.

Marx, Leo. *The Machine in the Garden: Technology and the Pastoral Ideal in America*. New York: Oxford University press, 1964.

——. "The Idea of Nature in America." *Daedalus*. Vol. 137, No. 2 (Spring 2008): 8-21.

Matthiessen, F. O. *American Renaissance: Art and Expression in the Age of Emerson and Whitman*. New York: Oxford University Press, 1941.

Mather, Cotton. *The Christian Philosopher: A Collection of the Best Discoveries in Nature with Religious Improvements*. Edited by Winton U. Solberg. Urbana and Chicago: The University of Illinois Press, 1994.

Mazel, David, ed. *A Century of Early Ecocriticism*. Athens and London: The University of Georgia Press, 2001.

McClintock, James I. *Nature's Kindred Spirits*. Madison: The University of Wisconsin Press, 1994.

McCloskey, Maxine E., ed. *Wilderness: The Edge of Knowledge*. San Francisco: Sierra Club, 1970.

McIntosh, James. *Thoreau as a Romantic Naturalist: His Shifting Stance towards Nature*. Ithaca and London: Cornell University Press, 1974.

McKinsey, Elizabeth R. *The Western Experiment: New England Transcendentalists in the Ohio Valley*. Cambridge, MA: Harvard University Press, 1973.

Menard, Andrew. "Nationalism and the Nature of Thoreau's 'Walking'." *The New England Quarterly*. Vol. 85, No. 4 (December 2012): 591-621.

Milder, Robert. *Reimagining Thoreau*. Cambridge and New York: Cambridge University Press, 1995.

Miller, Angela et al. *American Encounters: Art, History, and Cultural Identity*. Uprer Saddle River, NJ: Pearson Education, Inc., 2008.

Miller, Charles A. "Review." *The New England Quarterly*. Vol. 69, No. 2 (June 1996): 338-341.

Miller, Perry. *Errand into the Wilderness*. Cambridge, MA: The Belknap Press of Harvard University Press, 1956.

——. *Nature's Nation*. Cambridge, MA: The Belknap Press of Harvard University Press, 1967.

Miller, Perry, ed. *Consciousness in Concord: The Text of Thoreau's Hitherto "Lost Journal" (1840-1841) Together with Notes and a Commentary*. Boston: AMS Press, 1958.

Mooney, Edward F. "Thoreau's Wild Ethics." *The Concord Saunterer*. N. S., Vol. 19/20 (2011-2012): 105-124.

Muir, John. *Our National Parks*. Boston: Houghton Mifflin Co., 1901.

Myerson, Joel, ed. *The Cambridge Companion to Henry David Thoreau*. New York: Cambridge University Press, 1995.

Nash, Roderick F. *Wilderness and the American Mind*, 3rd ed. New Haven and London: Yale University Press, 1982.

——. *Wilderness and the American Mind*, 5th ed. New Haven and

London: Yale University Press, 2014.

——. "The American Wilderness in Historical Perspective." *Forest History*. Vol. 6, No. 4 (Winter 1963): 2-13.

——. "The Value of Wilderness." *Environmental Review*. Vol. 1, No. 3 (1976): 12-25.

Needham, Joseph. *Science and Civilization in China*. Vol. II. Oxford: Oxford University Press, 1956.

Newman, Lance. *Our Common Dwelling: Henry Thoreau, Transcendentalism and the Class Politics of Nature*. New York: Palgrave Macmillan, 2005.

Nicolson, Marjorie Hope. *Mountain Gloom and Mountain Glory: The Development of the Aesthetics of the Infinite*. Seattle and London: University of Washington Press, 1997.

Noble, Louis Legrand. *The Life and Works of Thomas Cole*. Cambridge, MA: The Belknap Press of Harvard University Press, 1964.

Novak, Barbara. *Nature and Culture: American Landscape and Painting*, 1825-1875. New York: Oxford University Press, 2007.

Oelschlaeger, Max. *The Idea of Wilderness: From Prehistory to the Age of Ecology*. New Haven and London: Yale University Press, 1991.

Olson, Sigurd F. *Meaning of Wilderness: Essential Articles and Speeches*. Minneapolis: The University of Minnesota Press, 2001.

Parkman, Francis. *The Oregon Trail: Sketches of Prairie and Rocky Mountain Life*. New York: Oxford University Press, 1944.

Paul, Sherman. *The Shores of America: Thoreau's Inward Exploration*. Urbana: The University of Illinois Press, 1958.

Phillips, Rod. *"Forest Beatniks" and "Urban Thoreaus": Gary Snyder, Jack Kerouac, Lew Welch and Michael McClure*. New York: Peter Lang Publishing, Inc., 2000.

Porte, Joel. *Consciousness and Culture: Emerson and Thoreau Reviewed*. New Haven and London: Yale University Press, 2004.

Raghavan, Ellen M. and Barry Wood. "Thoreau's Hindu Quotations in *A Week*." *American Literature*. Vol. 51, No. 1 (March 1979): 94-98.

Raskin, Jonah. *A Terrible Beauty: The Wilderness of American Literature*. Berkeley: Regent Press, 2014.

Richardson, Robert D., Jr. *Henry Thoreau: A Life of the Mind*. Berkeley and Los Angeles: The University of California Press, 1986.

Rolston, Holmes Ⅲ. *Philosophy Gone Wild: Essays in Environmental Ethics*. Buffalo: Prometheus Books, 1986.

Rothenberg, David, ed. *Wild Ideas*. Minneapolis: The University of Minnesota Press, 1995.

Russell, Bertrand. *The History of Western Philosophy*. New York: Simon and Schuster, 1945.

Sackman, Douglas Cazaux, ed. *Companion to American Environmental History*. Hoboken, NJ: Wiley-Blackwell, 2010.

Sanborn, Franklin. B. *The Life of Henry David Thoreau*. Boston and New York: Houghton Mifflin, 1917.

Sattlemeyer, Robert. *Thoreau's Reading: A Study in Intellectual History with Bibliographical Catalogue*. Princeton: Princeton University Press, 1988.

Sayre, Robert F. *Thoreau and the American Indians*. Princeton: Princeton University Press, 1977.

Schmit, Peter J. *Back to Nature: The Arcadian Myth in Urban America*. New York: Oxford University Press, 1969.

Schneider, Richard J., ed. *American Land & Life: Thoreau's Sense of Place: Essays in American Environmental Writing*. Iowa City: The University of Iowa Press, 2000.

Scott, David. "Rewalking Thoreau and Asia: 'Light from the East' for 'A Very Yankee Sort of Oriental'." *Philosophy East and West*. Vol. 57, No. 1 (January 2007): 14-39.

Seybold, Ethel. *Thoreau: The Quest and the Classics*. New Haven: Yale University Press, 1951.

Slotkin, Richard. *Regeneration Through Violence: The Mythology of the American Frontier*, 1600-1860. Middletown, CT: Wesleyan University Press, 1973.

Smith, Henry Nash. *Virgin Land: The American West as Symbol and Myth*. Cambridge, MA: Harvard University Press, 1950.

Snyder, Gary. *The Practice of the Wild*. San Francisco: North Point Press, 1990.

——. "Ecology, Literature, and the New World Disorder." *Interdisciplinary Study in Literature and Environment*. Vol. 11, No. 1 (Winter 2004): 1-13.

——. *Back on the Fire: Essays*. Berkeley: Counterpoint, 2007.

Soulé Michael and Reed Noss. "Rewildling and Biodiversity: Complementary Goals for Continental Conservation." *Wild Earth*. Vol. 8, No. 3 (Fall 1998): 18-28.

Specq, François, Laura Dassow Walls, and Michel Granger, eds. *Thoreauvian Modernities: Transatlantic Conversations on an American Icon*. Athens: The University of Georgia Press, 2013.

Stowe, William W. "Transcentendal Vacations: Thoreau and Emerson in the Wilderness." *The New England Quarterly*. Vol. 83, No. 3 (September 2010): 482-507.

Swann, Brian and Arnold Krupat, eds. *Recovering the Word: Essays on Native American Literature*. Berkeley: The University of California Press, 1987.

Tan, Hongbo. "Emerson, Thoreau, and the Four Books: Transcendentalism and the Neo-Confucian Classics in Historical Context." PhD diss., Washington State University, 1989.

Tocqueville, Alexis de. *Democracy in America*. Edited by Phillips Bradley. Vol. II. New York: Alfred A. Knopf, 1946.

——. *Journey to America*, trans. George Lawrence. Edited by J. P. Mayer. Garden City, NY: Doubleday Anchor, 1971.

Truettner, William H. and Alan Wallach, eds. *Thomas Cole: Landscape into History*. New Haven and London: Yale University Press, 1994.

Turner, Fredrick. *Beyond Geography: The Western Spirit Against the Wilderness*. New York: Viking Press, 1980.

Turner, Frederick Jackson. "The Significance of the Frontier in American History." *The Annual Report of the American Historical Association for the Year 1893*. The American Historical Association, 1893, pp. 199-227.

Tymn, Marshall, ed. *The Collected Essays and Prose Sketches, The John Colet Archive of American Literature, 1620-1920*. St. Paul, MN: John Colet Press, 1980.

Vanderwerth, W. C., ed. *Indian Oratory: Famous Speeches by Noted Indian Chieftains*. Norman: The University of Oklahoma Press, 1971.

Vecsey, Christopher and Robert W. Venables, eds. *American Indian Environment: Ecological Issues in Native American History*. Syracuse, NY: Syracuse University Press, 1980.

Vest, Jay Hansford C. *Will-of-the-Land: A Philosophy of Wilderness Praxis and Environmental Ethics*. Saarbrücken: VDM Verlag Dr. Müller, 2010.

——. "Will of the Land: Wilderness among Primal Indo-Europeans." *Environmental Review*. Vol. 9, No. 4 (December 1985): 323-329.

Von Maltzahn, Kraft E. *Nature as Landscape: Dwelling and Understanding*. Montreal: McGill-Queen's University Press, 1994.

Walls, Laura Dassow. *Seeing New Worlds: Henry David Thoreau and Nineteenth-Century Natural Science*. Madison: The University of Wisconsin Press, 1995.

——. *Henry David Thoreau: A Life*. Chicago: The University of Chicago Press, 2017.

Wang, Dave. "The US Founders and China: The Origins of Chinese Cultural Influence on the United States." *Education about Asia*. Vol. 16, No. 2 (Fall 2011): 5-11.

——. "Confucius in the American Founding: The Founders' Efforts to Use Confucian Moral Philosophy in their Endeavor to Create New Virtue for the New Nation." *Virginia Review of Asian Studies*. Vol. 16 (2014): 11-26.

Weir, David. *American Orient: Imagining the East from the Colonial Era through the Twentieth Century*. Amherst and Boston: University of Massachusetts Press, 2011.

Wentzell, Gregg W. "Wildness and the American Mind: The Social Construction of Nature in Environmental Romanticism from Thoreau to Dillard." PhD diss., Miami University, 1993.

Whitcomb, Selden L. "Nature in Early American Literature." *The Sewanee Review*. Vol. 2, No. 2 (February, 1894): 159—179.

Whitehead, Alfred North. *Religion in the Making*. New York: Macmillan, 1957.

Williams, David R. *Wilderness Lost: The Religious Origins of the American Mind*. Selinsgrove: Susquehanna University Press, 1987.

Williams, George H. *Wilderness and Paradise in Christian Thought*. New York: Harper and Brothers, 1962.

Williams, Roger. "A Key into the Language of America." *Norton Anthology of American Literature (1820-1865)*, 3rd ed. Edited by Nina Baym. New York: W. W. Norton, 1989, pp. 81-89.

Willson, Lawrence. "Thoreau: Student of Anthropology." *American Anthropologist*. Vol. 61, No. 2 (April 1959): 279-289.

Wilson, Leslie Perrin. *Thoreau, Emerson and Transcendentalism*. Foster City: IDG Books Worldwide, Inc., 2000.

Wolfe, Linnie Marsh, ed. *John of the Mountains: The Unpublished Journals of John Muir*. Boston and New York: Houghton Mifflin Co., 1938.

Wood, David F. *The Observant Eye: The Thoreau Collection at the Concord Museum*. Concord, MA: The Concord Museum, 2006.

Worster, Donald. *Nature's Economy: A History of Ecological Ideas*. New York: Cambridge University Press, 1985.

Yang, Jincai. "Chinese Projections of Thoreau and His *Walden*'s Influence in China." *Neohelicon*. Vol. 36, No. 2 (December 2009): 355-364.

Yardley, Jonathan. "Ten Books That Shaped the American Character." *American Heritage*. Vol. 36, No. 3 (April/May 1985): 24.

Yu, Beongcheon. *The Great Circle: American Writers and the Orient*. Detroit: Wayne State University Press, 1983.

Yu, Ning. "Thoreau's Critique of the American Pastoral in *A Week*." *Nineteenth Century Literature*. Vol. 51, No. 3 (December 1996): 304-326.

Zerzan, John, ed. *Against Civilization: Readings and Reflections* (enlarged edition). Los Angeles: Feral House, 2005.

（三）网络资源

American Transcendentalism Web. https://archive.vcu.edu/english/engweb/transcendentalism/.

The American Heritage Dictionary of the English Language. https://www.ahdictionary.com/.

Callicott, J. Baird and Priscilla Solis Ybarra. "The Puritan Origins of the American Wilderness Movement." (Paper for the National Humanities Center). http://nationalhumanitiescenter.org/tserve/nattrans/ntwilderness/essays/puritanc.htm

Merriam-Webster Dictionary. https://www.merriam-webster.com/.

"National Wilderness Areas." *The Armchair Explorer*. http://www.thearmchairexplorer.com/national-wilderness-areas.php.

"Native American Legends: Pomola (Pamola, Bemola)." *Native Languages*. http://www.native-languages.org/pomola.htm.

Ruehl, Robert Michael. "Henry David Thoreau." *Internet Encyclopedia of Philosophy*. http://www.iep.utm.edu/thoreau/.

Samuel Johnson's Dictionary. https://johnsonsdictionaryonline.com/.

The Thoreau Society. http://thoreausociety.org/.

The Walden Woods Project. https://www.walden.org/.

后　记[①]

2017 年 5 月，我的博士论文顺利通过答辩。但我对梭罗的阅读和论文的修改一直处于进行时状态，今日暂且画上句号。在美国，梭罗已经成为文化偶像和美国文化遗产的重要组成部分。有关梭罗的研究历史之久，规模之大，数量之多，足以让每一个跃跃欲试者心怀忐忑直至望而却步。是什么让我克服“影响的焦虑”，将梭罗作为选题？回望来路，生出些许宿命之感。虽曰选题，却不似选出，更如遇见，如若世间缘分，似乎是注定的安排。初读梭罗，毫无理由地怦然心动。再读梭罗，带着同情的理解，寻访梭罗故乡康科德，我对梭罗产生理解的同情，发现一个与自己的先见不尽相同的新梭罗。

一

遥想当年，进入论文选题阶段，也曾“上穷碧落下黄泉”，“为伊消得人憔悴”，却迟迟未能定题。茫茫然、戚戚然间，不期然遇到了程虹教授所著《寻归荒野》，该书围绕“荒野”，对美国自然文学做了梳理，介绍并分析了从欧洲人踏上北美这片土地以来重要的作家及其作品。书中有关美国当代著名诗人加里·斯奈德一节“野情便山水”中，提及美国自然文学作家将谢灵运、王维、苏轼等人的诗歌称为“Chinese wilderness poems”，并以《山野家园》（*Mountain Home*）为名翻译出版。[②]这立刻引起我的兴趣：中国古典诗如何与荒野（wilderness）扯上关系？说到中国古典诗，稍有文学鉴赏能力的应该想到的是“山水”两字，而非荒野一

① 本部分主体内容曾以《发现梭罗》为题，发表于《寻找》(第二辑)(李雪涛主编，郑州：大象出版社，2019 年版)，本书“后记”在此基础上修订而成。所有康科德博物馆藏品照片均获得授权。

② 参见程虹：《寻归荒野》(增订版)，第 310 页。

词。我立即设法找来程虹教授提及的这本书，决心一探究竟。该书为美国翻译家戴维·辛顿（David Hinton）翻译的中国古典诗歌集，书名为《山野家园：中国古代荒野诗歌》（*Mountain Home*：*The Wilderness Poetry of Ancient China*）。我想，辛顿取这样一个字眼，定有深意在其中。果然，在书的前言中，他对此进行了解释："荒野——也即山水传统，是中国诗歌的核心。"①山水诗能够转换为颇具美国色彩的荒野吗？有趣的是，斯奈德在冲绳国际会议大会发言中谈到中国古典诗歌和艺术，亦提及辛顿的这本译诗集，但他认为中国古代这些诗人并不能称得上"荒野"诗人，充其量是田园诗人（Field and Garden poets）或是心灵—自然诗人（mind-nature poets）。辛顿或者他的出版人"只是利用荒野在美国一些圈子中激起的喧嚣"②。两位美国诗人显然对中国山水诗有着不同的理解，他们用来衡量中国古典诗歌的尺度——荒野，到底是什么呢？我陷入了一种无法自拔的思考。后来我忐忑不安地将全然出于灵机一动冒出的想法向导师乐黛云先生做了汇报，出乎意料竟然得到先生首肯，并鼓励我不妨就"荒野"这个主题进行开放性思考。

偶然机会我又参加了富布莱特学者、哲学教授迈克尔·弗雷斯特（Michael Forest）在北京外国语大学做的有关梭罗的讲座，其中提及梭罗对当代美国掀起的"复归野性"（rewilding）令我印象深刻。其实梭罗于我，并不陌生，但从内心深处而言，对于梭罗这样的经典作家、文化偶像，实则有些忌惮，不敢轻易触碰。这次讲座激发了我对梭罗新的兴趣。

很快，受北京外国语大学"北京市高等学校国内外联合研究生培养基地项目"资助，我有机会赴美学习，学校位于俄勒冈州。当时我对俄勒冈州一无所知，难免要在行程前做一番功课考察学习。位于美国西部的俄勒冈州，是研究荒野的最佳所在。在美国边疆史、西进运动史上，俄勒冈州是无法回避的一个重要观测点。美国边疆史上有条著名的"俄勒冈小道"，见证了美国人由东至西的马车上的迁徙。他们从东部密苏里州的独立城（Independence）出发，沿着彼时属于印第安人领地的由鹿、羊等动物踩出的小径，一路向西，历时半年，最终到达俄勒冈州。当时整个西部都属于俄勒冈州，后来加利福尼亚州、华盛顿州才从中分离。整个西部就是荒

① David Hinton. *Mountain Home*: *The Wilderness Poetry of Ancient China*. New York: Counter Point, 2002, pp. xvi. The original text is: "the 'landscape' or 'wilderness' (also shan-shui: literally, rivers-and-mountains) tradition that is the heart of Chinese poetry."

② Gary Snyder. "Ecology, Literature, and the New World Disorder." *Interdisciplinary Study in Literature and Environment*. Vol. 11, No. 1 (Winter 2004): 1-13.

野的代名词。美国历史学家弗雷德里克·杰克逊·特纳在《边疆在美国历史上的意义》一文中详细论述了西部荒野的重要性。美国诞生于荒野中，荒野是美国文明的原材料，也是美国文学、艺术和思想的土壤。梭罗的荒野思想就植根于这片土壤中。

巧合的是，我的访学导师、西俄勒冈大学英文系教授亨利·休斯（Henry Hughes）主攻美国西部文学，推崇超验主义，也非常喜欢梭罗。他还是位诗人，喜爱潜水和钓鱼，著有诗集 *Bunch of Animals*、回忆录 *Back Seat with Fish: Adventures in Angling and Romance*，编选诗歌集 *The Art of Angling: Fishing Poems*。以荒野在美国语境中的意义考量，这些诗歌真正可以冠以“荒野诗歌”。有趣的是，这位文学教授办公室门上的贴图竟是几条鱼，丝毫没有文学气息。我们的交谈总离不开自然、荒野与梭罗。我多次感觉，我是在与梭罗的后裔交谈。就这样，由“荒野”牵引着，我再次与梭罗相遇，并确定论文题目为“梭罗荒野思想”。题目虽小，架构却大，关键词有二：梭罗和荒野。不了解美国荒野，就无法理解并阐释梭罗的思想。这意味着我也需要像梭罗一样，且行且思。

二

书山有路，行者无疆。为了解荒野和梭罗，我除大量阅读文献之外，又进行了实地考察，从西到东，游历了大半个美国。西部体验荒野，东部考察文明。我客居的西俄勒冈小镇蒙茅斯（Monmouth），风景如画，因其优美的自然风光成为我心目中的“茅村”。那里树木成林，一片郁郁葱葱，村中的居民除了人类，还有松鼠、鸟儿、野兔、山猫、孔雀等。在街头与一只美丽的野孔雀的邂逅至今让我难以忘怀。茅村不大，公园却有五六个。茅村周围就是大片的牧场，那种广袤与辽阔，令我以为那里就是荒野。利用假期我穿越俄勒冈、加利福尼亚、内华达、蒙大拿、爱荷华、犹他、怀俄明、亚利桑那、科罗拉多共 9 个州，考察美国第一个国家公园黄石公园、科罗拉多大峡谷、布莱斯峡谷、蛇河和约翰·缪尔曾住过的优胜美地国家公园，印象中记忆犹新的是那里的教堂岩（Cathedral Rocks）。将山岩以教堂命名，是自然神论的产物。这种思想认为，自然中的一草一木、一山一水无不是上帝的启示，森林、山峰即是教堂。优胜美地成为第二个国家公园离不开缪尔的努力。他出生于苏格兰，却在美国的内华达、加利福尼亚的大山中找到了永恒的家园。美国最大的荒野及环境保护运动组织山岭俱乐部就是他一手创建。随着对荒野了解的深入，我意识到，在美国，自然几乎可以等同于荒野。

那里的山完全刷新了我以往对于山的印象。因缺少植被覆盖，山的颜色灰暗阴郁，整体线条粗犷冷峻，有种拒人千里的威严，正是这种距离感让人产生一种敬畏甚至恐惧之感。穿行于真正的荒野，遭遇野牛和土狼，我终于领悟到美学上的崇高或壮美。对于我这个来自人口拥挤的“城市文明”的人来说，我也理解了为什么有人说荒野是研究孤独的最佳场所，为何 1864 年《荒野法案》中会有“荒野是提供绝佳孤独体验之处”这样的表述。那里的荒野生机勃勃勃，黄石公园中“老忠泉”至今按照原来的频率喷发。冬天的优胜美地，冰雪天地中瀑布却从山顶飞流直下，我体会到一种生命的勃发。我也理解了当年梭罗为何会在《散步》这篇演讲中说“美国的希望是在西部”。

在体验了荒野之后，我又开始了东部之旅。穿行于西部寂静的荒野，面对粗犷冷峻的大山，叹人何其渺小！漫步东部各博物馆，探寻文明足迹，惜吾生也有涯！我参观了美国国家美术馆，亲身感受了“哈德逊河画派”画家托马斯·科尔的荒野风景画。梭罗一生都在与印第安文化打交道，收藏有 900 多件印第安手工艺品。为此，我参观了印第安国家博物馆，参加了印第安人的节庆活动“帕瓦”(Pow Wow)，探究印第安文化。自然史或博物学是研究梭罗荒野思想不可缺少的一面，为此，我又参观了美国自然史博物馆、哈佛自然史博物馆等。

当然，最不能错过的是梭罗的家乡康科德，在那里我参观了康科德博物馆，拜访了瓦尔登湖。通过近距离接触、观察梭罗的生活印迹，我完成了对梭罗从文本印象到深切体认的转变。

三

自读梭罗以来，探访康科德小镇便成夙愿。从西部俄勒冈小镇历经 6 个多小时长途飞行，再换乘火车，几经辗转，到达目的地的那一刻，我能想象出 1893 年夏，有“西部梭罗”之称的约翰·缪尔前来拜访康科德时那种朝圣般的心情。康科德位于波士顿西北 118 英里处，是美国一座历史文化重镇。1 万年以前北美土著也即印第安人就栖居于此。康科德河（印第安语为 Musketaquid，意为“草地河”，后改为 Concord River）里鱼类丰沛，周围是茂密的森林和天然草场，栖居着熊、驼鹿、鹿、河狸、浣熊、猞猁等野生动物，但到梭罗的时代，只有狼、狐狸、土拨鼠、麝鼠、青蛙、猫头鹰等生活在此。后来英国殖民者将此作为马萨诸塞州第一个内陆镇。1775 年，从这里传出了“响彻世界的枪声”，美国独立战争开始。美国内战时，康科德再度成为反奴隶制中心。但康科德更引人注目的是其在美国文化史上的地位。19 世纪中期，这里成为美国思想革命和美国文艺复兴的中心。超验主义核心人物爱默生从波士顿迁居至康科德。路易莎·梅·奥尔科特、霍桑也曾生活在这里。梭罗生于斯、长于斯、葬于斯。梭罗终其一生都在与康科德打交道，无论是这里的人还是物，都是梭罗写作和思考的中心，也是思想环游世界的梭罗身心安放之地。这种情怀以环境批评、人文主义地理学维度考量，可称之为“地方感”（sense of place）。梭罗有感于同乡被工商业文明格式化，希望做一只报晓的雄鸡，将他们于浑浑噩噩之中唤醒。他批判康科德的偏狭、粗俗、唯利是图、物质至上，责之切，或许是因为爱之深吧。

美国历史短暂，因而各地都非常注重历史保护与传承，这种意识体现在每一细节中。康科德早已意识到梭罗的价值，这里有梭罗路、梭罗小学、梭罗故居、梭罗长眠的“睡谷墓地”（Sleeping Hollow Cemetery，一同安息在此的还有爱默生、霍桑、奥尔科特等），瓦尔登湖已成为重要景点。然而，正如法国思想家托克维尔所说，“当过去不再照亮未来，人心将在黑暗中徘徊”，要更好地了解一个地方的过去，当然还是去博物馆。博物馆是保存历史、了解地方性知识之地，一切终随时间的洪流滚滚而去，幸而有博物馆使历史有迹可循。因为梭罗，小小的康科德博物馆变成有情世界。在这里梭罗的生命得以延续。博物馆中的藏品消弭了我与梭罗之间一个半世纪的鸿沟。置身于博物馆陈列的爱默生的书房以及梭罗用过的印第安式渔网、测量土地的工具，他穿过的印第安式鞋子，他用过的家具、文具、乐器，看过的书籍，他的手稿，一瞬间我甚至产生错觉：是我回到了梭罗时代，抑或是梭罗仍活在当下？

康科德文化名人

（从右至左：爱默生、梭罗、路易莎·梅·奥尔科特、布朗森·奥尔科特、纳撒尼尔·霍桑）

（笔者摄）

梭罗半身像

（笔者摄）

普罗大众对于梭罗的印象，往往因之于瓦尔登湖，人们称其为“瓦尔登湖畔的隐士”或“瓦尔登湖畔的圣人”，这种印象影响至深乃至将梭罗抽象化，从而掩盖了一个有血有肉的、活生生的具象化的梭罗。事实上，梭罗具有良好的音乐素养。康科德博物馆至今仍陈列着他当年亲自制作的风弦琴及吹过的笛子。梭罗的笛声经常在瓦尔登湖上荡漾。梭罗去世后，1863 年，路易莎·梅·奥尔科特专门写诗《梭罗的笛子》纪念梭罗。

梭罗生前吹过的笛子、瓦尔登湖畔小木屋中的书桌、书桌上的钥匙、生前用过的最后一只鹅毛笔

（笔者摄）

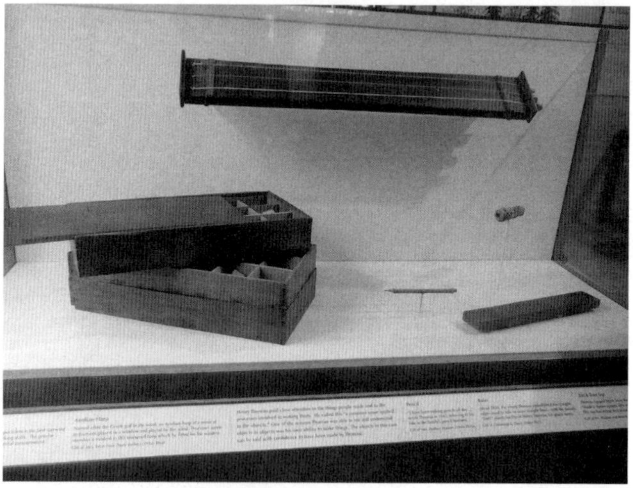

梭罗生前用过的标本盒、铅笔、尺子、自制的风弦琴等

（笔者摄）

风弦琴（Aeolian harp），顾名思义，由风弹奏，源于古希腊神话中的

风神（Aeolus），通常放在窗边，风吹弦动，乐音响起。梭罗在《瓦尔登湖》中曾提及风弦琴，在《康科德和梅里马克河上一周》中梭罗写有一首题为“来自风弦琴的传说”的诗，赞美风弦琴奏响的超凡绝尘的美好世界：“有一个无人见过的山谷，那山谷从未有人涉足……所有的美德都源自那里，那里爱情温暖，青春绚丽，诗歌尚未唱响……”

梭罗与东方有着不解之缘。他学识渊博，贯通古今东西。印度、中国经典对他影响尤其深远。梭罗看重东方经典，将其作为文学、艺术、智慧及精神的再生之源，从东方经典中汲取营养为己所用，发展并丰富自己的思想。他曾读过印度教经典《薄伽梵歌》《摩奴法典》《吠陀经》《沙恭达罗》《毗湿奴往世书》，儒家经典《四书》等。他也曾直接使用过中国物品。梭罗在瓦尔登湖畔小木屋中用过的床，与中国颇有渊源。床框来自一张进口自中国的床，梭罗自己做了床腿。

梭罗在瓦尔登湖畔小木屋中用过的床，床框来自一张中国床

（康科德博物馆提供）

“瓦尔登湖”这个名字——不论是地名还是书名——在今天，已经成为一个符号。世人熟知梭罗，皆因一部《瓦尔登湖》。瓦尔登湖也因梭罗

成为一方圣地。每年来此朝圣者络绎不绝，这其中既有美国人，也有像我这样的外国人。从康科德博物馆离开，我坚持步行，像梭罗一样，做康科德的漫步者（saunterer），到达瓦尔登湖时已近黄昏，游客寥寥，瓦尔登湖愈加安静，让我放下了一踏上康科德的那种兴奋，变得沉静下来。多年前读《瓦尔登湖》时，我就有疑问，当年他提起一把斧子，凭一己之力在林中建了一座小木屋并一住两年两个月零两天，出于什么动机？不少中国读者，甚至是不少美国人，一度认为梭罗是消极避世才进行隐居的。这其实是对梭罗的一种误解。《瓦尔登湖》完整书名为《瓦尔登：或林中生活》(*Walden*; *or*, *Life in the Woods*)。对于标题“林中生活”，梭罗是有意而为之，某种程度上是迎合读者的审美情趣。1849 年，乔·泰勒·海德利就以类似题目《阿迪朗达克、或林中生活》出版过作品。19 世纪中期，美国旅游业开始萌芽，荒野旅行与荒野度假兴起，荒野游记也随之而来，玛格丽特·富勒的《1843 年湖上之夏》，梭罗的《缅因森林》《科德角》、爱默生的诗歌《阿迪朗达克》都在此列。尽管瓦尔登湖与缅因森林、卡塔丁山这些真正的荒野无法相比，但较之康科德的村镇生活，林中生活亦称得上一种荒野体验。另一方面，梭罗的瓦尔登湖畔的林中生活是与“布鲁克农场”“果树园”等一样的一种社会改革实验，并非消极避世，而是一种积极主动的选择。这种荒野体验促使他思考人存在的根本意义，思考人与自然、个体和社会的关系。

梭罗在瓦尔登湖畔小木屋的复制品

（笔者摄）

梭罗在《散步》中郑重提出“世界存乎野性”，由此揭开了美国荒野保护运动的序幕，拯救了缅因森林、科德角、优胜美地及其他美国风景。美国的城镇通常规模不大，但公园数量却不少。这种景观的设计应归功于梭罗。1862 年，在生命的尽头，梭罗曾经提出，每个镇都应有一个占地大约 500 或 5000 公顷的公园或原始森林，禁止砍伐，永远属于公众。如果说美国的环境保护观念源自瓦尔登湖，而瓦尔登湖本身也受益于这种思想。成立于 1990 年的“瓦尔登湖森林工程”时至今日依然高效运行，不仅承担着保护瓦尔登湖畔土地的使命，也传承着梭罗的文学和精神遗产。

“成为梭罗”（Be Thoreau）——康科德博物馆某主题活动

（笔者摄）

瓦尔登湖游客中心

［彼时（2016）尚在“梭罗式”修建中］

（笔者摄）

梭罗盛赞荒野和野性，主张荒野保护，亦非抛弃文明，保护荒野既是为荒野本身，也是为文明的可持续发展。“成为梭罗”(Be Thoreau)、“梭罗式”(Thoreau-ly) 正成为美国人的生活方式，“复归野性”成为时尚。

2019 年岁末开始的新冠肺炎疫情改变了所有人的生活，也促使人们对自己的行为进行反思。“瓦尔登湖森林工程”举办了系列研讨会，探讨如何借力于梭罗度过艰难时刻。现试举几例研讨会主题：(1)“新冠下的梭罗：梭罗如何助你度过当下的困境?”(2)“孤独：隔离状态下我们更能反思孤独，你是如何从梭罗对这一话题的思考中寻求帮助的?”(3)“社会：新冠给了我们社会何种启示，梭罗是如何帮助我们反思社会的?”梭罗曾经发出的声音在美国再一次回响。他在瓦尔登湖畔小木屋的实验成为社交疏离期最有力的安慰。

四

2017 年是梭罗诞辰 200 周年，梭罗研究所、康科德博物馆举行了系列活动庆祝这一盛事。康科德博物馆的朱迪思·费希滕鲍姆 (Judith Fichtenbaum) 女士特意将相关资料跨越大洋邮寄给我。我们相识于我拜访康科德博物馆之际，随后开始了频繁的邮件往来。我尚在美国时，她曾寄书至我客居的西部小镇。及至回国，我们仍将友谊延续下来，她多次远隔重洋寄赠康科德博物馆开展活动的资料以及最新梭罗研究专著。我的朋友们约翰·埃弗里 (John Avery) 和珍妮特·埃弗里 (Janet Avery) 夫妇，克雷格·海斯 (Craig Hayes)、伊丽莎白·哈利根 (Elizabeth Halligan) 等得知我的研究课题关乎荒野、梭罗时，亦表现出极大的兴趣并尽其所能给予帮助。他们带我去森林、大山远足，参加印第安人的传统活动，参观俄勒冈小道博物馆。约翰·埃弗里来中国时不辞辛苦背来大开本厚重的《瓦尔登湖》赠送于我，那是纪念梭罗 150 周年诞辰发行的珍藏版。罗伯特·迈克尔·鲁尔 (Robert Michael Ruehl) 博士多次在邮件中解答我在梭罗研究中的疑问。

说不尽的荒野，道不尽的梭罗。由荒野指引与梭罗相遇并寻访梭罗，研究梭罗进而发现梭罗……梭罗滋养着我，也重构着我的知识结构、思想和情怀。我跟随梭罗从古希腊、罗马的古典学到当代欧洲，从印第安文化到印度经典和中国经典，从艺术到历史，从文学到博物学、哲学，进行了一次知识结构的更新。他对野性自然和对文明的同等关切唤起我的认同并使我深受影响；他教会我不为日常琐碎和物质生活所累，发现自己内在的神性，追求崇高与卓越。可以说，遇见梭罗，也让我遇见了一个崭新的自己。当然，梭罗也让我的思考异常艰辛，常常需要伴着音乐写作。他身上充满矛盾，似乎又喜欢居于矛盾之中，比如，他批判美国政府，却又有着强烈的民族主义情怀；他既向往野性本能，又追求高尚的精神生活；他在阅读中周游世界，梦想做世界公民，却又极少离开美国……这到底是怎样的一个梭罗？我知道，我的发现梭罗之旅刚刚开始。常读常新，永远会有一个崭新的梭罗在等着我。

十年前，有幸成为导师乐黛云先生的最后一位博士生，忝列门墙。先生因材施教，既严格要求，又给予我高度自由。那时的我思维呈跳跃性，想法天马行空，不着边际。先生反说我思维活跃，对我不经意间冒出的想法从不打击，而是肯定和鼓励，因此才有了我对“荒野”的深入思考。在我因为孩子年幼打算放弃出国学习申请时，先生只说了一句“带着孩子”，那一刻我看到的不只是一位博学睿智的学者，更是一位通达慈爱的长者。在我心目中，先生是定海神针，是灯塔，教我从容淡定，勇往直前。纸短情长，师恩难忘。

本书的完成与出版也离不开其他老师的帮助。金莉教授、张辉教授、陈戎女教授、石云涛教授、魏崇新教授曾在我博士论文答辩时提出不少宝贵意见，感激之情难以尽述。国家社科基金后期资助项目立项、结项时各位评审专家的意见和建议亦令我受益匪浅。书中涉及不少法语文献，为此曾多次向我的同事、烟台大学外国语学院法语教师李娜老师请教。责任编辑孙艳凤老师为本书付出大量心血。在此一并致谢！

感谢生命中一切美好的相遇。感谢我的亲人与朋友们，你们的期望与爱伴我一路走来。

张明娟
2023 年 9 月